JN070084

書下ろし

TACネーム アリス
地の果てから来た怪物（下）

夏見正隆

祥伝社文庫

目次

第V章　Jウイング48、着陸せよ

1

●東京　お台場
大八洲TV　報道部　第一スタジオ

『羽賀さん、芋生です。こちらは国会前ですっ』

女の声が、白い空間の天井から降った。

テーブル越しに政治評論家の男と握手していた白スーツの女は、ハッとしたように両目を上げる。

その顔を、別の角度に回り込んだ第三カメラが捉える。女の表情は『この声は⁉』と驚く感じだ。

『羽賀さん、聞こえますかっ』

「――この声は、芋生さん!?」

羽賀聖子は急いで、大テーブルを回り込むとメイン司会者の席へ行く。

腰を下ろすと、司会者席と正対する壁にしつらえられた、スタジオのメインモニターへ視線を向ける。

その驚きと、喜びの混じった表情を第三カメラがさらに回り込んでアップにする。

「中継の声は、芋生さんですか」

●東京　永田町
総理官邸　総理執務室

『はい芋生ですっ』

特徴ある素っ頓狂な声と共に、TVの画面が切り替わる。

〈LIVE〉のテロップ。『国会議事堂正面』。

音声に入り込むのは騒然とした空気だ。

怒号のような無数の叫びを背景に、画面の人物だけが強烈な照明を浴びている。

マイクを手に、立っているのはショートヘアの女だ。〈報道〉の腕章。

『国会前から、中継しています』

「――――」

「――あの女は」

常念寺と乾光毅は、同時に目を見開いていた。

画面に現われた人物。

二人とも、その顔に見覚えはあった。

しかし――

乾が『わけが分からない』と言うように首を傾げる。

「あれは、首都新聞の記者じゃないですか？　どうして」

確かに、そうだ。

画面中央に立って腕章をつけ、カメラへ視線を向けている三十代らしい女。常念寺にも見覚えがある。

ショートヘアで、一応美形ではある。

「あれは、ひょっとして例の記者か」

「そうです、総理」

官邸でも、最近よく話に出る。

朝夕、会見ルームで開かれる古市官房長官の定例会見には必ず現われ、大声で手を挙げては、週刊誌で拾ってきたような情報をもとにしつこく質問をする。

例の、あの女記者――

しかし女記者は確か、首都新聞の所属ではなかったか。

今、画面に出ている〈ニュース無限大〉は、大八洲TVだ。

大八洲新聞と大八洲TVは、わが国のマスコミの中ではまともな報道をするという印象を、常念寺は持っている（おそらく政権のほかの者たちも同じだろう）。

なぜ、首都新聞の記者が、大八洲TVの報道番組で中継レポーターを……？

（いや）

常念寺は訝った。

それよりも、あの羽賀聖子が、なぜ〈ニュース無限大〉のキャスターに収まっている？

わが国のマスコミ――TV局は、殺人教唆の疑いをかけられて保釈中の元国会議員を臨時にせよ報道番組のメインキャスターに据えたりするものなのか……!?

『芋生さん』

画面に、羽賀聖子の声が被る。

『私の番組に、駆けつけてくださったんですか』

『――はい』

わずかなタイムラグを置き、画面の女記者は左手で耳のイヤフォンを押さえるようにして、大きくうなずく。

『はい、その通りです』

『嬉しいわ』

『そんなこと』画面の女記者は頭を振る。『アジアの平和を守るリーダーである羽賀さんが今夜、真実を訴えられるというのに、駆けつけないわけにはいかないじゃありませんか。この芋生美千子は首都新聞の記者ですが、今夜は羽賀さんの番組で、中継レポーターをさせて頂きますっ』

『ありがとう』

『いえ、それより羽賀さん』

「――」

「――」

呆気にとられて見ている常念寺と乾の前で、女記者は真顔をカメラへ向けると『実はたった今、大変なことが起きましたっ』と訴える。

『大変なこと？』

『そうです』

（この二人――）

ＴＶの中で交わされる、女二人の会話。妙に息は合っている。

常念寺はそういう印象を持った。

これは、急に〈ニュース無限大〉のキャスターに収まった羽賀聖子のため、他系列のマスコミ所属である芋生美千子が意気に感じ、局の垣根を越えて駆けつけたのか。あるいは初めからレポーターを務めることが予定されていたのか、見た感じでは分からない。

『大変なことって？』

『大変です。デモに参加して平和を訴えていた大学生の一人が、国会警備の機動隊員に暴行され、大けがを負わされたのですっ』

『――ぇえっ⁉』

大きく驚くような声が、中継の画面に被さる。

『まさか、そんなことが』

「――？」

「――⁉」

常念寺は思わず乾と、目を見交わす。

何だって……？

今、何と言った。

だが畳みかけるように、画面の芋生美千子は背後を振り返るようにして指す。

『ご覧くださいっ』

すると
急にサイレンの音が中継に被さり、タイミングを合わせるかのように赤い明滅する光が、左から画面の背景へ入り込んできた。白い車体に照明が当たる。

救急車だ。白い車体は群衆の中で、お辞儀するようにしてブレーキをかけ、止まる。

ちょうど芋生美千子の真後ろの位置で停止した車体は、後部ゲートを開く。慌ただしい様子で救急隊員が降りる。

そこへ、画面の右手から担架を保持した人影が、フレームに入ってくる。ラフな服装の若者が二人、前後になって担架を持ち、救急車の後部ゲートへ運んでいく。

『あっ、暴行を受けた被害者が、運ばれて行くようですっ』

芋生美千子は頭の上へ抜けるような声で告げると、マイクを手にしたまま駆け出した。

『カメラさん、見てみましょうっ』

「――」

「――」

中継の画面が、揺れ動く。

会見の時と同じパンツルックの芋生美千子が、背中を見せて群衆に分け入る。

『ちょっとごめんなさい、はい、ちょっと――』

似たような服装の若者たちをかき分け、芋生美千子の後ろ姿は、運ばれて来た担架へ近づくが
『――あぁっ』

次の瞬間、さらに頭の上へ抜ける叫び声が、ＴＶのスピーカーから響いた。

（う）

常念寺は顔をしかめ、耳を手で押さえた。

聞いている人間のことなど構いもしない大声で、画面の女記者はマイクに叫ぶ。

『こ、これはひどいっ』

●東京　お台場
大八洲ＴＶ　報道部　第一スタジオ　副調整室

『これはひどいっ』

素っ頓狂な声が、副調の天井スピーカーから降った。

管制席の頭上の中央モニターに、中継の映像が出ている。

揺れ動く画面は、手持ちカメラによる撮影か――？　芋生美千子の背中を追うように群衆へ分け入ると、フレームはお辞儀をするように下を向き、担架に載せられた人影を捉える。

ズームアップする。

『この人は、デモ参加者の大学生でしょうか、見てくださいっ』

「――」

「――」

新免は、チーフ・ディレクターと共にモニターを見上げていた。

唇を嚙む。

それしか、することが無い。

（――いったい、何が起きている……!?）

勝手に、番組が進められていく。

胸ポケットへ戻した携帯を、上着の上からぎゅっ、と摑んだ。

携帯は『圏外』になってしまっている。

さっきは驚いている暇もなかった。新免はすぐ、副調の固定電話、有線ＰＣのメールやスカイプもすべて試した。何とかして、外部へ事態を知らせなくては。

しかしすべて、繋がらない。

副調から外へ出られる二か所の扉は、電磁ロックがかかっていて外れない。

俺たちは閉じ込められたのか――!?

スタジオを見下ろすと、白い空間には大八洲ＴＶのスタッフたちの姿が無い。いつの間にか、見えなくなっている。黒装束の一団がスタジオを占拠し、大八洲のプロパーのスタッフたちは強制的にどこかへ移動させられた、あるいは閉じ込められてしまったのか……!?

いったい、奴らは――

そこへ
「思い出しました、新免さん」

スタジオを見下ろす新免の後ろから、サブチーフ・ディレクターが言った。

「実は、今日――」

だがその言葉を遮るように

『見てください、顔が血まみれですっ』

『きゃあっ、ひどいわ』

芋生美千子と羽賀聖子の悲鳴に似た声が、重なってスピーカーから降った。

血まみれ……？

（………!?）

驚いて、中央モニターを見上げると

『大丈夫ですかっ』

芋生美千子の声と共に、中継の画面はさらにズームアップし、暗がりの中で担架に載せられた人影を大写しにする。

照明が十分でない、粗い画像だが、若い男のようだ。ジーンズにTシャツだけの服装——芋生美千子の言葉の通りなら、デモに参加していた男子大学生なのか。

その上半身が、揺れるフレームの中で大きく映される。

『大丈夫ですかっ』

マイクを手にしたまま、女記者が呼びかけると。

担架に仰向けにされた若い男は、顔を両手で覆い『ううっ』とうめいた。

手で覆われた顔が、赤茶けた色に染まっている。

『ひ、ひどいわ』

画面に被さるのは、羽賀聖子の声だ。

『頭から、出血しているの？　誰が、彼にこんなひどいことを』

『羽賀さん、機動隊です』

芋生美千子の声が応える。

画面は、血まみれの顔を両手で覆う若い男の上半身をアップにしたままだ。

『平和を訴えていたこの人を、国会前を警備していた警視庁の機動隊員が、警棒で殴ったのですっ』

「おい、この中継は」

新免は唸(うな)った。

「撮影クルーは、誰がやっているんだ。うちの取材班を国会前へ出したのか」

「いいえ、新免さん」

チーフ・ディレクターは頭を振る。

「出していません。昼に見に行かせたところ、国会前の路上は労働組合や市民団体ののぼりだらけで——一般市民が自発的に集まっているとはとても思えないので、中継クルーを出すのはやめにしたんです」

「じゃあ」

新免はモニターを指す。

「うちの取材班じゃないとしたら、これを撮っているカメラは何――」

『暴行の現場を、カメラが捉えていましたっ』

新免の言葉をかき消すように、女記者の声が頭上から被さる。

『これを見てください、今から五分前に撮影された映像ですっ』

●東京　永田町

総理官邸　総理執務室

『全国のみなさん、見てくださいっ』

女記者の声が、TVから響く。

画面は、まず担架に寝かされたTシャツの若い男の上半身を大写しにしてから、切り替わる。

『つい五分前、カメラが捉えた暴行の瞬間ですっ』

「――」

「――」

常念寺と乾は、同時に目を見開いた。

画面が切り替わると。

たった今、大写しにされた若い男が同じ服装で、路上にいる。濃紺の出動装備に身を固めた機動隊員に胸ぐらを摑まれ、揺さぶられている。

『――な、何をするんだ、何をするんだ』

悲鳴に近い声。

『僕は平和を訴えるために来ているのに、どうして乱暴するんだっ』

『うるせぇっ』

画面が揺れる。

低い罵声(ばせい)を浴びせ、機動隊員は若い男を締め上げる。

『お前は、「出るな」と言われた線を一歩出ただろうっ』

『そ、そのくらいで――』

『うるせぇっ』

何だ。

この映像は――

常念寺は息を吞(の)む。

国会前で、こんなことが……？

『生意気言うんじゃねぇ、この野郎っ』

罵声を浴びせる機動隊員は、背中しか映っていない。

しかしプロレスラーのような体格だ。その出動服の後ろ姿は、あろうことか若い男を地面へ叩(たた)き伏(ふ)せると、その腹を、ごつい長靴で蹴(け)った。

ドスッ

『ぐふっ』

「？」

「!?」

『ぐ――な、何をするんだっ、僕は憲法を変えてはいけないと――はぁっ、はぁっ、平和のために憲法九条を変えないでくれと訴えているのに』

『黙れ小僧っ』

出動服の後ろ姿は、腰の警棒を抜き放つと、振り上げた。

地面に倒れてもがく若い男の上半身を目がけ、振り下ろした。

ブンッ

『ぎゃぁああっ』

音にならない、鈍(にぶ)い、骨の砕(くだ)けるような響き。

滅多(めった)打ちにされる若い男が、のたうち回る。

『や、やめてくれ、やめて――ぎゃあっ』

『うるせぇっ、常念寺総理に逆らう奴は、皆殺しだっ』

『ぎゃぁあああっ』

ふいに何か液体のようなものが飛んでくると、撮影しているカメラのレンズにべたっ、と貼(は)りついた。

半分、赤黒くなったカメラの視野で若い男がのたうち回る。大柄な体躯(たいく)の出動服姿は悲鳴になど構わず、何度も警棒を振り下ろす。

ぼきっ、という音。

さらに大きな悲鳴。

『ご、ご覧になりましたかっ』

画面が切り替わり、再びアップになった女記者の顔が、カメラ目線で言う。

『今の映像は、この国会前でたった今――ほんの五分前に撮られたものです。あっ、救急車が出るようです』

「…………」

「……そ、総理」

乾が、目を見開いたまま言った。

「こんなことが」

「…………」

常念寺は息を呑んだままだ。

いったい何だ？　これは……。

『――ご覧になられましたか。全国のみなさん』

画面がスタジオに切り替わり、急に明るくなる。

白スーツの女の顔のアップ。

羽賀聖子がカメラ目線で、訴えるように言う。

『みなさん。今の映像をご覧になりましたか。つい五分前に、国会前で起きたのです。ああ、私も信じられません』

ブーッ
常念寺は、憂えるような表情で訴える女の顔に気を取られ、胸ポケットで携帯が振動しているのに気づくのが一瞬、遅れた。

（――）

画面を見たまま、右手で携帯を摑み出す。

また、門か誰かが報告を入れてきたのか。

しかし

「？」

振動している携帯の面を一瞥して、常念寺は眉をひそめた。

〈非通知〉

非通知……？

何だ。

「――総理？」

携帯の面を見たまま固まっている常念寺を、横から乾が覗いた。

どうされました？　というニュアンスだ。

「……いや」

自分の携帯の番号を知る者は、当然だが限られている。〈非通知〉でかけてくる者はいない。

これは何だ。

『お聞きになられましたか。今の映像、機動隊員は何と言いましたか』

真剣そうな表情で画面から訴える女。

ブーッ

手の中で振動し続ける携帯。

常念寺は、女の顔と、〈非通知〉の携帯を見比べた。

「総理、どうされました」

「いや、ちょっと待ってくれ」

普通ならば、そんな通話には出ない。

しかし

（――――）

常念寺は唇を噛むと、あえて着信拒否にせず、受信のボタンをタッチした。

携帯を耳に当てた。

すると

『――ククク』

何者かの息づかい。

いや――含み笑いか……？

『大変なようだねぇ、常念寺君』

2

●東京　永田町
総理官邸　総理執務室

『大変なようだねぇ、常念寺君』

含み笑いするような声は、告げた。

猫なで声、と言ってもいい。

『聞けば、天然痘が持ち込まれたそうじゃないか』

「――！」

常念寺は携帯を手にしたまま、目を見開く。

この声……。

こいつは。

どうやって、この番号を……？

「――羽賀先生、ですか」

『ククク、話すのは久しぶりだ。総理の椅子の座り心地はどうだね常念寺君』

●東京　お台場
大八洲TV　報道部　第一スタジオ

「――常念寺総理に逆らう奴は、皆殺し……」

羽賀聖子は、信じられない、という表情で頭を振った。

「あぁ。私は、自分の耳が信じられません」

「いえ、聞き違いじゃありませんよ羽賀さん」

司会テーブルの隣席で、コメンテーターの男がうなずく。

「確かに、私もそう聞いた。映像に出ていた機動隊員は、デモ参加者の若者を殴りながら罵（ののし）りました。『常念寺総理に逆らう奴は、皆殺しだ』」

「恐ろしい」

白スーツの女は、キャスター席で上半身を震（ふる）わせるようにした。

その表情を、第一カメラが近づいてアップにする。

「恐ろしいわ」

「羽賀さん、アンケートをしよう」

机上に〈政治評論家　川玉哲太郎〉とネームプレートを置いた五十代の男は、白スーツの女を力づけるように、言った。

「こうしてはいられない、すぐに、この番組を見ている全国の視聴者、市民のみなさんに問おうじゃありませんか。

今にも憲法九条を改悪して戦争をしようとしている、徴兵制を復活して若者を戦場へ送ろうとしている、そして自分に逆らう者、反対する者は警察に命じて皆殺しにする。こんな常念寺総理に、日本の国政を任せておいてよいのか」

「………………」

「そうだよ、羽賀さん。ショックを受けている場合じゃあない。このままでは、常念寺総理が率いる右翼に、国が乗っ取られてしまうんだ。このままでは中国の人たちがまた四十万人も虐殺され、朝鮮人の女性が二十万人も強制連行されて従軍慰安婦にさせられ、虐待されてしまうんだ」

「………………」

「さぁ、勇気を出して」

川玉哲太郎という名らしい政治評論家は手を伸ばし、白スーツの女の背中を叩いた。

「今、軍靴の響きが聞こえているんだ。あなたにも聞こえるだろう。立ち向かえるのは、あなたしかいない。視聴者の市民のみなさんに、あなたが呼びかけてアンケートを取るんだ」

「……は、はい」

●東京　永田町

総理官邸　総理執務室

『常念寺君』

猫なで声の主。

それは常念寺よりも二回りは年かさだ。昭和時代から政界に根強い影響力を持ち、一時期は自由資本党幹事長を務めていた。現在でも日中・日韓両議連では会長として君臨している（かつて、嫌がるJR東日本に無理強いして新幹線の技術を中国へ売り渡させたのがこの人物だといわれる）。

妖怪のような政治家だ、と常念寺は思ったことがある。

いや、娘の議員辞職に伴い、現役として蘇ったからゾンビのような存在か。

羽賀精一郎。

十年ほど前の主権在民党への政権交代が無ければ、総理になっていたともいわれる。

『常念寺君、心配だねぇ』

「――」

常念寺は、わが国の政界では『リベラル』を自称するいくつかの野党も問題だが、それ以上に、かつて利権と結びついて政治を食い物にしていた旧世代の自由資本党議員たちこそ最も大きな害毒であったと思っている。

財界とも結託している。その業界に都合のいいように法律を作り、中国や韓国へ進出する企業からは湯水のようにキックバックを吸い上げ、中国や韓国がわが国に対して無礼なふるまいをしても、決して問題にしようとはしない。尖閣諸島や慰安婦問題で、いくら国民が怒っても『日中関係を損なってはならない』『日韓関係を損なってはならない』と言うばかりで、何もしようとはしない。

中国・韓国へ強い態度をとれば、現地へ進出している、あるいは取引をしている日本企業が稼げなくなる。自分たちへ流れ込むキックバックが減ってしまう。それが嫌なために、わが国の誇りがいかに棄損されようと、中・韓に対して譲歩に譲歩を繰り返してきた。その結果が、今の時代だ。

自由資本党の結党当時の目標は『自主憲法制定』だったはずだが。そんなことは一ミリも進めようとはしない。

「――先生」

党内では一応、遥かに先輩だ。羽賀精一郎は現在は無役ではあるが、常念寺は通話相手の人物を『先生』と呼んだ。

「どうやって、私の番号を」

『ククク』

猫なで声は、笑った。

『そんなことより常念寺君。今回は、天然痘が本土へ入り込まずに済んだ模様だが』

「――」

携帯を耳につけて黙る常念寺を見て、隣で乾が『総理？』という顔をする。

そいつは誰です？　と表情で問いかける。

常念寺は黙ったまま、空いている左手でＴＶの画面を指す。

「……えっ」

乾が思わず、という感じで声を漏らす。

『たまたま今回は運がよかった。助かった、というところかね』

ククク、と声は含み笑いする。

『しかし〈次〉はどうだろうねぇ』

「――次？」

常念寺は、横目でTV画面も見やりながら訊き返す。

「次とは、何です」

●東京　お台場

大八洲TV　報道部　第一スタジオ　副調整室

『全国のみなさん、羽賀聖子です』

管制席頭上のモニターで、アップになった女がカメラ目線で言う。

『お願いがあります。今、日本は大変なことになっています。この大変な事態に、私は全国の視聴者のみなさん、市民のみなさんへ問いたいと思います。みなさんの、ご意見を聞かせてください。お手元のリモコンに、赤と青と緑のボタンがあります』

「勝手に、視聴者アンケートを始めましたよ」

「――――」

新免治郎は、チーフ・ディレクターと共に管制席でスタジオを見下ろしていた。

これは……。

眼下のスタジオでは黒装束の『スタッフ』たちに囲まれ、司会テーブルに着いた白スーツの女と政治評論家の男によって、〈番組〉が進められている。

いったい、どうなっている……？ 局の上層部がこんなことを許可したのか――？

まさか。

さっき報道局長は、何と言った。電話口で俺に何と言った……？ このままでは北京(ペキン)支局とソウル支局がなくなる――確か、そう口にした。

どこかから圧力がかかったのか。

だからと言って、こんなテロみたいな――

「――テロ」

新免は目をしばたたき、つぶやいていた。

「こいつは」

「何です、新免さん」

そこへ

「新免さん」

後ろからサブチーフ・ディレクターが口を出す。

「さっき言いかけたのですが。実は午後から、ちょっと変な連中が局に来ていまして」

「変な連中……？」

チーフが、代わって訊き返す。

「どういうことだ」

「はい。自分は、今日は早めに出て来ていたのですが」

サブチーフは応える。

「総務部の女の子に廊下で会ったら、『今日は視察団が来ている』って」

「何」

「――視察団？」

新免は振り向いて、訊いた。

「それは何だ」


「中国の、確か、北京のTV局だそうです」

サブチーフは思い出すような声になる。

「二十人くらいのグループで、この局の施設を見学したいから――可能な範囲で撮影もしたいので機材も持ち込むからって」

「二十人くらいのグループ？」

「スタジオをぞろぞろ見に来ても、びっくりしないでくれ――そう言われました」

「――――」

「――――」

『では、アンケートの結果はＣＭの後で』

頭上の画面で羽賀聖子が告げると、短い音楽が流れ、オンエアの映像が化粧品のコマーシャル・フィルムに切り替わった。

「ＣＭは、予定通りに入れるんだな」

チーフ・ディレクターがモニター画面を仰いで言う。

「番組ごと、奴らに乗っ取られたと思っていたが」

「ＣＭ枠は、オリジナル通りのようです」

タイムキーパーの女性スタッフが、進行表を見て言う。

「いま流れているのは、あらかじめ用意されたＣＭです。プログラム通りに流れています。番組の内容だけ、替えられているんです」

「いつも通りにＣＭが流れれば」

新免はつぶやいた。

「見ている視聴者も、本物の〈ニュース無限大〉だと思う――ん？」

新免は、言葉を止めた。

眼下のスタジオを見やる。

ＣＭが流れ始め、モニターには映らなくなったスタジオの司会テーブルで、白スーツの女が座ったまま何か蹴るような仕草を見せた。

「おい」

新免はその様子を見たまま訊いた。

「下の音声は、聞けないか」

「駄目です」

チーフが頭を振る。

「さっきも、試した通りですよ。出演者のマイクの声は、ここでは拾えません」

「――――」

●東京　お台場

大八洲ＴＶ　報道部　第一スタジオ

「ううぅっ」

羽賀聖子は、腕組みをして唸ると、カールさせた髪の頭を激しく振った。

座ったまま脚を蹴り上げ、司会テーブルの裏側をヒールの爪先で打撃した。

がんっ

「あーもうっ。おいこら、灰皿持って来い」

黒装束の一人が、慌てた動作で駆け寄ると、白スーツの女にメンソールの煙草を差し出し、机上に灰皿を置いた。

女が煙草の一本をくわえると、ライターで火をつけた。

「気が利かないわねっ」

「すみません、センセイ」

「だいたい」

ふうっ、と煙を吐くと、羽賀聖子はまた唸った。

「何なのよ、今夜のは。予定では、これをやるのは一週間も先のはずだったでしょ」

「仕方がないさ、〈作戦〉が変えられたんだ」

テーブルの隣で、政治評論家の男が肩をすくめる。

「急きょ、放送は今夜やれと。俺も驚いている」

「話が全然、違うじゃない」

羽賀聖子はまたふうっ、と煙を吐いた。

「本当なら一週間後、全国に天然痘が蔓延(まんえん)して、そこで私がここへ来て『中国にはワクチンがあります』って訴えるはずだった」

「――――」

「日本が持っていたワクチンなんて、全然足りない。もともと自衛隊員に打つ分しかない。国家主席と親交のある私なら、中国の備蓄している天然痘ワクチンを、融通してもらえる。私が頼めば、すぐに中国から人民解放軍の救援隊が全国の市町村へ来てくれる。国民のみなさん、どうですか。みなさん自身の生命、大切な家族の生命を救えるのは羽賀聖子です」

「――――」

「視聴者アンケートは、ワクチンを持った救援隊に中国から来てもらおう。それを羽賀さんに頼んでもらおう――そういうコンセンサスを作るためにやるはずだった」

「仕方ない」

隣の男は、息をついた。

「貨物便の出発が遅れて、そのうえ航空自衛隊が、また余計なことをしたんだ」

●東京　お台場

大八洲TV　報道部　第一スタジオ　副調整室
「――おい」

新免は、思いついたように訊いた。

「チーフ、君の携帯はバッテリーまだあるか」

「ありますけれど。外へは通じませんよ？」

「そうじゃない」

新免は、眼下のスタジオを目で指す。

副調は完全防音なので、スタジオ内の肉声は聞こえない。

本来なら、出演者が身につけているピン・マイクの音声は、副調の設備ですべて個別に抽出し聴取（ちょうしゅ）できるはずが、今は聞くことが出来なくされている。唯一、オンエアの映像を映し出すモニター画面が生きているだけだ。

スタジオの司会テーブルでは、白スーツの羽賀聖子がカールさせた髪を振り乱し、何か悪態をついている様子だ。

隣席の政治評論家が、とりなすように相手をしている。

「あれを撮れ」

新免は言った。

「あの様子を、撮るんだ」

●東京　お台場

大八洲ＴＶ　報道部　第一スタジオ

「だいたい、なんでこんなにまどろっこしいことをしているのよ」

羽賀聖子は、天井へ向かって煙を吐きながら唸った。

「貨物機の中で発症してしまうなんて。天然痘ウイルスなんて、工作員が魔法瓶(びん)に詰めて持ち込んで、そこらへんにばら撒(ま)けばいいじゃない。簡単じゃない」

「そういうわけには、いかんのだ」

「どうしてよ」

聖子は、横目で政治評論家の男を睨(にら)む。

知らない人間が見れば、つい数分前、カメラの前で泣きそうにしていた女と同一人物だとは思わないだろう。

「どうして、そういうわけにいかないのよっ」

「あんたも、知っているだろう」

「何を」

「先月、国際市場でビットコインが大暴落したんだ」

「――――？」

●東京　永田町
総理官邸　総理執務室

『常念寺君』

声はククと笑いながら、常念寺の質問には答えずに、続けた。

『実は、私は中国の国家主席とは親交があってね。娘の聖子ともども、家族ぐるみの付き合いなのだが』

「――――」

常念寺は眉をひそめる。

執務室のTVでは、つい今しがた、通話相手の人物の娘――羽賀聖子が全国の視聴者に対し、地上デジタル放送のインタラクティブ機能を使った〈アンケート〉を呼びかけたばかりだ。画面では今はCMが流れているが……

『国家主席はね。常日頃から、君の国政の舵取りが偏っていることを心配されていてねえ。今日もとりわけ心配されていてね』

「――――」

『今回はたまたま、ウイルスが本土へ持ち込まれず、離島で止められたわけだが。次はどうなるかなぁ、危ないいんじゃないかなぁ、と』

「次とは、何です」

『次は、今日のようにはいかないのではないか、天然痘ウイルスが日本国内へ持ち込まれて蔓延し、最終的に五千万人が死ぬんじゃないかなぁ、そうなったら日本は大変だ、とありがたいことに主席は心配されているんだよ』

絶句する常念寺に、羽賀精一郎はククク と笑い、続けた。

『そうなったら、戦争よりもひどいことになるよ常念寺君。君が憲法九条を改悪して戦争をしても、一般市民が五千万人も死ぬようなことはない。でも天然痘に襲われたら、可哀想にそれだけ死んでしまうんだからね。君が悪いんだよ常念寺君』

「なぜ、私が悪いのです」

『決まっているだろう』

声はわずかに苛立ちを見せた。

『日本の平和を守っている憲法九条を、君が変えようとしているからだよ』

「私は、戦争を防ぐために憲法を変えるのです」

常念寺は言い返した。

「九条を、改悪するんじゃない。その末尾に一項、付け加えるだけです。『前項の規定は自衛権の発動を妨げない』その文言を一行、付け加えるだけだ。これのどこが改悪なのですか。自衛権の発動を明確に謳えば、かえってわが国に対して手を出そうとする者はいなくなる。戦争を防げるのだ。戦争を起こさせないために、憲法も自衛隊も存在する。羽賀さん、あなたは今後も未来永劫、わが国は中国や韓国や北朝鮮から何をされても、理不尽なふるまいをされても、おとなしく黙って譲歩を続けろと言われるのですか」

『クックック』

声は笑った。

『青いねぇ、常念寺君』

『なぁ君は、怖くないのかね？』

声は、含み笑いから急に低く変わった。

ゆっくりした口調はそのままだが――

『怖くないかねぇ』

「何が怖いのです」

『天罰が、だよ』

「……？」

『君が、日本の平和を守ってきた憲法九条を変えよう、などと思いつくから天罰が下る』

「わが国の平和を守ってきたのは日米安保条約だ。憲法九条じゃない」

常念寺は頭を振った。

「世界の情勢は変わってきている。憲法九条をそのままにしておいたら、かえって戦争が」

『ちっちっち』

声は常念寺の言葉を遮った。

同時に

『全国の視聴者のみなさん、ご協力ありがとう』

CMが明けたのか、TVからまた女の声。

『今、アンケートの結果が届きました』

『市民の声は、どうですか』

政治評論家だという男の声。

『全国の視聴者のみなさんの声は』

『なぁ、常念寺君』

低く変わった声は、まるで嘗め上げるような調子で続けた。

『君が、危険な発想をし続ける限り、災厄はやってくる。天罰は下るよぉ』

「脅すつもりですか」

『心配して言っているのだよ、常念寺君。私以上に、中国国家主席もとりわけ心配しておられる、また同じことが起きはしないかとね。次はきっと天然痘が本土まで来るだろう。ここは天罰を回避するため、唯一の方法をとるべきではないかね』

「唯一の方法？」

『君が退陣することだよ、常念寺くぅん』

声は嘗め上げるような調子で告げた。

『潔く、二十四時間以内に退陣を表明したまえ。心配はいらない、後継者には日中議連から優秀な者を私が推薦しよう』

「駄目だ」

常念寺は頭を振った。

「お断りする。今、辞めるわけにはいかない。わが国は危機に瀕している。私はやらなくてはならない。一刻も早く憲法九条を改正し、スパイ防止法を制定して国を護らなければ。わが国はいずれウイグルやチベットと――」

『ちっちっち、よしたまえ。そういうことは国民の誰も望んでいない』

そこへ
『アンケートの結果を読み上げます』

横から、TVの羽賀聖子の声が被さった。

『集計結果です。「常念寺総理をみんなでやめさせよう。中国、韓国、朝鮮民主主義人民共和国と仲よくしよう」が九八パーセント。あぁ』

ぱちぱちぱち、とまばらな拍手の音。

横目でちらと見ると、感激した表情の羽賀聖子が潤(うる)んだ大きな目を上げる。

『嬉しい。全国の視聴者のみなさん、ありがとう』

『TVを見ているかね、常念寺君』嘗め上げるような声が続けた。『国民は、平和を望んでいるのだよ。ところが君は、警察に命じて、平和を訴えるデモ参加者の若者に暴行を加えさせたそうじゃないか。いかんねぇ』

「そんなことは命じていない」

『でもねぇ、国民は』

「うるさいっ」

常念寺は一喝(いっかつ)すると、親指で通話を切った。

思わず、肩で息をした。

「――く、くそっ」

「総理」

乾が、常念寺の顔を覗き込む。

「総理、大丈夫ですか」

「――――」

常念寺は携帯を握りしめたまま唇を嚙む。

ＴＶの音が、横から聞こえてくる。

『羽賀さん、羽賀さんっ』

素っ頓狂な声。

『こちらでも、アンケート結果を見ていました』

『芋生さん、私は、喜んでいいのかしら』

『もちろんです』

中継先からか、騒然とした空気を背景に、女記者の声が弾む感じで促す。

『国民は平和を望んでいます。さぁ羽賀さんも、国会前の若者たちと一緒に叫びましょう』

『そ、そうね』

『常念寺、やめろーっ』

『常念寺やめろーっ』

その時。

ブーッ

握りしめた携帯が、再び振動した。

「――――」

呼吸を整えながら、その面を見る。

今度は〈非通知〉ではない。『情報班長　門』と発信者が表示されている。

常念寺はもう一度呼吸を整え、携帯を耳に当てた。

「――私だ」

3

●フランス　パリ

日本国大使館

翌朝（パリ時間）。

「――」

ひかるは、目を開けた。

白いものが目に入った。

古びた感じの漆喰（しっくい）の天井。

ここは――

（そうか）

意識が戻った。

ここは。

パリ市内にある日本国駐仏大使館。石造りの塀に囲われた、広大な館だ。

その館内にある、来訪者を臨時に宿泊させる個室――

（――）

仰向けのまま視野を広げる。

白い壁に囲われた、室内の仕様が分かる。ホテルのシングル・ルームのようだ。

壁際に鏡と、ライティング・デスク。ＴＶも置いてある。入口の扉の横にはシャワー付きの化粧室。

広くはないし、古びているが清潔な感じだ。

一方の壁に窓がある。白くペイントされた両開き窓の視界を、立木の緑が覆っている。明るい。今、何時だろう……。

(………)

ひかるは目をしばたたき、シーツの中から左手を伸ばすと、サイドテーブルで充電させていた携帯を取る。

NSC(国家安全保障局)から支給されたスマートフォンは、自動的にパリの現地時刻に合っている。

「朝か」

起きて、支度をしよう。

今日は、お昼過ぎにはシャルルドゴール空港へ戻り、Jウイングのパリ空港支店へ出頭しなければならない。一泊だけで、とんぼ返りで羽田(はねだ)行きの便に乗務する。

最初の予定では、ここパリに二泊し、往路(おうろ)のクルーと一緒に明日の帰り便に乗務するはずだったが――

――『ある人物を警護して欲しい』

予定は変えられた。

脳裏に蘇（よみがえ）るのは、当（あたり）二佐の言葉だ。

昨日の午後、ここへ来る途中の車の中で指示を聞かされた。

ある要人――スイス大使としてベルンへ赴任していた人物がいる。この人が急きょ、東京へ呼び戻されることになった。明日、パリ経由で帰国する。

（――――）

ひかるは思い出す。

駐在武官だという当二佐は、リムジンの後部座席で〈任務〉の概要を告げた。

「君に、臨時に任務を頼みたい」

「――任務、ですか」

「そうだ」

当二佐はうなずく。

「内閣府のオペレーションだ。NSCにも了承は取ってある。難しくはない、帰国する要人の警護だ」

「要人の、警護……？」

「そうだ。日本へ戻る機内で、客室乗員として乗務しながら、その人物の身辺を護って欲しい」

（…………）

ひかるは記憶のリフレインを止め、今見えているものに意識を戻した。

白い天井。

静かだ。

ベッドに仰向けのまま、身体の重心、みぞおちの辺りに意識を集める。

自分の呼吸を、読んでみる。

落ち着いている——

（よし）

よく眠れた。疲労感も、もうない。

人間は、熟睡するのにも体力が要る、という。

体力のあるクルーは、出先の外国でもよく眠れる。すると帰国便のフライトでも能力を発揮できる。

最近は、怖い夢も見ない。

そうだ。

いつの間にか、夢は見なくなった。ＮＳＣ工作員としての訓練を受けてからだろうか……？

怖いものとは闘えばいい。自分の生きる道を切り開く責任は、自分にある。たとえどんな目に遭おうと——

「————」

ひかるはもう一度、仰向けのままで携帯の画面に触れると、写真のファイルを開いた。

ときどき、仕事へ向かう時に開いてみる写真がある。

特輪隊の訓練を修了し、客室乗員としてネームバッジを授与(じゅよ)された時のものだ。

一枚の写真。

長身の、少しきつい目をした三十代の女性幹部と、まだ三等空曹の制服も真新しい感じの自分が並んで写っている。

今村貴子(いまむらたかこ)一尉との写真は、その一枚だけだ。

(今、パリにいます)

大きな目で、ひかるは写真の女性幹部に報告をした。

これから、帰りのフライトです。行ってきます。

尊敬していた、でも今はこの世にない先輩に黙礼(もくれい)をすると、ひかるは写真を閉じた。

目を閉じ、息を吸い込み、細く吐く。

動こう。

みぞおちの辺りに意識を集中し、息を鋭く吐く。するとスイッチが入ったように、ひかるは跳ね起きた。

●フランス　パリ郊外
　高速道路

「君には」

黒塗り(くろぬ)りリムジンの後部座席で、当二佐は言った。

「今日の四八便のファーストクラスを担当してもらう」

「え」

ひかるは目をしばたたいた。

「ファーストを、ですか?」

公用車で、便出発の四時間前に大使館を出た。

パリ市内からドゴール空港への道路は、よく渋滞をする。時間には余裕を持たせた方がよい、とのことだった。

ひかるは帰り便の乗務に備えて、出入国管理のマニュアルや、747の機内における緊急時の装備品の取り扱い、乗客誘導の手順などを復習しなければならなかった。

起床してからの時間は、あっという間に過ぎた。個室のライティング・デスクで、渡されていたJウイングのマニュアルを開き、急いで知識を頭に入れ直した。

できれば一度、大使館の外へ出て、お土産を買いたいと思っていたが……。

いや、昨日の〈作業〉の報告書だって、まだ手つかずだ。結局、外出などできず、マニュアルを復習し終えるとキャビンアテンダントの制服を身につけ、スーツケースを閉じて迎えの車に乗り込んだ。

それが三十分前。

「ファーストクラス――どうしよう」

思わず、つぶやいてしまった。

車が市街地を抜けて高速道路に入るなり、同乗している当二佐から『ファーストクラスを担当してもらう』と宣告された。

当然だが、旅客機の客室乗員の任務は、保安――緊急時に乗客の安全を護ることだ。そのために覚えなくてはいけないマニュアルや、手順がある。

保安要員としての知識を完全にしたうえで、機内サービスも行なう。

昨日のビジネスクラスは、政府専用機での搭乗者接遇の手順がほぼそのまま使えたので、ぶっつけでも何とかなったが——

ファーストクラスの機内サービスなんて、もちろん、やったことが無い。

どうしよう。

思わず天井を見上げたひかるに

「警護対象の要人がファーストに乗るんだ」

当二佐は言った。

「君がファーストを担当しなくて、どうする」

「は、はい」

「心配することはない」

当は続けた。

「今日の便では、君は飛び入りの員数外だ。仕事は、軽い手伝いが出来ればいい」

「——はぁ」

「それより、資料は見たか」

「——？」

資料……？

何のことだろう。

また目をしばたたくひかるに

「これだ」

当は、自分の携帯を取り出して画面を示した。

「東京のNSCから、君へも送られているはずだ」

「……………？」

そうか。

ひかるは、客室乗員としての緊急時の手順や出入国手続きの復習に追われて、要人警護をするというNSC工作員としての準備にまで、手が回らなかった。

昨夜のうちに、いろいろやっておけばよかったが。さすがに疲れがきつく、個室へ入るなりベッドへ倒れ込んで、寝てしまった。

お陰(かげ)で、疲れはすっかり取れたけれど――

「見ます、今」

ひかるはショルダーバッグから自分の携帯を取り出すと、メールの画面を開いた。

NSCの支給品だから、データ通信は暗号を嚙ませてあるという（見かけは普通のメール画面だが）。

「あ、来ています。班長から」

東京の門篤郎（あつろう）から、メールが入っていた。

「その添付されている写真の人物が、警護の対象だ」

横から、当が告げた。

「槙六朗（まきろくろう）氏。駐スイス大使だが、東京への帰任が急きょ決まった」

「――――」

言われるまま、メールに添付された写真を開くと。五十代とおぼしき男性の上半身だ。

面白くもなさそうに、カメラへ視線を向けている。

駐スイス大使――外交官か。

「外務省の人ですか？」

「いや、外交官ではない」

当が教えた。

「この人は財務省の官僚出身で、組織に合わずに辞めて外へ出て、経済アナリストをしていた。常念寺総理が見識を見込んで官邸へ呼び、昨年から内閣官房参与につけていた人物だ」

「………？」

「外交官ではなくても、在外公館の要職につくことはあるんだ。政府の肝（きも）いりでね」

「そうなんですか」

「私も多くは知らないが。外務省の人間でない大使は、ときどきいるよ」

「はぁ」

「常念寺総理が」

当は窓外に流れる景色を見て、推測するようにして言った。

「その人を国内に置いておくと、いろいろと軋轢が出ると考えて、いったん在外公館へ出したのだろう。隠し玉というやつだ」

「……………？」

「槇氏は、帰ったら、次の日銀総裁に就任するらしい。正式発表はされていないが、みんな憶測しているよ。前の赤川総裁が、日本時間の昨日の夜、急に辞任しただろう。その後継だ」

「………………」

「部屋のTV、見なかったか」

ひかるが目を見開いたので、当は意外そうにした。

「宿泊室に、ケーブルTVが引いてあっただろう？　日本の放送が見られる」

「あの、寝ていましたから」

「そうか」

当は『まぁ、そうだろうな』という感じでうなずく。

「本当ならば、日銀総裁が体調不良を理由に急に辞任などしたら、大ニュースのはずだが。小さい扱いだったな。どこの局も、夜通し、国会前のデモの中継ばかりでね」

「…………」

「機動隊の警官がデモの参加者の学生に暴行をして、重傷を負わせたらしい。どの局のニュースも、その話でもちきりだ」

「あの、当二佐」

「ん」

「わたしは」ひかるは、Jウイングの空色の制服ジャケットの胸に手を当てた。「NSCで、工作員の訓練は受けましたが。要人警護の専門訓練は、まだ受けていません」

そうだ。

ひかるは、思い出す。

十三週間の地下施設での訓練。そのシラバスは〈対工作員戦闘訓練〉に特化されていた。

訓練は、敵性の工作員に接触し、制圧するという内容に絞(しぼ)られていた。誰かを警護する、という任務は、おそらくやり方がかなり違う。

　だが
「それならいいんだ」

　当は頭を振る。

「槇氏には、スイス大使館付きの警護官二名が、警護につく。警察庁から出向しているSPだ」

「はい」

「警護官は、一名が槇氏の真後ろの席で身辺警護、もう一名はビジネスクラスに席を取って、機内全体の様子をウォッチする」

「――――」

「舞島二曹。NSC情報班の門班長から、君は優秀な工作員と聞いている。キャビンアテンダントとして業務につきながら、君は機内の様子を見張っていてくれ。そして万一、二名のSPで対処しきれない事態が起きた場合には、必要な措置を取れ」

●フランス　パリ
　シャルルドゴール空港　ターミナル２Ｅ

「ありがとうございます」

出発階の車寄せでリムジンを降りると、金髪の運転手がひかるのスーツケースをトランクから下ろしてくれた。「ボンボヤージュ、マドモアゼル」と笑顔で手渡してくれた。

ひかるは礼を言うと、スーツケースのキャスターを曳(ひ)いて、ターミナルの建物へ入った。

天井の高い、ガラス張りの出発階は静かにざわめいている。

フランス語のアナウンス。

(パリだなぁ——なんて、思っている暇もないか)

Jウイングのカウンターは、どこだろう。

出頭時刻より、早く着いたけれど……。

(………)

空港支店は、チェックイン・カウンターのバックオフィスにあるらしい。

訓練で身につけた習慣で、頭を動かして見回すことはしない。視野の左右の端を眼で摑むようにして、歩く。

「あ」

マカロン。

思わず足を止めた。

チェックイン・カウンターではない。左手、出発ロビーのフロアの一画だ。そこに移動式のワゴンを出して、様々な色合いの円い焼き菓子を売っている。

そうだ。特輪隊のみんなに、お土産を買わなくちゃ——

ひかるは思った。

東京へ着いたら、間を置かずに千歳へ戻ることになっている。三か月間の〈民間研修〉という名目で、所属する隊を抜けて来たのだ。

NSC工作員として、一応、一人前となったら。

また自分は、特別輸送隊の客室乗員としての日常へ戻る。そして次の〈任務〉の呼び出しに備えることになる。

もうすぐ、帰隊だ。民間エアラインの乗務研修でパリへ行ってきたというのに、お菓子の土産も持たずに千歳へ戻るのは、ちょっとまずい。

（マカロン、みんなに買って行こう）

ひかるは、左肩にショルダーバッグ、右手で中型スーツケースを曳いて、マカロン売りのワゴンへ寄ろうとした。

その時

（………？）

ジャケットの内ポケットで、何かが振動した。

ひかるは立ち止まると、右手で携帯を取り出す。

振動するスマートフォンの面に『CI』の表示。Chief of intelligence――情報班長の門からだ。

一瞬、周囲三六〇度をぐるっ、と見回す。自分に注意を向ける者、近づいてくる者がないことを確かめながら、携帯を耳に当てる。

「――わたしです」

『どうだ、パリは』

乾いた声が、単刀直入に訊いた。

門篤郎だ。

『いいところか』

ひかるは周囲を監視する視野は保持しながら、通話の声に「はい」とうなずく。

「きれいです。寝ただけですが」

『そうか』

通常、特輸隊でもそうだったし、Jウイングでももちろんそうだが、客室乗員はフライト中は自分の携帯を使えない。だからみんな勤務が始まる時に電源を切り、ショルダーバッグに入れてしまう。

でも、今回は特別だ。

東京のNSCから、何か急に指示があるかもしれないし、報告しなくてはならないことが起きるかもしれない――

ひかるはそう思って、少しごわつく感じはしたが、車の中で制服ジャケットの内ポケットに携帯を突っ込んでおいた。

「〈任務〉についてのメールは見ました」

まず報告する。

車中で確認した、門からのメール。

それには、警護すべき人物の顔画像がつき、知っておくべき事項が記されていた。

だが、槇スイス大使に警護官がついていることまでは知らされなかった。

「班長。大使には、ほかにSPの方が二名、ついているのですか」

『その通りだ』

警護専門のSPが、二名もつくなら、自分は今日の便に乗務する必要があったのか？

正直、訊き返したいところだ。

せっかく、パリへ来たのに。

一度も街を歩いていない。

だが

『いいか舞島』

門の声は告げた。

『乗務する四八便の他のクルーたちは、君が大使の警護のために乗るのだとは知らない』

「は、はい」

『防衛省の都合で、早く帰国しなければならなくなった、と伝えてある。君は員数外のオントップだ。政府専用機では要人も輸送するからファーストクラスの見学が必要、とも言ってある。おそらく仕事は、見学程度で済むだろう。勉強が足らなくても何とか務まる、その点は心配するな』

「――――」

見透（みす）かされている。

『いいか』

「――あ、はい」

『槇大使は、次期日銀総裁だ』

「はい」

『わが国をデフレから脱却させるカギを握っている。当然、中国は狙っている。おそらく全力を挙げて、ハニー・トラップにかけようとしてくる』

「はい」

ひかるはうなずきながら、疑問に思ったことを確認した。

「班長、今日の便に中国の工作員が乗って来て、その人――大使の生命を狙うようなことが、あるのでしょうか」

『分からんが。どんなことだって有り得る。だから君を乗せる』

「はぁ」

『それよりな』

門は、通話の向こうで言葉を区切った。

東京にいるとしたら、向こうは夜だ。

Jウイング四八便は、パリ時間の午後――つまり日本時間の深夜に離陸し、ほぼ十二時間近くを飛んで、昼に東京・羽田に着く。

『大使の身辺もだが。合わせて東京までの巡航中、機内で急病人が発生しないか、気をつけていてくれ』

「――急病人、ですか」

『そうだ』

門は、機密事項を話しても支障のない場所で通話しているはずだが。

それでも、声を低めた。

『もしも乗客の誰かが急に苦しみ出し、発熱と発疹が見られたならば。ただちに先任客室乗員と機長に要請して、機をシベリアのどこかへ緊急着陸させろ。合わせて、俺にも通報しろ。機内のＷｉＦｉ環境を使えば携帯でコール出来る』

「………………」

ひかるは、目をしばたたく。

急病人……？

「班長、それって」

『いいか』

門が、低めた声で早口で告げた。

『総理が、中国からの〈脅し〉を拒否した』

「………？」

『天然痘が、もう一度持ち込まれる可能性がある』

●東京　永田町
総理官邸地下　NSCオペレーション・ルーム

「この通話では詳しくは話せない」

門は立ったまま、手にした携帯に告げた。

「しかし感染した〈乗客〉が、日本へ入ろうとする――昨日の貨物機と同じように、誰かが突然、飛行中に発症する可能性がある」


門は、オペレーション・ルーム中央のドーナツ型テーブルから数歩離れ、身体を斜めにして携帯を握っていた。

つい数分前、防衛省経由で現地駐在武官から『工作員を空港へ送り届けた』という通知があった。

舞島ひかるに指示をするなら、帰り便の業務が始まる直前の、今がベストだ。

「Ｊウイングの機長が、すぐに君の要請に従わなくても構わない」門は続けた。「俺に知らせれば、政府経由で航空会社に指示を出させる。シベリアのどこかの地方都市へ降りられるようにする。知っていると思うが、シベリア東部は人口密度が極めて小さい。君の機が降りても、わが国のようにパンデミックを起こす確率は小さい。ロシア政府には多少、迷惑をかけるが、幸いにして総理はラスプーチン大統領と関係が良好だ。すぐに受け入れ態勢を整え、助けてもらえる」

『――はい』

舞島ひかるの固い声が、うなずく。

通話の背景は静かなざわめきだ。フランス語のアナウンスが聞こえる。出発ロビーか。

『指示は、分かりました』

「頼む」

門は通話を切ると、ドーナツ型テーブルへ向き直った。

「――――」

「――――」

こちらへ向けられる視線。

テーブルについているのは、四人――常念寺総理、古市官房長官、鞍山満太郎（くらやままんたろう）外務大臣、そして障子有美（しょうじゆみ）だ。

「今、舞島ひかるへ指示を出しました」

門はテーブルの面々へ報告した。

「これからJウイング四八便に乗り組み、パリを出ます」

すると

「――――」

総理席で常念寺が腕組みをし、うなずいた。

いつもの元気はない。門から見ても、憔悴（しょうすい）した様子だ。

無理もないか……。

「そうか、すまん」

「いえ」

白い空間は、ざわついている。

オペレーション・ルームでは、壁際の三つの情報連絡席、そして多数の補助席にNSCのスタッフや各省庁からの連絡（リエゾン）スタッフがつき、引き続き情報収集と連絡にあたっている。

昨日の〈国家安全保障会議〉で決められた方針に基づき、政府は動いている。保障会議のメンバーである各閣僚は、それぞれの省庁へ戻って陣頭指揮にあたっているはずだ。

隠岐島（おきのしま）とは、壁の情報スクリーンの一つがリアルタイムに繋がっていて、現地の指揮所といつでも連絡が取れる。

「――よし」

常念寺が息をつき、テーブルの面々を見回した。

「みんな、聞いてくれ」

門は、障子有美の隣に着席すると、総理席の常念寺を見やった。

四十代の総理大臣は弁論部出身で、元気な語り口が持ち味のはずだ。しかしその声は少しかすれている。

「昨夜からのことについて、話そう」

常念寺はテーブルを見回した。

「私は、一度は辞任しようと思った」

「――――」

「――――」

全員の視線が集まる。

4

●東京　永田町

総理官邸地下　NSCオペレーション・ルーム

「昨夜、私は日中議連の会長を通して〈脅し〉を受けた」

　常念寺は、ドーナツ型テーブルに着席した面々を見回した。

「このことは、先ほども話した通りだ」

「――」

「――」

「羽賀精一郎が私に言った。『二十四時間以内に総理を辞任しなければ、再び天然痘を持ち込む。今度は本土全体に拡散させる』」

「――」

「――」

　門を含めて四人の視線が、今度は常念寺に集中する。

「もちろん」常念寺は続ける。「羽賀は、通話を録音されたら困るような文言は使わなかった。しかしあれは〈脅し〉だった。私に辞任を迫った」

「それは」

　門は常念寺を見て、言った。

「私が報告の電話を入れる、その直前のことですね」

「その通りだ」

娘の議員辞職に伴い、補欠選挙で衆議院に復帰した羽賀精一郎。

これまでも親中派の親玉として知られてきたが。

今回は、正体を自ら現わし、牙をむいた形か。

タイムリミットを切って、常念寺貴明に辞任を要求してきた。

「諸君」

常念寺は言葉を区切ると、続けた。

「正直、私は一度は辞任を決心した。国民全体を人質に取られたようなものだ。どうしようもない。憲法を改正し、スパイ防止法を成立させて国を護ろうとしている私を、中国共産党は全力で失脚させるつもりだ。しかし」

「――――」

「――――」

「一晩、考えた末。私は奴らの要求を拒否することにした」

「よく決心してくれた、総理」

古市が口を開いた。

「ありがとう」

（――――）

門は、古市達郎が「ありがとう」と口にした瞬間、その横顔に目を引かれた。

これまでに見せなかった微妙な表情だ。

それがどんな感情なのかは、想像が出来なかった。

想像している暇も無い。

「では皆さん。よろしいですか」

門は口を開き、テーブルの面々の注目を集めた。

普段は、このような場で、訊かれもしないのに口を開くことはあまりない。左隣の席から障子有美が、大きな目でこちらを見た。

驚かれたか。しかし構っている暇は無い。

「総理には、すでにお耳に入れていますが、現在までにNSC情報班が収集し確認している情況について、お知らせします」

常念寺が『重要なことを伝えたい』と告げて、この四人をオペレーション・ルームに集めた。

古市は官房長官として頼む先輩政治家。鞍山外務大臣は常念寺の弁論部の後輩だという。やはり片腕として頼む政治家だ。障子有美は常念寺が能力を見込んで抜擢した危機管理監。情報班長の門も含め、四名は『側近中の側近』といえるだろう。

四十代の総理大臣は、まずこの四人に対してみずからの意思決定を伝え、脇を固めるつもりか。

テーブル脇の補助席を見ると、乾首席秘書官も来て着席している。オペレーション・ルームで働く大勢のスタッフたちも、こちらをあからさまに見る者はいないが、聞き耳を立てているに決まっている。側近と、事態に対処する中核メンバーたちにまず意思を伝え、理解を得てから〈国家安全保障会議〉を再度招集するつもりか。

門は、情報班長として自分が提供した情報を参考に、総理が意思決定したのだから、ここに詰める側近や中核メンバーたちにもそれを共有させなければ、と思った。

立ち上がりはしなかったが、テーブルの視線を集めると、続けた。

「まず、今から十八時間前のことです」

門は頭の中を整理しながら、時系列に沿って説明を始めた。特にメモもパソコンも見ない。大学在学中に力試しで司法試験を受け、一回で合格している。記憶力はあるほうだ。

「ルクセンブルク市内にあった中国共産党工作員のアジトに、現地の警察が踏み込みました。現地警察と言いましても、背後から動かしたのはアメリカＣＩＡです」

「――」

「――」

常念寺を含め、テーブルの四人の視線が自分に集まるのを確認しながら、門は続けた。

「今回の件につき、アメリカは協力的です。わが国の国内で天然痘ウイルスがばら撒かれれば、在日米軍基地へも脅威が及びます。我々のカウンターパートであるＣＩＡは、情報を提供してくれている。中国共産党内部の動きも、お陰である程度、知ることが出来た」

「共産党内部の情報もか」

鞍山満太郎が思わず、という感じで訊き返した。

「向こうの内部にいる、協力者からの情報も得られたのか」

「そうです」

門はうなずく。

「ご承知の通り。共産党内部の協力者からの情報は、みだりに外へ出れば、貴重なその協力者を危険にさらしてしまう。情報の出所が分かってしまうからです。ＣＩＡは通常は、同盟国といえどなかなか提供してくれません。しかし今回は特別でした」

「――」

「――」

「情報によれば、ことは三か月前にさかのぼります。例の〈政府専用機乗っ取り事件〉の直後から、中国共産党は密かに、常念寺総理を失脚させ親中派政権をわが国に誕生――いえ、それだけでなく、あわよくば一気にわが国を占領する計画をスタートさせました。総理がこのままでは憲法を改正し、中国の台頭を抑えてしまうと危惧したのです。天然痘ウイルスによる生物兵器テロは、その計画の目玉となるはずだった。

わが国へウイルスが持ち込まれてばら撒かれ、パンデミックとなれば、最初は何が起きたのか分からない。対応が後手に回れば、冗談ではなく国民の半数が生き残れない。政権が吹っ飛ぶどころか、国そのものがなくなる危機に陥ります。その大混乱の中、〈救助隊〉と称して人民解放軍がわが国へ上陸し、全国の市町村にまで入り込み、なし崩しに占領してしまう。外国の軍隊が入り込むなど通常はあり得ないが『ワクチンを住民に与えるため』という口実があれば。マスコミを使って国民のコンセンサスを作れば、可能だ」

「しかし」

門は言葉を区切った。

「奴らにも、誤算が生じました」

「それは何」

隣席から、障子有美が訊いた。

危機管理監は、通常、各省庁からマニュアルに基づいて正規ルートで上がって来る情報ばかりに接している。こういったインテリジェンス情報は、門から得るしかない。

「どんな誤算があったの」

「ビ、ビ、ビ、ビットコインの大暴落だ」

門は応えると、テーブルの面々も見回して、続けた。

「皆さんも、ご存じかもしれないが。先月、国際市場でビットコインが大暴落しました」

「？」

障子有美が、大きな目で見返す。

ビットコインの相場と、生物兵器テロ。どんな関係が……？　そう目で訊いている。

意外に思うかもしれないが――

「中国の現在の情況が、背景になっています」

門は続けた。

「ご承知かもしれませんが。十年ほど前から、中国共産党の幹部たちは、賄賂などで蓄財した金を、海外へ移して隠している。共産党幹部は、位が上になるほど、外貨に換えた莫大な財産を海外のタックスヘイブンなどに隠して溜め込んでいます。国家主席クラスで個人資産は二兆円ともいわれている。そして、みずからの子弟はカナダなどの海外へ移住させ、そこで市民権を取らせて暮らさせている。それはなぜなのか」

「中国の行く末を、信じていないからだろう」

鞍山満太郎が言った。

「共産党の上の方へ行けば行くほど、いつでも中国を脱出して海外で暮らせる用意をしている。連中は自分たちでも共産主義なんか信じていないからな」

「その通りです」

門はうなずく。

「共産党幹部は、中華帝国の覇権を拡大させながらも、一方ではいつ国が滅びてもいいように、いつでも逃げ出せる準備をしているのです。そのために個人資産は海外へ移し、子供も中国を脱出させている。いざという時には、自分が身一つで逃げ出せばいいようにしている」

「――――」

「――――」

「そこへ、数年前にビットコインというものが登場した。暗号通貨、あるいは仮想通貨と呼ばれるものです。ご承知の通り、これは通常の貨幣と違って、国ごとの通貨に両替する必要もなく、ネット上に置いておけば、世界中のどこからでも引き出せる。資産を海外へ移して、いざという時は国を捨てて逃げ出そうと考えている共産党幹部たちにとって、これほど都合のいいものはない。彼らはビットコインに飛びつき、買い漁った」

「それが、ビットコインのバブルと呼ばれた現象の原因か」

古市がうなずいた。

「一時期は急騰したようだな」

「その通りです」

門もうなずいて、続ける。

「国際市場で猛烈に買われ、急騰し、ピーク時には一ビットコインが二百万円に達するほどの勢いでした。共産党幹部がたくさん買ったので値上がりし、それを見ていた中国国内の中級官吏や、軍の幹部、果ては末端の工作員に至るまでが、自分たちの資産を海外へ移すためにこれを買いまくりました。あまりに勢いよく値上がりするため、投機目的で借金をしてまで買いまくる者も続出した。特に工作員たちは、実際に海外で活動しており、本国に何かあった時には外国へ逃げて暮らそうと考えていたから、ほぼ例外なく買いまくった。ところが」

「先月の、バブル崩壊だな」

常念寺が腕組みをして、言った。

「私も経済の専門家のはしくれだ。見ていて、あれは危ないと感じていたが」

「そうです」門はうなずく。「ビットコインをはじめとする暗号通貨は、実体通貨の裏付けがなく、実際にはそれほど便利なものではないことが分かってきました。ほどなく国際市場の相場は暴落、一晩で全財産をなくす人も出た。共産党のトップクラスはもともと様々な形で蓄財をしていたので、資産の一部をなくした程度で済みましたが。しかし借金をしてまで相場につぎ込んでいた役人や末端の工作員たちは、破産した上に多額の借金を背負う者が続出した」

「そのことと」

障子有美が訊く。

「生物兵器テロと、どんな関係が？」

「うん、聞いてくれ」

門は隣席の有美と、テーブルの面々を見回した。

「二週間前のことです。遼寧省の軍の研究施設から、冷凍保存されていた天然痘ウイルスの密封容器が三個、解凍され取り出された。小型の魔法瓶よりも小さな物です。うち一個を、まず一人の工作員が手荷物として携行、民間航空の定期便に乗って日本へ向かいました。我々の知らないうちに、ウイルスが国内へ持ち込まれ、ばら撒かれるところだったのです。ところが」

「――――」

「――」

驚いて注目する面々を見返し「ところがです」と門は続けた。

「この工作員は、日本へ着く前に、某イスラム系テロ組織に密封容器を渡して売り飛ばし、逃げてしまいました」

「な」

鞍山満太郎が目を見開く。

「何だと」

「このことが起きた背景に、ウイグル自治区における中国共産党の〈圧政〉がある」

門はさらに続けた。

「知っての通り。現在、共産党は新疆（しんきょう）ウイグル自治区でイスラム系住民を弾圧しています。彼らが自主権を主張し、従わないからです。共産党は三百万人もの住民を『職業訓練施設』という名目の収容所へ強制的に入れ、閉じ込めている。そこでは何の罪もない人々が、イスラム教では禁止されている豚を食べさせられたり、生きたまま臓器を取り出されている。内臓を、獲（と）られて売られているのです。中国国内では、臓器移植の手術件数が正式発表で年間一万二千件、しかし実際は六万件に達するといわれます。今や巨大なビジネスになっている。臓器移植を受けたい世界の富裕層の人々が中国へ行くと、平均わずか四十八時間で適合するドナーが見つかり、移植が受けられるといいます。アメリカならば二年は待つといわれているのに、四十八時間です。ウイグル自治区の空港には、取り出された臓器を新鮮なうちに運び出すための専用レーンが設けられていて、これはジャーナリストによって撮影され、ネットＴＶなどで公表されています。

世界中のイスラム教徒の人々が、これを見て、どう感じるか。怒らないわけがない。中東のイスラム諸国家へは、共産党が〈一帯一路〉を通して金を配り、政府関係は今のところ抑えている。しかし複数のイスラム系テロ組織は頭に来ており、中国工作員たちに対して『中国の保管している天然痘ウイルスが出たら高値で買い取る』とアナウンスしているのです」

「――――」

「――――」

「中国当局は、今回、売り飛ばされた密封容器と、売り飛ばした工作員の行方を必死で追っているようだが。まだ見つかったという情報はありません」

「それでは」

古市が訊いた。

「中国の工作員たちが、みな金に困っているとしたら。彼らに天然痘ウイルスの容器を持たせたら、売り飛ばして逃げてしまう可能性があるわけか」

「はい」

門はうなずく。

「中国の工作員には、共産党のために生命をかけて働こうと考えている者はほとんどいない。おまけにビットコインで破産して、多額の借金を抱えている者が多い。『高値で買う』と言われて、飛びつかないわけがありません。

困った共産党は、苦肉の策に出た。密封容器を持たせるのではなく、工作員にウイルスを注射して保菌者にし、わが国へ入国させる。そこら中にウイルスを撒き散らすという役目を果たしたら、別の工作員がワクチンを注射して助けてやるという作戦に出ました。ところがこの策をとる場合、工作員を中国からの直行便に乗せると、ウイルスの出所が中国だとばれてしまう可能性がある。そこで世界中から人や物が集まる欧州のルクセンブルクへいったんウイルスを持って行き、そこで工作員に注射して、日本行きの貨物便へ乗り込ませた。あの貨物便を選んだのは、宅配ワインと共に三大都市圏へ効率的に拡散できるからです」

「ううむ」

鞍山が唸った。

「今回の事件は、そういうことだったか」

「しかし奴らには、まだ誤算があった」

「?」

「…………?」

●フランス　パリ
シャルルドゴール空港

「聞いたよ。一泊で帰るんだって?」

チェックイン・カウンターの裏にある、Jウイングのパリ空港支店。

何列ものデスクに情報端末が並ぶオフィスは、がらんとしていた。

外のチェックイン・カウンターでは、東京行きの乗客の受付が始まって、長い列が出来ている。旅客課のスタッフたち(半数以上が現地採用のフランス人のようだ)は、すでに全員、カウンターに出て乗客の応対にかかっている。

制服姿のひかるは、支店の責任者である当直管理職の男性に挨拶(あいさつ)をし、今日の羽田行きに研修乗務する旨を申告した。

「クルーは普通、休養のために二泊するもんだが。防衛省は人使いが荒いな。街で買い物は出来たかい」

「――はぁ」

ひかるは、苦笑するしかない。

キャスター付きのスーツケースはすでにカウンターで預かってもらい、制服にショルダーバッグだけの恰好だ。

「仕事で、来ましたから」

「休養は。眠れた？」

「体力だけは、あるつもりですから」

すると
「それは結構」

がらんとしたオフィスの一方から、声がした。

低い女性の声。

あの人は……？

ひかるが目を向けると。

（――――？）

「あぁ、クルーの集合時刻には間があるが」

ワイシャツ姿にコーヒーを手にした当直管理職の男性は、立ち上がって、ひかるを招いた。

「四八便のチーフパーサーはもう出頭しているから、紹介するよ」

「會田チーフだ」

紹介されると。

オフィスの隅の情報端末に向かって、画面を見ながらメモを取っていた制服姿の女性は、立ち上がった。

こちらを向く。

背が高い。三十代の後半か……。

ひかるは、向き合ったその女性を見上げ、目を見開いた。

（………!?）

「あら」

胸の金の翼のバッジに、紅い線が入っている。

チーフパーサーとして紹介された女性は、きつい切れ長の目で見返してきた。

「私の顔に、何かついているかしら」

「……あ、いえ」

ひかるは頭を振ると、ぺこりと会釈した。

「航空自衛隊、特別航空輸送隊所属、舞島ひかるです」

「うん」

女性はうなずいた。

ネームバッジには『會田望海』とある。

「聞いています。研修だそうね。ご苦労様」

「不慣れですが。よろしくお願いします」

「747は、不慣れではないでしょう」

會田チーフと呼ばれた女性は、腰に両手を置き、ひかるを見下ろした。

「政府専用機も、同じ747でしょ。少し古いけれど」

「は、はい——」

「舞島、ひかるさんね」

「はい」

「その制服」

「——?」

會田望海が、両手を腰に置いたまま、細い顎でひかるの制服姿を指すようにした。

ひかるは『何だろう』と思った。

いや、それよりも。

この人は……。

「あなたは、それを着て、うちの金のウイングを胸につけて乗務するのだから」

目をしばたたくひかるに、會田望海はぴしゃり、と言った。

「サービスはともかくとして。緊急時に役に立ってもらわなくては、困るわ」

「は、はい」

「それでは訊くけど。舞島さん」

會田望海は、腰に手を置いたまま、いきなり口頭で質問した。

「機内で火災が起きたとします。消火作業をする際に使うスモークフードはどこに載っていますか」

「え、は、はい」

ひかるは、面食らったが。

さっき大使館の居室で、ライティング・デスクにマニュアルを広げて復習したばかりだ。

「はい。消火作業の時、煙を吸い込まないように被るスモークフードは、機体右側Ｒ２、Ｒ４ドア脇のアテンダント・シートの下に、ベルクロテープで固定され、搭載されています」

何とか、思い出して答えた。

すると

「使用上の注意は」

畳みかけるように訊かれる。

「どうやって、使いますか」

「パッケージを開き――」

ひかるは、特輪隊の訓練でも実習して覚えたことを思い出しながら、身振りを交えて答えた。

「――ボックス状のフードを頭からすっぽり被ると、フード内に酸素が供給されます。酸素が出ていることは、フェースプレートの視野の下側に緑ランプが点くので、それにより確認できます。供給時間は十分間、残量が三分ぶん以内になると、緑ランプは点滅し始めます」

「火元が、お客様の使われているノートPCのバッテリーでした。消火器は、どの種類を使いますか」

「消火器は二種類ありますが――水消火器は電気を伴う火災には使えないので、化学消火器を使います」

「使用上の注意は」

「必ずスモークフードを被り、消火器を人に向けないようにします」

「理由は」

「化学消火器のハロンガスを吸い込むと、窒息してしまうからです」

「よろしい」

　會田望海はうなずくと、机上の情報端末のプリントアウトから、一枚のＡ４の紙を取って、ひかるへ手渡した。

「これを見て」

「はい」

「機内の分担チャートです。クルーのそれぞれの担当ポジションが載っている。みんなには業務用タブレットに配信するんだけれど、あなたは持っていないから」

「は、はい」

「そこにある通り」

　會田望海は、また顎で指した。

「あなたは、ファーストクラスのギャレーに入ってもらいます。ギャレーの器具類の使い方は、専用機と変わらないでしょ」

「はい、多分」

「員数外だからね。あなたはギャレーの手伝いと、お客様へトレーをお出しする時に、キャビンへ出て手を貸してちょうだい。それだけ、してくれればいいわ」

「はい」

「今日の羽田行きのファーストには、ＶＩＰもお乗りになるけれど。あなたはふだん専用機で、総理とか外務大臣とか、手のひらで転がしているんでしょ。大丈夫よね」

「て――」

　ひかるが絶句すると。

　オフィスの入り口の方で、大勢の気配がした。扉を開いて、水色の制服を着たクルーたちが次々と入室してきた。

「よろしくお願いいたします」

「よろしくお願いいたします」

　急に、空気が華やかになる。

　同乗する、羽田行きのクルーたちか。

　民間航空の子たちは、やっぱりあか抜けていていいな……。

　ひかるは、自分の制服の胸をちらと見る。羽田へ着いたら、これも脱いで返さなくてはいけない――

（――あ、いけない）

みんなにも、挨拶をしなくては。

そう思っていると。

目で数えて十五名、水色の制服のクルーたちが、ひかるの左右にたちまち横一列に並んだ。

「會田チーフ」

クルーの中でもリーダー格らしい、年かさの一人が報告をした。

「羽田行き四八便。客室乗務員、全員集合しました」

「――――」

今までひかると向き合っていた會田望海は、両手は腰に置いたまま、整列したクルーたちを切れ長の目でさっ、と見渡した。

その目が、一か所で止まる。

「清水さん」

低い声で、一人のクルーを呼んだ。

すると

「は、はい」

ひかるの右側、二人ほど置いて立っている子が、びくっと反応した。

声の感じでは、新人だろうか。

「何でしょうか、チーフ」

「何でしょうか、じゃない。その顔色は何」

「――は」


どうしたのだろう。

目は動かさず、視野の右端で、横に立つクルーたちを見る。

清水と呼ばれた子は、隠れて顔は見えない。

でも――

（――言われてみれば）

この呼吸は……

二人おいて右横に立つ子の「はい」と答えた声。

自信がなく、不安げな息だ。

「どうした？」

単刀直入に、會田チーフの声が訊く。

その問いに、清水と呼ばれた子が息を吸い込む。確かに呼吸が不安定だ。耳で分かる。

「あの、ちょっと昨日、食あたりをしまして。でも大丈夫です。今朝は、治りました」

「――――」

「あの、大丈夫です、サービスはできます」

「サービスのことを言っているんじゃない」

會田望海は、腰に手を置いたまま言った。

「マニュアルには、なんて書いてある？　フライト先で体調不良となったら、ただちに会社へ申告すること」

「あ、あの、でもわたし、仕事できます」

「この仕事を舐めてもらっては困るわ」

會田望海は頭を振った。

ぴしゃり、という声。

（――――）

ひかるは思わず、その女性チーフの顔を見た。

似ているな……。

そう思った。

体調不良を申告しなかった子を、咎めているのだが。

ひかるは、なんだか胸に温かいものがこみ上げる。

似ている——声の感じ、ぴしゃりと厳しいところ。

ひかるの目の前で、會田チーフは「清水さん」と新人の子に訊きただした。

「あなたは、その顔色と体調で、東京まで十二時間のフライト・デューティーに耐え抜いて、それで最後の最後で緊急事態が起きたとしたら、お客様を誘導できますか？　助けられますかっ」

「あ、あの……」

「降りなさい」

會田望海は、新人の子に「降りなさい」と宣告すると、すぐに当直管理職を呼んだ。

体調不良のクルーを一名降ろすことを、東京の本社へ連絡し、同時にパリ市内の病院へ受診の手配をすること。

一分もかからずに、てきぱきと処理をすると、あらためて客室乗務員全員へ向き直った。

リーダー格の一人が「すみませんチーフ」と謝るのを、「いい」といさめる。

「クルーは自己管理。先輩が、何もかも面倒を見るわけにはいかない」

「は、はい」

「はい」

「ではこれから、東京行き四八便の打ち合わせを始めます」

(――――)

この人、似ている。

まるで、今村一尉が目の前にいるみたいだ――

ひかるは懐かしい気持ちで、打ち合わせに入る會田望海の立ち姿を見ていた。

顔までそっくりというわけではない。でも目をつぶると、まるで今村貴子一尉がそこにいるみたい……

「舞島さん」

「………」

ふいに呼ばれ、ひかるは我に返った。

「は、はい」

「ごめんね」

會田チーフは言った。

「あなた、員数外ではなくなってしまったわ」

5

●シベリア上空
Jウイング四八便　機内

八時間後。

（――――）

夜を飛ぶ旅客機の機内は、深海のようだ――

R1（右舷一番）ドア脇のアテンダント・シートに座り、キャビン・ウォッチをしながら、ひかるは思った。

パリを離陸して、もうどのくらいになるか。

手首を返し、時刻を見る。

（――六時間か）

パリ時間の午後二時過ぎにドゴール空港を離陸し、巡航に入ると。機内ではすぐに食事のサービスにかかった。

ファーストクラスでは食前酒から始まって、フルコースのディナーを出す。

普段乗務している政府専用機では、常念寺総理の好みもあり、外国からの帰路では蒲田（かまた）の名店の焼き鳥弁当を皆で食べるのが決まりになっていた。フルコースのサービスなんて、ひかるは見たこともやったこともない。

どうしよう――

會田チーフが、パリを出る前にJウイングのクルーを一人、降ろしてしまった。

おかげで、ひかるは『員数外』というわけにはいかなくなった。

さらに、今日の羽田行きはほぼ満席だった。

ファーストクラス十二席は、すべて売れていた。

しかし。

フライトが始まってみれば。

意外に、困らずに済んだ。

「飯はいい」

出発前。ドゴール空港のターミナルで、ボーディングブリッジを通って搭乗して来るなり、ＶＩＰ――槇大使は言った。

「飯はいい、寝る。構わんでくれ」

槇六朗・駐スイス大使。

空港への車中で、携帯に送られていた資料を慌ただしくチェックしたばかりだ。

年齢は五十代の後半。財務省の官僚に嵌まり切らず、飛び出して経済アナリストになっていたという。それが常念寺総理に請われて内閣官房参与となり、昨年からは駐スイス大使を命ぜられベルンへ赴任していた（外務官僚以外からも大使になれることを、ひかるは知らなかった）。

四角い黒縁の眼鏡。

面白くもなさそうな表情は、資料の写真そのものだった。

席は、キャビン最前方の『1A』。會田チーフが、離陸後に提供する予定の食前酒の注文を聞きに行くと「酒は飲まん」と言ったらしい。

続いてひかるが食事のメニューを持って、槇大使の席へメインコースのチョイスを訊きに行くと「飯はいい」と言われた。

「お食事は、よろしいのですか。離陸してすぐにお出ししますが」

「構わん。寝るのを楽しみにしてきたんだ、邪魔せんでくれ」

「大使は、お疲れだ」

後ろについて来た肩幅の広いダークスーツの男が、ひかるに手振りで、大使の席から離れるよう促した。

「さっきはゲートまで欧州紙の記者がついてきて、搭乗寸前までインタビューに応じていたんだ。羽田に着いてからもお忙しい」

ダークスーツの三十代の男――がっしりした体軀の四角い顔の男が、槇大使に付き添って搭乗する警護官（SP）だった。

SPの男は、機体の搭乗ドアが閉まる直前にギャレーへやってくると、客室責任者の會田チーフにバッジを示し、身分を明らかにした。姓名は鳥羽大吾（とばだいご）。階級は警部補。

男は會田チーフに対して、自分たちが槇大使を警護すると共に、『要望事項』を伝えた。

それによると。

槇氏は、とにかく多忙だという。突然の離任のため、ベルンでは引き継ぎ作業で分刻みの日程をこなした。帰国するとすぐに総理官邸へ出頭し、大使の任を解かれると同時に日銀総裁への就任手続きに入る。衆院・参院それぞれの議院運営委員会へ出席して、所信表明をしなくてはならない。両院で人事を了承されたら内閣からの指名を受ける。日銀の本店へ移動して、就任式を行なって、日本時間の夜には記者会見。これから丸々二十四時間の間、寝ていられるのはこの機内だけだ――

「だから、食事や酒は一切いいので、大使を休ませてもらいたい。飲料水も、こちらで携行してきたものをお飲み頂く」

大使はファーストクラスのキャビン最前方の席に着き、警護官は、そのすぐ後ろの席に着席する。

警護官である自分へも、食事・酒類の提供は不要だ、と言う。

さらに

「ビジネスクラスにも、警護官が一名、搭乗する。こちらにも食事や酒の提供は不要だ。もう一人の警護官は、定期的に機内を見回るので、君たち客室乗務員は、そのつもりでいてもらいたい」

「あのう」

ひかるは、會田チーフと並んで話を聞きながら、ＳＰの男の上半身が気になって仕方なかった。

左肩から、何か吊《つる》している。

厚い胸板の体格だから、目立たないかもしれないが。

上着の内側――左肩から腋《わき》の下に、何か吊っている。

重たそうだ。

「拳銃(けんじゅう)は、携帯されていますか」

「？」

ひかるが訊くと。

SPの男は一瞬、目を剝(む)くようにしてひかるを見たが。

すぐに『そんなことは当然だ』と言いたげに、うなずいた。

「当然だ」

「警護官。それでしたら、飛行中は拳銃は私共に預けて頂けませんか」

會田チーフが、丁重な口調は崩さずに依頼した。

「鍵のかかる保管庫に、保管しておきます」

「なぜだ」

「万一のことも、ありますし」

「それは駄目だ」

男は頭を振る。

「いいか。だいたい君ら日本の航空会社の客室乗務員はすぐ、拳銃と聞くと『預けろ』『預けろ』とうるさく言ってくるが。世界中で、そんなことを言うのは君らだけだぞ。銃無しでは、我々は任務を遂行(すいこう)できん」

「ですが」

「心配はいらん」男はまた頭を振る。「我々も、教育は受けている。ちゃんと知っている、窓に向けてぶっ放すような無謀な真似はせん」

「――――」

「――――」

「それよりもだ」

「それよりも？」

聞き返す會田チーフへ、ＳＰの男は言った。

ちら、と横の方をチェックするように見る。

「実はな。もう一人――政府の派遣した警護官が一名、この便に搭乗するらしい」

「もう一人、ですか」

「そうだ」

男は忌々しそうな表情で、うなずいた。

「我々も、素性は知らされていない。そいつは、内閣府の機関が差し向けた工作員らしいが――警護官とは分からぬ風体で搭乗するらしい」

「さようですか」

「迷惑な話だ」

「……………？」

ひかるは、目をしばたたく。

今、何と言った。

迷惑……？

「そいつは我々にも正体は知らされていない。ただ、この便に乗り込むとだけ聞いた。機内のどこに座るのかも知らされなかった。警護官のようには見えない恰好だという」

「…………」

「迷惑以外の、何物でもない。万一の時に余計なことをされ、大使の警護の邪魔をされてはかなわん」

「邪魔、ですか」

「そうだ」鳥羽というらしいSPはうなずいた。「我々二名は、警察庁から在スイス大使館へ正式に派遣されたセキュリティ・ポリスだ。我々以上に、要人警護に精通した要員はいない。それなのに、どんな訓練を受けたのか分からないNSCの工作員を機内へ紛れ込ませるとは。同じ現場に、そんな奴がいたら足を引っ張られるに決まっている」

「…………」

「とにかくだ。チーフパーサー、あなたに頼むが」
「はい」
「配下の客室乗務員たちに指示してくれ。機内で不審な挙動(きょどう)をする者がいたら、そういう者を見かけたら、報告すること。ただちにビジネスクラスから俺の部下を行かせ、余計なことをせぬように命じてやる」

ひかるは、初めは大使館付きの警護官が乗り込んできたら、身分を明かして挨拶しよう――そう考えていた。

でも、どうしようか――

自己紹介したら『余計なことをするな』とか、嵩(かさ)にかかって言われそうだ。

それに、もしも機内に大使の生命を狙うような者が紛れ込んでいた場合。

当然、二名の警護官の動きは、よく見ているだろう。今この時も、見られているかもしれない。

もし警護官と、仲間のように話していたら（仲間にしてはもらえそうにないが）。

自分が大使の警護役だと、分かってしまう。

「挙動の不審なお客様には、全クルー、いつも注意しています」

會田チーフは応えた。

「舞島さん、そうよね」

「は、はい」

「申し上げておきますが」

會田チーフは、SPの男にくぎを刺すように言った。

「拳銃は、それでは結構ですが。しかし機のドアが閉まった後は、もしも緊急事態となった場合、機内のすべての者は機長の指示に従うよう航空法で定められています。私共は機長の指示によりお客様の安全を護るよう行動します。あなた方も、そのような場合は私共の指示に従って頂けますね」

「それは、時と場合による」

男はむすっ、とした表情で横を向いた。

「飛行機自体のトラブルなら、百歩譲ってそうするが――しかし民間航空の機長に、要人警護のことなんか、分からないだろう。我々警察官は必要な時は任務遂行のため行動する」

政府専用機にも、SPたちは乗って来る。総理や閣僚の警護をする警護官だ。

だが彼らは、機内では比較的おとなしい。特輸隊の乗員に対して横柄(おうへい)な口も利かない。

専用機は、あらかじめ政府が選んだ者しか乗せないので、ある程度の安全が確保されていると考えているせいだろうか。あるいは、国の飛行機だからか。

民間航空の旅客機に乗って来て、民間会社の乗務員が相手だと、警護官たちはこんな態度になるのだろうか……？

ここは。

二名のＳＰには、自分の素性は隠したほうがいい。

ひかるは思った。

いや、大使本人にもだ――

警護を命ぜられて乗り込んだことは、ＳＰにも大使にも隠しておこう。普通の客室乗務員として、機内を見ていよう。

その方がいい。

（――――）

ひかるは、深海の暗がりのように静まり返ったキャビンの空間を、視野の中でゆっくりと点検していた。

時おり蒼白い光がよぎる。乗客の操作する個人用画面の照り返しだ。

パリを離陸して、もう六時間――離陸後の食事サービスが済んでから三時間が経つ。

機内の照明はおとし、乗客が寝やすいようにしている。

実際は静寂ではなく、空気の循環する音と、後方から機体を伝わって来るエンジンの唸りが絶え間なく空間を満たしているのだが。いつの間にか、それらの音は意識されなくなって、ひかるにはキャビンが静まり返っているように感じられるのだった。

(今のところ、何事も起きなくて)

静かだ。

平穏でいい……

ふと、視線を上げる。

天井がある。

この真上が、コクピットか――

７４７－８は、最新鋭のジャンボだ。

エンジンは、ボーイング７８７と同じ最新のモデルを装備している。主翼も新しい。機体構造にも複合材料を採用して軽量化が図られている、という。

四発機なので、長距離路線を飛ぶ際にＥＴＯＰＳ(双発機で長距離路線を運航するためのルール。着陸可能な飛行場が常に二時間以内の範囲になければいけない)の制約がない。

それでも経済性は、双発の777の方が優れていると見られていて、旅客型の747‐8を採用して運航しているのは世界でもルフトハンザと、日本のJウイングだけだ（貨物型747‐8は多くの会社が採用している。積載量が大きくて有利だからだ）。

ひかるの所属する特輸隊でも、次期政府専用機として間もなく導入されるのはボーイング777だ。帰隊したら、777に乗務するための訓練が始まる。

「――――」

シベリアの上空、か――

ひかるは、パリを出るときの飛行前ブリーフィングを思い起こす。

スポットに駐機する機体へ乗り込んだ後。ひかるたちキャビンクルーは、前方キャビンに集合し、機長からのブリーフィングを受けた。

ブリーフィングでは羽田までの飛行時間や巡航高度、途中に通過する地点と時刻、航路上の気象状況の予測などが伝えられる。

それによると、天候に関してはおおむね安定しているが、ヨーロッパからサンクトペテルブルクの上空を通過し、ウラル山脈を越えてシベリアに入ると、ほとんど人の住んでいる土地を通らない。まるで大海の只中に孤島が散っているように、中規模の都市をごくたまに目にするだけで、あとは無人の森林と平原が地平線の向こうまでただただ続く（途中、夜になるので真っ暗闇がただ続く)。着陸に適した飛行場が少ないことでは、機長の言葉では「シベリアを飛ぶのは洋上を飛ぶのと変わらない」らしい。

今、機はそのシベリア大陸の真っ只中にいる。

天井の上にあるコクピットでは、照明をおとした操縦席のナビゲーション・ディスプレーにピンクの航路線がまっすぐ伸び、その周囲にポツポツと、航法援助施設や飛行場のシンボルマークが散って見えているだろう――

(――――)

ひかるは、747の操縦(そうじゅう)席に座った経験がある。あまり思い出したくもないが……

ポン

どこかでアテンダント・コールのチャイムが鳴り、ひかるを現実へ引き戻した。

左手の『3A』の席の頭上で、小さな青ランプが点灯している。

ひかるは立ち上がると、キャビンの通路へ出た。

本能的に視野の中で、空間の最前方を素早くチェックする。

大使の席、すぐ後ろのSPの席にも異状はない。何も動かない。

(よし)

心の中でうなずき、青いランプの点灯する下――前方から三列目の左側シートへ、歩み寄る。

歩み寄りながら「お待たせいたしました」と声をかける。

コールボタンで呼んできたのは、女性客だ。座席をフル・フラットにはせず、脚の部分だけを水平にして、すらりとしたアジア人女性が寝そべっている。クッションを背中に敷き、黒髪の上からヘッドフォンを耳にかけ、個人用画面の映画を見ていた。

この人は、中国人だったな。

「メイ・アイ・ヘルプ・ユー？」

席に屈（かが）んで、訊くと。

黒髪の女性は、手にしていた細長いタンブラーを差し出した。

氷とライムだけで、空になっている。

身振りだけで、女性は『お代わりをくれ』と示した。

「はい」

ひかるはタンブラーを受け取ると、ギャレーへ戻った。

あのお客様は、ペリエだったな。

ギャレーの作業台の上、目につくところに座席表が留めてあって、どの席に何を提供しているのか、メモしてある。

ひかるは緑色のボトルから、泡の立つ天然水をタンブラーへ注ぐと、アイスピックで氷を砕いて追加し、新しいライムを添えた。

「舞島さん」

タンブラーをトレーに載せ、持って行こうとすると。

せわしない呼吸が背中で聞こえ、誰かがカーテンをめくった。

「ごめんごめん」

速足で歩み入ってきたのは、同じファースト担当のクルーだ。栗木五月（くりきさつき）という。

「もう、時間だね。キャビン・ウォッチを替わるよ」

背恰好は似ている。

飛行経験は、ひかるよりも一年長いらしい。

今日は會田チーフと栗木五月と三人で、ファーストクラスを担当していた。

食事サービスが済むと、巡航中はクルーは交代で休憩区画に入り、仮眠をとることが出来る。

その間、一名が必ず、キャビン・ウォッチをする。ひかるは希望して、食事サービスが終わってから最初のウォッチを担当した。

會田チーフは、休憩に入ることはなかった。ファーストクラスのサービスが済んだ後は、他のクラスのキャビンの様子を順繰りに見て回るらしい。

「ありがとう。それ、どこの席？」

「あ、やっちゃいますから」

ひかるは、栗木五月に断ると、再びキャビンへ出た。


ファーストクラスは、７４７の機首部分にある（一階客室だから、二階のコクピットよりも前方にある）。少しずつ前後にずらした形で、十二の席が配置されている。

シートは、スイッチを操作すると背もたれが倒れ、脚を載せる部分がせりあがって、フル・フラットのベッドになる仕様だ。

十二の席は、すべて売れていたのだが。

大使とSPの男が食事を『要らない』と断り、さらに三人の女性客が『ノー・ミール、アンド、ノー・アルコホル』と食事と酒の提供を断ってきた。

ひかるが少し驚いたのは。

パリで搭乗の時に、すらりとした体型の三人の女性が、ぴったりとした黒のレギンス姿で乗り込んでくると、その後ろから地上係員数名が、大きな黒い楽器のケースを抱えてついてきたことだ。

えっ、これを持ち込むの……？

驚いて見ていると、一抱えもある黒い楽器ケースを、地上係員が『3B』『4B』『5B』のシートへそれぞれ安置し、丁寧にエクステンション・シートベルトで固定する。

「楽器のお持ち込みだよ」

栗木五月が教えてくれた。

「ミュージシャンとか音楽家の人は、ああして自分の楽器のために席を買うんだよ」

「ときどき、あるんですか」

「うん」

そういえば。

確か、ポスターを見た。

三人の黒髪の女性。ドゴール空港の到着ロビーで、大きなポスターになっていた。印象的だったから覚えている。

ポスターでは紅い衣装で、それぞれ少しずつ大きさと形の違う弦楽器(げんがっき)を操り、舞うように演奏していた。

音楽家――というか、クラシックの楽器を使う現代風のミュージシャンだろうか。

移動の時は、簡素な服装にするのか。レギンス姿の女性三人は、それぞれ『3A』『4A』『5A』の席におさまった。

女性三人のグループ……。有名なのだろうか?

ひかるは航空自衛隊に入隊してから、寮生活で訓練ばかりの毎日だった。最近の世の中の流行には、疎い。

楽器の後から搭乗してきた、太った中国人らしい中年男性が『6A』の席についた。

「あのお客様が、マネージャーらしいよ」

栗木五月は、小声で言った。

「日本では、まだ有名じゃないみたいだけど。ファーストを使って、こんなふうに移動するんだから、世界的に売れているんだろうね」

その女性三人が『食事は要らない』と言ってきた。

しかも、通路を挟んだ三席が楽器だ。何も食べない。

食事のサービスは、残る数名の乗客に対してだけ、すればよいらしい。

「芸能人には、機内では何も食べない人、多いよ」

五月が教えてくれる。

「機内での美食とお酒は、ダイエットの天敵だって」

五月の話では、国際線の機内へ食事を楽しみにして来るのはビジネスクラスの乗客までで、ファーストの乗客は「ただ寝る」ために乗る人も多いという。経営者、政治家、芸能人――多忙なので、移動中は休みたい。構わないでくれ、放っておいてくれと言う人も、結構いる。

「だから、ファーストの担当って、意外に大変じゃないよ」

なるほど……。

ひかるは、うなずいていた。

そういえば政府専用機でも、客室乗員にとって一番大変なのは、マスコミの記者たちへの応対だ。

記者には態度の大きい者が多い。

機内で無理難題を言うのも、彼らだ。

逆に、総理や閣僚たちの方が、腰が低くて礼儀正しかったりする。

「メルシー」

ひかるがタンブラーをテーブルへ置くと、黒髪の女性は低い声で言った。

搭乗してから、口数は少なかったが。

この黒髪女性はフランス語で話すようだ（中国系のフランス人だろうか）。ひかるに礼を言った呼吸は落ち着いていて、みぞおちの下に意識の中心を置いた、これは腹式呼吸の

声──

一言の声だけから、直感的にそう思った。ポスターで見ただけだが、弦楽器を持って踊るように演奏をする。舞踊家（ぶとうか）のように鍛錬しているのかもしれない。

ひかるは「ウェルカム」と一礼すると、踵（きびす）を返した。

身体を回すと、キャビンの空間が視野に入る。

静かな暗がり。

気になる動きはない──

今のところ、静穏（せいおん）だ。心配していた食事サービスは、時間はかかったけれど、ひかるにも何とかついていくことが出来た。

東京までの行程の、およそ半分を飛びこなしたか。

（いま日本では何時だろう）

考えながら、通路を戻ろうとすると

「あ、君」

六列目のシートから、呼び止められた。

「はい」

歩み寄ると。

『6B』の席は、日本人の男性客だ。

六十代だろうか。スーツの上着は預け、ネクタイを外して機内用のカーディガンを羽織っている。眼鏡に、蒼白い光が映り込んでいる。

屈み込むと、男性客は自分のノートPCをテーブルに出して、画面を眺めていた。

動画だ。

テーブル上のタンブラーが、やはり空になっている。

「お代わりを、お持ちしますか」

「あぁ、頼むよ」

ビジネスマン、というより、ファーストに乗るのだから経営者なのだろう。

六十代らしい男性客は、ひかるにタンブラーを手渡しながら「ジン、もう少し濃くしてくれ」と言った。

「はい」

受け取りながら、ついPCの画面が目に入る。

動画に、ピンク色の枠がある。日本の民放ニュースのストリーミング放送らしい。

もちろん、乗客のPCを覗き込むなどルール違反だ。

しかし

「…………?」

動画のフレームの中に林立し揺れているプラカードの文字に、思わず目を見開いてしまう。

これは――？

「君も、ニュースを見たかね」

「あ、申し訳ございません」

「いいんだ」

経営者らしい男性は「君も見ろ」と言うように、画面を顎で指した。

「何か異様だな」

「は？」

「民放各局も、ＮＨＫもだ。日本時間の昨夜から、こうして国会前のデモの中継ばかりだ。さらにニュースの特番が夜通し、総理がもうすぐ辞任するとか、それればかり言い続けている」

（――――）

ひかるは、ＰＣの画面に大きな目を見開いた。

東京は早朝なのか。

快晴の空の下、墨書（ぼくしょ）したプラカードの文字が揺れている。『常念寺やめろ』『憲法を護れ』『世界の宝　憲法九条』プラカードの背景は国会議事堂だ。青黒い出動服の機動隊員たちがフェンスの前に立ち並んでいる。

「護るべきは憲法じゃない」

経営者らしい男性は、息をついた。

「護らなくてはいけないのは、日本そのものだ。この連中は何を考えているのかな」

男性客は「まったく」とつぶやきながら、マウスで画面を切り替える。機内のＷｉＦｉ環境を使って、日本のＴＶ局がストリーミングで流しているニュース番組を視聴できるのか。

動画のフレームが、別の色に切り替わる。

別の局の、ニュース番組か……？

次の瞬間
「………!?」

ひかるは、大きな目をさらに見開いていた。

画面下側にテロップ。『常念寺総理辞任　秒読み　内閣総辞職か!?』

そして、画面の中央でテーブルに着き、こちらへ顔を向けている白い服の女——

キャスター……？

昔の女優のような風貌。何か、口を動かしている。視聴者へ向けて訴えているのか、真剣そうな表情。

この女は。

「常念寺総理は、もうすぐ辞任するらしいな」

男性客は腕組みをした。

「デモの参加者に機動隊員が暴行した責任を、取るらしい。残念だな。私は彼の経済政策を買っていたんだが――うちの工場を北方四島へ出せるのなら、是非そうしたいと考えていたんだ」

「あの、お代わりをお持ちします」

ひかるはぺこりと会釈すると、速足で通路を戻った。

「あ、それ、やろうか」

カーテンをめくるなり、ギャレーの作業台で手鏡を見ていた栗木五月が言った。

ひかるの手にしているタンブラーを指して言う。

「私がお持ちするよ。舞島さん、休みなよ」

「すみません、お願いします」

ひかるは、五月にタンブラーを手渡すと「『6B』のお客様です」と伝え、作業台の下の物入れに屈み込んだ。

自分のショルダーバッグを、そこに収納してある。

しゃがみ込んでファスナーを開け、中から携帯用の歯磨きのセットと、イヤフォンを取り出す。

「休憩、行ってきます」

「ご苦労様」

6

●シベリア上空
Jウイング四八便　機内

「────」

ひかるは右サイドの通路を、後方へ急いだ。

コンパートメントを分けているカーテンをくぐり、ビジネスクラスのキャビンへ出る。

暗がりの中、席は埋まっている。ぽつぽつと読書灯や、個人用画面が点いているが、あとは寝静まっている感じだ。

　エンジンと空調のノイズに交じり、無数の寝息。

　微かに揺れる中、通路は後方へ続いている。十メートル余り先に、エコノミークラスのキャビンとの仕切りのカーテンがある。

　簡易ベッドを備えたクルー休憩区画は、機体の最後部にあるが
（そうだ）

　ビジネスクラスのキャビンの中ほどに『ＶＡＣＡＮＴ（空き）』の緑ランプを見つけると、ひかるは中折れ式扉を押し、狭い化粧室へ歩み入った。

　ここで、携帯を使おう。

　休憩区画の中で使ったら、せっかく休んでいるみんなを邪魔してしまう。

　ＷｉＦｉは、使えるか――？

　後ろ手に扉を閉じ、ロックすると。ひかるはジャケットの内ポケットからスマートフォンを取り出し、電源を入れた。

　繋がる。

　扇形の表示を確かめ、ショルダーバッグから出してきたイヤフォンをつける。

　日本のＴＶ局のストリーミング放送は、Ｊウイングが乗客向けに提供していた。ＷｉＦｉが繋がるのと同時に、いくつかの局のチャンネルがメニュー画面に現われる。

さっきの局は……？

（…………）

青いフレームのアイコンは、大八洲ＴＶだ。〈ニュース無限大〉。

指でタッチする。

音声と同時に、横長の画面にキャスターの女性が現われる。

『――秒読みと見られています』

いや。

キャスターでは、ない……。

あの女だ。

ひかるはまた、大きな目を見開く。

見間違いではない。

この女は。

三か月前の〈事件〉で、政府専用機を乗っ取ったテロリストを陰で操っていたといわれる元国会議員だ。

親中派の――日中議連の会長もしていたという、羽賀聖子。

しかし

（——どうして）

ひかるは訝る。

公安警察に捕まっていたんじゃないのか……？

どうして、民放TV局でキャスターのように報道番組を仕切っているのか。

眉をひそめるひかるの眼前で、ストリーミング放送は続く。この動画は——

（リアルタイムか）

ひかるは、口を動かす女の背後に見えるスタジオの時計と、自分の手首の時刻を見比べた。日本時間の朝……。

でも、記憶では〈ニュース無限大〉は夜の番組だ。

こんな時間帯に……？

『夜通しお伝えしてきました、国会前のデモですが』

女の声が、イヤフォン越しに流れ込む。

『全国から駆けつけた若者たちは、さらに増え続け、議事堂前の道路を埋め尽くしています。平和への訴えは一昼夜を経ても衰えるどころか、さらに盛り上がっています。川玉さん、これは国民全体の声というべきですね』

『まさにその通りです』

女の横で、口髭の男がうなずく。

五十代らしい男——名前は覚えていないが、ニュース番組や昼のワイドショーでもよく見かける。コメンテーター、つまり評論家か。

『憲法九条を改悪して、戦争をしようとしている。中国や韓国や北朝鮮やそのほかアジアの国々をまた侵略しようとしている常念寺総理に対し、戦争に行かされて常念寺総理の利益のために殺されようとしている若者たちが、今まさに「ノー」を突きつけているのです』

『私たちも、若者たちに負けてはいられませんね』

『その通りです。だからこうして、特別報道番組を続けているのです。常念寺総理が辞任し、内閣が総辞職し、あのオタクの総理が議員辞職して罪を認めて牢屋に繋がれるまで、追及の手を緩めてはいけないんだ』

『では、繰り返してお伝えします』

まさか。

この人たちは……？

『複数の政府筋によりますと』

羽賀聖子はカメラへ目線を上げ、繰り返した。

『全国の若者たち——いえ国民全体からの激しい糾弾を受け、憲法の改悪を企んでいた常念寺総理の辞任と内閣総辞職は秒読みと見られています。私たちは、その瞬間を捉えるべく、特別に番組を延長してお届けしています』

そこへ

『羽賀さんっ』

画面のフレームの外からか、素っ頓狂な女の声が割り込んだ。

『羽賀さんっ、こちらは国会前ですっ』

（――――）

ひかるは、目を見開いてスマートフォンの画面を凝視した。

呼吸が、止まってしまう。

夜通し続けられている特別報道番組……？

総辞職が、秒読み？

本当か。

「…………」

画面は、また外のライブ映像に切り替わる。快晴の下、林立するプラカードが揺れる

――リズミカルな『常念寺やめろ』『常念寺やめろ』という叫び声が沸く。

国会前で、大規模なデモが行なわれている……？

ラフな服装の若者たちが身体を左右に揺らし、声を上げている。

揺れる群れを背に、やはりどこかで目にしたような女性記者が画面の中央に立ち、マイクを手に声を張り上げる。

『国会前に集まる若者の数は、さらに増え続けています。機動隊員による暴行事件に、ひるむ気配はありません。たった今、最新の主催者側発表がされました。〈憲法改悪阻止・常念寺やめろデモ〉に参加している人数は、何と五十万人ですっ』

『五十万人⁉』

羽賀聖子の声は、少しかすれた感じだ。

『これはもう、大統領を辞めさせた韓国の〈ろうそくデモ〉に勝るとも劣らない勢いですね、芋生さん』

『その通りですっ』

画面の女性記者が、周囲の怒号（どごう）に負けじと声を張り上げる。

『私たちも、民主主義の先進国である韓国に、負けてはいられませんっ』

「―――」

いけない。

ひかるは目をしばたたき、指でストリーミング放送を切った。

本当とは限らない。

これは。

マスコミは、本当のことを報じているとは限らない……。

三か月前の事件でも、そうだった。お姉ちゃんが中国の民間機を撃ったとか、あり得ないことを事実のように――

（そうだ）

班長に訊こう。

ひかるは、自分の思いつきにうなずく。

どうなっているのか、訊いてみよう。

指で、画面をネット経由の通話アプリに切り替える。

アイコンに、タッチする。ＷｉＦｉからＶＰＮ経由で、ＮＳＣの秘話回線に繋がる――門篤郎が用意してくれていた連絡ツールだ。

『――どうした』

繋がった。

意外に早く――呼び出し音が三回鳴る前に、通話が繋がった。

ぼそっとした声が、携帯の向こうから訊いて来た。

『急病人でも出たか？』

「あ、いえ」

門篤郎の問いかけに、ひかるは小さく頭を振った。

報告を求められても。

特に変わったこと――知らせるべきことはない。

いや。

待て――

そういえば。

「班長」ひかるは、あらためて門へ告げた。「現在のところの情況をお知らせします」

『うん』

通話の向こうで、門篤郎はうなずく。

『今、クラスノフスクの辺りか』

「え」

『通過地点だ。航路情報のマップは、見ていないのか?』

「…………」

ひかるは、目をしばたたく。

通過地点……。全然、気にしていなかった。

乗客の各席に備わっている個人用画面では、メニューで選ぶと、機の現在位置がマップ上に表示される。

しかし意外に、客室乗務員はマップを見ていない。キャビンクルーの持つ唯一の計器は、腕時計だ。CAは時計の文字盤の上で『到着まで何時間何分』と、フライトの進行を測っている（次の軽食サービスは、到着の二時間半前に行なう予定だ）。

「フライトは、半分こなしたところです」

『そうか』

「調べて頂きたいことがあります」

『うむ』

「パリから乗ってきた、ミュージシャンのグループがあります」

ひかるは、ファーストクラスのキャビンの様子を思い出しながら、門に依頼した。

「中国系フランス人と思われる、女性の三人組です。三人とも楽器のケースを持ち込んで、ファーストクラスの座席に固定しています。中国系で、その、美人です。わたしから見ても」

『そうか』

門の声はうなずく。

『分かった、素性を調べる。グループ名は』

「それが――そういうところは、ちょっと疎くて」

あの三人の中国系女性について、門に知らせておこう、と思いついたのは今だ。

大きな楽器のケース。

搭乗前に、中身の検査は受けているはずだが。

普通では、ない――

栗木五月の話では、もともとファーストに乗ってくる人たちは、普通でないことが多いのだと言うが……。

班長に報告し、調べてもらった方がいい。

もう少し前から、その思いつきがあれば。

でも、乗客リストにはパスポートの氏名が載っているだけで、芸能人のグループ名は分からない。

五月なら、知っていたかもしれないが……。

「すみません」

『いい』

門の声はうなずく。

『こちらで調べる。ほかに、言うことはないか』

「SPの人と、話しました」

ひかるはまた思い出して、報告した。

「大使館付きだという二名の警護官が、乗られています。警護する上での要望事項を、いろいろ言われました。わたしが工作員であることは」

『言ったのか』

「いえ」

ひかるは携帯を耳につけたまま、頭を振る。

「何か、口ぶりではNSCの工作員は邪魔だ、と思われているみたいで」

『それでいい』

通話の向こうで門はうなずき、ひかるに指示をした。

『身分は、伏せておけ。引き続き、機内の様子を見ていてくれ。必要なら仮眠もしていい。何か事態が起きたら、クルーはどうせ起こされるんだろ』

「は、はい」

門は忙しそうだった。『じゃ』とだけ言って切ろうとするのを

「あ、あの班長」

ひかるは引き止めるように、言った。

「ちょっと、お訊きしたいのですが」

『何だ』

「その。常念寺総理が、辞められるとか――本当なんでしょうか?」

『そのことか』

通話の向こうで門は息をついた。

『今、マスコミが総がかりで、そういう空気を作ろうとしている』

「はい」

『君が多くを知る必要はないが』門は続ける。『既存のマスコミが大挙して、総理を辞めさせるキャンペーンを張っている。機動隊員による暴行事件は、フェイクである可能性が高い。今、映像を調べているところだが――とにかく奴らは「総理がもう辞める」という、根拠のないニュースを流し続け、国民の意識に既成事実として刷り込もうとしている』

「――――」

『出発前にも言ったが。総理が親中派からの退陣要求を蹴った。そのせいで、マスコミの動きが激化している。奴らは焦っている。俺は、そう見ている』

「マスコミ……」

『TVは気になるだろうが、意味が無い。休憩時間に地上波のストリーミング放送なんか見ている暇があったら、少し寝ておけ』

「………」

●シベリア上空

Jウイング四八便　機内

班長に、見透かされている。

わたしの考えていることとか、行動……。

（………）

通話を切り、携帯を上着のポケットに入れながら、ひかるは思った。

いや。

見透かされているというよりは。

気にかけてもらっている。そう思った方がいい。

会話を思い出すと。

この機の位置を、班長は知っていた。おそらく〈フライトレーダー〉という民間機の位置がリアルタイムで見られるアプリを使い、フライトの推移を常に見てくれている。

「意味が無い、か」

TV放送は意味が無い……。

あの女が口にした常念寺総理の辞任『秒読み』とか、『政府筋の話』とか。考えてみれば不確かな表現だ。マスコミが国民の間にイメージを作ろうとしている――そういうことなのか。

NSCを作ったのは常念寺総理だという。わたしを工作員に養成して活動させる計画に『GO』を出したのも、総理だ。

あの人が、急に辞めさせられるということはとりあえず無いらしい。

「あ、そうだ」

化粧室を出ようとして、自分が歯磨きセットのポーチを手にしていたことに気づいた。

鏡に向かい、歯を磨くことにした。

通路へ出ると。

微かに揺れる暗がりの中、無数の寝息が散らばっている。

「――――」

ひかるは、通路を後方へ進んだ。班長の言うとおり、休憩区画で少し横になろう。

前方に気配がした。

エコノミークラスとの仕切りのカーテンをめくって、人影が現われる。

スーツ姿。長身。

（……？）

若い男のようだ。

歩を進めながら、ひかるは眉をひそめた。

印象が普通でない。

暗がりでも分かる。男はダークスーツにネクタイをしているうえ、機内用のスリッパではなく靴を履いている。微かな動揺の中でも、歩行するシルエットの軸がぶれない。

そして。

上着の下、右肩から何か吊している。重たい物。

「やぁ」

近づくひかるに、若い男は右手を挙げて見せた。

そうか。

もう一人が、機内を定期的に見回る――

鳥羽という四角い顔のSPが、確か、そう口にしていた。

「休憩に行くのかい。ご苦労様」

手の届く間合いまで来ると、若い男は笑った。

もう一人のSPに間違いないだろう。

あの鳥羽という警護官に比べると、柔和な顔。年齢は二十代の後半か——

若い男は控えめな声で「失礼しているよ」と言った。

そうか。

制服姿のわたしが、歯磨きセットを入れたポーチを手にしているから。このクルーは休憩に入るのだ、と悟ったのだろう。

観察力を働かせ、機内の様子を見回っているのか。

「どうも」


ひかるは会釈をし、通路をすれ違った。

やはり右の肩から何か吊している。

それが分かった。

この男は、左利きか……

「あぁ、そうだ。舞島さん」

すれ違ってから、柔和そうな声が呼んだ。

「ファースト、どうだい。様子は」

「……？」

ひかるは、立ち止まって振り向く。

名前で呼ばれた――？

いや、ネームバッジは胸につけている。すれ違う時に読み取ったのだろう。

まさか、クルー全員の顔と名前を事前に覚えたとか、そんなことはないだろう。大使も

二名のSPも、急な帰国が決まって、慌ただしく乗ってきた印象だ。

「はい」

客席の並ぶキャビンの中ほどだ。

ひかるも、控えめな声で応える。

「様子は――そうですね」

若いSPの男。

ファーストにいる鳥羽よりは、話がしやすそうだ。

（そうだ）

警護官なら、日本国内のことも知っているだろう。

たった今の通話で、門に訊きそびれた。

「特に異状はありませんが――あの、ちょっとよろしいですか」

乗客に聞き取られないように話したい、という意思を顔で示すと。

「あぁ」

若いSPはうなずき、背後の非常口前のスペースを指で示した。

二人で通路を数メートル戻り、非常口前のスペースへ行く。カーテンで、客席からの視線は届かない。畳(たた)まれたアテンダント・シートがあるだけだ。

「警護官の綾辻(あやつじ)だ」

二十代後半と見られる男は、今度は上着の内側からバッジを出して、素早い手つきで示した。

「我々は邪魔かもしれないが、仕事なのでね。すまない」

「あの」

向き合って、ひかるは若いSPに問うた。

「ちょっと、教えて頂きたくて。日本の報道で見たのですが」

ひかるは、東京を出てきた後にニュースで目にしたことを詳しく知りたい、というニュアンスで訊いた。

「昨日、ヨーロッパからの貨物機で、天然痘が見つかったって」

「あぁ、そのことか」

SPはうなずき、機内の空間へちら、と目をやった。

「あまり報道されていないけど」

「ニュースが少ないから」ひかるもうなずく。「ちょっと、気になりまして」

実際、ひかるはストリーミング放送でも、天然痘についてのニュースは全く目にしていない。国会前のデモの中継ばかりだ。

現状は、どうなっているのか。

「貨物機の乗員が、航行中に発症したとか聞いて――ちょっと心配で」

「うん」

SPは声を低めた。

「確かに、欧州線を飛ぶクルーの人が不安になるのは、無理もない。生物兵器テロだっていう見方もできるし。ルクセンブルク発の貨物機は、小松基地の戦闘機が誘導して、隠岐島へ緊急着陸させたが――今も島は封鎖されたままだ」

「…………」

「天然痘についての情報は、僕たち警察組織では共有されている。警察庁の部隊が島へ乗り込んで、防疫と封鎖に当たっているからね」

「隠岐島が、今も封鎖……」

「そうだ」若いSPはうなずく。「まだ封鎖中だ。昨日は空自機が機転を利かせ、島へ誘導して降ろさせたので、国内へは広がらずに済んだ。危ないところだったよ」

「…………」

小松基地の戦闘機――

小松なら第三〇七と、第三〇八飛行隊――お姉ちゃんたちの部隊か。

「実を言うとね」

綾辻と名乗ったSPは、屈むようにしてひかるへ顔を近づけた。

「この機に乗っている皆には悪いが。僕たちは、すでに〈予防注射〉を済ませている」

「え」

「万一の事態に備えてだ。大使と、僕たちSP二名は、ベルンを出る前にワクチンを投与されている。日本からの要請で、スイス政府が提供してくれた」

「……そうですか」

「スイス政府は最初、渋ったらしいが――最終的には軍が備蓄していた天然痘ワクチンを提供してくれた。出発前、政府の派遣した医師が大使館へ来て、注射してくれた。この機にもし、保菌者が乗っていたとしても。大使と僕たちはとりあえず平気だ。君たちには悪いが」

「……いえ」

そうか。

天然痘ウイルスに対抗するためのワクチンは、各国政府が備蓄しているという。いざという時のためだ。

出発前の門の話では、天然痘がわが国へ持ち込まれる恐れがある、という。

この機にも、持ち込まれる可能性はある……。

日本の警察当局は、ＶＩＰの槇大使とその警護官二名には、スイス政府へ特に要請して、あらかじめワクチンを接種させたわけか（ひょっとしたら、そうするように門が要請したか）。

綾辻というＳＰへ礼を言い、立ち話を切り上げると、ひかるは通路を後方へ向かった。

思いつき、エコノミークラスの後部にある化粧室へ、もう一度入る。

（――そうだ）

後ろ手に扉を閉じると、携帯を取り出した。

だめもと、だけど。

お姉ちゃんから、何かメッセージは入っていないか――？

ひかるは人差し指で、緑のアイコンにタッチする。

ＬＩＮＥを開くのは、久しぶりだ。

画面が緑色になる。

（――――）

姉の茜とは、二人でＬＩＮＥの共有ページを持っている。

でも、自衛官は任務のことをＳＮＳに書いたりはできない。特にひかるがＮＳＣの要員になってからは、滅多にやり取りもしていない。

姉も、仕事の内容などは書けないだろう。

ただ、たった今の綾辻ＳＰとの会話で、小松基地のことが出た。お姉ちゃんはどうしているかな――？　そう思っただけだ。

しかし

「………？」

姉との共有ページに、メッセージが浮かんでいる。

新しいものだ。

二つ。

『今、ちょっと変わったところで一休み』

『ひかる、手を洗え』

「？」

ひかるは、目をしばたたいた。

何だろう。

7

●東京　永田町
総理官邸地下　NSCオペレーション・ルーム

「班長、やはり駄目です」

情報通信席から湯川武彦が振り返って、告げた。

メタルフレームの眼鏡を光らせ、通話用ヘッドセットを頭にかけている。

昨夜遅く、門と共にオペレーション・ルームへ戻ってからずっと、通信席に着いている。関係各省庁とNSC情報班との連絡を受け持っている（情報は絶え間なく入って来る）。

「警視庁の刑務部監察官室からです。全国すべての警察官に照合範囲を広げるも、ニュース映像の機動隊員は、特定できず」

「――そうか」

白い空間に立っていた門は、歩み寄って、湯川の席の情報コンソールを覗き込む。

通信席のモニターにも、TV放送から取り込んだ画像が大写しにされている。一昨日の夜に〈ニュース無限大〉の中で放映された『機動隊員の暴行』を捉えた映像のストップモーションだ。

大柄な濃紺の出動服の後ろ姿が、Tシャツ姿の若者へのしかかり、今にも警棒を振り下ろそうとする。

この映像が、放映された直後——一昨夜の二十二時過ぎから、直ちに警視庁の監察部門が調査に取り掛かった。

国会前の警備に当たっているのは警視庁第四機動隊——東京の治安を預かる警視庁警備部の精鋭を集めた部隊だ。

「やはりな。『常念寺総理に逆らう奴は皆殺し』とか、分かりやすい台詞を大声で怒鳴っていたからな」

「警察官ではない、ということでしょうか」

湯川は静止画の大男を顎で指す。

「偽の機動隊員を、この恰好で現場に紛れ込ませ、それを取材カメラで?」

「ううむ」

門は頭を振る。

「それも、どうか……。警備の現場に明らかに変な奴がいれば、隊員の誰かが気づく。俺も一応、警察の人間だから分かるが」

「機動隊の現場の全隊員への聞き取りでは『映像に出て来る隊員は知らない、見かけなかった』という証言ばかりのようですが――しかし服装や装備は一応、本物らしいです」

「うむ」


門は腕組みをする。

どちらにせよ。

まずい情況だ……。

ニュース映像で暴行を働いていた機動隊員は、特定できない。

政府としては、報道から一夜明けた昨日の午前から、古市官房長官が定例会見で『暴行を働いた機動隊員は特定できない。現在調査中』と発表している。

映像の中の機動隊員の行為は、警備の任務中だとしても、あきらかに警察官職務執行法で認められる範囲を逸脱（いつだつ）している。

しかし今のところ政府公式見解では『特定できない』『調査中』としか言えない。

一方、ＮＨＫを含むＴＶ各局は、暴行を受けた若者――件（くだん）の男子大学生が収容された病院にまで押しかけ、映像を撮って、追加の報道をしている。

若者は瀕死の重傷であると報じられ、点滴やチューブを繋がれた姿が大映しにされている。病床でうわごとのように『僕は憲法を、憲法を護りたいんだ』とつぶやく様子が、暴行を受けた一昨夜の映像と交互に、繰り返し流されている（『常念寺総理に逆らう奴は皆殺しだ』というセリフもしつこいほど繰り返されている）。

政府が、公式に使える言い回しで『機動隊員は偽物である可能性が強い』と訴えても。

マスコミが、古市官房長官のその発言を電波や紙面に載せなければ、国民に伝わらない。一方の特別報道番組やワイドショーは、国民に向かって切れ目なく映像を流し続けている。

「くそ」

そこへ

「私も自分の替え玉が欲しいよ」

声がした。

（――――？）

振り向くと。

ドーナツ型テーブルから、常念寺がこちらを見ていた。

四十代の総理大臣は、四角いパックの野菜ジュースをストローで吸っている。

「どこかの国の独裁者がうらやましいのは」

常念寺は、眼鏡の下の目が赤い。

「自分の代わりに朝から委員会へ出てくれる、偽物がいることだ」

「すみません、総理」

「すまないのは私の方だ」

常念寺は野菜ジュースを置くと、座席にもたれ、天井を仰ぐようにして眼鏡の下の眼球を指で揉んだ。

「君たちに負担を押しつけ、国民を危険にさらしている」

「総理」

「総理」

そこへ、門の横をすり抜けるようにして、パンツスーツ姿の障子有美が現われた。

どこかから戻って来たのか。

女性危機管理監は、何枚かのペーパーを手にしている。速足で、中央のテーブルへ歩み寄る。

「厚労省と、打ち合わせました」

「そうか」

常念寺は姿勢を戻してうなずくと、障子有美からペーパーを受け取る。

「朝から、ご苦労だった」

「現段階で、空港や港湾施設で実施できる水際対策ですが」

有美はペーパーを指し、説明する。

「やはり大したことはできません。検疫ブース通過時のサーモグラフィーによる体温チェック、体調を自己申告させる質問票の配布。明らかに体調に異常をきたしている入国者は足止めして隔離できますが、全入国者に対するウイルス検査などは物理的にも到底不可能と」

「――――」

常念寺は、また座席の背にもたれると、天井を見上げた。

「障子君。わが国へ入国して来る人間の数は」

「はい」

障子有美はうなずく。

「すべての空港、港湾を足すと、一日当たり二十万人です。外国人と日本人がおおむね半々」

「二十――」

総理大臣は息をついた。

「——辞任したほうが楽だった……辞任しようかな、今から」

一瞬、オペレーション・ルームの空間がしん、と静まった。

忙しく立ち働いているようで、この空間にいる全員が、中央のテーブルの常念寺へ注意を向けていた。「辞任しようかな」という何気ない言葉に、皆が反応した。

「あ、いや」

常念寺は、自分に周囲から視線が集中しているのを知り、慌てたように頭を振った。

「すまない、ますます君たちを」

「総理」

門はテーブルへ歩み寄った。

「一日当たり二十万人の入国者すべてを、相手にしなくてよいかもしれません。前に、ご報告した通りです」

「——ウイルスのことかね」

「そうです」

門はうなずく。

「中国の軍の研究施設から蔵出し（くらだ）されたウイルスは、突然変異している可能性がある」

「潜伏期間のこと？」

そばに障子有美が来て、訊いた。

「この間、あなたが話していた」

「そうだ」

門はうなずき、自分の上着の胸ポケットへ目をやる。

「今、隠岐島へ入った防疫班が分析中だ。その報告を待っているところだが――」

そこへ

「危機管理監」

スタッフの一人が速足で歩み寄って来ると、障子有美へ紙片を差し出した。

「集約センターからです」

「ありがとう」

障子有美はメモを受け取り、一瞥するとうなずいた。

「またか――しつこいわね」

●東京　横田基地

航空総隊司令部・中央指揮所（ＣＣＰ）

「アンノン、来ます」

西部セクター担当管制官が報告した。

「北西から防空識別圏へ入ります。機数、二」

「――」

「――」

地下空間の全員の視線が、頭上の正面スクリーンへ向けられる。

薄暗い空間に覆いかぶさるような、拡大された日本海の西部。

今、その左上方からピンクの三角形が二つ、尖端（せんたん）を揃って右下へ向け進んでくる。

またか。

工藤慎一郎（くどうしんいちろう）は眉をひそめた。

何だ、このしつこさは……。

「針路、変わらず」

担当管制官が続けて報告する。

二つの三角形の進む先には、円形の島が一つ。

「来ます。高度三〇〇〇〇、速度五〇〇。隠岐島周囲の領空線へ二十分」

「小松のFを上げろ」

工藤はインカムのマイクを口元へ引き寄せると、命じた。

「スクランブルだ」

「了解」

担当管制官の手で直通電話の受話器が取り上げられ、ただちに小松基地のアラート・ハンガーへ指示が伝達される。

数秒も置かず、小松のハンガーではベルが鳴り響き、あらかじめ装備を整えて待機していた二名のパイロットが機体へ駆け出すだろう。

ここ二日間、これを何度繰り返したか――

(――――)

工藤は先任席から立ち上がったまま、頭上のスクリーンを睨んだ。

拡大している分、二つの三角形の進行は速く感じる(実際は亜音速の五〇〇ノット)。島へ接近しては、こちらがスクランブルを上げて会合しようとすると、逃げるように去っていく。数時間おきに、その繰り返しだ。

昨日は終日、小松の第六航空団には『コクピット・スタンバイ』態勢を命じていた。いつ緊急発進の指示を出すか分からないので、スクランブルへ出る二機の戦闘機のコクピットにパイロットを搭乗させた状態で待機させた。

しかし、それをやらせるとパイロットも機側につく整備員たちも、トイレにすらいけない。現場の負担が大きいので、今朝からは通常のアラート待機に戻させた。

「しつこいですね」

工藤の心情を代弁するように、横で笹一尉が言った。

「韓国軍の連中──いや韓国政府は何を考えているんだ」

一昨日、隠岐島へ貨物機が緊急着陸して、天然痘ウイルスが持ち込まれた。その事実は公表されている。

わが国が、島の封鎖と住民の支援のため、自衛隊の部隊を派遣していることも公表している。当然、ヘリやオスプレイによってピストン輸送も行なう。

しかし、その様子を目にした韓国政府は『日本が隠岐島を軍事拠点化して、〈独島〉へ侵略して来ようとしている』と主張しているらしい。

以来、しきりに軍用機を隠岐島方面へ向け、飛ばしてくる。

飛んでくる機体は、初めはボーイング737改造の早期警戒管制機だったこともあるが、それはすぐに来なくなり（故障が多く、パーツがなくてほとんど飛べないらしい）、飛来するのは戦闘機ばかりになった。要撃機の目視報告によれば、機体を濃いグレーに塗った新鋭のF15Kだという。日本の防空識別圏内へ深く侵入し、島の周辺の領空へ突き刺さるように進んで来る。

わが国の許可なく、そんなことをされれば。

航空自衛隊としては、そのたび、領空への侵入を防止するため要撃機を上げざるを得ない。

「小松、築城の両基地では」

工藤の横の情報席で、明比二尉が画面を見ながら言う。

「日常の訓練にも支障をきたしているようです。ここ二日間の両基地のスクランブル回数は、尖閣を抱える那覇基地より多い――韓国軍のしつこさは、中国以上だ」

「――――」

工藤は、立ったまま腕組みをする。

（――韓国か）

あの国の軍隊は。

もはや、友軍とはいえないのかもしれない……。

●石川県　小松基地

「――？」

どこかで、ベルが鳴っている。

白矢英一は顔を上げた。

どこで鳴っているのかは、もちろん分かる――アラート・ハンガーだ。

また、スクランブルが上がるのか。

何度目だ、今朝から――

思い返していると、すぐジェットフューエル・スターターの回転が立ち上がる鋭い響きが、空気を伝わってくる。

白矢は、机に向かったまま窓を見やった。

ここ三十分くらいは、静かだったのだが。

アラート待機についている先輩たちが、また発進して行くのだ。一分と経たないうちに、二機のＦ15が滑り出ていくアイドリング音が窓の外から聞こえてくるだろう。

（俺は――二日間、飛んでいないな……）

司令部棟一階の資料室は、図書館のような場所だ。

ここに、昨日からずっと、白矢は座って『自習』をしていた。

一昨日の〈事件〉――舞島茜と二人で、ルクセンブルクの民間貨物機をエスコートし隠岐島へ着陸させた一件は、今、大騒ぎに発展している。

貨物機には天然痘の発症者がいて、島は日本政府の緊急措置により、封鎖されてしまった。あの747に付き添うように着陸した舞島茜は、まだ帰って来ない（当分、帰れないと聞いた）。

白矢は、あの飛行において二機編隊の編隊長だった。

一昨日は帰着してから、司令部の会議室の真ん中に立たされ、聴取を受けた。747を島へ着陸させた行動に、法や規定に違反するところはなかったか――？　主に司令部の事務方の幹部たちによって、まるで取り調べみたいに訊かれた。

幸い、政治的な判断が働いたらしく、白矢と舞島茜は『お咎めなし』となった。

しかし内閣府から、何か追加の問い合わせがあるかもしれないから、フライトの任務には就かずに待機していろと指示された。

念のための待機、ということらしい。

することが無い――

白矢は、初めは司令部の事務仕事の手伝いを申し出た。

だが機密を知る身なので、事務方の一般隊員たちと雑談をさせるわけにもいかない。

防衛部長の亘理二佐の判断で、資料室で一人、自習をすることになった。

キャビネットと本棚の並ぶ、学校の図書室と変わらぬ様子の部屋だ。がらんとしていて、普段は人気が無い。

（――――）


白矢は、机上へ目を戻した。

A４の紙と、シャープペンシルが置いてある。

舞島も帰って来ないし。

ここで一人で、勉強しているしか、することが無い。

続きをやろう。

ペンを取り上げ、朝からやっている〈作業〉に戻った。

せっかく時間をもらった。白矢は、一昨日の上空での空戦訓練の振り返り――ケーススタディをすることにした。

空中戦に強くなるには、降りた後にフライト中の出来事を、すべて思い出し紙に描く――ケーススタディの作業が有効といわれる。それもパソコンへキーボードでテキストを打つのではなく、白い紙に鉛筆で線を引くのがよい。空戦の経過を、図に描くのだ。

舞島茜との〈１vs.１　対戦闘機戦闘訓練〉の航跡を、途中まで描いていた。紙の上に、二つの折り紙飛行機のような三角形シンボルが左右から対向して来て、すれ違う――

「――――」

白矢は、舞島機とすれ違った直後、考えておいた〈作戦〉通りに真上へ引き起こす動きを、描き入れた。同時に舞島機のシンボルは左へロールして、水平旋回に入る。

あの時。

俺は、宙返りの前半の機動を利用し、真上から背面の姿勢で下方の舞島機を眼に捉えた。

舞島のやつは、左水平旋回に入っていた。その機影が海面を背景に、白い筋を曳(ひ)くように見えていた……。俺の頭上には大海原が逆さまに、まるで青い天井みたいに被さっていた。俺は、目に捉えた舞島機の後ろ上方から食らいつけるように操縦桿(そうじゅうかん)を引き、背面から機体を急降下に入れて――

白矢は、自分の機と舞島機の位置関係を、三次元の航跡線を引きながら思い出して描いていった。舞島機の後ろ上方へ、ひねり込むように突っ込んでいく。Gは最大で六Gを超えていた。それでも頑張って、食らいつく――

（――あいつは、気づいていたはず）

すれ違いざま、俺が上方へ機動したことは、あいつも旋回を続けながら気づいたはずだ。

それでも、あいつは旋回を続けた。あの局面では、下手に旋回を解いたら、かえって俺が後尾に食らいつきやすくなる。セオリーでは、上空から急加速で背中へ食らいつく俺に反撃するには、ぎりぎりまで引き寄せてからスプリットS機動に持ち込むしかない。

俺は、舞島がスプリットSに入ることを見越して、あいつが背面になるのと同時に自分も無理やりに右ロール、機体を背面にして同じスプリットSに入った――

「――なのに」

白矢は、ペンを止めた。

白い紙の上で、背面になって下方へ引き起こそうとする舞島機の後ろ上方から、急降下で襲い掛かる白矢機が同じく背面になり、下向き宙返りに入ろうとする。

（この体勢から、どうやって――）

白矢は息をつき、腕組みをした。

分からん。

いつの間に、どうやってあいつは、俺の後ろ下方に……。

どうやったんだ……？

机上には、紙の横の方に携帯が置いてある。

司令部から、いつ呼び出しが来てもよいようにするためだ。

「…………」

白矢は頭を振った。

あいつも——舞島も島で缶詰らしいから、暇だろう（あるいは島民の支援活動に加わって、忙しくしているかもしれないが）。

舞島茜も、飛行服の脚ポケットに携帯を入れていたはず。ここからかけて、通話が繋がらないことはない。

でも、あいつとの一昨日の飛行は、一応、機密扱いだ。機密に指定されたフライトの内容について、たとえ天然痘と関係のない戦術のことについてでも、個人の携帯で話をするのは、どうか。

「うぅむ」

唸った時。

見ている前で、その携帯が振動した。

●石川県　小松基地

司令部棟　廊下

三十秒後。

白矢は、司令部棟の一階の廊下を急いでいた。

耳に、携帯をつけたままだ。

「大丈夫です」

「――はい」

携帯に呼び出してきたのは、飛行班長の乾一尉だった。白矢の直属上司だ。

すぐアラート・ハンガーへ行け、と言う。

早朝から続けざまのスクランブルで、アラート待機の要員が払底してしまった。今の五分待機のペアが緊急発進で上がったら、もう次に出られるペアがいない。

アラート待機は二名一組で待機する。すぐに発進できる準備を整え、ハンガーの待機室で待ち構えるのは〈五分待機〉。〈五分待機〉のペアが出動した後、続いて出られるようバックアップとして備えるのが〈一時間待機〉のペアだ。

今、〈一時間待機〉のペアがいない。

航空団の日常の訓練飛行をキャンセルすれば、人員は捻出できるのだが、あいにく午前中の訓練の機は出払った後だ。

とりあえず今、〈一時間待機〉のポジションに二名のパイロットを張り付けなければならない。

一名は乾一尉が、これから司令部の会議を抜けて待機につく。

もう一名、二番機に搭乗するパイロットが都合できないので、お前が来い。

乾一尉からの電話は、その呼び出しだった。

大丈夫か、すぐに来られるか。

そう訊かれた。

「大丈夫です。すぐ支度すれば、十分くらいで待機に入れます」

『そうか。頼む』

乾一尉は、普段から冗談も言わず、口数の少ない幹部だ。

しかし、会議を中座するらしく人声のする通話の向こうで『まったく』と珍しく悪態をついた。

『韓国軍の奴らめ、何を考えているんだ』

「はい」

『いや、すまん』乾は通話の向こうで息をついた。『先に支度をしていてくれ。俺もすぐに行く』

「分かりました」

白矢は立ち止まり、通話を切った。

そうだ。

携帯のスイッチも、切っておこう――

白矢はスマートフォンの横のスイッチを長押しする。

そこへ

『――僕は』

どこかから、わななくような声が流れてきた。

『ぼ、僕は、憲法を護りたいんだ』

「――――？」

白矢は、声のした方を見やる。

ちょうど休憩室の前にいた。

入口が開いていて、夜勤明けの整備員が数名、長椅子でＴＶを見ていた。

画面は朝のワイドショーか。

ピンクのテロップの上に、病室に横たわる包帯だらけの学生がアップになる。

『憲法九条は、ち、地球の宝なんだ』

『この野郎っ』

すぐに画面が切り替わり、青黒い大柄な影が、黒い棒を振り上げる。

『この野郎、常念寺総理に逆らう奴は皆殺しだ』

「――」

白矢は、眉をひそめた。

また、あの動画か……。

あまり地上波TVを見ない白矢ですら、嫌でも目に入る。暴行を働く機動隊員と、暴行を受け重傷と報じられる大学生の動画。一昨日の夜から際限なく流され続けている。

画面がスタジオへ切り替わる。

『警察に、こんな命令を出すなんて』

『常念寺総理は、ヒトラーのようですね。いや、それよりもひどい』

『自分に逆らう者は次々に逮捕させて殺し、憲法九条を改悪して、自衛隊を軍隊にしてアジアの人々を虐殺するに違いありません』

『早く、止めなくては』

「――」

あの連中――

見ている整備員たちも、気分を害したのか。

あからさまに文句は口に出さないが、一人がリモコンを取って、選局を変えた。

『――辞任は、秒読みと見られています』

今度は、髪をカールさせた昔の女優のような女がアップになり、カメラに向けて口を動かす。

『繰り返してお伝えします。午前の会見でも、官房長官は記者の質問に対して「機動隊員が特定できない」との答弁に終始し、総理が暴行を命じたのか、いえデモの参加者を殺害するように命じたのかは明らかにしませんでした』

『どんどん問題が大きくなっている』

カメラが引き、女の隣でコメンテーターの男が、憂うるような表情をする。

『このままでは、常念寺総理の陰謀によって憲法が改悪され、戦争が始まってしまう。しかし、そんなことを市民が許すはずはない』

『おっしゃる通りです』

8

●東京　お台場

大八洲ＴＶ　報道部　第一スタジオ

「国会前の若者たち五十万人によるデモをはじめ、常念寺総理の『犯罪』を糾弾する全国的な市民運動は盛り上がっており、もう政府にも止めることはできません」

髪をカールさせた昭和時代の女優のような元国会議員は、カメラへ真剣そうな視線を向け、訴える。

「繰り返しますが、常念寺総理の辞任は、秒読みと見られています。かわって新しい、アジアの人々と手を携えて発展していける、市民の手による政権が立てられることが期待されています」

「うん」

隣でコメンテーターの男が、大きくうなずく。

「その通りだ」

「さて今」羽賀聖子は続ける。「私たちと中国との架け橋としての役目を担う、日中議連会長の羽賀精一郎議員の事務所と中継が繋がっています。羽賀議員に、アジアと日本の今後の展望について話を聞いてみましょう」

●東京　お台場
大八洲TV　報道部　第一スタジオ　副調整室

「やはりです。これを見てください」

デスクに広げたノートPCに向かうサブチーフ・ディレクターが、声を上げた。

「新免さん」

ガラス張りの展望窓から、スタジオの白い光が差し込んでくる。

完全防音なので、声は伝わってこないが。

下ではまた、本番を流しているのか――

「――――」

新免は、副調の管制卓の後ろで椅子にもたれ、目を半分閉じていた。疲れて眠いような、興奮して寝つけないような……どっちつかずのだるさ。しかしサブチーフの声に目を開けると、顔をしかめて頭を振った。

くそっ……。

体力セーブのため、少し寝よう——そう思っても寝つけないし、身体が痛い。

いったい、いつまでこうしていなければならない。

もう二昼夜、この狭い空間にいる。

副調に閉じ込められているのは、新免の他にチーフ・ディレクター、サブチーフ・ディレクター、それに女性のタイムキーパーの四人だ。

ほかの番組スタッフたちがどうなったのか、どこにいるのかは分からない（眼下のスタジオには、とうに姿が見えない）。

報道部第一スタジオを見下ろす副調整室は、スタッフがオンエアに集中できるよう、コーヒーなど飲料系のサーバーや、ドーナツなど軽食の販売機、冷蔵庫も備えている。いちいち廊下へ出ずに用を足せるようトイレも備わっている。

数日なら、閉じ込められていても生存できる環境にあったが。

この状況がいつまで続くのか、見当もつかない。

眼下のスタジオは羽賀聖子率いる謎の集団に、乗っ取られたままだ。

羽賀聖子とコメンテーターの男は、ドラマやバラエティーなど大八洲ＴＶのルーティーンの番組が流れている間は、どこかへ引っ込んでいる（スタジオに近い別室で、仮眠でもしているのか）。だが〈特別報道番組〉を割り込ませる環境が整うと、すぐ出てきて、あのように繰り返す。

ガラス越しに、その様子を見せられ続けるのだから、たまらない。オンエアを映し出す頭上モニターの音声も、耳に触るので音量を絞ってしまった。

依然として、電話もネットも、外部とは繋がらない。何らかのサイバーテロが、この副調、あるいは大八洲TVの局舎全体に対して仕掛けられているのか――？　部屋から出られないので、局舎全体が今、どうなっているのかも分からない。

「――どうした」

新免は、立ち上がると、サブチーフの向かう情報デスクへ屈み込んだ。

外部からの情報は、PCを使えば、ネット経由で見ることが出来た。大八洲TVと、NHKを含む他局のオンエアも見ようと思えば見られるし、副調のサーバーの録画機能も働いている。

ただ、こちらから外部への発信が一切出来ない。

メールも通話も、SNSも駄目だ。

この状況を、誰かに伝えることも――

「何か、分かったのか」

「目の付け所ですよ」

若いサブチーフは、赤くした目で、得意そうに画面を指す。

元気なやつだ。


一昨夜、番組の冒頭で流された『機動隊の暴行映像』は、どこかおかしい。

ここにいる皆が、まず感じたことだ。

何がおかしいのかというと『常念寺総理に逆らう奴は皆殺し』という台詞だ。

放送業界の人間なら、だれでも思うだろう。こんな分かりやすい、センスのかけらもない台詞を犯人に叫ばせたら、ドラマの演出家ならたちまち干(ほ)されてしまう――

「政府も警察も、この機動隊員が誰なのか、特定することに躍起(やっき)になっているようですが」

「分かったのか?」

「そんなことは、どうでもいいんですよ」

「?」

「いいですか」

そこへチーフ・ディレクターと、タイムキーパーの女性スタッフも寄ってきて、新免と共に画面を覗き込む。

この『暴行映像』はフェイクくさい、僕が解明しますと言って、サブチーフは昨夜から夜通し、副調のサーバーに録画されていた動画を止めたり拡大したり、分析作業にかかっていた。

「鍵になるのは、暴行動画そのものではなく、こちらの中継映像です」

サブチーフはＰＣ画面にストップモーションで拡大した画像を指す。

粒子(りゅうし)の粗い画――

これは。

あの晩の中継か……？　暴行の行なわれた直後、担架で運ばれてきて、救急車に乗せられる大学生のアップだ。

照明と共にカメラが寄ると、とっさに顔を隠すように、毛布の中から両手を出す。

手で顔を覆う、その瞬間で止められている。

「見てください。顔を隠す瞬間、腕時計が見えます」

「――――」

「――――」

三人が注目する中、サブチーフはさらに画像を拡大する。

「拡大すると、文字盤の時刻が読めます。十時六分――夜の二十二時六分です。あの晩の〈ニュース無限大〉の始まりの辺りと合致する」

「──うむ」

新免はうなずく。

「一昨日は二十二時にオンエアが始まって、すぐ中継に移ったからな」

「中継レポーターを勝手にやっている、あの新聞記者──芋生美千子は『これは五分前に起きた出来事』と叫んでいます」

「──」

「──」

「続いて、『暴行の映像』を出します」

若いサブチーフはマウスを操作し、画面を切り替えた。

別の動画。

もう、嫌でも見慣れた機動隊員の背中だ。

濃紺の出動服──プロレスラーのような後ろ姿は、のけぞって逃げようとする大学生へ警棒を振り上げる。

「ストップ」

サブチーフの操作で、動画が止まる。

「……………？」

新免は眉をひそめる。

何だ。

俺が感じている、この違和感は――？

「時計を、していないぞ」

新免の疑問を代弁するように、横でチーフ・ディレクターが言った。

「大学生は腕時計をしていない」

「その通りです」

サブチーフはうなずく。

「『暴行映像』の方の大学生は、腕時計をしていません」

「…………」

「…………」

「別人ではない、同じ人物です。でも見てください、のけぞって顔をかばおうとする、左の手首。時計が無い」

「どういうこと？」

女性タイムキーパーが、訊き返す。

「暴行を受けた後で、時計をしたの？」

「違うね」

サブチーフは、画面を指した。

「実は、これは、今盛んに各局で流されている最新バージョンの動画なのです」

「……バ、バ、バージョン？」

新免は訊き返す。

「動画に、違いがあるのか」

「その通りです」

サブチーフはうなずくと、またマウスを操作する。

「これを見てください」


画面が切り替わると、また動画がスタートする。

大柄な青黒い背中。

警棒を振り上げる。まったく同じに見える――

だが
「ストップ」

さっきとほぼ同じタイミングで、サブチーフは動画を止めた。

「今度は、どうです」

「――!?」

覗き込んだ新免は、目を剝いた。

「大学生が、時計をしている……?」

どういうことだ……。


「新免さん、これは」

サブチーフは、椅子を鳴らすと新免に向いた。

「今お見せしたこの動画は、最初のもの――一昨日の夜の番組冒頭に流された最初のバージョンの『暴行映像』です。この副調のサーバーに録画されていたものを取り出しました」

「…………」

「続きを、ご覧ください」

サブチーフはPCへ向き直ると、またマウスを操作した。

動画が、スローモーションで動く。

振り下ろされる警棒。

のけぞって逃げようとし、後ろ向きに転ぶ大学生――

「ストップ――ここだ、拡大します」

カチカチとマウスが操作され、転びかける大学生の手首が拡大される。

黒いバンドの腕時計を巻いている。

文字盤が、拡大される。

「画像解析。クリアにします」

●東京　お台場
大八洲ＴＶ　局舎四階　天井裏

十五分後。


(――こっちで、いいはずだ……)

新免治郎は、腹ばいの姿勢のまま、上目遣いに前方――暗闇の奥を見据えた。

肘(ひじ)を使い、少しずつ前へ進む。

服がこすれる。

肘が痛い。

くそっ……。

四角い断面を持つ金属製のトンネル――通気口は、人間一人が腹ばいになって、やっと内部を進めるサイズだ。

空調のエアが、前方から吹きつける。空気がやって来るから、前方へトンネルが続いていることは分かるのだが、行く手は暗闇でまったく見えない。

（どのくらい、来たか）

肘を止め、頭を巡らせて後方を見やる。

しかし、後にしてきた空間も闇だ。

当然か……。つい一分前、交差している通気口の十字路のような場所を、左へ直角に曲がった。自分が這い上がって来た副調整室の天井の蓋——四角い網目状の明かりは、もう隠れて見えない。

周囲はすべて闇だ。

進むしか、ない——

——『仕事が』

脳裏に浮かぶのは。

先ほどの、サブチーフ・ディレクターの言葉だ。

――『仕事が雑です』

十五分ほど前。

副調の情報デスクで、止めた動画の一部を拡大し、サブチーフ・ディレクターは「見てください」と指摘した。

「これを見てください、時計の文字盤がクリアになります」

「――――?」

「――――!?」

新免、チーフ・ディレクター、女性タイムキーパーの三人で、PC画面に注目した。のけぞって倒れかける大学生の手首――そこに黒いバンドの腕時計が巻かれ、ちょうど腕の動きで、文字盤がこちらを向いている。

画像が、ソフトの働きでクリアにされ、針の位置が見える――

「!?」

新免は眉をひそめた。

何だ……?

「何だ、この時刻は」

また新免を代弁するように、チーフ・ディレクターが訊いた。

「十一時――十八分……？」

「画像処理の間違いではないよな」

新免も、確かめるように質した。

「どう見ても、夜の十一時を過ぎているように見えるが」

「午前じゃ、ないですよね」

タイムキーパーも言う。

「暗いし」


最初に放映された『暴行映像』では、倒れようとする大学生は、腕時計をつけている。

しかし、文字盤の針の位置が変だ。

「さっきの、救急車に乗せられ運ばれて行くときの腕時計の時刻は、実際と合っていました。サーバーのタイムカウンターともほぼ一致する二十二時六分」

サブチーフは画像を指して言う。

「ところが、その『五分前』に撮られたはずの映像では、大学生の時計の針の指示は二十三時を過ぎている。しかも、現在盛んに流されている『暴行映像』では、大学生は腕時計をしていない」

「編集で消したのか」

チーフ・ディレクターが言う。

「最初に『暴行映像』を流してから、間違いに気づいて、それから手首の時計だけを編集で消した……？」

「じゃあ」

タイムキーパーも画像を指す。

「この時刻は、何」

「前の日」

サブチーフは、腕組みをした。

「あるいは、それよりももっと前の日」


（――――――）

新免は、暗闇を這い進みながら、十五分前の会話を思い出す。

若いサブチーフは、画像を指して「仕事が雑です」と言った。

「何者かが『機動隊員が総理大臣の命令でデモ隊の若者を暴行した』という映像をあらかじめでっちあげ、それを信用のあるうちの番組で、流したんです。でも、何者が造ったのか知らないが、放映してから間違いに気づいている。こいつは仕事が雑です」

くそっ……。

鉄板に当たる両肘は痛い。身体をローリングさせる以外に、身動きもほとんど取れない。

それでも自分を這い進めさせるのは〈怒り〉だった。

(俺の番組で)

新免は、痛みをこらえながら肘を動かし、前へ進む。

俺の番組を乗っ取って、勝手にフェイクニュースを垂れ流しやがって……！

「……見てろ」

その時。

サブチーフが画面を指して「何者が造ったのか知らないが」と口にした時。

新免はなぜか、身体の芯がカッ、と熱くなるのを感じた。

俺の番組が、利用されている……!?

何者かが、〈ニュース無限大〉を使ってフェイクニュースを日本中の視聴者に……？

身体の芯を熱くさせたのが〈怒り〉であることに、数秒して気づいた。

この野郎——

唇を嚙んだ。

(俺が)

俺が、フリーで関西から出てきて二年。

どれだけ妥協をせず、どれだけ人に嫌われるのを我慢しながら、報道に心血を注いだか。

〈ニュース無限大〉を苦労して作ったか。

妥協しない報道をやっていて一番辛(つら)いのは、昨日仲良くなった人と、今日、手のひらを返して喧嘩しなくてはならなくなることだ。報道で妥協しない、核心を衝くということは、この世で友達なんか作れない、ということだ。「あんたには失望した」「あんな奴駄目だ」とか、昔は仲の良かった人たちからもさんざん言われ、自分でも「こんなに他人に都合の悪いことをほじくり返さなくてもいいんじゃないか」と思いながら、世間の物事の核心を追求し続けた。二年間、友達も、世話になってきた先輩との人間関係も失いながら必死にやってきて、ようやく築いたのが〈ニュース無限大〉の『偏(かたよ)らない報道』という国民からの評価だ。

それを――

俺がさんざん嫌な思いに耐えながら作り上げたこの番組を、フェイクニュースをばら撒く道具にされている……

(……?)

気配に気づき、目を上げると。

頭上のモニターに、いつの間にか政治家の顔がアップになっている。親中派の親玉、といわれる与党の大物議員だ。ニコニコ笑いながら誰かの質問に答えている。音声は消しているから、何をしゃべっているのか分からないが、その顔の下に『中国との協力こそアジアの平和と発展の道』という、あらかじめ用意したらしいテロップが出ている。

「――この野郎」

思わず、つぶやいていた。

「俺の番組で、インタビューされる政治家がニコニコ笑うことなんかねえんだ。都合の悪いことも必ず訊くから――う」

モニターを見上げる顔に、風が当たった。

汗をかいていたのか、ひんやりと感じた。

見上げると、副調の白い天井に、四角い通気口がある。網目状の蓋がついている。空調の風は、そこから吹き降ろしていた。

風……？

通気口――

「おい」

新免は、情報デスクのサブチーフに言った。

「この建物の——局舎の構造図面は出せるか」

それが十五分前のことだ。

サブチーフに指示すると、情報デスクのPCから、建物の構造図——大八洲TVの局舎の図面を何種類か、引き出すことが出来た。空調の配管を描いた図面もすぐに見つかった。

これだ……。

新免は図面を覗き、目を見開いた。

どうして今まで考えつかなかった……？

TV局という場所は、放送機材から常に大量の熱を出し続けている。熱がこもると放映システムに影響を及ぼすから、局舎は大規模な空調施設を有するのが普通だ。大量の冷却空気を循環させるため、配管のダクトも通常のビルより大きい。

その配管が、これか——

報道部フロア第一スタジオの副調整室の位置も、すぐ図面の上に見つけた。

思わず、もう一度天井を見上げた。

「おい、椅子とテーブルだ。ここへ」

手伝ってもらい、テーブルの上へ椅子を載せて、新免はみずから天井に手を突き、網目状の通気口の蓋を押し上げた。

風の音。

伸びあがって覗くと、暗いがダクトの断面は思った通り大きい。人が這って進めるだろう。

確かめると、もう一度、PCの画面で図面を確認した。

副調へ空気を送ってくるダクトは――図面によると、この天井を通過して、報道フロアの外側にある集中空調設備へ還流している。そこには局舎の設備管理室がある。

ただし設備管理室へ到達するには、途中でダクトの交差点を二回、直角に曲がらなくてはいけない。最初が左、次が右だ。

「――俺は行く」

新免はみずからに言い聞かせるように言うと、三人を見回した。

「何とかして、外へ出る。警察を呼ぶことも出来るだろう」

スタッフの三人には、副調に残るように言った。

全員がいなくなると、いくらなんでも、下のスタジオの連中に怪しまれる。

もとより、大冒険をするだけの動機は三人にはなかったらしい。副調にとりあえず残る、ということにチーフもサブチーフも、タイムキーパーの女性も同意してくれた。

「君の携帯、貸してくれ」

新免は自分の携帯を充電し終わっていた（どこにも繋がらないから、使いようがない）が、念のためサブチーフの携帯も借り受けた。

「途中でエイリアンに食われないように、祈っていてくれ」

誰も笑いはしなかった。

新免は、オンエア中の映像をモニターする画面――まだ日中議連会長の議員が笑顔で何か話している――をちらと見やると、唇を結び、再びテーブルに乗った。

●東京　お台場
大八洲ＴＶ　局舎四階　天井裏

さらに十分後。


（――あそこだ）

頭の中に描いた通り、ダクトの交差点を間違わずに曲がって来れたか。

新免の這い進む前方――暗闇の奥で、一か所、下から赤い光が漏れている。

進んでいくと、四角い断面を持つダクトの底面に、網目状の蓋があった。先ほど這い上がって来たのと、同じ形状だ。

「――――」

腹ばいのまま、覗き込む。

眼下には空間がある――

闇になれた目には眩しいほどだが。

赤い、非常灯のような弱い光源に照らされている。

機械室か……。

降りよう。

網目に指をひっかけ、蓋を外し取った。

四角い開口部の縁に手をかけ、身体を入れ、ぶら下がった。

（くそ）

足が宙を蹴る。踏み台が、ない……。

仕方がない。床面は遠かったが、指を放し、跳び下りた。

「あっつ」

痛みに、顔をしかめている余裕はない。

タイル張りの床に膝(ひざ)をつき、新免は左右を見回した。

ゴォンゴォン、と機械の唸りが空間を満たしている。

あっちだ。

右手に、光の漏れている小さな四角い窓——ここの出口の扉か。

新免は足音を立てぬように進み、四角い窓のついた扉へ近寄った。身体を扉につけ、横目で小窓を覗く。

図面の通りだ。

（設備管理室、か）

壁に向かってモニターと、管制卓が並んでいる。一方の壁にはロッカー。

管制席には、誰もいない。

最近は、エレベーターと同様、こういったビルの設備は外部の管理会社からの遠隔管理にされていることが多い。ここもそうか。

身体をつけている扉を、ノブを摑んで押す。

しかし
「——まずい」

ロックされている。

当然か……。無人管理が前提なのだ。

慌てずに、扉の周辺を目で探ると。横に、ＩＤカードをタッチさせる小さなパネルがあり、赤いランプが点灯している。

新免は、自分が首から提げている写真付きＩＤカードをタッチパネルへ押しつけた。

ピッ

ランプが緑に変わり、金属音と共に扉のロックが外れた。

室内へ入ると、すぐ後ろ手に扉を閉める。

とりあえず設備管理室までは来れた……。

室内を見回す。

行動は、素早くしなくては——ＩＤカードでロックが解除できるのはよいのだが、これのせいで局員や放送関係者の誰が、どこにいるのか、総合管理システムで見れば分かってしまう。

もしも、第一スタジオを占拠している奴らが、局舎全体を掌握（しょうあく）しているとしたら。

自分が副調を脱出し、ここにいることはすぐにばれる。

（この部屋の外は）

新免は、管理室のもう一方にある扉へ駆け寄り、また小窓から外を見た。

やった……。

唾を、呑み込んだ。

扉の外には広い廊下がある。白い照明が眩しいほどだ。

目を動かす。

目論んだとおり、同じ四階だが――この廊下は報道部ブロックの外だ。視野の左端に、報道部の入口の両開き扉がある。

廊下に、人気はないが……。

室内を振り返り、目で素早く物色した。

一方の壁に、グレーの作業用ジャンパーが何着か、吊してある。その横には黄色いヘルメット。

新免は壁に駆け寄った。ジャンパーを、ハンガーからむしり取るようにすると、スーツの上着の上から羽織った。黄色いヘルメットも被る。

携帯の電波の状態も確かめたいが、ここは一秒でも早く、出た方がいい――

「――」

再び出口の扉へ寄ると、小窓から、外の様子を確かめる。

人気は、ない。

扉を押し開けた。

9

●東京 お台場
大八洲ＴＶ　局舎前

五分後。


新免は、機材搬入口のシャッターに身を張りつけ、携帯を手にしていた。

局舎の裏手だ。

ここには、大型の機材をスタジオへ運び入れる、トラックも出入りできるシャッター付きの搬入空間がある。

下ろされたシャッターは巨大な壁だ。その下辺に、小さく扉の形に出入り口が開いている。出口の陰に身を隠し、周囲へ目を配りながら耳につけた携帯に呼んだ。

「局長」

「局長、私です。聞こえますか」

新免は、ここまでエレベーターを使わずに降りて来た。

人目につかぬよう、あれからすぐに作業者用の階段を下りた。一階の廊下へ出ると、正面ホールとは反対方向へ走り、機材搬入口へ出た。

大型機材の運び込みに対応した搬入口は、無人だった。シャッターも下ろされていた。

『――お、おぉ』

耳につけた携帯で、息づかいがした。

新免は、この隠れ場所へたどり着いてから、初めて携帯のスイッチを入れた。

何かのアクション映画で見たことがある。敵に気取(けど)られぬようこっそり行動する主人公の懐で、携帯が鳴ってしまうシーンだ。あのようになってはいけない――副調の天井へ上がる時、二台の携帯は電源を切った。

搬入口の出口の陰で、スイッチを入れると、4Gの電波が入る――

数秒間、思案してから画面をめくり、報道局長の番号を選び、発信した。

局長とは、普段から番組の内容の相談で頻繁(ひんぱん)に連絡を取っている。

まず情況が知りたい。

局は、どうなってしまったのだ――？

だが

『おぉ、新免君』

大八洲ＴＶでは役員待遇の局長（〈ニュース無限大〉の成功の功績で昇格した）は、驚いた声を出した。

（……………？）

新免は、思わずその呼吸を読み取った。

何だ。

微妙な息の違和感――

（この反応は……？）

新免は、普段からみずから政治家や著名人を取材する。話を聞きに行く。数をこなすと、インタビューに答える声の調子で、相手の考えが読めるようになる。取材対象の人物がとっさに『どう対応しようか』『どうごまかそうか』と戸惑うと、それが分かる。

局長の、この驚き方……。

俺がかけてきたのは、画面の表示で分かっているはず。

呼び出し音と共に、向こうの携帯の画面に、新免の名が浮かび出たはずだ。その時点では驚いたかもしれないが、通話に出る時点で、驚きは収まっているはず。

これは。

局長は、わざと驚いて見せている……？

「局長」

とりあえず新免は続けた。

「やっと抜け出してきましたよ」

『そうか。心配していた』

「局は今、どうなっているんです。変な連中が第一スタジオを占拠し、フェイクニュースを流し続けています」

『いや、実は』

一回り年かさの局長の声は、調子を合わせるように告げた。

『私も、ちょうど局を出ていたところだった。情況が分からない。内部と連絡が取れないのだ』

「警察へは」

『まだだ。情況が分からないのではな――出来れば君が副調で見たことを、すぐに聞きたい』

「ここでは、長く話せません」

『局は出たのかね』

「はい」

警察へはまだ……。

副調で見たことを、聞きたい……？

通話相手の発した言葉を素早く反芻（はんすう）した。

やはり――

新免は視線をさっ、と巡らせた。

すぐ前の道路の頭上を、コンクリートの軌道――〈ゆりかもめ〉の線路が走っている。

お台場と都心を結んでいる新交通システムだ。

視線をさらに左横へやると〈大八洲ＴＶ前〉の駅舎が視野に入る。

よし……。

「私は今」新免は続けた。「〈ゆりかもめ〉の駅です。これからすぐ新橋（しんばし）へ出ます。次の電車で」

『分かった』

通話の向こうの声は、うなずいた。

『新橋に着いたら、もう一度連絡をくれ。迎えをやる』

「分かりました」

新免は通話を切ると、素早く電源もＯＦＦにした。

そのまま出口の陰に身を隠し、じっとして、外へ視線を向け続けた。

三十秒と待たなかった。

（来た……）

視野の左手、建物の陰からぱらぱらっ、と人影が駆け出て来た（局舎の別の出口から出て来たのか）。数は六つ、七つ――

ラフな服装の若い男たちだ。七つの後ろ姿は、一団となって、視野の左手奥に見えている〈ゆりかもめ〉の駅舎へ駆けて行く。

お台場は観光地だ。局の見学コースもある。遊びに来ている若者も多いが――あの連中は、服装のセンスが微妙に変だ。

（――――）

新免は、その様子を見届けると、隠れ場所から駆け出た。

反対の右手へ走った。

作業ジャンパーに黄色いヘルメットのままだ。植込みの内側を走り、局舎の壁に沿って角を曲がった。別の通りへ出ると、ちょうど流しのタクシーがやって来るところだ。

手を挙げ、空車のタクシーを止めた。

「――永田町へやってください」

乗り込むなり、運転士へ依頼した。

「国会の前。デモをやっている辺りへ」

運転士が了解し、車が走り出すと。

新免は携帯をONにして、今度は番号のパッドで「110」を押した。

●シベリア東岸　上空
Jウイング四八便　機内

二時間後。

ポン

（――――?）

耳に届いた音で、ひかるは意識を取り戻した。

何か、音がした――

目をしばたたき、開く。

自分は仰向けになっている。それが分かる。目のすぐ上に、湾曲した天井。

暗い。

何の音だろう……？

目を動かし、視野の中を探る。

そうだ、ここは。

機体最後部にある乗員用休憩区画（レスト・ファシリティー）だ。三段式寝台の、一番上――

制服の上に、軽い毛布を掛けている。スカーフだけを外し、仰向けになって仮眠していた。

そうか。

次の軽食サービスは、到着の二時間半前に行なう予定だ。その準備に間に合うよう、胸ポケットに入れた携帯を振動モードにし、目覚ましタイマーをセットしていた。

でも。

（携帯の目覚ましじゃない……）

耳が、音に反応したのだ。

暗がりに、緑のランプが一つ、点灯している。

「――――」

ひかるは息を細く吐くと、起き上がった。

狭い寝台（幅は五〇センチしかない）から身を起こし、梯子を使って床へ降りる。

向かい側にも三段式の寝台。ほかにも仮眠に入っているクルーたちがいる。

ぽつんと点っている緑ランプは、休憩区画の出口扉の横。機内用インターフォンだ。

どこかから、コールしてきた。たった今聞こえたのは呼出し音だ。

「はい」

ハンドセットを取り、耳に当てる。

「レスト・ファシリティーです」

『――大変。すぐ来て』

速い呼吸の声が、言った。

クルーの誰かか。

『前方キャビンへ。手助けが必要なの。来られる人だけでいい、すぐに』

「分かりま――」

返事をし終わる前に、インターフォンは切れた。

何だろう。

今のクルーの声は。急な事態に直面したのか、速い呼吸だ。

何か、起きた……？

ひかるは息を細く吐き、眠っていた身体を覚醒させながら、ストッキングの足にキャビンシューズを履き直した。寝棚の枕元に置いたスカーフを摑む。すぐに来い、と言う。仮眠しているほかのクルーも起こそうか……？

（いや）

急いだほうが、いい。

扉を開く。

客室空間へ出た。

エコノミークラス客室最後方の、化粧室の横だ。

手早くスカーフを巻きながら、右側通路を進んだ。前方――機首方向へ急ぐ。

客席は、まだ寝静まっている。窓のシェードをすべて下ろし、暗くしてある。

（――――）

手首の時刻をちら、と見やる。

ヨーロッパはもう深夜だが、日本時間では午前中の遅い時刻――昼に近い。

機はシベリアの東岸に差し掛かっているはずだ。窓のシェードを上げれば、眩しい光が差し込むだろう。

R４――機首から数えて右側四番目の非常口ドアの前を通り過ぎ、カーテンをめくり、ひとつ前のコンパートメントへ入る。

ほとんど同時に通路前方のカーテンがめくられ、一人のクルーが現われた。こちらへ速足でやって来る。

「あっ、舞島さん。ちょうどいい」

ビジネスクラス担当のクルーだ。

ひかるの姿を認めると、手招きした。

そのクルーは、R3非常口の前のアテンダント・シートへ駆け寄ると、屈んで、シートの下側にベルクロテープで取りつけられた救急用の酸素ボトルを外しにかかった。

「舞島さん、私は酸素を持っていく。あなたは医療用キットを出して」

「医療用キット、ですか」

「上にあるでしょう」

「あ、はい」

医療用キット――

機内で、医師が緊急に医療行為を行なう時に使える器具を、キットにして搭載している。簡単な手術も行なえる。政府専用機にも搭載されている。

実際に使った経験はないが――外見は銀色の大型アタッシェケースのはずだ。搭載位置は、R3アテンダント・シートに近い頭上ストウェッジ(物入れ)の中。今朝、出発前に復習してきた。

「ありました」

ひかるは背伸びをして、開いたストウェッジの中にバンドで固定された銀色アタッシェケースを取り下ろしにかかった。

「急病人ですか」

バンドを外しながら、訊いた。

「どなたか、倒れられたのですか」

「ファーストのお客様よ」

ひかるよりも年かさの先輩クルーは、酸素ボトルと吸入用マスクを抱え持つと、通路を機首方向へ駆け出す。

「ひどい状態。それを持って、すぐ来て」

ファーストの乗客……?

(急病——)

ひかるは医療用キットの金属ケースを取り下ろすと、脇に抱えた。大きい。ずっしりと重い。

カーテンをめくった。

ビジネスクラスのコンパートメントへ入る。

ファーストの乗客が、急病……。

『お客様に申し上げます』

天井でスピーカーが息をつき、機内アナウンスが入った。

この低い声は會田チーフだ。

『お休みのところ、失礼いたします。体調のすぐれないお客様がいらっしゃいます。どなたかお客様の中で、医師、看護師の方はおられますでしょうか』

ドクター・コールをしている——

医師の助けが必要な、急病人が発生したのだ。

「————」

ひかるは、脚（あし）を止めた。

思わず、制服のジャケットの上から胸ポケットを押さえた。

急病人の、発生……。

頭上で『繰り返します』と會田チーフの声は続く。

（チーフが、ドクター・コールをしたということは）

これから機内に乗っているかもしれない医師か看護師の助けを求める。

見回した中にいなかったから、機内放送をかけたのだ。

つまり、まだ医師は見つかっていない。

抱えている銀色の金属製ケースを、ちらと見た。

この医療用キットを届けるのが三十秒くらい遅くなっても、どうせ医師がいなければ法的にキットは開封できない──

（よし）

ひかるは立ち止まり、見回した。ちょうどR2非常口ドアの前だ。向かいに、化粧室がある。扉を押して入った。

胸ポケットから携帯を取り出す。スマートフォンの面（おもて）を見て、Ｗｉ‐Ｆｉが繫がっているのを確かめる。

右手の指で、素早くアイコンをタッチする。

耳に当てると、今度もコール音は三回も聞かなかった。

『──どうした』

門のかすれた声。

今、東京は昼近く。

情報班長は、どこかで隠岐島の封鎖オペレーションの指揮でも執っているのだろうか。

『羽田まで三時間だな。何か、あったか』

「急病人が発生しました」

簡潔に、ひかるは報告した。

「ファーストクラスです。わたしは後方区画で仮眠していました。これから向かいます」

ファーストクラスで救急処置の輪に入ってしまったら。

その中で、携帯を取り出して、どこかへかけるなんて難しい。

今、第一報を入れてしまおう。

『分かった』

門の声はうなずいた。

『詳しいことが分かったら、また報告しろ』

「はい」

ひかるはうなずいて通話を切ると、スマートフォンを左胸のポケットへ突っ込んだ。

右肩で扉を押し、通路へ出る。

（――――!?）

途端に、眉をひそめる。

何だ。

何か聞こえる。

機首方向——通路を遮るカーテンの向こうからだ。

何だ、この。

(獣の呻きのような……?)

●東京　永田町

総理官邸地下　NSCオペレーション・ルーム

「——やはりな」

門は、通話の切れた携帯を見ながら、思わずつぶやいていた。

やはりJウイングの四八便……。

予想していたとはいえ。

珍しく、鼓動が速くなるのを感じた。

横の方から視線を感じた。

壁際の情報席から、湯川がこちらを見ている。

「班長？」

何か起きましたか――？　と問う目だ。

そうだ。

対処にかからなくては。

「よし、舞島の機だ」

門は指示した。

「湯川。Ｊウイング四八便の現在位置を、スクリーンに出せるか」

「はい」

湯川はうなずいて、キーボードに向かう。

それならすぐ出来る、という様子だ。

舞島ひかるを乗せた民間機の動きを、業務をこなしながらウォッチしていたのか。

「班長。四八便は、ウラジオストック上空を通過するところです。まだ東京コントロールの管轄空域へは入っていません。国交省のレーダー情報ではなく、民間向けアプリの〈フライトレーダー〉の位置情報になりますが」

「それでいい、出してくれ」

門はうなずくと、振り返って、補助席の一つにいた秘書官に訊いた。

「総理は」

「先ほどから、委員会です」

オペレーション・ルームと総理の連絡を保つため、ここに残っている次席秘書官は、これも門がハニー・トラップにやられていないことを確かめたうえで選任した若手官僚だ。

「何か、ありましたか」

「緊急事態だ。至急、伝えてくれ」

「はい」

「危機管理監は」

見回すと、オペレーション・ルームの空間には、あの背の高い女性官僚の姿はない。

「危機管理監は、厚労省です」

NSCのスタッフの一人が告げた。

「先ほどから、また折衝(せっしょう)に」

「すぐ呼び戻せ」

門は指示した。

「折衝なんか、いい」

「呼び戻すのですか」

「そうだ。ここに必要だ」

そこへ

「情報班長」

次席秘書官が横から歩み寄り、携帯を差し出す。

「総理からです。どのような緊急事態か、と」

「分かった」

門は「貸してくれ」と携帯を受け取ると、耳につけた。

「総理、門です」

●シベリア東岸　上空

Jウイング四八便　機内

（――何だ……⁉）

この呻き声――

通路を遮っているカーテンの、向こうからだ。

微かに空気を伝わってくる。

何だろう。

誰かの声……?

ひかるは医療キットの金属ケースを抱え直すと、遮光カーテンを左肩で押し分ける。

うぐぉおお——

はっきり聞こえてくる。

(これは)

まるで獣が呻くような。

喉の奥から絞り出される音だ。男とも女ともつかない……。

カーテンを通り抜け、R1非常口ドアの前へ出ると、左手にファーストクラス・ギャレーの入口。さらに前方にもう一枚の遮光カーテンが下がっていて、その先がファーストの客室——機体最前方のコンパートメントだ。

呻きに重なって、大勢の人々のせわしない呼吸。

耳に神経を集中しつつ、ひかるは速足で進む。

●東京　永田町
総理官邸地下　NSCオペレーション・ルーム

『門君、どうした』

耳につけた携帯で、常念寺貴明の声が訊いてきた。

周囲に気を遣うような声。

『何が起きた』

国会へ出向いて、どこかの委員会に出ているのだろう。

背後には、くぐもった議論の声がしている。

「総理」

門は頭を整理しながら告げた。

舞島ひかるの報告は『急病人の発生』『場所はファーストクラス』という、簡潔なものだ。

まだ、何が起きたのかははっきりしない。

しかし初動が遅れてはならない――

総理には、ここへ戻ってもらった方がいい。

「総理。まだ第一報ですが、事態が動き出したようです。奴らが〈餌(えさ)〉に食いついた可能性が高い」

『――〈餌〉？』

常念寺が訊き返す。

一瞬、わけが分からないという声の表情だ。

『〈餌〉とは、何だね』

「あなたです」

『何？』

「とりあえず、すぐお戻りください」

門は、有無（うむ）を言わさぬ口調にして、依頼した。

「これから、大変なことが起こります。トップダウンで指揮を執って頂く必要がある」

「班長」

「情報班長」

携帯を切って、次席秘書官へ返す門の周囲へ、自然にスタッフたちが集まり始めた。

ここしばらく、特に昨夜からはずっとオペレーション・ルームに詰め、外出もせず会議テーブルで仮眠しながら何かを待ち受ける風情（ふぜい）だったNSC情報班長が、一本の電話を受けて、急に動き出した。

何か、国の命運を左右するようなことが、これから起きるのか――？

「情況が動くのですか」

皆の気持ちを代表するように、湯川が訊いた。

「Jウイング四八便ですか」

「うん」

門は、周囲に集まって来た若いスタッフたちを見回し、言った。

ここからは、情報の出し惜しみをする段階ではない――

総理と、危機管理監がオペレーション・ルームへ戻り、態勢が整うまでの間に、今の情況を皆に共有してもらおう。

「いいか。みんな聞いてくれ」

「数日前のことだ」

門は指を三本、立てて見せた。

「最初は三本あった。中国国内、遼寧省の人民解放軍研究施設から、解凍され持ち出された天然痘ウイルスの密封容器は三本」

「――」

「――」

説明を始めると、視線が集中する。

これまで、総理や官房長官、危機管理監へは部分的に、詳しく情況を説明してきた。オペレーション・ルーム内のスタッフたちは、門の説明対象ではなかったが。しかし聞き耳を立てていたに決まっている。皆、優秀だ。聞こえていないふりをしながら、大方の事情は摑んでいるに違いない。

門は続けた。

「だがそのうち一本は、一人の共産党工作員によってイスラム系テロ組織へ横流しされ、売り飛ばされた。当該工作員は逃げてしまった。CIAからの情報では、共産党はまだ容器を見つけられていない」

「――――」

「――――」

「CIAの見方によれば、共産党上層部は困惑し、これ以上の〈作戦拡大〉は出来なくなった。イスラム系テロ組織が『高値で買う』と公言している以上、横流しを恐れ、もうウイルス容器を軍の保管庫から出すことは出来ない。誰が売り飛ばすか分からないから、厳重に警備していて保管庫には誰も近寄せていないという。したがって」

門は指を二本にした。

「残りは二本。二本ともヨーロッパへ持ち出されたことが確認されている。すでに一本は、ルクセン・カーゴの乗員に対して使われた。残るは、もう一本。ルクセンブルク警察

驚きの視線が集中するが
「待て」

門は皆の興奮を制するように、言う。

「皆の思うとおりだ。もし槇大使に、機内で感染させられれば。羽田に着いてその足で総理と面談するのだから、総理にも感染させることが可能だ。だが、簡単にはいかない。奴らにも、大きな誤算がある」

「誤算と言われるのは」

湯川が訊き返した。

「前に、ちらと話されていた、潜伏期間のことですか」

「そうだ」

門はうなずく。

「いいか、聞いてくれ。これは奴らも使ってみるまで分からなかったことだ。奴らが使用した天然痘ウイルスは、実は三十年も軍の研究施設で保管される間に、突然変異を起こしていた。

カーゴ機の乗員が、八時間遅れたくらいで発症したのは、どう見てもおかしい。天然痘の潜伏期間は通常七日から、十五日だ。本来なら貨物担当乗員としてカーゴ機に乗り込んだ工作員は、小松空港で荷受けのトラック運転士たちに接触して感染させた後、密(ひそ)かに待ち受けていた別の工作員にワクチンを打ってもらい、余裕でヨーロッパへ帰れたはずだ。だが往路に機上で発症した」

「――」

「――」

「遼寧省の軍施設では、核兵器の開発も行なわれている。長い期間にわたり、ウイルスは弱い放射線を浴び続けていた可能性もある――原因は推測するしかないが、確かなのは、奴らが持っていたウイルスの発症までの潜伏期間は、突然変異によって大幅に短く――おそらくは『一日以下』になってしまっている。工作員が感染した状態で飛行機に乗れば、日本へ着く前にほぼ確実に発症する」

第Ⅵ章　ドッグファイト

1

●シベリア東岸沖　日本海上空
Jウイング四八便　機内

「――――」

ひかるは医療用キットの金属ケースを脇に抱え、左肩で押すようにカーテンをくぐった。

途端に
うぐぉおおっ
くぐもった呻きが、耳を打った。

ファーストクラスのコンパートメントは、747の機首部分にある。前方へ向かって絞られるような流線形をしている。

その最前部――突き当たりの壁の前に二名のクルーがいて、屈んでいる。フル・フラットにされたシートの上で、何かがうごめいている。

呻き声は、そこから出ている――

「お客様」

「お客様っ、動かないでください」

クルーの片方は、緑色の救急用酸素ボトルを抱え、吸入用マスクを手にして構えている。

もう片方のクルーは栗木五月だ。シートに仰向けになった乗客が暴れるのを、何とかして両手で押さえようとしている――

様子が、よく見えない。

(――――)

ひかるは眉をひそめた。

邪魔なものがある。その手前――最前列の少し手前の通路に、仁王立(におうだ)ちになってこちらを向き、視界を妨げているのはあのSP――鳥羽とかいう、いかつい警護官の男だ。肩幅の広い男のせいで、病人へ対処しようとする二名のクルーがよく見えない。

コンパートメント内には、ほかにもう一名のＳＰ――あの綾辻と名乗った二十代の警護官もいて、これは空間の左横の方に立ち、全体を見ている。

ひかるがカーテンをめくり入っていくと、ちらとこちらへ視線を寄越（よこ）した。

二名のメンバーで、互いに死角が発生しないようポジションを取り、見張るのはチーム行動の原則通りだが――

「――？」

ひかるは横目で、綾辻の視線を捉えたとき『何だろう』と思った。

若いＳＰの視線は、微かにふらつき、うろたえるような感じだ。

綾辻の横には長い黒髪のアジア女性が立っている。

ほっそりした黒のレギンス姿は、あの『３Ａ』のシートにいた中国系フランス人のミュージシャンだ。

ほかにも、ファーストクラスの席にいた乗客たちが立ち上がって、それぞれの席から前方へ視線を向けている。

やはり急病人は、一番前方の席――

（――えっ）

通路を進みながら、ひかるは目をしばたたく。

一番前方の席……⁉

『繰り返し、お願いいたします』

天井からは會田チーフの声。

『お客様の中に、医師、看護師の方はおられませんでしょうか。お助けいただける場合は、お近くの客室乗務員まで、どうぞお申し出くださいませ』

「どいてください」

金属ケースを脇に抱え、邪魔だ、と思いながらひかるは鳥羽SPの右横を通り抜けた。

医療用キットを運んできたことは、理解したのか。

誰も最前列へ近づかないようにか、通路に仁王立ちになっていたSPの男は不快そうにしたが。いかつい身体をわずかによじり、ひかるを通した。

途端に

「………⁉」

ひかるは目を見開いた。

目に飛び込んできたもの。

黒縁の眼鏡が、飛んでしまっている――

最前列のシートで仰向けになり、のけぞるように暴れているのは。

（……大使⁉）

見間違いではない、高熱を出しているのか顔を真っ赤にし、白目を剝くようにして、空気を求めるように大きく口を開け呻いている。

独特のこの呻きは、呼吸器の音か……？　人間の声ではないみたいだ。

機内の気圧は低い――標高二四〇〇メートルの高地と同じだ。そのせいで呼吸が困難になっているのか。

「お客様っ」

栗木五月が、暴れる五十代の男を、抑えつけようとする。

「息苦しいですか。今、酸素マスクをつけますから、じっとして」

この症状――

まさか。

「――それじゃ駄目」

ひかるは思わず、医療用キットを床へ置くと、栗木五月の横へ割り込んだ。

「シートを、起こして。気道を確保する」

言いながら、電動シートのスイッチ・パネルを手で探し、背もたれを起こすボタンを押し込んだ。

「肩を摑んでいて。マスクをください」

五月に、五十代の男の両肩を抑えているように指示すると、背後にいた先輩クルーから酸素吸入用の簡易マスクを受け取った。

槇大使だ。

白目を剝くＶＩＰの顔の下半分に、漏斗状のマスクをあてがうと、ひかるは手早くゴムバンドを後頭部へ掛ける。

大使が、急病に……？

でも、この症状は。

「吸って」

ひかるはマスクを口へ押しあて、白目を剝く男に言い聞かせた。

「呼吸して。酸素が流れます」

そこへ

「大丈夫？」

後ろから声がした。

會田チーフだ。

「お客様の容態は」

「今、酸素マスクをつけました」

ひかるは膝をついた姿勢のまま、頭だけを振り向かせ、報告した。

「身体を起こして気道を確保。この姿勢なら、吐しゃ物で喉を詰まらす心配もありません」

「いいわ」

會田望海は、ひかるの横から急病人――槇大使を覗き込んだ。

「お客様。聞こえますか。今、お医者様を捜しています。もうしばらくご辛抱を」

その声も聞こえているのか。

五十代の男は、マスクのエアを吸い込みながら、白目を剝いている。

呼吸の音がシュッ、シュッとせわしない。

高熱を発しているらしい、顔は赤く、その表面にみるみる赤い点々が浮き始める。

これは――

――『最も恐ろしい』

この赤い点々は……。

目にしたものが、ある画像を連想させる。

声が蘇る。

英語の声。ＣＩＡ教官の説明だ。

――『この赤い斑点を覚えておけ。最も恐ろしい生物兵器だ』

工作員養成コースの十三週間の中で、生物化学兵器テロについてのレクチャーも受けた。

座学教室で、ＣＩＡ教官が画面に出して見せてくれたもの。

それは『最も恐ろしい生物兵器』に冒(おか)された人体の画像――記録写真だった。

現在では、その疫病は撲滅(ぼくめつ)され、病原体は自然界には存在しない。しかし依然、研究施設にウイルスを保存している国がいくつかある。それらがもし持ち出され、一般市民の誰かが罹患(りかん)すれば、密閉空間ならば空気感染によって同じ場所にいる全員にとりつく。そしてワクチンを打たなければ半数以上が殺される……。もしも満員の映画館に罹患者が一人紛れ込み、一回咳をすれば、場内にいる全員が感染して最大八〇パーセントの者が死ぬ。

教官から見せられた、発症した罹患者の顔――

「チーフ」

自分のすぐ横に屈み込む、會田望海の横顔に、ひかるは小声で告げた。

「ちょっと、よろしいですか」

槇大使のケアを、栗木五月に頼んだ（五月の方がクルーとしては先輩にあたるが、ひかるが頼んだら引き受けてくれた）。

會田望海の肘を「お願いします」と引っ張るように、『1A』の席を離れる。

「おい」

横を通り抜けるときに、SPの男が言った。

大使の席を背にして、機内空間を見据えたままだ。

「言っておくが。医師を名乗る者が出てきても、まず我々がボディーチェックをする」

「？」

會田望海が、怪訝そうな顔をする。

「どういうことです」

「医師を名乗る者が出てきても」

いかついSPの男は繰り返した。

「まず身分証を確認し、ボディーチェックをした後でその者の顔写真を撮り、東京へ連絡し身分を照会する。その後でなければ、大使の身体に触れさせることは許さん」

「そんな」

「当然だ」

憤慨した表情になり、何か言い返そうとする會田望海を、ひかるは「チーフ、すみません」と引っ張る。

言い合いをしている時ではない。

新人のCAがチーフパーサーを引っ張っていく光景は、はた目からも奇異だったかもしれないが。

ひかるは構わず、長身の會田望海をコンパートメントの右後方――ファーストクラス・ギャレーの入口まで引っ張って行った。

「何なの、舞島さん」

「申し訳ありません」

ひかるは小声のまま謝ると、コンパートメントの中をちらと振り返り、続けた。

「でも、すぐに対処をしないと――あの症状は天然痘だと思います」

「…………」

會田望海は、切れ長の目を見開いた。

コンパートメント最前列の席と、ひかるの顔を交互に見る。

ひかるも背後を見る。

依然としてSPの男が、仁王立ちをしている――

「……天然痘⁉」

「そうです」

「舞島さん、どういう」

「すみません、チーフ」

ひかるは、身分証——自分に与えられている外事警察官としての身分を示すバッジを、見せられたらいいのに、と思った。

それはギャレーの物入れの中、ショルダーバッグの中に突っ込んである。

でも取りに行って、見せる暇も惜しい。

「実は。ＳＰの人が言っていた『もう一人の警護官』はわたしです」

「え」

「黙っていて、すみません」

ひかるは頭を下げた。

「わたしは、空自の特輸隊員であるのと同時に国家安全保障局の要員です。中国をはじめとする外国工作員から、わが国の要人を護るのが任務です」

「…………」

●東京　永田町

総理官邸地下　NSCオペレーション・ルーム

「総理。お願いがあります」

門は、耳につけた携帯に告げた。

「ただちにロシアと——ラスプーチン大統領と、連絡を取って頂きたい」

『何』

電話の向こうの常念寺貴明の声は、緊張する。

『大統領に連絡する、というのは——』

「そうです」


門は、ドーナツ型テーブルで一人、携帯を手にしていた。

通話相手は常念寺だ。

話しながら、オペレーション・ルームのメインスクリーンへ目をやる。

「ご想像の、その件です。大統領に頼んでください。先ほど、私の懸念していたJウイングのパリ発羽田行き四八便機内で急病人が発生しました。それも槇大使の乗るファーストクラスで」

『——うぅむ』

常念寺は、国会から官邸へ戻る車中だ。

おそらく数分で、この地下へは来られる。でもその数分が惜しい。

総理に動いてもらうならば、一秒でも早い方がいい――そう考えて、今度は門の方からコールをした。

『前に、君が話していた通りになったのか』

「その可能性が高いです」

門は常念寺の声を聴きつつ、スクリーン上の小さな飛行機型シンボル――〈JW48〉とナンバーのついた赤い機影の位置を目で測る。

すでにシベリアの海岸線を後にしている。

五〇〇ノットの巡航速度は、一分間に八マイルあまりを進む。

速い――

「まだ工作員からの第一報ですが。しかしすぐにアクションを取りませんと、あの機をロシア領内へ降ろすことが出来なくなります」

『分かった』

「四八便には『緊急事態』を宣言させます。着陸させる飛行場は、出来れば軍の基地がいい。大統領へ、助力を頼めますか」

常念寺は電話越しに『やってみよう』と言ってくれた。

門は通話を切ると、すぐに携帯の履歴で別の相手――〈危機管理監〉をタッチした。

障子有美は、二回のコールで出た。

「今、どこだ」

挨拶も飛ばして訊く。

すると
『厚労省からの帰り。公用車』

大学で同じゼミだった危機管理監は簡潔に答えた。

『折衝を切り上げて戻れ、というのは、もう〈水際作戦〉は要らなくなるということ?』

「そう願いたいところだ」

門はスクリーンの機影を見やりながら言う。

じり、じりと南下して来る。

「頼みがある。Jウイング四八便の機内で急病人が発生した。ただちに国土交通省経由で、あの便をロシア領内のどこかへ降ろすよう、手を回してくれないか」

『急病人は天然痘なの』

「工作員からの確認はまだだが。大使と同じ、ファーストのコンパートメントで発症者だ。情況から見て、中国の工作員がウイルスを打ち、同乗していた可能性が高い。奴らは潜伏期間を把握できていない。槇大使へただ感染させるだけのつもりが、自分から発症した」

『あなたの読みの通りなら、そうでしょうね』

「大使には」

門は、自分があらかじめ手を回した措置を思い出しながら、続けた。

「スイス政府に要請し、出発前にワクチンを打ってもらっている。大使の身は安全と思うが、ウイルスが機内に充満した四八便を、わが国の空港へ降ろすわけにはいかない。シベリア東部ならば人口密度も極めて低い、軍の権限も強力だから、総理からラスプーチンへ頼み込めば、何とかしてくれる」

●東京　霞が関
　路上

「分かった」

障子有美は、耳につけた携帯へうなずく。

しかし。

急に、言ってくれる。

旅客機をロシアへ降ろして隔離――？

天然痘発症者の乗る便をロシアへ押しつけるのは、申し訳ない気もするが。

でも門の考えは合理的だ。

わが国の混雑した空港――例えば羽田などにその便を着陸させ、ドアを開いたらどうなるのか。

シベリア東部なら、周囲十キロ以内に人間が一人も住んでいないような飛行場が必ずある。

ロシアは、わが国からの経済協力が欲しい。常念寺総理が頼めば、むげに断られたりはしないだろう（その代わりに外交的譲歩は迫られるだろうが、仕方ない）。

シベリア……。

公用車の後部座席から横目で見やると、東京の空は快晴だ。

霞が関から総理官邸へ、急ぎ戻る途中だ。

この空に続くどこかに、天然痘を発症した工作員を乗せたジャンボ機がいる。シベリアの沿岸を離れ、少しずつ、わが国へ近づきつつある……

「では、今から」有美は手にした携帯に告げた。「危機管理監の権限で、国交省へ指示します。急病人の出た四八便に『緊急事態』を宣言させ、ロシア領内へ緊急着陸させるよう、Jウイング社に対して行政指導」

『頼む』

（――――）

有美は息をつき、門との通話を切ると、携帯のページを繰った。

国交省とのリエゾン・スタッフの番号を、どこに入れていたか――

門が注目していた、槇大使を乗せたＪウイングの便については、有美自身も到着時刻を把握している。羽田まで、あと三時間もない。

機は、ちょうどシベリアを出て、日本海へ入ったところか……？

だが通話相手を指で選ぼうとすると、先に携帯が振動した。

スマートフォンの面に〈集約センター〉の文字。

「？」

何か、知らせてきた――オペレーション・ルームと同じ官邸地下にある、内閣情報集約センターからだ。

「――はい」

『危機管理監。通報です』

集約センターのオペレーターが、事務的に告げた。

『航空自衛隊から通報。日本海北西部にアンノン』

「分かった」

有美はうなずき、通話を切る。

また韓国軍か。

しっこい――

2

●シベリア東岸　上空
Jウイング四八便　機内

「どういうこと」

會田望海は、ひかるを睨むように見た。

「あなたが、政府の派遣した警護官？」

「黙っていて、すみません」

ファーストクラスのコンパートメントの右後方、ギャレーの入口だ。

ひかるがここまで、會田望海を引っ張って来た。

小声で、自分の身分を明かした。協力を求めるためだ。

しかし

「自分のチームのクルーの子に」

向き合った會田望海は、切れ長の目をきつくした。

「これまで嘘をつかれていたことはなかった。私は、あなたを余所者として扱ったつもりはないわ」

「すみません」

ひかるは再度、頭を下げた。

「任務でした」

「――――」

「あの二名のＳＰは」ひかるはちら、とコンパートメントへ目をやる。「大使の身辺を護ります。もしあの人たちで対処しきれない事態が起きた時には、わたしが」

「――――」

會田望海も切れ長の目でちら、と最前列の席を見やった。

仁王立ちになったＳＰ――鳥羽という警護官の後ろに、斜めに起こされたシートの背が見える。栗木五月と、もう一人の先輩クルーが付き添っている。

『お客様にお尋ねいたします』

天井から、別の声で放送が入る。

『お客様の中で、医師、看護師の方はおられますでしょうか』

會田望海の指示で、別のクルーがPA（機内放送）を入れているのか。

まだ医師は見つかっていない。

いや、見つかったとしても――

（――――）

こちらを向き、通路の中央に立った鳥羽という男の表情。

苛立った感じだ。

ここからでも呼吸が読める――鼻が動いている。悪態でもつきたそうな息づかい（実際、たった今ひかるたちに対してそれに近い物言いをした）。

警護対象のVIPが急病となったためか……？

医師が名乗り出てくれたとしても、その医師に対してボディーチェックに身分証チェックをするまでは大使に触らせない、と言う。

自分がSPだったら、そうするだろうか……？　要人警護のマニュアルは、正式な訓練を受けていないから分からない。でも、〈敵〉の工作員であったなら、すでに大使は天然痘を発症している。生命を奪いたいなら、名乗り出ずに放っておけばよいのだ――

「――任務、か」

會田望海がつぶやくように言ったので、ひかるはまた長身のチーフパーサーを見返した。

「舞島さん」

「はい」

「あのお客様――槇大使は、お顔に赤い発疹が出ていたわね」

會田望海は、確かめるように訊いた。

「あれが？」

「はい」

ひかるが『訓練で見せられた記録写真とそっくりです』と言おうとした時

ポン

ギャレーの横で、機内インターフォンに緑ランプが点いた。

「――はい」

會田望海が長い腕を伸ばし、機内通話用のハンドセットを取った。

「ファーストクラス・ギャレーです」

機内のどこかから、コールしてきた。

医師が見つかった、という報告だろうか……？

しかし

「はい。申し訳ありません、機長」

會田望海はすぐに『しまった』という表情になる。

「おっしゃる通りです。先ほどからドクター・コールをしているのは、急病人の発生です。報告が遅れました」

コクピットからのコールか……。

ひかるは、通話に応えるチーフパーサーを見て、理解した。

急に苦しみ出した乗客への対処で、客室乗務員は一時的に手一杯となった。機長への報告が、後回しになっていたのだ。でも機内放送で医師の助力を頼んでいるのはコクピットでも聞こえるから、情況について訊いてきたのだ。

「分かりました。説明に上がります」

會田望海は「はい、すぐに」と言ってハンドセットを壁に戻す。

もう一度、客室前方の様子を見やった。

「お客様のケアは、田嶋さんと栗木さんに任せておけばいい。医療用キットもあるし、ドクターが見つかれば診察を」

「――――」

ひかるには、會田望海が『あのSPが邪魔をしなければ』という言葉を呑み込むように見えた。

「舞島さん」

「は、はい」

會田望海が、自分を睨みつけるように見たので、軽くのけぞる。

「あなた、専門家よね」

「？」

「お客様の様子から伝染病の種類が分かる――つまり、あなたはどうするべきなのか分かるっていうこと。ドクターがまだ見つからない。このまま飛び続けていいのかどうか」

そうだ。

今、そのことを告げようとしていた。

「おっしゃる通りですチーフ」

ひかるはうなずいて、言った。

「すぐロシア領内へ緊急着陸すべきです。着陸して、この機体ごと隔離を」

「――分かった」

會田望海もうなずく。

「これからコクピットへ、情況の説明に行きます。あなたも来て」

「はい」

會田望海は『後に続け』と言うように、踵を返す。

ひかるは続く。コクピットへ向かうには、いったんビジネスクラスのコンパートメントへ行き、二階客室への階段を上がる。

去り際にまた前方客席を見やると、仁王立ちになったSPがいかつい顎を動かし、こちらを指すような動作をした。

わたしたちが相談しているところも、視野に入れて見ていたのか――？

構う暇は無い、そのまま會田望海について右側通路を後方へ向かう。

だがすぐに、あの若い方のSP――綾辻と名乗った警護官が速足で追いついてきた。

「どこへ行くんだ」

綾辻は柔らかい口調はそのままで、背中から訊いてきた。

「ドクターが見つかったのか」

「そうではないです」

ひかるは歩を進めながら応える。

「コクピットへ、説明に行きます」

「僕も行こう」

「え」

コクピットへ来る……？

會田望海とひかるについて、コクピットまで来るというのか。

「僕は大使の警護官だ」

綾辻は言う。

「機長と、情況を共有したい」

「来られるのは構いませんが」

會田望海が背中で言う。

「機の、これからの方針を決めるのは機長です。乗客全員に対して、責任があります」

「――――」

綾辻は、それに対して返事はしなかった。

ただ、ひかるのすぐ後ろからついて来る。

警護しているＶＩＰが急病となったのだから、ＳＰの一人である綾辻がコクピットへ来て、今後の相談に加わるのはおかしくはない。

もちろん、機の方針を決める権限は機長にある。ＳＰから意見や要望は出されるかもしれないが――

（――――）

ひかるは歩を進めながら、斜め後ろに続く綾辻の呼吸――息が乱れているのが気になる。

そういえば、さっきからだ。

予期しない事態となり、動転しているのか……？

でもＳＰなら訓練は受けている。このくらいで、息が乱れるか？

（いや）

それよりも。

――『総理が』

門の言葉を思い出す。

——『総理が、中国からの〈脅し〉を拒否した』
班長の危惧した通り、この機に天然痘が持ち込まれ、発症者が出た。
テロかもしれない。
常念寺総理が辞任の要求を蹴ったから……？
「…………」
東京で、何が起きているんだ——

「おかしい」

綾辻のつぶやきが耳元でして、ひかるの思考を中断させた。

「ベルンを出る前に、大使は」

「？」

だがひかるがそちらを見る前に
「舞島さん」

會田望海が背中で言った。

「機長には、私から話します」

會田望海は、言いながら二階客室への階段を速足で昇る。

「は、はい」

ひかるは遅れずに続く。

二階客室──アッパーデッキも、ビジネスクラスだ。階段を上がり切ると、寝静まるコンパートメント（到着前の食事サービスは三十分後の予定だ）。

深海のような薄暗さの中、通路を前方へ急ぐ。

突き当たりのカーテンの向こうがコクピットだ。政府専用機と構造は同じ──

「教えて」

會田望海は進みながら背中で訊く。

「一番大事なことは、何」

「──はい」

ひかるは速足で続きながら、考えを整理し、チーフパーサーの背に言う。

「ただちに最寄りの飛行場へ着陸し、この機体を隔離することです」

「大使を、病院へ搬送するのでなく？」

「まず隔離です」

ひかるは、ＣＩＡ教官からレクチャーされた知識をもとに、まず取るべき手段を口にした。

「大事なのは、わたしたち全員がすでに感染しているということです」

「――――!?」

驚いたように、會田望海は歩を止め、アッパーデッキ最前方のカーテンの前で立ち止まると振り向いた。

「どういうこと」

小声で、叱りつけるように訊く。

「私たち、全員？」

「空気感染です」

ひかるも立ち止まり、注意深く小声で告げた。

「密室では、そうなります。７４７は二分間で全キャビンの空気が一巡します。あの方が発症され、咳をされてから二分以上は経っています」

「――――」

「わたしが」

ひかるは右手で、制服のジャケットの胸を押さえた。

「東京へ連絡すれば、国家安全保障局が官邸経由でロシア政府へ助力を求めます。軍の防疫部隊に出動してもらい、ワクチンを投与してもらえば全員助かります」

「――」

きつい目で、望海はひかるを見返す。

「ロシア領内へ、緊急着陸するのね」

「一分でも早く」

「あ、あのちょっと」

背後で、綾辻の声が何か言いかけるが。

會田望海は構わずに、カーテンをくぐる。

ひかるも続く。

●シベリア東岸　上空

Ｊウイング四八便　コクピット

「チーフ。ちょうど東京の本社から、通知が来たところだ」

コクピットに歩み入って、最初にしたのは手で目を覆うことだった。

眩しい――

東へ向けて飛んでいる。

昼近い日の光が、前方窓からまともに射し込んでいた。

コクピットの入口は、厳重にロックされた防弾扉だ。民間機も政府専用機も変わらない。何者かが機を乗っ取ろうと企てても、簡単には侵入出来ない。

カーテンをくぐった先にスチールの扉があり、横のパッドで會田望海が呼び出しボタンを押すと、どこかにある監視カメラで来訪者は見えるのだろう、パッドで緑ランプが点灯し、内側から電磁ロックが解除された。扉が開く。

（う）

もう昼間だと分かってはいたが。

高高度を巡航する機の操縦席へまともに差し込む日の光だ。

思わずひかるは目の前を手で覆った。

「急病人が機内で発生しており、天然痘の疑いがある――これは本当か、チーフ」

眩しさに慣れると、様子が見える。

計器パネルに向かう左右の操縦席に、二名のパイロットがついている。左席は機長――おそらく四十代、右席に座るのは副操縦士だ。

機長は、中央ペデスタルのプリンターから切り取ったペーパーを手に、會田望海へ上半身を振り向かせている。

右席の三十代と思われる副操縦士は、前方を向いている。操縦系のモニターと、管制機関との交信を一時的に任せているのだろう。

「データ通信で、たった今、東京から知らせてきた。どうやって私よりも先に会社が知ったのか、解せないが」

「すみません、機長」

會田望海が頭を下げる。

「報告が遅れました」

「いい」機長は手で制した。「まず目の前の事態に、対処することだ」

「はい」

「倒れた乗客は」

「ファーストクラス、男性のお客様。シート『1A』です」

「『1A』というと、例のVIPか」

「はい」

「ドクターは、見つかったのか」

「いいえ、まだです」

ひかるは、會田望海の背中越しに、やり取りを見ていた。

すぐ右後ろに、若い男の息づかい――SPの綾辻が立っている。気のせいか、速足で歩いていた時より呼吸が乱れている感じだ。

「天然痘の疑いというが、本当か」

機長が、重ねて訊く。

「しかしドクターが名乗り出てくれるのを待ち、診断してもらわなければ、そういう恐ろしい伝染病なのかどうか、はっきりしないだろう」

「そうですが」

會田望海も、重ねて説明する。

「あのお客様の発せられている高熱、呼吸困難、赤い発疹。前に救命救急の教育で習った、天然痘の症状に合致（がっち）しています」

「――――」

「機長」

會田望海は、落ち着いた声で続ける。

「ドクターの呼び出しは機内放送で続けますが。ここは、私たちの判断で一刻も早く、最寄りの飛行場へ着陸したらいかがでしょう。管制機関へは伝染病の発生の疑いについて通報を」

「うぅむ」

機長は、腕組みをした。

この人は燕木三佐に、少し似ている——

ひかるは思った。

政府専用機の先任機長だ。穏やかで、理詰めで考える。

自分よりも先に、東京の本社が急病人発生を知り、何か指示してきた。

普通ならば『何だこれは』と、怒っても不思議ではない。機の責任者である機長よりも先に、東京の本社が機内の情況について知っていたのだ。

でも、機長は『これからどうするか』に集中してくれた。

「會田君」

「はい」

「この間、ルクセンブルクの貨物機で起きたケースは、私も聞いている。マスコミはあまり報道しないが——」

機長は、手にしたプリントアウトの紙を挙げて見せた。

「——同じことが起きた、という可能性もある。天然痘が疑わしいのなら、これに従うほかない。本社からの指示は『ただちにウラジオストック管制センターへ緊急事態を宣言、引き返してウラジオか、その近傍にあるロシア空軍基地へ誘導してもらい、着陸するように』だ」

「――――」

「――――」

「よし、コースを変えよう」

するとと

「ちょっと待ってください」

ひかるの右肩の後ろから綾辻の声がした。

若いＳＰが「ちょっと」と、ひかると會田望海の間へ割り込んだ。

「待ってください機長」

「？」

機長が、振り向いた姿勢から怪訝そうな表情をする。

君は誰だ……？　という顔。

「ロシアへ降りるんですか？　それはやめてください」

綾辻は、まくしたてるように言う。

「東京へ行ってください」

「君は誰だ」

「あの、ＳＰです」

綾辻は上着からバッジを取り出すと、右手に開いて突き出すようにした。

「警護官の綾辻です。槇大使を東京まで警護しています」

「機長の白洲だ」

機長は、綾辻の表情を読むようにして、言った。

「何を言われているのか分からないが――今、君の警護している当のＶＩＰが急病なのではないのかね」

「そうですが」

綾辻は「それは、そうですが」とうなずきながらも続ける。

「しかし、このまま東京へ向かってもらいたい」

「――？」

何を言っているのだろう。

ひかるは、自分と會田望海の間に割り込んで、操縦席へ乗り出すようにしている若いＳＰを見た。

立っているだけなのに、やや呼吸が速い。

その左耳に、イヤフォンを入れているのが見えた。ワイヤレスの目立たない物だが――コクピットの操縦席の後ろに、並ぶように立っているから、上着の内側の重量物の存在も分かる。ホルスターで吊した拳銃は右脇、左の内ポケットには携帯を入れている。

　この人——

　さっきファーストのコンパートメントにいて、あの大使の症状を見ていなかったのか？

　だが
「機長、要請しますが」

　綾辻は、左耳に入れたイヤフォンを指で押さえながら、繰り返した。

「このまま羽田へ向かってもらいたい。大使は、次の日銀総裁に就任するため、今日の十五時までに総理官邸へ行かねばなりません。我々は、大使を十五時までに官邸へ送り届けるよう命じられている」

「？」

「………？」

　會田望海とひかるは、同時にその横顔を見た。

　何を言っているんだ……？

「警護官」

　機長は、穏やかな口調は崩さずに応えた。

　不安定な呼吸でまくしたてるＳＰを見据えた。

「今は、それどころではないのではないか？」

「い、いえ」

「私は直接には見ていないが」機長は、會田望海を顎で指すようにした。「報告では、大使は天然痘の症状を見せているという。ならば安全策として、一刻も早く着陸し、救急医療機関に処置を任せるべきではないのか」

「天然痘ではないかもしれないでしょう、医師がそう診断したのならともかく」

「私は、自分の配下のクルーを信じるよ」

「しかし」

「警護官。私も一応、機長として、生物兵器テロについての知識教育は受けている。大使が天然痘を発症したのであれば、すでにこの機内にはウイルスが充満している」

「――――」

「――――」

「――――」

「天然痘は」機長は機内空間を見回すように目を動かした。「閉じられた空間では、空気感染をするという。この機の空調システムは、エンジンのコンプレッサーから抽出したエアをダクトに通し、二分間で全キャビンへ循環させた後、尾部のアウトフロー・バルブから排出する。エアは滞留することはないが、循環が速い。もしも大使がファーストクラスのキャビンで咳をしたのが二分以上前であったなら、我々は全員、一度以上はウイルスを肺に吸い込んでいる」

「い、いやそれは……」

「可能性だけかもしれないが、そういう危険が考えられる以上、このまま羽田へ向かうのは得策でない。国全体にも影響が及ぶ」

「いや、大使が天然痘にかかるわけはないんです」

「？」

ビーッ

その時

会話を遮るように、コクピットの天井でブザーが鳴った。

「機長」

右席の副操縦士が、右脇の小さな正方形のディスプレーを指した。

「誰か、来ています」

何だろう。

副操縦士の指した白黒のディスプレーは、暗い映像だ。監視カメラか……？　俯瞰（ふかん）する角度で、二階客室の通路と、カーテンの内側を映し出している。そこにスーツ姿の人影がある。

扉の前に立つ人影は、右手を伸ばす。

ビーッ

呼び出しボタンを押したのは、いかついシルエットだ。

「主任警護官です」

綾辻が、ディスプレーを見やって言う。

「鳥羽警部補です」

「いいだろう」

機長が、うなずく。

「入れてやりたまえ」

3

●シベリア東岸　上空

Jウイング四八便　コクピット

「機長」

入室して来るなり、肩のいかつい男は、ひかると會田望海の間へ割り込んできた。

大きな声で告げた。

「主任警護官の鳥羽だ。ロシアへ降りるのは駄目だ、東京へ行ってもらう」


この男……

ひかるは、身をよじるようにして男を避けながら、その横顔を見た。

鼻息が荒い――

747のコクピットは、それほど広くない。

ジャンボといっても、機体の二階部分は上に向かって絞られた形状をしている。操縦席の後ろのスペースには大人が四人も並んでは立てない。

無理やり割り込んで来て、窮屈だ。

鳥羽という主任警護官。

三十代の後半か――その左耳に、目立たない形状のイヤフォンを入れている。

（――――）

ひかるはちら、と綾辻を振り向く。

鳥羽と入れ替わる形で、後ろへ二歩下がった若い警護官も左耳にイヤフォンを入れている。

ひかるに見られ、思わず、という感じで左胸を押さえるようにした。

そうか。

機内にはＷｉＦｉ環境がある。胸ポケットへ入れた携帯のＬＩＮＥ通話をオープンにしておけば、たった今まで話していた内容も、この鳥羽のイヤフォンへ筒抜けになっていたかも知れない。

わたしたちには告げず、会話が鳥羽にも聞こえるようにしていた……？

多分、そうなのだろう（入室して来るなり、いきなり鳥羽は『ロシアへ降りるのは駄目だ』と口にした）。

「綾辻が、知らせたはずだ」

鳥羽は操縦席へのしかかるような勢いで、続けた。

「大使は、十五時までに官邸へ行かなければならない」

「警護官」

機長は、まくしたてるＳＰに対し、口調を変えずに応えた。

「そうは言われるが、大使の病状は深刻なのだろう」

「ウラジオへ戻って降りるのも、このまま東京へ向かうのも、二時間くらいの違いしかないはずだ」

鳥羽は右腕を上げ、操縦室の前方窓を指した。

「東京へ行ってもらう」

ひかると、會田望海はSPの男に割り込まれ、左右に身をよじるようにして避ける形だ。

高圧的だな――

この男の態度は、何なのだろう。

ひかる自身も外事警察官としての身分を与えられているが。

要人警護のSPというのは、民間航空の機長に対して、普段からこんな態度で接するのだろうか――？

（だいたい）

男は槇大使の病状を、そばで見ていたはず。たとえ羽田へ向かったにせよ、あの状態で官邸へ出頭して何か仕事が出来るとは、到底思えない。

だが
「大使は今日中に、日銀総裁に就任しなくてはならない」

男は唾を飛ばすようにして主張した。

「政府の方針だ。這ってでも行く。そうしなければ日本の金融行政に穴が空く。金融行政の停滞は、国にとって大変な損失になるんだぞっ」

「――」

機長は、観察するような目で男を見返した。

「本気で言っているのかね」

「そうだ」

「しかし天然痘を発症しているのなら。どのみち、この機ごと我々は隔離される。東京へ行ったとしても、大使が官邸へなど」

「あれは天然痘ではないっ」

男は声を荒らげた。

「天然痘などではない、何か、別の病気だ」

「――」

「――」

機長を含め、會田望海も目を見開いて、男を見た。

「待ってください」

會田望海が我慢しきれぬように、口を開く。

「警護官、あなたも、あの症状をご覧になったでしょう。そばで」

「天然痘であるはずはない」

男は頭を振った。

「何か、他の病気だ。この機体の隔離も必要ない。羽田へ救急車を待機させ、大使には都内のしかるべき救急病院で応急処置をしてもらい、救急車で官邸へ運び込めばいい」

「そんな」

「いいか」

鳥羽は會田望海を指さす。

「医師がいて、『天然痘だ』と診断したわけではない。あんたたちが、勝手にそう思い込んでいるだけだ。いや、たとえ医師が名乗り出てきたとしても」

「――――」

「――――」

「いま現役の医師で、天然痘の罹患者をじかに見た経験のある者はまずいない。三十年以上前に、一度は撲滅された疫病だ。大使は重病ではない、一時的に体調がすぐれないだけだっ」

「どうして、そこまで言える」

機長が、初めて睨み返すようにした。

「警護官、あなたもまた医療の専門家ではない。そうやって断言するのは、おかしいだろう」

「いいやっ」

男はまた頭を振る。

「断言出来る。なぜなら大使は、今朝ベルンを出る前、スイス政府の派遣した医師により天然痘のワクチンを接種されている」

「――――」

「日本政府からの要請で、スイス政府が対応してくれた。我々二名のSPも接種を受けた。だからあれは」

男は、今度は操縦室の後方を指すようにした。

「天然痘であるわけがない。何か、他の病気に決まっている」

「――――」

機長は、腕組みをした。

考える表情。

(ワクチン……?)

ひかるは、思わずまた綾辻を振り向く。

若いSPの顔。

当惑したような表情。ひかるが見ても、見返さない。視線が泳いでいる。

――『〈予防注射〉を』

声が蘇る。

そうか。

――『僕たちは、すでに〈予防注射〉を済ませている』

休憩に入る前、通路で話した。

天然痘テロの可能性を危惧したひかるに、綾辻は言った。

ベルンを出る前に、自分たちはワクチンを打っている――

日本政府からの要請で、スイス政府が対応してくれた。

（ならば）

あの大使の症状は、何……？

あの赤い発疹……

ＣＩＡ教官が見せてくれた資料画像と、そっくりなのは。

綾辻が、さっきから不安定な息づかいなのは。

あり得ないことが、目の前で起きているからか——？

ＳＰなら、生物兵器テロについての教育も十分に受けているはず。あれを——あの大使の症状を目にしたら『天然痘だ』と思わないわけがない。

「……うっ」

その時。

綾辻が、ふいに表情を歪(ゆが)めた。

驚いたような表情。慌てた動作で、自分の胸を左手で押さえ、前屈みになる。

「うぅぐっ」

「⁉」

ひかるは目を見開いた。

どうした——そう思う間もなく。

若いＳＰが、見ている前で前のめりに倒れる。

どさっ

「あ、綾辻さんっ」

ひかるが声を上げるのと同時に、會田望海も気づいた。

「大丈夫⁉」

「綾辻さん、どうしました」

會田望海と共に、ひかるは倒れた若いＳＰの背へ屈み込んだ。

二人がかりで、コクピットの狭い床に倒れ伏したスーツ姿を、仰向けにする。

（――⁉）

ひかるはまた目を見開く。

「うぅぐっ、げほっ」

白目を剝き、喉を鳴らす顔――

その顔がみるみる赤く染まっていく。

「チーフ」

「大使と同じだわ」

そこへ

「どうした」

左側操縦席から、機長が振り向いて訊く。

「倒れたのか」
「同じ症状と思います、大使と」
「何」

●シベリア東岸　上空
Jウイング四八便　機内

一分後。

「しっかりしてくださいっ」
二階客室の通路。
ひかるは、會田望海と二人で前後から挟むようにして、若いSPを支えて運んだ。
二階客室を、少しずつ後方の階段へ向かう。
(でも)
この人が、倒れるなんて……？
どういうことだ。
つい一分前。コクピットの中で、綾辻は突然倒れた。前のめりに倒れ、どさっ、という音がした。

　助け起こすと白目を剝き、激しく呼吸した。

　この症状……。

　大使と同じ――？

　目を見開きながら、ひかるは若いSPを介抱した。意識はあり、顔を近づけて「大丈夫ですか。席まで運びますよ」と呼びかけると、両脇から支えられ、ふらつきながら立ち上がった。

　そうだ。

　あの大使と同じ症状を見せ、顔を真っ赤にして咳き込んでいる若いSPを、コクピットに転がしておくわけにはいかない。

　會田望海が「この方を、席まで運んで戻ります」と言うと、左側操縦席の機長も「頼む」とうなずいた。

「そうしてくれ」

「くっ」

　その後ろで、いかつい男は表情を歪めた。

　ひかるに助け起こされる若い後輩を、睨むようにした。

　それは心配するよりも『この野郎』という、責めるような息づかいだ。

気遣う素振りもない。

「警護官」

機長が、男に言った。

「あなたの部下も倒れたな」

「――――」

「天然痘であるかどうかは、専門の検査機関に見せなければはっきりしない。しかし重篤(じゅうとく)な急病人が続けて出た。ただちに最寄りの飛行場へ向かう」

「ま、待てっ」

男は声を荒らげた。

「駄目だ、東京へ向かえ。命令だっ」

「あなたに、私へ命令する権限は無いよ」

機長は頭を振った。

「航空法上、機の安全を護るため、機長である私には搭乗している者に対して命令する権限がある。あなたは乗客の一人に過ぎない、私の指示に従ってもらうよ警護官」

「機長っ」

男は唸った。

「国の命令に逆らう気か」

「国の命令と言うが」機長は言い返す。「私は、航空法に基づいて行動している。所管は国土交通大臣だ。私に命令出来るのは国交大臣だ。あなたの言われる『国の命令』とは、いったい誰の責任による命令かね」

「そんなことを言って、ただで済むと思うかっ」

「ただで済まないのは、どちらかな」

機長は、低い天井を指した。

「コクピットにはボイスレコーダーがある。会話はすべて録音され、裁判の証拠にもなる」

「――ううぅ」

ひかるは、綾辻を助け起こした姿勢で、横目で男の様子を見た。

何だろう、この苛立ちは。

男は左の拳を握りしめ、筋肉に力を入れている。

みぞおちの動きが、読める――今にも殴りかからんばかりの体勢。

「――――」

男は、握りしめた左手を震わせるが。

しかし、機長と右席の副操縦士、ひかると會田望海からも視線を集中され、その姿勢で固まる。

いかつい横顔で、左右の操縦席の計器パネル、そして日の差し込む前方窓へ視線を走らせるようにした。

「――くそっ」

唸ると、男は肩幅のある身をひるがえし、ひかると會田望海を押しのけるようにしてコクピットを出て行った。

綾辻の方は（自分の部下なのに）見もしない。

（いったい）

何のつもりなのだ、あの警護官……。

ひかるは綾辻に肩を貸し、通路をゆっくりと戻りながら思った。

任務に忠実なのだろうか。しかし警護対象のＶＩＰの身を案じるというより、命じられた時刻にＶＩＰの身柄を官邸へ送り届けることに固執している――

でも。

総理官邸で新しい日銀総裁へ任じられる、というけれど。

百歩譲って、天然痘でなかったとしても。

あの病状で総理に会う……？

常念寺総理が『予定の時刻までに這ってでも絶対来い』なんて言ったのか……？

「舞島さん」

一緒に綾辻を支えて進みながら、會田望海が言った。

「インターフォンを使うわ。ちょっとお願い」

「はい」

會田望海は、綾辻の左腕を放すと、二階後方ギャレーの脇にあるインターフォンを取った。

ひかるが見ていると、望海はハンドセットの『全ステーション呼出』のボタンを押す。

「アッパー・ギャレーからオール・コールしています」

ひかるは、綾辻を支えながらギャレーの中へ入った。長身の男を床へじかに座らせ、調理台に背をもたせかけた。

「大丈夫ですか、綾辻さん」

呼吸器の音が、凄い。

肺をやられている……？

さっきから息づかいがおかしかったのは、これを発症しかけていたのか。

音を立てて呼吸する顔面に、みるみる赤い斑点が浮かび始める。

（これは）

でも、在スイス大使館を出る前に、天然痘ワクチンを注射されたのではないのか。

「みんな聞いて」

ひかるの頭の上で、會田望海がインターフォンに話す。

「これより機は、ウラジオへ緊急着陸します。ただちに全員で機内の照明を点灯、窓のシェードを開けて。お客様を起こして、着陸の準備にかかって」

「うぅっ」

ぐらっ

床が傾いた。

ひかるは片膝をつき、綾辻の上半身が倒れそうになるのを支える。

「しっかりして」

機が、旋回している――？

綾辻の上半身を支えながら、ギャレーの天井を見上げる。

機体は右へ傾き、ついで機首方向へ向かって下り坂のようになる――

（――降下を始めた）

ウラジオストックの管制機関から、コース変更の許可を得たのか。

いったん日本海へ出た機は、右旋回しながら引き返し、降下に入った。

着陸まで、どのくらいだろう。

「舞島さん」

呼ばれて、ひかるは我に返る。

「ファーストへ、連れて行きましょう」

「ファーストへ、ですか」

ひかるは訊き返す。

綾辻の席は、ビジネスだったと思うが――

そうか。

「大使と、同じ場所でケアするのですか」

「その通り」

會田望海は屈んで膝をつくと、綾辻の左腕を首の後ろへ回すようにして、抱えた。

「楽器を、席に置いていらっしゃるお客様がいる。わけを話して、空けてもらいましょう」

「はい」

このまま、背の高いSPをギャレーの床へ寝せておいてもいいのだが。

間もなく、機は緊急着陸する。どこかに身体を固定する必要がある。

ひかるはうなずくと、會田望海と共に綾辻を助け起こし、一階客室への階段を下りた。

一階客室——メインデッキへ下りるのと同時に、天井が明るくなった。

機内照明が点いたのだ。寝ていた乗客も皆、目を覚ますだろう——

(——あのSP、どこへ行ったのかな)

右側通路を前方へ向かいながら、ひかるは見回した。

いかつい男の姿は、見えない。

あの鳥羽という男は、悪態をつくようにしてコクピットを出て行ってしまった。

ファーストのコンパートメントへ戻って、また槇大使の身辺警護をしているのか……?

「私が先に行きます」

會田望海が言った。

「『3A』のお客様に、楽器を移動して頂けるようにお願いするわ」

「はい」

會田望海は、また綾辻のことを頼んできた。

ひかるがうなずくと、先に通路のカーテンをくぐり、最前方のコンパートメントへ戻って行った。

（――――）

ひかるは、白い照明で明るくなった通路を、綾辻を支えるようにして進んだ。

顔を近づけていると、呼吸器の音が大きい。

こんなに近づいて、息もかかったし、身体も接触している。

天然痘だとすれば、もうわたしも感染している……。

ひかるは思った。

（いや）

すでに、機内の全員が感染している可能性は高い。

機長も言っていた。機内の空気は強力に循環させられ、二分間で客室の隅々にまで行き渡った後、尾部から排出される。

ロシアの管制当局が、この機をウラジオ近郊の隔離可能な空軍基地などへ、誘導してくれるといいのだが――

「――――」

ひかるは、立ち止まってジャケットの左胸に手を当てた。

そうだ。

班長に、経過を報告しなくては。

数メートル先に、化粧室の扉がある。

チーフが座席を確保してくれ、この若いSPを落ち着かせることが出来たら。

隙を見て、班長へ報告を入れよう――

そう考えた時。

カシャッ

中折れ式の扉が開き、ダークスーツ姿が化粧室から勢いよく出て来ると、通路を前方へ行く。

いかつい背中だ。左手で携帯を、耳につけている。

(あの男だ)

こちらには、注意を払わない。

耳につけた携帯で、どこかと通話し続けている。

苛立ったような声。

「――分かった」

声は空調の音に交じって、切れ切れに聞こえた。

「プランAをやる、その後で教えろ」

「……？」

ひかるの見ている先で、男は最前方のコンパートメントを仕切っているカーテンを、撥ねのけるようにして行ってしまう。

●シベリア東岸　上空
Jウイング四八便　機内　メインデッキ　前方コンパートメント

何だろう。

ひかるは、違和感を覚えた。

いかつい男は、ここで綾辻を支える自分に気づかず（あるいはこちらへ注意を払わず）、身をひるがえすようにして最前方のコンパートメントへ消えた。

警護官なのに……？

いま化粧室を出た時、男は周囲の『クリアリング』をしなかった。

通話に集中し、誰かと夢中で話しているのか、そのまま行ってしまった。

あれでプロといえるか？

化粧室から通路へ出たら、さっと前後を見渡し、クリアリングをするべきだ。

工作員は、新しい場所へ出た際、周囲に素早く視線を巡らせ『状況のクリア』を必ず確認する。これを『クリアリング』という。CIA教官は、しつこいほどこれを教えた。行動中は、いや普段の生活においても、この行為を常に行ない、習性となるまで身に沁(し)みつかせろ。

工作員は、いつ、どんな角度から不意打ちを食らうか分からない。周囲に誰がいるのか。襲い掛かって来られる位置にいる者は――？　周囲のクリアリングを、意識しなくてもやってしまうくらい、トレーニングしろ。

SPも――要人を護る警護官も同じではないのか（増して、今は警護任務中だ）。

（そういえば）

さっき、あの鳥羽という男はコクピットへやって来た。

VIPを客席に残してきた。

これもおかしい――二名一組で任務に就くとき、必ず片方はVIPの傍(かたわら)につき、警護していなくてはいけないのではないのか。警護対象を放って、操縦室へ来たのか？

ひかるは、槇大使の身が心配になった。

あまり言葉も交わしていないけれど。あの人は、もともとは自分が『畑中美鈴(はたなかみれい)』を排除して、辞任に追い込んだ前日銀総裁の後任となる人物だ。

（急ごう）

男から少し後れるタイミングで、ひかるは通路を遮るカーテンをめくり、綾辻を支えながら最前方のコンパートメントへ入った。

カーテンのすぐ内側の左横は、ファーストクラス専用ギャレーだ。到着前の食事サービスは中止となったので、誰もいない（會田望海も栗木五月も急病人のケアにかかりきりだ）。

「もう少しで、横になれます」

ひかるは、荒い呼吸を繰り返す綾辻に言い聞かせた。

「頑張って、歩いて」

ギャレーの横を抜け、ファーストクラスの客室空間へ出る。

（――――）

チーフが、交渉してくれている……。

客室前方、三列目の席の横に會田望海が立っている。

長身のチーフパーサーは、右側の座席を指し、ベルトで固定したバイオリンを『あちらへ移動させてもらっていいですか』というふうに手で示す。急病人を寝かせるためだ、と英語で説明しているのだろう。

三列目左側『３Ａ』の席は、あの女性客だ。

長い黒髪の女性は、黒のレギンスに赤のカットソー姿だ。すらりとした細身で立ち上がり、會田望海が指し示す楽器を見て、うなずく。

どうやら、同意してくれているか――

そこへ後方から、いかついダークスーツの背中が割り込むように近づく。

あの男だ。

鳥羽という男は、まだ左手に携帯を握っている。

どけ、と言わんばかりの所作で會田望海と女性客の間を抜け、二列目の自分の席へ行く。

ひかるは『3B』の席が空いたならば、すぐに綾辻を寝かせられるように、近づくが

（……………？）

また視野の中に違和感。

何だ。

屈んで、シートに寝かせていたバイオリンを取り上げようとする女性客が、いかついSPの背中をちら、と横目で見た。

視線の動きが、疾い……？

二列目の席で、SPの男の後ろ姿が、個人画面の下の物入れからアタッシェケースを引き出している。テーブルの上に置く。男は左肩と耳で携帯を挟むようにして、無造作な手

つきでケースの蓋を跳ね上げ、中から何か取り出す。携帯を肩に挟んだまま、手を動かす。

何をしているのか――

ひかるの位置からは、よく見えない。

最前列の大使の席も、男の肩幅の向こうに隠れている。

と

「ハウッ」

ふいに気合のような声がしたと思うと。

次の瞬間、赤いカットソーの上半身が動いた。

黒髪が宙にパッ、と散り、女性客の後ろ姿が男の背中へ襲い掛かり、覆いかぶさる。

「――あっ⁉」

ひかるは声を上げ、しかし驚いている暇はない、綾辻の身体を押しやるようにすると、キャビンシューズの足で床を蹴った。

「や、止めて――っ！」

4

●シベリア東岸　上空
Jウイング四八便　機内

「止めてっ」

ひかるは床を蹴り、宙を跳んだ。

視野の中央に、赤いカットソーの後ろ姿。パッと散っていた黒髪が重力で下がっていく。女の右腕が後ろから男の太い首筋に絡みつき、ロック。

何を――!?

思う暇も無く。

もう片方の左腕が一閃(いっせん)し、その手の中に、何か鋭い物が魔法のように現われる。

同時に、ひかるは後ろからぶつかった。ぶつかりざま、咄嗟(とっさ)に女の左手首を摑む。ひねる。

「止め――」

「アウッ」

女が声を上げるが
がんっ
「――!?」

次の瞬間、世界がひっくり返った。

身体が宙に浮き、頭の上から逆さまにキャビンの床が降って来て、後頭部に衝撃。

何だ……!?

「ぐわ」

後ろ向きに、吹っ飛ばされたのだ――そう分かったのは激痛が走った後だ。

一瞬、目の前が真っ白に。

動けない。

そこへ
うがぉおっ
獣の吠えるような声がしたと思うと、逆さまになった視野の中、男の左肘が回転するようにして女の上半身を押しやり、振り払った。

赤いカットソーの後ろ姿が撥ね飛ばされ、宙に浮く。

男の右手が一挙動で上着の内側から黒い物を抜き出し、上半身の回転を使って女の胸部へポイントする。左手が戻って黒い物体の上部を素早くスライドさせ、右の親指が一瞬で安全装置を外し、人差し指がトリガーを引き絞る。

ドンッ

(――!!)

ひかるは目を見開いた。

黒髪の女が、後ろ向きに床へ落下するのと同時に、その胸部で赤い煙が散った。

叩きつけられる音。

「――⁉」

撃たれた……⁉

いったい、何が――

ひかるはまだ、身動きが取れない。

ほとんど一挙動で女を撥ね飛ばし、撃った男は、素早い動きで自動拳銃を懐へ戻すと、座席の前のテーブル上に開いたアタッシェケースから何かを摑み上げた。

銀色の筒のような物。それを口にくわえ、右手で胸ポケットからペンを抜く。ためらいもない動作で、両手でペンの軸を強く捩(ね)じる。

プシッ

（――――！）

十三週間、格闘の訓練ばかりしていたひかるの目には、すべての動きがかろうじて摑めたが。

周囲にいる普通の人たちには、いったい何が起きたのか、見えただろうか。

中国系フランス人のアーティストだという女が、ふいにSPの男に背後から襲い掛かり、CAの一人――つまりひかるが驚いて、それを止めようとしたら女に肘で撥ね飛ばされ、続いてその女も男に弾き飛ばされ、後ろ向きに宙を跳んでいる間にあろうことか銃で撃たれた。

しかし

凄(すさ)まじい物音がしたと思ったら、赤いカットソーの女が仰向けに床に倒れ、その胸へ向けられた男の手の中で銃口が煙を立てている――

普通の人に見えたのは、その程度だろう。

男は銀色の円筒(えんとう)を横向きにくわえたまま、二つに捩じり折ったペンを、放った。

「あ」

男のすぐ後ろの列で、何か声を発しかけた會田望海が、崩れ倒れた。

続いて最前列の席で槇大使のケアに当たっていた栗木五月と、もう一人の先輩クルーが同時に横向きに倒れた。どさ、どさっ、とまるでスイッチの切れた機械人形のように倒れ、転がった。

(!?)

ひかるは仰向けのまま、目を見開く。

これは。

まさか……!?

思わず、息を止める。

視野の中で、人が倒れていく。

まるで見えないスイッチでも切られたかのように、ファーストクラスの客室空間に居合わせた十人近い人々が、次々にパタ、パタと声もなく倒れる。立っていた者は床に崩れ、シートにいた者はそのまま前向きや横向きに崩れて、動かなくなる。

(これは)

まさか。

い、あの時と同じ……!?

息を止めたまま、ひかるは目だけを見開く。

脳裏に蘇るのは、三か月前の〈事件〉の有様だ。

テヘランからの帰路――政府専用機の機内で、当時総理秘書官だった男が特殊な催眠ガスを放ち、搭乗していた全員を眠らせた。

ただ一人、ひかるを除いて――

「ふん」

ＳＰの男は、鼻を鳴らすようにして、周囲を見回す。

手首の時計を、ちらと見る。

息を、するな。

ひかるは自分に言い聞かせた。

空気を吸い込むな。

男が、周囲を確認するように見回している。

ひかるは仰向けの姿勢のまま、目を閉じた。失神しているふうを装う。

そうだ。

息をせず、動くな――

今、目にしたものを反芻する。男が横向きにくわえていた円筒は――あれは小型の酸素発生器だろう。工作員が潜水行動に用いるものだ。

ペンを捩じった時にプシッ、という音がした。封入されていた気体が噴出する音か。

（――――）

息を止め、目を閉じたまま頭の中を整理する。

強力な催眠ガス。

あの〈事件〉で、中国に操られていた九条圭一（くじょうけいいち）が用いたのと、同じ手段――手口か

……？

では。

あのＳＰの男は――

だが、考える暇もなく。

床を踏んで、何かが近づいて来る。

ひかるは、ファーストの客室空間のほぼ中央に仰向けで倒れている。さっき――赤いカットソーの女に撥ね飛ばされた時は、ＳＰの男からは死角だった。

わたしもまた、催眠ガスで気を失って倒れているように見えるはず……。

身動きせず、注意深く、薄目を開ける。

銀の円筒をくわえた男は、いかつい肩を怒らせるようにして、こちらへ――後方へ歩いてくる。足に何かが当たったのか、視線を下げる。

「――ふん」

また、鼻息を噴く。

床に横たわっている會田望海の身体を、邪魔な丸太のように蹴って転がした（その目が『生意気な女め』とでも言うみたいだ）。

あいつ……。

ひかるは息を吸いそうになって、止める。

だめだ、呼吸をしては。

吸い込めばたちまち意識を失う。空気を吸ってはだめだ。

男は、會田望海を蹴って転がした後の床を、見回すようにする。

何をしている……？

と

ブーッ

ひかるのジャケットの内ポケットで、何かが振動した。

（……!?）

携帯か。

思いのほか大きな響き。

Ｗｉ‐Ｆｉ経由の通話で、班長が呼んできたのか……？

まずい。

薄目の視野の中、男がのそり、とこちらを見やる。

●東京　永田町

総理官邸地下　ＮＳＣオペレーション・ルーム

（────）

出ないな。

門篤郎は、メインスクリーンを見上げながら、携帯を耳につけていた。

日本海北部とシベリア沿岸を拡大したマップの中、赤い小さな飛行機型のシンボルマークがゆっくり向きを変え、上方へ──北へ戻って行く。

移動する赤いシンボルには〈ＪＷ48〉という文字が付き添っている。

向きを、変えた……。

障子有美の国土交通省への根回しが効いたか、あるいは機内での舞島ひかるの工作が成功したのか。

Ｊウイング四八便は、ウラジオストック方面へ引き返し始めた。

「高度も、下がっています」

背後から、通信席の湯川が言う。

「行き先はウラジオか、その近郊の空軍基地でしょう。交信が直接には聞けないので、こうして位置情報を見ているしかありませんが」

「うん」

門は、携帯の面を確かめてから、呼び出しを切った。

機内の様子を聞きたかったのだが――

発生した急病人の状態についても、詳しい報告をまだ受けていない。

機内のＷｉＦｉ環境を利用した通話は、呼び出し音がしていたから、有効なはず。

舞島本人が、今は通話に出られる状況にないのか。

仕方ない。

「――総理は」

門はつぶやいた。

「話をしてくれたかな」

常念寺貴明は、ここへ戻る途中だ。

先ほど、ラスプーチン大統領への根回しを依頼した。Ｊウイング四八便をロシアの空軍基地へ降ろし、軍の管理下で隔離するには、大統領へ話をして頼み込むのが確実だ。

四八便が向きを変えたことを、総理へも一報しておくか——

そう思った時

「門君」


低い女の声がした。

障子有美が、左手から速足で歩み寄ってくる。

「国交省へは電話して、話を通しておいた」

霞が関から戻ったのか。

元同級生の危機管理監は、門に並ぶと、スクリーンを見上げる。

「Jウイング四八便は？」

「あれだ」

門は顎でスクリーンを指す。

「向きを変え始めた。無事に降りてくれるといいが」

●シベリア東岸　上空
Jウイング四八便　機内

（――――）

胸の中の携帯の振動が、止んだ。

止んでくれた――

ひかるはそのまま、麻酔ガスで失神したふうを装(よそお)った。

だが

まだ、こちらを見ている――

ほんのわずかに薄目を開け、いかついＳＰの男の動きを掴む。

携帯の振動する微かな響きに、男は気づき、近寄って来た。

こちらを見ている。

（いや）

わたしを見ているのでは、なさそうだ……

うっそりとした動作で、男は床を見回す。

顎には、横向きにくわえた銀色の円筒。

この男――

見ている間に、男は何かを見つけたように屈んだ。

そのいかつい体軀のみぞおちが、見える。

隙は、ある。

でも息を吸い込んではだめだ。

じっとしているしかない。

カタッ
物音がして、男が床から何かを拾い上げた。平たいもの。

（……？）

携帯。

そうか。

さっき、赤いカットソーの女に襲い掛かられるまで、男は肩に挟む形で、あのスマートフォンを使っていた。機内Ｗｉ－Ｆｉ環境を利用し、どこかと通話していたのか。

格闘の中、手から吹っ飛んだのだ。

薄目の中で見る。

だんだん、息が苦しくなってくる――だが吸ってはだめだ、うっかり息を吸えば、その瞬間に失神するだろう。

男がペンを捩じってガスを噴出させ、どのくらい経った……？

分からない、三十秒くらいか……

スチャッ

別の響きがした。

金属音。

（――えっ）

ひかるは、目を見開きそうになる。

頭上の男は、床から摑み上げた携帯を懐へ戻すや、代わりに黒い物体を摑み出した。

自動拳銃だ。型式までは分からない。ひかるが航空自衛隊の基礎訓練で取り扱いを習ったスイス製シグザウエルに、形状は似ているが――

ドンッ

（う⁉）

衝撃波がひかるのブラウスをパッ、とけば立たせた。

何だ。

撃った……⁉

同時に視野の反対側で、布袋に銃弾が突き刺さるような音。

（いや）
布袋じゃない。
何を撃った……⁉
思わず目を開き、視野の中で音のした方を探る。
ファーストクラスの左側の座席列。
四列目の辺りか？
思う暇もなく
ドンッ
ドンッ
続けざまに、衝撃波が床を払った。
バスッ、ブスという鈍い音。
この響きは。
ドンッ
（……う）
ひかるは息を止め、背筋に走る感覚に耐えた。
これは。

今村一尉が撃たれた時と、同じ――

「ふんっ」

頭上で、男がまた鼻息を噴く。

薄目の視野の中、いかついＳＰの男は歩いて移動する。

拳銃を手にしたまま、左方向へ――

視野の左端ぎりぎりに、赤いカットソーの女が仰向けに倒れている。

男は、その顔を靴底で踏みつけ、動かないのを確かめるようにすると、屈んだ。

何をしている……？

ついさっき、宙へ撥ね飛ばしたところを撃ち、銃弾が胸部に当たるところを見た。

赤いカットソーの女は何者だったのか。

わたしが、彼女を止めようとした。ＳＰの男にいきなり襲い掛かったからだ。

しかし――

（――？）

男の動作が、ひかるの思考を中断させた。

何をする気なのだ。

ＳＰの男は、動かぬ女の右手に、銃を握らせた。片膝をつき、両手を添えたまま銃を持ち上げさせる。女の手に銃を握らせた恰好で、水平に持ち上げる。

「………!」

何をする。

ひかるは思わず、目を見開く。

だが次の瞬間には、低く持ち上げた銃口を右側へ向け、男の指がトリガーを引き絞る。

ドンッ

視野の右端で、床に転がされていた會田望海の制服の背中で煙が散った。

布袋を突き刺すような嫌な響きと共に、倒れたままの女性客室乗務員の身体が半回転し、四列目の座席の基部に当たって止まる。

ゴトッ

「————」

ひかるは目を剝いた。

會田チーフ……!

だが動けない。

動こうとして息を吸い込めば、瞬間的に失神する。

動くな。

いま動いては駄目だ。

「ふんっ」

また男が鼻息を噴く。

やりづらい、とでも言うように顔をしかめ、女の手に握らせた拳銃を、今度は頭上へ向ける。

ドンッ

ドンッ

続けざまに、天井へ向けて発砲した。

ドンッ

カチ

発射装置の空転する響きと共に、発砲が止む。

（――――）

ひかるは衝撃波に頬を打たれながら、身体を動かさずに耐えていた。

息が苦しい。

空気を吸いたい。

男がまた「ふん」と鼻息をして（息を吐くだけだ。吸い込むと自分も失神してしまう)、立ち上がる。

赤いカットソーの女の手に拳銃を握らせたまま、床に放置すると、今度は速足で立ち去った。

ファーストクラスの客室空間から、左側通路を通って後方へ。

その姿が、見えなくなる。

今だ。

(――くっ)

ひかるは、ゆっくりと身を起こす。

息は吸えない。

立ち上がると、周囲の光景が目に入る。

ファーストクラスの空間。

床に転がり、シートの基部に当たって仰向けになった會田望海。

チーフ……!

声が出そうになる。

こらえる。

左側『4A』『5A』『6A』の座席にいたアジア系の女性二人と、太った中国系らしい男性のマネージャーはそろって胸部を撃ち抜かれ、のけぞって動かない（正確な射撃だ）。

「………」

駄目だ、皆に構っていられない。

息が続かない。

ひかるは息を止めたまま、滑らかな動作を心がけ、身を翻す。右側通路を後方へ向かった。

姿勢を低くし、ファーストクラス・ギャレーの横を抜け、通路を遮断するカーテンをくぐり抜ける。

ビジネスクラスの客室へ出る。

まだ薄暗い空間。

（ここにもガスが効いてる）

やはり機内全体へ広がっている。

ほぼ満席の客室は、すべての乗客が、ある者はのけぞり、ある者はテーブルに突っ伏す姿勢で倒れている。動くものはない。強力な催眠ガス（九条圭一の使ったものと同じだとすれば、イスラエル製だという）が空調システムによって機内全域へ広がったのだ。

あの男の姿は見えない。

ひかるは息を止めたまま、姿勢を低くして進んだ。

くらくらしてくる。

もう、二分間くらい息を止めている。

脚を動かす。

苦しい。

限界に近い。

息を吸いたい。吸ってしまいそうだ——そう思うのと同時に、通路の先にR2ステーションが見えてきた。

右舷側2番非常口ドアの脇に、壁に畳まれたアテンダント・シート。

そしてその下側に——

(——うっ)

何かにつまずき、ひかるは前のめりに転んだ。

目の前に床が迫り、そのまま顔を打ちつける。激痛。

声を上げられない、痛みに構ってはいられない、そのまま肘を使い、絨毯(じゅうたん)張りの通路の床を這い進んだ。

もう二秒と持たない。限界だ——目がくらむ。同時に右手の指先が、何か固い物に触れた。

これか……!?

爪でひっかくようにして、摑む。

目当ての物は、立方体の固いパッケージだ。確かに、これはそれだ……。固定用ベルクロテープを夢中になってはがす。もう目が見えない、手探りで、幅三〇センチの立方体をアテンダント・シート下の取りつけ位置から外し取る。取り扱いは、手が覚えている。特輪隊の訓練でも一度は使った。留め金を弾き、防煙（スモーク）フードのパッケージを割るようにして開く。

プシュッ

ビニール製の円い開口部が覗く。構わずに、その中へ頭を突っ込む。

「――はぁっ」

消火作業用の防煙フードを被ったひかるは、内部に放出される酸素を吸った。

オキシジェン・ジェネレータが密封されたフード内へ酸素を放出する。

それを思い切り吸い込んだ。

「はぁっ、はぁっ、はぁっ」

その時

ぐらっ

通路の床が、急に大きく傾いだ。

左側へ、傾く――

「うっ」

まずい、酸欠で平衡感覚がおかしくなったか。

いや。

「違う、旋回してる」

5

●東京　永田町

総理官邸地下　NSCオペレーション・ルーム

「――あれ」

通信席から、湯川が声を上げた。

「おかしいな」

「どうした」

立ったまま訊き返す門も、しかし同時に気づいた。

スクリーンだ。

赤いシンボルの動きが、変だ――

それまで、〈JW48〉という記号を従えた赤い飛行機型シンボルは真上へ――北を向き、大陸の沿岸へ戻りかけていたが。

今、その場に留まって尖端（せんたん）を回し始めた。

回頭している……？

「どうしたの」

隣で、障子有美も言う。

「四八便、また旋回しているわ」

（――――）

門は眉をひそめる。

見間違いではない。

〈JW48〉は、いったんはウラジオストック方面へ引き返すように見えたが。

北上する動きを完全に止め、その場で尖端を左へ回し始めた。

何だ。

門は思わず、懐から携帯を取り出す。

その横で
「東京管制部へ、訊いてみる」

障子有美が自分の携帯を取り出す。

「所沢（ところざわ）には、ウラジオの管制当局と引継ぎ用の連絡回線があるはずだから」

●東京　横田基地
航空総隊司令部・中央指揮所（ＣＣＰ）

「アンノン、来ます」

静かにざわめく空間。

その最前列の管制卓から、北西セクター担当管制官が振り向いて告げた。

「新しい奴です。接近して来ます。機数二、高度三〇〇〇〇。実速六〇〇」

「分かった」

工藤慎一郎は、先任席でうなずく。

またか——

薄暗い空間の頭上にのしかかるような、正面スクリーン。

ピンク色の龍のような日本列島の左上——入り組んだギザギザの海岸線を持つ朝鮮半島の沿岸に、今また二つのオレンジ色の三角形が浮き出るように現われると、尖端を右下——南東へ向けてじりじり進み始めた。

それらの正体は、もう知れている。

韓国軍の軍用機（緊急発進した要撃機からの報告では、多くの場合が新鋭のF15K戦闘機だという）は数時間おき、いやひどい時には一時間おきに、半島の基地を飛び立っては隠岐島の近海まで接近し、空自の要撃機が〈対領空侵犯措置〉のため向かっていくと、引き返して帰っていく。

一昨日から、それを飽きもせず繰り返している。

「小松のFを上げろ」

「了解」

北西セクター担当管制官が卓上の受話器を取り上げ、小松に居を置く第六航空団へ指示を伝える。

工藤は、先任席でシートに背を預け、黒い背景に浮かび上がる山陰地方の海岸線と、覆いかぶさるような朝鮮半島を見やった。

その中間の広大な海域の只中に、ぽつんと一つ、円形の島がある（点のように小さい）。

「偵察というより」

工藤はつぶやいた。

「連中のやっているのは、示威行動だな」

「嫌がらせですよ」

隣で、笹一尉が言う。

「もはや、韓国からはアメリカ軍も撤退しようとしている。あそこの連中はすでに――いえ」

「いいよ」

工藤はうなずく。

「俺も最近、同じことを思うようになった」

「朝鮮というのは」

右隣で、明比が言う。

「『中華帝国の朝廷の家来』という意味があるんだそうです。朝というのは朝廷の朝です」

「そうなのか」

「先任、それよりも問題は」

「あぁ」

そうだ。

工藤は思い出す。

人員は、足りているのか……？

「明比。小松のアラート待機は、人員は廻るのか」

「今、〈五分待機〉のペアを上げましたから」

明比二尉は眼鏡を光らせ、自分の席の情報画面に各基地の待機状況を出す。

「第六航空団では、次の〈一時間待機〉のペアを繰り上げて、スタンバイさせます。しかしそれまで使われると、後は午後フライト予定のパイロットの訓練をキャンセルして、アラートへ回さないと」

「そうか」

「まずいです。少しの間、補充がない状態になります」

●シベリア東岸　上空

Ｊウイング四八便　機内

「はぁっ、はぁっ」

ひかるは肩を上下させ、肺に酸素を送り込むと、立ち上がった。

しかし

「──う」

くらっ

眩暈がして、ふらつく。

そこへ、また通路の床が傾いた。ぐらっ、と乱暴な動きで傾斜する。

「きゃっ」

足が滑る──駄目だ、転ぶ。

深呼吸したとはいえ、酸素欠乏の状態から、いきなり立ち上がったのだ。

世界が傾き、左横から床が迫ってきて、思い切り横向きに身体をぶつけた。

また激痛。

(──く、くそ)

歯を食いしばり、肘をついて身体を起こす。

中腰のまま、床を蹴った。

走る。

通路を前方──機首方向へ。

カーテンを払いのけ、ギャレーの横を通り抜けて、ファーストクラスの客室へ駆け込む。

「はぁっ、はぁっ」

チーフは。

どこだ……!?

防煙フードは視界がよくない。目で探し、客室空間の中央の通路へ。

「チーフ」

外気を入れない構造のフードだから、声はこもる。

目の下に、緑の小さなランプが点っている。酸素発生装置が正常に稼働しているしるしだ。

左右の座席列の間に、長身のCAが倒れている。

「チーフっ」

ひかるは駆け寄ると、片膝をつき、制服の上半身を助け起こす。

（うっ）

ブラウスの脇腹が──

真っ赤だ。

気づくと、會田望海の倒れていた通路の絨毯が濃い色に染まっている。

ひかるは息を呑むが

（いや）

待て。

よく見ろ。

思い出せ。さっき、息を止めたまま客室を走り出るとき、左側の座席列で倒れていた三人の様子が目に入った。二人の中国系女性も、マネージャーらしき男性も、胸部を正確に撃ち抜かれていた。

しかし、あの男は。

そうだ、おそらく赤いカットソーの女の手に、硝煙（しょうえん）反応を残すためだろう。彼女の手に拳銃を握らせ、不自然な姿勢から発砲した。床に転がされていた會田望海を襲った銃弾は、急所を貫くことはなかった……

「……すみませんチーフ」

ひかるは望海の身体を仰向けにし、うなじを自分の膝に載せて、彫りの深い顔を上向きにし、その顎を手でつかんだ。防煙フードのフェースプレート越しに、唇を見る。

「………！」

息がある。

はっ、として周囲を見回す。

どこかに、医療用キットが。

どこだ。

（あった）

通路の最前方に、栗木五月と先輩クルーが折り重なって倒れている。その手前の床だ。

金属製の大型アタッシェケースが置かれている。

自分が、さっきR2ステーションから運んできたものだ。

ひかるは駆け寄り、膝をついた。

チーフの銃創を、止血しなくては。

會田望海は脇腹を撃たれただけだ。至近距離だったから、弾丸は貫通したかもしれない。

内臓にダメージはあるのだろうが、とりあえず出血を止め、あとは一刻も早く救急病院へ運び込んで処置を受けさせれば――

（――助かるかもしれない）

ひかるは金属製アタッシェケースの留め金を、両手の親指で押し開こうとするが
「うっ」

目を、見開く。

ロックがかかっている。

そうか、医療用キットは医師に使ってもらう器具類や薬品を収めている。劇薬や刃物類も入っているから、協力してくれる医師が見つかってから、チーフパーサーがケースの封印を解除するのだ。

カギは。

（数字のダイヤル・ロックか）

まずい――

ロックを解除する番号を知っているのは、当の會田望海だけだ。

どうする。

ほかに、一般の客室乗務員でも開封できるファーストエイド・キット（救急箱）がどこかにあるはず。捜しに行くか……？

「いや」

ひかるは通路を振り向き、頭を振った。

開く方法は、ある……。

床を蹴るようにして立ち上がると、通路を戻った。

防煙フードは視野が狭い。仰向けにした會田望海につまずきそうになる。

「くっ」

あそこだ。

ファーストクラス後方の床に、スーツ姿の若い男が倒れている。

すでに伝染病を発症し、その顔には赤い発疹が浮き出ている。

ひかるは綾辻の前に膝をつくと「ごめん」と断りながら意識のない男の上着の前を開き、革製ホルスターに収められた黒い拳銃を抜き取った。

ずしり、と重い。

「借ります」

通路を前方へ取って返す。

ＣＩＡの教官は、射撃までは教えてくれなかった。任用訓練では、あくまで近接格闘で、敵の工作員を素手で制圧することに特化してトレーニングした（日本の現行法の範囲内で活動するのなら、銃は持っていてもどうせ使えない）。銃の取り扱いは、空自に入隊した時に基礎訓練で射撃の初歩を習った。それだけだ。

戻りながら、右手に握った自動拳銃の遊底（ゆうてい）を左手でスライドさせ、弾倉（だんそう）から初弾（しょだん）を薬室へ送り込む。取り扱いは、手が何とか覚えている（本当なら、まず銃把（じゅうは）に収められた弾倉を抜き取って中身を確かめるところからやるのだが、そんなことをしている暇はない）。

「はぁっ、はぁっ」

床に置かれた医療用キットの前に立つと、呼吸を整え、両足を開き、両手で下向きに拳銃を保持した。銃口を、金属製アタッシェケースのダイヤル・ロック部分に向ける。右手の親指で安全装置を解除、左手を添えたまま、脇を締めるようにしてトリガーを引き絞る。

ドンッ

反動でのけぞりそうになるのと同時に、足元で金属が弾けるような衝撃音がした。

ぱくっ、と金属の蓋が跳ね上がるように開く。

「——よし」

ひかるは屈んで、医療用キットの中身を手で探る。

止血に、使えるものは。

怪我人への応急処置は、特輪隊の訓練で習っている。大判の粘着式滅菌絆創膏（ばんそうこう）、ハサミ、消毒液、包帯。手早く選んで、抱える。

しかし
（見づらい）

思わず、頭を振る。

防煙フードのフェースプレートは耐熱プラスチックで、視野が狭いうえに物が歪んで見える。

くそっ……。

ひかるは、左手首を返して時刻を見る。

あれから――男がペン型のガス封入器を捻ってから、何分経った……？

あの男も、一度、時計を見て時刻を確認していた。

７４７の機内全域に催眠ガスが行き渡るのに二分。そしてエンジンのコンプレッサーで圧縮された新鮮な外気がダクトを通って循環し、機内の空気がすべて入れ替わるのにさらに二分――

（もう、四分は経っている）

ひかるは包帯類を右腕に抱え、左手の親指で慎重に、防煙フードのネック部分を持ち上げた。男が撒いていったのはイスラエル製の強力な催眠ガスだ。わずかでも吸い込めば、六時間から八時間、人間は意識を失う。意識が遠のきそうになったらすぐに指を放してネックを戻すつもりで、少しずつ息を吸ってみる。

「────」

大丈夫だ。

ブーッ

機内の空気は、すっかり入れ替わっている。もう呼吸できる──

そう思って防煙フードを頭から引きはがすひかるの胸で、また携帯が振動した。

「すみません班長、いま出られない」

つぶやきながら、フードを投げ捨てて、通路に仰向けにした女性客室乗務員の傍らへ膝をつく。

●東京　永田町

総理官邸地下　ＮＳＣオペレーション・ルーム

やはり、応答しない……。

門は、コール音のみが反復する携帯を耳につけたまま、スクリーンを見上げていた。

「門君」

隣で、障子有美が言う。

切ったばかりの携帯を、門に示す。

「いま東京コントロールに、情況を聞けた。Jウイング四八便は確かに一度、ウラジオ・コントロールへメディカル・エマージェンシーを宣言して、緊急着陸を要請した」

「――そうか」

門はうなずき、手のひらで携帯の発信を切る。

目を上げると、〈JW48〉と表示された赤い飛行機シンボルは、尖端を真下へ向けたまま、じり、とまた南下する。

「一度は、ウラジオへ行こうとしたのか」

「ウラジオ・コントロールのレーダー誘導下に入り、沿岸の空軍基地へ向かわされる予定だった。それが途中から、通信に応答しなくなった」

「管制からの誘導に従わず、勝手に向きを変えた？」

「そういうことになる」

「――――」

何が起きている。

一度は、大陸沿岸のロシア空軍基地へ向かい始めたJウイング四八便。

しかし急に向きを変え、また南下を始めた。

機内にいる舞島ひかるは、応答しない。

「空自のＣＣＰへも、一報しておくわ」

障子有美は、また携帯の画面を繰る。

「このまま南下すれば、音信不通のまま、わが国の空域へ入って来る」

「危機管理監」

「何？」

「あの機についてだが」

門は、顎でスクリーンを指す。

「国交省を経由すれば、航空会社へ協力を求められる。そうだよな」

「監督官庁だから、要請は出来るけど」

「ならば、あの四八便の操縦やオペレーションに詳しい人間に、助言を求めたい。スカイプかズーム経由で構わない、Ｊウイングに人を出してもらえるよう、要請してくれないか」

するとー

「班長」

背中から、湯川が呼んだ。

「それでしたら」

会話を聞いていたのか。

振り向くと、通信席の画面に、箇条書きのデータが呼び出されている。

〈フライトレーダー〉の情報か。

「Jウイング四八便ですが」湯川は画面を指して言う。「ここにある通り、機種はジャンボの最新型747－8です。747シリーズであれば政府専用機と同じですから、特別輸送隊のパイロットが助言できるはずです。すぐにつかまるし、機密も守れます」

「分かった」

門はうなずく。

「ただちに千歳へ繋いでくれ」

●シベリア東岸　上空

Jウイング四八便　機内

ひかるは手術用のハサミを使い、三十代の女性客室乗務員の腹部のブラウスを切り開く。

（──うっ）

ずっしり湿った布地を切り開くと、あふれる赤黒い液体で皮膚が見えない。

ごめんなさい、待ってて。

心の中で言うと、立ち上がって、走った。

ファーストクラスのギャレーへ駆け込む。機内キッチンは、巡航中に乗客の求めに応じて飲み物を提供していた時のままだ。ナプキンをかけた氷とアイスピック、ライムやレモンが出しっぱなしになっている。

ひかるは壁面の物入れを開き、調理用のリネンをありったけ引きずり出すと、急いで戻る。

また膝をつき、會田望海の腹部と、背中へ手を差し入れて背中の出血部位へも白い布地を押し当てる。もちろん、そんなものでは血は止まらないが、傷口が見えないのではやりようがない。

「待ってて」

医療用キットから取り出してきた消毒液の瓶（びん）の封を切る。瓶を逆さにし、透明な液体を會田望海の腹部へ振りかけた。

やっぱり、貫通している。

傷口を縫えばいいのだろうが、自分には出来ない。

医療用の大判の粘着式絆創膏を、パッケージから出す。

ぐらっ

「う」

また床が傾ぎ、機が姿勢を変えた。

同時に

キィイイン――

後方から、エンジンの回転が上がる音。

そういえば。さっき降下に入ってから、四発のエンジンはアイドルまで絞られていたのか。意識する余裕もなかったが……。

「…………」

ひかるは、會田望海の脇腹に大判の絆創膏を貼りつける。

ごめんなさい。

心の中で告げながら、長身のチーフパーサーの身体を、転がすようにしてうつ伏せに。

背中の銃創にも絆創膏を押し当てる。

包帯（これも粘着式の物だ）を取り、ウエストに巻きつけるようにして貼っていく。

転がして、また仰向けにする。

まだ、息はあるか。

分からない、青ざめた頰。ひかるに包帯を巻きつけられながら、動こうとしない。彫りの深い顔に、今村貴子一尉の面影が重なる（実際、似ているのだ）。

「お願い」

思わず、呼びかけていた。

「お願いです、死なない――」

言いかけた時、膝をついた床が、持ち上がるように動いた。

（………⁉）

機首が……上がった⁉

そうだ。

ひかるは目を見開く。

天井を見回す。

パイロットは――機長たちはどうしている。

さっきから、機体は姿勢を変え、何度か旋回するような挙動をした。

今、アイドルへ絞られていたエンジンの推力が増し、水平飛行に入った――？

「――誰が、操縦している」

●東京　横田基地
航空総隊司令部・中央指揮所（CCP）

「エスコート、ですか」

工藤慎一郎は、握った受話器に訊き返した。

まずいな、という表情になる。

「そのJウイング機は、無線に応答せず、南下して来るんですか」

『そうなの』

通話相手の女の声は、うなずく。

アルトの声。

工藤の席を呼び出してきたのは、あの女性危機管理監だ。防衛大学校の先輩にもあたるので、工藤は頭は上がらないのだが——

『この間のルクセン・カーゴ機の時にも、してもらったでしょ。戦闘機を二機さしむけて、情況の確認と、可能なら誘導を』

「——」

『駄目かしら』

障子有美の問いかけと同時に、先任席のコンソールにある別の受話器に赤ランプが点灯した。

こちらも外部機関からの直通回線だ。工藤が通話中なので、左横から笹一尉が手を伸ばして代わりに取る。「はい、総隊司令部」と応える。

「障子さん、ちょっと待ってください」

工藤は障子有美へ断ると、電話に応答する笹を見た。

笹は、工藤に目を合わせながら「はい。はい、了解です」とうなずく。

用件は簡潔に済んだらしく、通話の切れた受話器を返して寄越した。

「先任、所沢の東京コントロールからの通報です。イニシャル・コンタクトに応じない民間機が、シベリア沿岸から日本海を南下中」

「そうか」

無線に応答しない民間機……。

工藤は、障子有美と繋がったままの受話器を見る。

あの時と、似ている。

数日前のルクセン・カーゴ機のケースが頭をよぎる。

正面スクリーンへ目をやると、黒い虚無（きょむ）のような日本海の右上——シベリアの沿岸から四分の一ほど南下した位置に、ぽつん、と黄色い三角形が出現した。

（あれか）

6

●日本海北部 上空

Jウイング四八便 機内

誰かが操縦している……？

ファーストクラス客室の通路の床に膝をついたまま、ひかるは天井を見回した。

そうだ。

目をしばたたく。

考える暇も無かった。

あろうことか銃弾を受け、大出血した會田望海の処置に忙殺されて――

思い出すと、駆け回る間に何度か、機体は乱暴な感じで姿勢を変えた。そしてたった今

アイドルに絞られていたエンジンの推力を増し、機首を上げた。

「――――」

多分、水平飛行に入った。

この機は、一度はシベリア沿岸へ——ウラジオストック方面へ機首を向け、降下に入ったはずだが。

（わたしが防煙フードを被って、駆け回っている間に）

通路は何度か傾き、Ｇもかかった。別の方向へ機首を向けた……？

（…………）

あの男。

鳥羽と名乗った。

ＶＩＰの大使を警護するのが任務のはずだった男。

先ほどのコクピットでは、強硬（きょうこう）に『東京へ向かえ』と主張していた。誰が見ても重篤（じゅうとく）な伝染病の症状と思えるのに、あれを『天然痘ではない』……？

どういう——

「う」

ぐらっ

また少し床が傾き、機体が右手へ向きを変えるのが体感で分かった。
コクピット。
ひかるはまた、天井を見上げる。
二名のパイロットは、どうなったんだ……
「………」
ひかるは、肩で息をした。
あのSPの男は――そうだ、機長が『ウラジオへ緊急着陸をする』と決めた直後。
ファーストクラスのキャビンへ駆け下りて、そして催眠ガスを機内空間へ放った。
いや、その前に。
――『プランAをやる』
化粧室を、扉を蹴るようにして出て来た時。
携帯を耳に当てて、どこかと通話していた。
何と言っていた……？
――『プランAをやる、その後で教えろ』

耳に入った言葉。
あれは――
（――くっ）
考えていても、仕方ない。
ひかるは腰を上げた。
中腰のまま、仰向けの會田望海の頰に、右手で触れた。
大丈夫、まだ暖かい。
だが猶予はない。
「すぐに、病院へ入れます」
だから待っていて。
望海の顔を、目に焼きつけるようにすると、立ち上がった。
あれは、どこだ。
医療用キットを開けるのに使った銃は、金属ケースのすぐ横に置いたままだった。
「――――」
摑み上げ、右手で重みを確かめるようにすると、親指で安全装置をかけ、ジャケットの裾をたくし上げてスカートの腰の後ろへ突っ込んだ。

急ごう。

●東京　永田町

総理官邸地下　ＮＳＣオペレーション・ルーム

「空自に、エスコートを要請した」

障子有美が、携帯を切りながら告げた。

「スクランブルのローテーションがいっぱいいっぱいだけれど、なんとかしてくれる」

「そうか」

門はうなずく。

スクリーンでは、〈ＪＷ48〉という表示を伴った飛行機型シンボルが、斜め左下――南南西へ尖端を向けてまたじりっ、と移動する。

その遥か下――能登半島の付け根にある小松基地から戦闘機が上がれば、音速の二倍近い相対速度で会合し、あの機の様子をじかに見てくれるだろう。

「――――」

スクリーンへ目をやったまま、また懐から携帯を取り出す。

ＮＳＣが工作員に持たせているＷｉＦｉ経由の通話アプリは、ＬＩＮＥとほぼ同じ機能で、短いメッセージを送ることも出来る。

情況が分かったら、通知しろ。

門は指で、素早くメッセージを作成すると〈送信〉にした。

もちろん『既読』の表示はすぐには出ない。

（あの中で）

門は、南下する飛行機型シンボルを見つめた。

何が起きている……？

●日本海北部　上空
Ｊウイング四八便　機内

ひかるは姿勢を低くし、ギャレーの横を抜け、通路を遮断するカーテンの隙間から通路の後方を覗いた。

（――――）

動くものは、ない。

ビジネスクラスの客室は、さっきと同じだ。

行こう。

素早くカーテンをくぐり、低い姿勢のまま後方へ走る。

コクピットは二階だ。

アッパーデッキ——二階客室へ上がる階段は、ビジネスクラスの客室前方、Ｌ２乗降扉に面している（途中で直角に折れてから二階へ続く）。注意深く、右側通路から階段の裏側へ回り込む。

階段が直角に折れる部分の真下に、跳び込むようにして座り込む。

ここは周囲からは死角だ。

素早く視線を回し、クリアリングする。

動くものはない。

「——はぁ、はぁ」

呼吸を整え、頭上を見上げる。アルミ合金製の段の隙間を通して、階段の上を覗く。

どうする。

催眠ガスはいったん機内に行き渡り、コクピットも例外ではない。操縦席脇には緊急用の酸素マスクが備わっているが、わずかでも吸った瞬間に意識をなくすような強力なガスだ。二名のパイロットが、無事でいる可能性は少ない。

ならば。

（今、この機を操縦しているのは――）

あの男は、在外公館の主任警護官だ。どういう経緯で、こんな挙に出たのかは分からない。

でも、手練れのSPであることに変わりない。

さっきは、油断して周囲を見ないような素振りもあったが。本気で格闘となれば、強いだろう。

もし格闘となったら。CIA教官に教わった通り、相手のみぞおちの動きさえ目で捉えていれば、一方的に負けることは無い。しかし負けることは無くても、あの男を拘束できるだろうか。わたし一人で――

「――そうだ」

とりあえず、情況を報告しよう。

機は、水平飛行に入っている（体感で分かる）。コントロールの無い状態で、海面へ向け突っ込んでいくことは、当面ない。

ひかるは制服のジャケットの内ポケットからスマートフォンを取り出すと、WiFi経由の通話アプリのアイコンをタッチした。

耳に、当てる。

「………？」

しかし

あれ、どうした……？

繋がる音がしない。

「？」

ひかるは携帯を耳から離し、画面を見やる。扇形の小さなマークが、消えている。

ＷｉＦｉが、繋がっていない。

（どうしたんだ）

通話アプリが働かない。

携帯の故障か、あるいは機内ＷｉＦｉシステムに不具合が出ているのか。

どちらなのか、分からない。

機内ＷｉＦｉシステムのコントロール・パネルは、確か、Ｌ１乗降扉の辺りの壁にあったはず。ファーストクラス客室の左側（ギャレーの反対側）だ。戻って、リセットをかけてみるか……？

「………」

左手首を返し、時刻を見る。

會田望海の出血はひどかった……。血は、完全に止められたかどうか分からない。時間の猶予はない。

東京の門篤郎に連絡がついたところで。

わたしの代わりに、あの男を倒してくれるわけではない──

(────)

ひかるは唇を噛むと、スカートの腰の後ろへ手をやり、突っ込んであった拳銃を引き抜いた。

右手のひらで重みを測るようにし、親指でトグルをずらして、グリップの下部から弾倉を引き抜く。

顔の前へ持って行き、残弾を確かめる。細長いマガジンに円く抜かれた部分から、弾数が確認できる。天井灯の光を鈍く跳ね返す九ミリの弾丸は、六発。それとは別に、さっき発射した際に薬室内へ一発が装塡(そうてん)されているから、あと七発──

●石川県　小松基地

「白矢」

白矢英一が、装具室でGスーツを飛行服の腰に巻きつけていると。

背中から、声がした。

「白矢、飛ぶことになったぞ」

「――？」

声は、もちろん知っている。乾一尉だ。

ふいに『飛ぶことになった』と言われ、白矢は振り返った。

どういうことだろう。

支度をして、これからスタンバイルームへ入ろうとしていたところだ。

さっきは『アラート待機の任につけ』と言われたのだ。緊急発進用のハンガーに隣接するスタンバイルームで、スクランブルに備えて待機する。出動するのは、ベルが鳴って〈対領空侵犯措置〉が下令される時だと思っていたが――

しかし

「飛ぶ、のですか？」

振り向いて、問うと。

「そうだ」

後から入室してきた、白矢よりは小柄な飛行班長――乾光司（こうじ）一尉は、ラックにずらりと並んだ中から自身の個人用ヘルメットと酸素マスクを取り、Gスーツを手早く身につけ始める。

「スクランブルではないが、発進命令が出た」

鋭い目はそのままに、横顔で告げた。

発進命令――?

何だろう。

「スクランブル以外の任務ですか?」

「たった今な」

乾はGスーツを腰に巻きつけながら、言う。

「総隊司令部から指示が来た。管制機関の呼びかけに応答せず、日本海を南下して来る国際線の民間機がある」

「――」

白矢は思わず、直属上司の飛行班長の横顔を見る。

今、何と言われた……?

「その機の正体は知れているから、アンノンではない」

乾は続ける。

「我々は、洋上で当該機に会合し、情況を確認、意思疎通を図る。必要に応じ誘導をする」

「――――」

「情況が片づき次第、そのまま日本海上でCAPに入る。それが任務だ」

CAP――戦闘空中哨戒（しょうかい）か。

あらかじめ空中へ上がった状態で、アンノンの侵入に備えるパトロール行動だ。

今、スクランブルのローテーションが一時的に回らない状態だ。俺たちは民間機のエスコートをしながら、アンノンの出現にも備える、ということか。

しかし。

（管制に応答しない民間機……？）

まさか。

「現在」

手袋をはめながら乾一尉は言う。

「朝鮮半島からは複数のアンノンが出現し、飛来しつつある。これに対しては、先ほど五分待機のペアが上がったところだ。連中が〈対領空侵犯措置〉を行なう。どうしても必要が生じれば、我々もそちらへ応援に向かう可能性はある。午後フライトのパイロットに早出を要請し、準備が出来次第アラートについてもらうが、少しの間は隙が出来てしまう。臨機応変の対応が求められるぞ」

「——あの、班長」

白矢は、乾に向き直った。

そうだ。

あの騒動の後。

自分は、まともに謝った気がしていない。

「先日は、すみませんでした」

「何がだ」

「あの。先日の事態では、私と舞島で勝手な真似を——隊に迷惑を」

だが

「そんなことはいい」

乾は頭を振った。

白矢へ顔を向け、鋭い目で見た。

「最善と思える判断を、したんだろう。編隊長として」

「は、はい」

「いざという時、自分の判断が出来る奴こそ幹部だ。国を護るパイロットだ」

「――――」

乾は、手袋をした右手で白矢の肩を叩いた。

「行くぞ。遅れずに支度しろ」

●日本海上空

Jウイング四八便　機内

二分後。

(まずいな)

階段（ステア）を上がり切る手前で姿勢を低くし、床すれすれの目の高さで二階客室の通路を覗きながら、ひかるは思った。

一本の通路が、機首方向へ伸びる。その左右に二席ずつ、三十六席が並ぶアッパーデッキ。

ここには、いったん通路へ出てしまうと、途中に遮蔽物（しゃへいぶつ）が何もない。

コクピットの扉の手前に、カーテンが下がっているだけだ。その上の天井には、対テロ用に監視カメラが備わっている。先ほど、ひかる自身もモニター画面を見た。魚眼レンズのような視野で、通路を近づく人影はすべて捉える。何者かが、操縦室扉へ近づいてくれば、その姿を映し出す。

もしも、あの男がコクピットにいて、通路を監視する画面を見ていたら――

「――」

ひかるは、ステアの最上段の下へ身を隠し、段に背をつけるようにして考えた。

一気に、走り切るしかない。

また手首の時刻を見る。

意識のない會田望海の顔が、ちらと浮かぶ。

チーフは、ファーストクラスの客室の床に寝かせたままだ――医療の専門家でない自分には、あの人があとどのくらいもつのか、見当もつかない。

「くっ」

息を細く吐き、身を翻してステアの最上段を蹴ると、ひかるは姿勢を低くして走った。

通路を前方へ。

自動拳銃は腰の後ろへ差し込んだままだ。万一、見つかっても、銃を所持していることは知られない方がよいに決まっている――

一気に走る。

――『東京へ』

左右の座席の乗客たちはある者は突っ伏し、ある者はのけぞるようにして動かない。その中を駆け抜ける。

窓のシェードがいくつか上げられていて、左サイドの窓から白い陽が差し込んでいる。

左側から、太陽光……。

――『東京へ向かえ。命令だっ』

今は、日本時間の昼前だ。左側から陽が差すのは機首が南か、南西を向いているしるしだ。

ウラジオへ――北東へ向かっているなら、今の時刻なら陽は右側から差すはず――

「――くっ」

機は南へ向かっている。

そう確信するのと同時に、通路を走り切った。

操縦室扉前に下がっているカーテンの右横、二階客室の最前方の壁に、ぶつかるように背中をつけた。

音が出ないように、呼吸を整える。

視線を上げる。

天井のどこかに監視カメラがある。

この壁に背中をつけても、カメラの視野を外れている保証はない（魚眼レンズのようだったから、モニター画面の端には映り込むだろう）。

肩を上下させながら、壁につけた背中をずらす。右へ移動して、カーテンの隙間に指を差し入れ、肩越しに覗く。

（………！）

目を、見開く。

カーテンの内側は暗い。

その奥――コクピットのドアから、縦に光が漏れている。

（……開いている？）

航行中は常時ロックされているはずの扉に、少し隙間があり、外光が漏れているのだ。

どうやって開けたんだ……。

考えている暇はない。

ひかるは息を細く吐き、身体を斜めにしてカーテンの内側へ滑り込む。

防弾仕様の分厚い扉が、やはり手前へ少し開いて、隙間を開けている。さっきコクピットを訪れた時、日本海を南へ向かう機首の前方からは強い陽光が差し込んでいた。縦に細長く空いた、隙間へ顔を寄せる。

覗く。

同時に

「——おいっ」

●Jウイング四八便　コクピット

怒鳴り声に、ひかるはのけぞりかける。

見つかったか……!?

だが

「おい、どうなっている」

扉の隙間から覗くコクピットは、前面風防から差し込む陽光で眩しいほどだ。

その中で、男が怒鳴っている。

「ここまでやったぞ。次はどうするんだ、おい」

左側の操縦席だ。

あの男――いかついSPの男は上着を脱ぎ捨てたワイシャツ姿で、左側操縦席についている。左手に携帯を持ち、耳に当てている。

身体を斜めにし、計器パネルの下側へ右手を伸ばしている。何をしているのかは、手前のレバー類が邪魔をして見えない。

操縦桿(かん)やスラストレバーには手を触れていない。今、機が水平に飛んでいるのは、自動操縦が働いているからだろう。

(………?)

何をしている。

息を止め、腰の後ろへ右手をやりながら覗くと。

床に機長がいる……。さっき訪れた時、左側操縦席にいた四十代の機長は、左右の操縦席の手前の床に仰向けで転がされている。意識はないようだ。右席の三十代の副操縦士は、上半身を右側へ傾けた姿勢で、動かない。

男は、機長をシートから引きずり出し、自分が代わりに座ったのか。操縦席から計器パネルの下側に右手を伸ばし、何か操作していた風情だ。その指を止め、舌打ちする。

「この先が、分からん」

男は左手に保持していた携帯の画面を見やり、横顔をしかめる。

「ＷｉＦｉか――くそっ」

よし。

その呼吸を読み、ひかるは腰の後ろから拳銃を引き抜くと左手で防弾扉を引き開け、操縦室内へ踏み込んだ。

「動かないでっ」

告げるのと同時に、両手で拳銃を保持して男の顔へ向け、右の親指で安全装置を外す。

「セーフティは外しました。動かないで」

「――？」

男は、眉をひそめると『何だ？』と言うように視線を向けてきた。

ひかるの姿に、一瞬だけ目を見開くが。

「――ふふん」

鼻を鳴らす。

驚きもしない。

銃口を向けても、うろたえない……？

この男は――

「ふん」

ＳＰの男は鼻を鳴らしながら、ひかるを足下から頭まで見るようにした。

「ふん、そうか」

笑った。

「お前がＮＳＣか」

「動かないで」

ひかるは男の顔へ、銃口をポイントする。

狭い空間だ。間合いは二メートル。

グリップは両手で保持し、銃の軸線と男の顔を一直線に合わせる。

「携帯を置いて、ゆっくり手を挙げて」

しかし
「――――」

男は面白そうな表情を作り、ひかるを見返した。

「お前、分かって言ってるのか？」

「窓を撃つわけにいかない」

ひかるは男から目を離さず、告げる。

「だから撃つ時は、本当にあなたを撃ちます」

言いながら「やはり」と思う。

自動操縦で水平飛行していても、機体には微かな動揺がある——銃口の照星の先で、前面風防を背にした男の顔が小さくぶれる。

その顔が、笑うような表情になる。

「——ふふ」

「殺人の現行犯で逮捕します」

「逮捕？」

ふはは、と男は口を笑いの形にする。

「どうやって逮捕するんだ？ お嬢ちゃん」

「いいから」

ひかるは銃口をポイントしたまま、男に促した。

「ゆっくり、携帯を置いて。両手を挙げなさい。席から立ちなさい」

「あぁ、そうかい——」

男はうなずくと、ゆっくり身体を捻るようにし、ひかるの方へ上半身を向ける。左手の携帯をパネル中央のエンジン計器画面の下へ置こうとする。

座席の背もたれから、上半身が覗く。ひかるは銃を構えたまま、男のワイシャツの腹部のみぞおちを目で捉える。

変な真似をしようとすれば、まず最初にその部分が動く――

だが

ビュッ

「ほらよ」

叫び声がしたと思うと、何かが目の前に飛んできた。

（――！）

反射的に、構えた銃を投げつけられた携帯にかち合わせ、弾く。

一瞬、男のみぞおちから目が離れた。

目の前で黒い突風が吹いた……!?　次の瞬間、ひかるは後ろ向きに吹っ飛ばされた。

「きゃっ」

後頭部に衝撃。

気づくとコクピットの右サイドの壁面に叩きつけられ、しりもちをつくようにして転がっていた。

何を、どうされたのか。

分からない——どう席を跳び出してきたのか、男が目の前に覆いかぶさっている。魔法のように、その手に銃が奪い取られ、目を見開くひかるの面前で右手に握り直される。

「くっ」

ひかるは壁に背をつけたまま、右手を上着のサイドポケットへ突っ込む。

ぐわはは、と男の呼吸が笑う。

「死ねぇっ」

銃口が向く。ひかるの眉間(みけん)の一〇センチ先で、男の指が引き金を引く。

今だ。

シャカッ

トリガーが引かれ、自動拳銃の発射機構が空転するのと、ひかるが右手でポケットから小さな円筒を掴み出すのは同時だった。

(今だ、脇腹ががら空き……！)

右手の親指で小さな円筒の尻を押し込み、空転する拳銃をくぐるようにして、渾身(こんしん)の力で男の脇腹へ円筒の尖端を叩き込んだ。

最大強度。

バチッ

高電圧のスパーク音と共に、大柄な体軀が物理的に反応し、大きくのけぞった。

「ぎゃあっ」

悲鳴を上げ、のけぞる男。

みぞおちががら空きだ。

「くっ」

ひかるは床を蹴り、跳ねあがる力を利用し、そのまま左膝を大男の腹部のみぞおちへ叩き込んだ。

嫌な手ごたえ。

「ぐがぉっ」

折れ曲がろうとする上半身の、左手首を摑み取る。

体(たい)を入れ替え、ぶつかる勢いを利用して身を捻り、重い男の体軀を腰に載せるようにして後方へ投げ飛ばした。

「やっ」

ブンッ

いかつい大男は頭部を下にして吹っ飛ばされ、背中で防弾扉を外向きに撥ねのけると、そのまま二階客室の通路上へ叩きつけられるように転がった。

視界の中で、動かなくなる。

「はぁっ、はぁっ」

ひかるは肩で息をすると、走った。反動で戻って来ようとする防弾扉を手で受け止め、押し開いて通路へ出た。

（――――）

やったか。

駆け寄ると。

男は、首を変な角度に曲げ、床に転がっている。

うつろに目を見開き、動かない。

「…………」

思わず、顔をそむけた。

仕方がない。

7

●日本海上空

Jウイング四八便　機内

「はぁ、はぁ」
　戻ろう。
　この機を、なんとかして降ろさなければ。
　ひかるは呼吸を整え、踵を返すと、通路をコクピットの入口へ駆け戻る。
　入室し、重たい防弾扉を引きつけて、閉じた。
　しかし
（――――!?）
　ロックしない……？
　どうしたのだ。
　眉をひそめる。
　扉を引き、繰り返し閉じてみるが、固定されない。
　おかしい。
　操縦室扉は、閉じれば自動的に電磁ロックがかかる仕組みではないのか。
　それが――

「ロックがかからない」

閉じた位置に留める機構さえ、働いていない。

これでは、立てこもることは出来ない。

よく見ると、ドアノブ横のロック機構が引っ込んだままだ。

調べてみる。ドア脇のインターフォンの横に、キーパッドがある。数字の並んだパッドの横の隙間のようなところへ、細いケーブルが差し込まれ、垂れ下がっている。

これは何だ……？　携帯の接続に使うような──

分からない。

引き抜いてみるが、機構に変化はない。

（────）

ちらと、二階客室通路に倒れたままの男を見やる。

首が、変な角度になっており、動かない。

「仕方がない」

會田望海を、一刻も早く医療機関へ収容させなくては。

ひかるは唇を噛み、ドアをそのままにすると操縦席へ向かう。

「すみません、機長」

四十代の機長の身体をまたぎ越すようにして、後方へ下げられた左側操縦席へ滑り込む。

同時に右手をシートの下へやり、座ったままスライド機構をリリースして席を前方へ動かし、調節する。

座席の調節の仕方を、手が覚えている……

(……三度目か)

心の中で呟(つぶや)きながら、自分の目の前を見回す。

みぞおちと向き合う操縦桿。両足を伸ばすと、ラダーペダルに爪先が届く。センターペデスタルの右手が届く位置に、四本が束になったスラストレバー。

息をつく。

何となく、覚えている……。

スラストレバーのすぐ前の中央パネルには、四列に数値と円グラフの並ぶエンジン計器画面が、上下縦置きに二面。

自分のすぐ前のパネルには正方形の計器画面が左右横並びに二面、右側の副操縦士席にも同様の配置――ボーイング747の操縦席だ。

過去に二度、自分は政府専用機の操縦席についている。

「民間航空へ来てまで」

こんなことになるなんて。

でも、そんなことを考えている暇はない――

視線を上げる。

「う」

眩しさに目をすがめる。

操縦席に着くと、前面視界は何も遮るものがない。

高い太陽に照らされ、一面の海原が目の届く限り続いている。

（……ここは、どのへんだ）

シベリアの沿岸を離れて、どのくらい来た……？

計器の見方は。

「ええと」

前に二度、操縦をしたので何となく目が覚えている。

わたしの正面にある四角い画面が、機体の現在の『姿勢』『速度』『高度』を表示する画面だ（確か、プライマリー・フライトディスプレーとか言った）。

（そうだ）

画面の中央に浮くカモメ型のシンボル。水色の水平線のすぐ上にある。これが機の姿勢を示している。

シンボルの上方に『CMD』という表示。そうだ、これはオートパイロットが機をコマンド（コントロール）しているというしるしだ。

思い出してきた。画面の左端の縦スケールは、速度。右端にある縦スケールは高度の表示だ。

読み取る。

高度は『二〇〇』——二万フィートか？

カモメ型シンボルは水平線のやや上に、動かずに浮いている。高度のスケールが全く動いていないから、この機は水平に飛んでいる（体感でも分かる）。

現在位置は。

そうだ、ナビゲーション・ディスプレー。

ひかるの身体の正面にあるプライマリー・フライトディスプレーに隣り合って、右側に並んでいるのが航法用画面——ナビゲーション・ディスプレーだ。

前回も、これを見た。

目をやると、画面の中央に三角形のシンボルが浮かんでいる。

三角形は、上下に伸びるピンク色の直線の上に乗っている。

これが自機を上から見たシンボル――ピンクの線は、入力されている飛行コースか……？

（ここは、どこだ）

前回の〈事件〉では。尖閣諸島の上空で中国の戦闘機に追い回され、逃げ回った。九死に一生を得てからも、しばらくはひかるが政府専用機を操っていた（もちろん無線で地上から指示をもらいながらだ）。

あの時は――眠らされていた機長の燕木三佐が意識を回復してくれるまで、二時間くらいは座っていた。

（確か）

ナビゲーション・ディスプレーは、表示の縮尺を変えられる。

計器パネルに覆いかぶさるようなグレアシールドを、目で探る。つまみと選択用のボタンが並んだモード・コントロールパネルがある。

これだ。

〈RANGE〉と表示のあるつまみが『八〇』の位置にある。

つまんで、回す。『一六〇』『三二〇』と回していく。単位はノーチカル・マイルだろう。特輪隊の入門教育で習っている。一ノーチカル・マイルは約一・八キロメートルだ。

航法画面の表示範囲を最大の『三二〇』にすると、三角形シンボルの進む先——画面の上縁付近に茶色い、楕円をずらして重ねたような形が映り込んだ。

これは……?

形は、分かる。逆さまの佐渡島だ。

(————)

北方から、南下して近づいているから、佐渡島が逆さまに見えるんだ——島のやや左上に茶色い海岸線があり、何か記号と文字がある。青い円形のマーク。文字は『RJSN』。

ひかるは息を呑み、右手を上着の内ポケットに差し入れる。

携帯を取り出すが

「駄目か」

舌打ちしたくなる。

WiFiが通じていない。画面の隅に扇形のマークがない。

そういえば。

ちらと、背後を振り向く。操縦室扉は半分ほど開いたままだが、二階の通路の様子は見えない。

さっき、あの男は。

（携帯を手にして、何かをしていた）

教えろ、とか口にしていた。

どこかから、ＷｉＦｉ経由の通話で指示を受けていた……？

わたしがＮＳＣの情報班長と連絡を取っていたように。あの男も、おそらく外部のどこかから連絡を受け、指示されて動いていたのか。ネット経由なら世界のどことでも繋がる。

要人の警護をするはずの警察官が――

「――――」

振り向いて、背後の床を見る。

機長が倒れて横たわっている向こうに、黒い拳銃がおちている。

あの銃の弾丸は、考えた末、抜いてきた。

自分は射撃の訓練をほとんど受けていない。空自へ入隊した際の基礎訓練で、小銃と拳銃の取り扱いだけは習った。あとは、固定された的を数回撃った。経験はそれだけだ。動いている生身の人間を拳銃で撃つなんて――

二階客室へ上がる前に、考えた。

男がコクピットで、操縦席にいるとして。

入室するなり、背後から撃つことは、法的には可能だ。すでにあの男は四人を撃ち殺し、一人に重傷を負わせている。これ以上の犯行を防ぐため、やむを得ず銃を使用することは、警察官職務執行法に照らしても容認される。

しかし、コクピットの後方から、操縦席の男の頭部に命中させられるのか……？

背もたれに当ててもダメージは限られる。当てるなら、頭だ。自分に出来るのか。わずかでも外したら前面風防に当たる。

風防に当てたら、どうなる……？　あの男がシートベルトをしっかり締めていたら、自分だけが外の空間へ吸い出される――最悪の場合、そうなる。

では、銃を使うのでなく、あの男を制圧するには……。

一分間ほど考え、ひかるは手にしていた拳銃から銃弾を抜き取ると、七発とも捨ててしまった。そしてファーストクラスのギャレーへ取って返すと、収納庫にある自分のショルダーバッグから小さな銀色の円筒を摑み出した。それは東京を出る前、あのホテルでの格闘で中国の女工作員から奪い取った口紅型のスタンガンだ。底部のスイッチを確かめ、ダイヤルで強度をあらかじめ〈最強〉にセットすると、上着のサイドポケットに忍ばせた。

あの男は強いだろう。狭いコクピットの空間で格闘になれば、銃なんか奪い取られるに決まっている。自分に勝機があるとすれば――男が奪い取った銃を至近距離からわたしに向ける、その一瞬に賭けるしかない。

（――――）

自分は、賭けに勝ったのだろうか。

倒しはした。でも、あの男はここで何をしていた。

航法画面のピンクの線は、まっすぐに前方へ伸びている。航空路を飛んでいるのなら、どこかでわずかでも曲がるものではないのか。このまっすぐな航路線は、何だ。この機は今、どこへ――

「――――」

唇を噛み、携帯を見た。

ＮＳＣに支援を求めるには。

ＷｉＦｉが通じてくれれば、班長に直接、助けを求められる。

助けを求めるには、機の無線を使うやり方もあるが――携帯で門と話す方が、早い。

（機内ＷｉＦｉのコントロール・パネルは）

確か、Ｌ１乗降扉の横辺りに、機内エンタテインメント・システムの制御パネルがあった。

そこへ行けば、ＷｉＦｉのリセットが出来るかもしれない。

考えながら、もう一度ナビゲーション・ディスプレーへ目をやる。画面の上端に現われた、青い円形シンボル。その横の『ＲＪＳＮ』は、確か、空港の名称を表わす四文字コードだ。特輸隊の入門教育で、国内の空港の呼び方は一通り履修した。

ＲＪＳＮというのは、新潟空港だったと思う（最後の『Ｎ』が新潟の頭文字だ）。ちょうど、地図上の位置も合っている。

ＩＬＳ計器着陸システムを備えた滑走路であれば、この７４７は自動着陸が出来る……。

もちろん、そのためには逐一、やり方を外部から指示してもらう必要がある。わたし一人では、無理だ――

（――新潟まで、あと）

ディスプレー上では、三二〇マイル。この機の巡航速度は五〇〇ノットだから……

「…………」

ひかるは、携帯を胸ポケットへ入れ直した。

一階へ降りて、ＷｉＦｉをリセットしてみよう。

それが一番確実だ。

自分にうなずくと、左側操縦席を後方へスライドさせ、立ち上がった。

●Jウイング四八便　二階客室

コクピットの防弾扉は、少し開いた位置で止まっていた。

この向こうが二階客室の通路だ。

一階にある機内エンタテインメントの制御パネルは、操作方法はどうだっただろう。政府専用機と同じシステムだったら、前に一度、触った経験がある。同じだといいのだが
――

そう考えながら、扉を押し、開けた。

「………⁉」

その瞬間、息を呑んだ。

何だ……⁉

目を疑った。

通路が、空だ。

男の姿がない。そこで頭をこちらへ向け、倒れていたはずの男が――

「い」

だが声を出せなかった。

口を開くのとほぼ同時に、扉の裏側から突き出した腕が突風のような疾さでひかるの右の襟を摑んだ。

摑まれた……⁉

そう感じた瞬間には、引きずり上げられるように身体が宙に浮き、世界が回転した。

「きゃあっ」

悲鳴を上げる間もなく、背中が床に叩きつけられた。

衝撃。

身体が――

手足を動かそうとすると、何か黒いものが覆いかぶさり、抑え込まれた。

手が動かない。

「ぐふぉあっ」

熱い息が吹きかけられた。

ぞくっ
何。

もがこうとする全身を、悪寒が走り抜けた。

ひかるは目を見開く。

何だ、この感じ。

息が止まる。手が動かない。

（────）

怖い……⁉

手も足も、動かない……！

「ぐふぉおおっ」

息が吹きかかる。

身体がすくむ。

どうしたんだ、怖い。身体が動かない。どうしたんだ⁉

押し倒された。物凄い重圧。のしかかった男が真上から首筋を摑んだ。恐ろしい力で押し込まれる。喉笛（のどぶえ）を、潰される……。

目がくらむ。

「ぐふぉおっ、死ねえっ」

動けない。

目の上に幻のようなものが浮かぶ。ちらつく。これは──

（――――！）

あれだ。幼い頃の自分を海岸の雑木林に押し倒し、のしかかってきた恐ろしいもの。抵抗できない、恐ろしい力の強さ。駄目だ、何かされる。

記憶の奥底に封じ込めて、もう蘇ることはないのだと思っていた、あ、の、記憶。

恐怖。

（――お姉ちゃん）

窒息する。声も出ない、思わず心の中でひかるは呼んだ。

お姉ちゃん、助けて。

だが意識は遠のく。

あの時――茜は助けてくれなかった。お姉ちゃんは浜で友達と遊んでいて、わたしには構ってくれなかった。

わたしは独りで、松林にいて――

襲われた。

押し倒され、仰向けに押さえつけられ、のしかかられた。何をするの。されるの。怖い

……！

身体の底の底の方で眠っていた恐怖が引きずり出されるように蘇った。もがこうとして

も手足は痺れたように動かない。

助けて。

声が出ない。

（お姉ちゃん）

息ができない。

「死ねぇえっ」

駄目だ。

（首が）

首が折れる……

意識がなくなりかけた時。

タタッ

背中に何か感じた。

微かな、リズミカルな響き。

タタタッ、と床を蹴り、何かが近づいて来る――

次の瞬間

「死――」

顔のすぐ上で唸っていた獰猛な声が、ふいに途切れた。

「――ぐぎ」

どさり
重みが、なくなる。

薄れる視界の中、頭上いっぱいを占めていた黒い怪物のような男の頭部がフッ、と右横へ消えると、地響きを立てるように転がった。

「うっ」

首が、楽になる。

ひかるは肩を上下させ、仰向けのまま空気をむさぼり吸った。

「は、はぁっ」

咳き込むように、空気を吸い込んだ。

視界の色が戻ると、目の前――頭上に何かがいる。

誰かが立っている……？

●東京　永田町
総理官邸地下　ＮＳＣオペレーション・ルーム

「Jウイング四八便は、まっすぐ南下してきます」

通信席から、湯川が振り向いて告げた。

「迷走をやめました。まっすぐに来ます」


「――――？」

門は、地下空間のメインスクリーンを見やる。

確かに。

数分前までは赤い飛行機型シンボルは尖端を不規則に振り、日本海北部の上空を迷走する様子だったが。

今、赤い尖端はほぼ真下――南へ向いている。

じり、じりじりと進んで来る。

「針路が定まったのか」思わず、つぶやく。「コクピットにいる誰かが、あの機をコントロールしている？」

「そう思われます」

湯川が応える。

「あの通り、高度も一定になりました。二〇〇〇〇フィート」

「少し低いな」

そこへ
「門君」

左横で、障子有美が言う。

元同級生の危機管理監は、携帯を手にしている。

この間にも、立ったままでどこかと連絡をしていた。

忙しさのせいか。先ほどから門に話しかける時、役職でなく『門君』という昔の呼び方になってしまっている（本人は気づいていないようだ）。

「東京コントロールには、四八便を引き続き呼び出すように頼んでいる——というか、言われなくても彼らはやるけれど」

「そうか」

門はうなずく。

門も、右手に携帯を握ったままだ。

「機内の情況を、なんとかして知りたい」

「空自のエスコート機も発進する」有美は自分の携帯を指す。「ＣＣＰからの知らせでは、今から小松を飛び上がるＦ15二機が、遅くとも二十分後には会合し、報告してくれる」

「分かった」

門はうなずくと、もう一度携帯の面を指で突いた。

耳につける。

ＷｉＦｉ経由の通話の呼び出し音を聞こうとすると

「みんな、遅くなってすまない」

背中で声がした。

●日本海上空

Ｊウイング四八便　機内

「アー・ユー・ＯＫ？」

頭上から、低い声がした。

アルトの女の声。

「ユー、ルックス・ベター、ダン・エニワン・エルス・ボディーズ」

「……？」

ひかるは息を呑み、声の主を見上げる。

この女――!?

まさか。

思わず、全身に力を入れようとするが

「うっ」

顔をしかめる。

首の骨がもう少しで、折れるところだった。物凄い力で締め上げられていた。まだ身体に酸素が行き渡っていない。

「ドン・ムーブ、大丈夫だ」

ひかるの様子を見て、頭上の女――赤いカットソーの女は口を動かした。

「敵ではない、私はＣＩＡだ」

心配はいらない、待て。そう言うかのように右の手のひらを向けてきた。

「…………」

日本語……？

思わず、目をしばたたく。

それに。

今、何と言った……？

「C――」

ひかるは、ようやく声を絞り出す。

女を見上げる。

「――CIA？」

「イエス・ザット・イズ」

女はうなずくと、屈んで、ひかるの右手首を摑んだ。

長い黒髪の先が、頰に触れる。

「キャン・ユー・スタンダップ？」

「――は、はい」

そのまま、引き起こしてくれた。

通路に立ち上がる。

まだ少し、ふらつく。

頭が痛むのをこらえながら、中国系の黒髪の女と向き合った。

しかし。

なぜ、生きている……？

訝るひかるに

「日本語は、あまり上手くない。英語でいいか」

女は訊いてきた。

間違いはない、あの『３Ａ』のシートにいた女性ミュージシャン——いや、さっきSPの男に跳びかかろうとして、ひかるが止めに入った、あの女だ。

赤いカットソーの女。

この女が、アメリカの工作員……？

しかし、男の銃で胸を撃たれたのでは。

「日本の工作員か」

明瞭な発音で、女は訊いた。

「ＮＳＣか」

「…………」

ひかるは、うなずく。

十三週間に亙る訓練の末、ＣＩＡ教官とは普通に話せるようになっていた。

ひかるも英語に切り替えると、答えた。

「ＮＳＣの工作員です。任務はＶＩＰの警護」

「そうか」

女は切れ長の目で、少し困ったような表情をした。

「これだから素人は困る」

「え」

「この男が」

女は、通路に倒れているＳＰの男を、目で指した。

いかつい首筋に、細長い針のようなものが横向きに突き刺さっている。口を悲鳴の形に開け、目玉を剝き出している。

「ケースからオキシジェン・ジェネレータを取り出し、口にくわえようとした。中国の工作員が、よく使う手口だ。私はそれを見て、倒そうとしたが」

「――あ」

ひかるは、また目をしばたたく。

さっきは――あのファーストクラス客室での格闘では、大使を警護しているはずのＳＰに女が跳びかかったから、反射的に止めに入ったのだ。

一瞬で撥ね飛ばされてしまったが――

「そうか」

「まだ、痛む」

女は右手を胸に当てると、少し辛そうな表情をした。

「ようやく、身動きが取れるようになったところだ」

そうか。

この中国系に見える女性は、実はＣＩＡの工作員だった……。そういうことか。アメリカの当局からの指示で、四八便に搭乗してきた。そしてＳＰの男が機を制圧する挙に出るのを、止めようとしてくれた。

知らなかったとはいえ――

「――すみません」

思わず唇を噛んだ。

同時に、背筋がまたぞっ、とする。

ちょっと待て。

（…………）

待て。

ひょっとして……わたしは何をしてしまった？　この人の邪魔をしなければ、この機は、今のような状態には……。

「気に病むことはない」

女は言った。

「あなたは知らなかった。任務の通りに動いただけ――う」

「大丈夫ですか」

辛そうな表情をする女に、ひかるが訊くと。

女は黙って、赤いカットソーの胸に空いた円形の破れ目を、指で開いて見せた。

下は、黒いブラトップのように見えるが――

「こいつは銃弾を通さない」

女は息をついた。

「しかし、衝撃はそのままだ。おそらく私は、しばらく仮死状態になっていた。そのせいでガスは吸い込まずに済んだが」

「――――」

「この機は今、どうなっている」

8

●日本海上空

Jウイング四八便　機内

仮死状態……。

ひかるは目をしばたたき、目の前に立つ女を見た。切れ長の目。

まったく贅肉（ぜいにく）の無い、スレンダーな身体の線。

唇から漏れるのは抑えた呼吸だ。

しかし口を動かす時、辛そうな表情になる。

（――――）

そうだったのか。

ファーストクラス客室での格闘では、至近距離から女は胸に銃弾を受けた。赤い煙がその左胸で散るのを、ひかるは確かに目にした。

あれは、カットソーの生地が破裂していたのか――？

床に叩きつけられ、胸部に受けた衝撃で、女は仮死状態になったという。呼吸も止まってしまったから、あのSPの男はそれ以上は撃とうとしなかった。

呼吸が止まっていたから、催眠ガスも吸い込まずに済んだ——そういうことか。

しかし、あの衝撃を胸に受け、よく死なずに……

「聞こえているか」

女の声が問うた。

「この機は、どうなっている」


「……あ」

ひかるは我に返った。

そうだ。

この機を、なんとかしなければ。

「すみません」ひかるは目で、コクピットの入口を指す。「今は、水平に飛んでいます。自動操縦で」

「どこへ向かっている」

「日本」


そうだ。

航路の線。

さっき見た、ナビゲーション・ディスプレー上のまっすぐなピンクの線。

あれは――あのピンク色の線は、さっきSPの男によって機のフライトマネージメント・コンピュータに入力されたコースかもしれない……。

なぜなら、機長の操作で、一度はこの機は羽田行きのコースを離れ、レーダー誘導でウラジオへ向かったのだ（その際に目的地の設定も変えられたはず）。

あの男は、どこかからWiFi経由の通話で指示を受け、自動操縦を使って機を日本の方へ向け直し、新たにコース設定をした。

その途中で――

「――あ」

思い出した。

「すみません、WiFiを」

「？」

「リセットしなくちゃ」

「WiFi？」

「そう」

ひかるは、上着の胸ポケットから携帯をつまみ出す。

機内ＷｉＦｉシステムが、一時的に不調になっている。ＮＳＣの門と連絡を取らなくては。

　しかし

「ＷｉＦｉなら」

　女は言う。

「私が壊した」

「え」

　ひかるは思わず、女を見返す。

「今、なんて」

「さっき意識が戻ってから、真っ先に叩き壊し――う」

　口を動かしながら、女はふいに表情を歪めると、左胸に手を当てた。

「く」

「大丈夫？」

「大丈夫だ」

　女は頭を振る。

　言葉では「ノー・プロブレム、アイム・ＯＫ」と言うが。

痛みをこらえる表情は、たった今よりもひどい感じだ。

壊した……?

今、この人はそう言ったのか。

「あの、Ｗｉ-Ｆｉを壊した——って」

「この男は」

女は辛そうな表情で、床に倒れたＳＰへ目をやる。

「Ｗｉ-Ｆｉ経由の通話で、どこかから指示を受けていた。好きにさせるわけにはいかない」

「…………」

「目が覚めて、すぐに機内エンタテインメントのコントロールパネルごと、シャンパンの瓶で叩き壊した。しばらく動けなかったが、それだけはすぐにやった」

「……分かった」

ひかるはうなずく。

「では、無線で管制機関に助けを求めます」

「機の取り扱いは、少しは出来るのか」

「助言をもらいながら、オートパイロットを操作すれば。この機には自動で着陸する能力があるから」

「そうか、助かる」

助かるのは、わたしの方だ——

ひかるは思った。

たった今、殺されかけていたのを、助けてもらった。

この人が、来なければ。

●東京　横田基地

航空総隊司令部・中央指揮所（ＣＣＰ）

「ブロッケン・ワンおよびツー、アンノンへ接近」

北西セクター担当管制官が、振り向いて報告した。

「アンノン——ボギー・ゼロワンおよびゼロツー、針路に変化なし。二分で会敵します」

（——）

工藤慎一郎は、先任席からスクリーンを仰いだ。

頭上の視界をすべて占める横長の巨大なスクリーン。そこには今、日本海のほぼ全域が映し出されている。

視野の左上——朝鮮半島の方角からやって来る二つのオレンジ色の三角形は、空自の防空レーダーによって探知されたアンノン（正体は韓国軍の戦闘機に違いないのだが、わが方の要撃機が目視で確認するまでは『未確認（アンノン）』扱い）だ。

それらオレンジの三角形には、〈ＢＧ01〉、〈ＢＧ02〉の記号が、仮に振られている（ボギーとは『幽霊』を意味するアメリカ軍用語で、未確認機を呼称するのに使われる）。

その三角形二つに対向し、斜め下側から進んでいく二つの緑の三角形がある。〈ＢＫ01〉と〈ＢＫ02〉——管制官が「ブロッケン・ワンおよびツー」と呼称した、小松基地所属の二機のＦ15だ。十五分前にスクランブル発進し、間もなく洋上で二つのアンノンに会合する。

「よし、これまで通りだ」

隣の席から、副指令官の笹が言った。

先任の工藤が繰り返し指示するまでもない、という感じだ。

「会合して並走、監視に入らせろ」

「了解」

工藤は、視野の右手へ目を移した。

一方の右上には、ぽつんと黄色い三角形が一つ、ほぼ真下へ尖端を向け移動してくる。何もない海の上だ。〈JW48〉という識別記号。

「今日のスクリーンだが」

工藤は、訊くともなしに訊いた。

「〈スカイネット〉からの索敵情報も入っているのか」

「その通りです」

右横の情報席から明比が言う。

「先日からの事態を踏まえ、警戒航空隊のE767一機が、隠岐島空域へ進出。島の上空、高度四〇〇〇〇に滞空中です」

「そうか」

言われて見ると。

視野の中央やや左に位置する、ぽつんとした円形の島――隠岐島には多数のヘリやオスプレイを示す識別記号が群がっている。その中に混じって〈SN01〉という記号を伴った緑の三角形が一つ、浮いている。島の直上を旋回しているのか。

スカイネットとは、空自の警戒航空隊が擁するAWACS（早期警戒管制機）ボーイングE767を示すコールサインだ。

「あれか。ＡＷＡＣＳが出てくれると、遠くまで見えて助かるな」

「あちらさんにしてみれば」

笹が言う。

「面白くはないでしょう。半島沿岸の基地を飛び上がると、すぐ我が方に探知されてしまう」

「それは仕方ないでしょう」

明比が言う。

「ルクセン・カーゴ機が隠岐島へ降りてからこっち、ずっとこうなんですよ」

「しかし、Ｅ７６７のレーダーで半島沿岸までスイープすると、自動的に向こうの電子情報まで収集できてしまう」

笹は腕組みをする。

「過度に刺激することに、ならなければいいが」

「元はといえば、向こうのせいですよ」

そこへ
「アンノンへ三〇マイル」

担当管制官の声がした。

「間もなく会敵」

●日本海上空
　Jウイング四八便　機内

「ここに座って」

　ひかるは、女に肩を貸すと、コクピット右側の副操縦席へ座らせた（意識のない三十代の副操縦士は、席から引きずり出して床に寝てもらった）。

　話をする間に、赤いカットソーの女は急速に容体が悪化していた。左胸に手を当てて、痛そうにする。

　表情を歪め、前屈みになってしまう。

　黒いブラトップに見えるインナーは、薄手のボディーアーマーらしく、銃弾を通さないというが。弾丸は貫通しなくても、至近距離から胸に凄まじい打撃を受けたのだ（あばら骨は折れているだろう）。

　仮死状態から目覚めても、女はすぐには動けなかったという。やっと起き上がると、周囲はみな倒れていた。時刻を確認し、シャンパンの空きボトルを見つけてきて、機内Ｗｉ－Ｆｉのコントロールパネルを叩き壊した。

　ちょうど、わたしが階段の下で携帯を使おうとした時だ――

数分して、ようやく立って歩けるようになると、二階客室へ上がって来た。場合によっては、あの男と刺し違えるつもりでコクピットへ向かった。そうしたら……

「大丈夫？」

「…………」

初めは、手を貸されるのを嫌がったが、胸の痛みが急速に増したのか。ひかるに手を貸されないと、女は立っていられなくなってしまった（目の前で、人の状態がこんなに急変するのをひかるは初めて見た）。

「……すまない」

「そんなことない」

この人は。

さっきは、やっと立って歩けるようになったところを、わたしがあの男に押し倒されて絞め殺されかかっているのを目にして、無理して動いたのだ。通路をダッシュして跳びかかり、男を倒してくれた。

あばら骨を複雑骨折しているとしたら。無理に走って格闘したことで、折れた骨が肺に刺さった可能性だってある。いや、心臓の周囲の血管も無事で済んだか――

「わたしのせいで、あなたを二度も危ない目に遭わせたわ」

シートベルトをかけてやりながら言うと。

女は、苦笑するような表情になり、ひかるを見返した。

「名前は」

「え」

「アニタだ」

「あ」

そういえば。まだ名乗りもしていない。

「ごめんなさい、わたしはひかる」

「ヒカル？」

「そう」


うなずくと、ひかるは左側操縦席に向き直った。

ＷｉＦｉが、もう使えない。無線通信で、管制機関に助けを求めなくては。

（ヘッドセットは）

左席で使われていた、通信用のヘッドセットはどこだ――？

見回すと、左脇の窓枠下のボールペン立てのようなところに、引っ掛けてある。

「あった」

頭につけ、イヤフォンを耳に入れると

『――Jウイング・フォーティエイト』

途端に、音声が耳に飛び込んできた。

女性の声だ。

『Jウイング・フォーティエイト、ディス・イズ・トーキョー・コントロール。コーリング・ユー、オン・ガードフリークエンシー。ドゥ・ユー・リード』

Jウイング・フォーティエイト――

四八便。この便のことだ。

「呼んでいるわ」

ひかるは、耳を押さえながら、右席の女に告げた。

「日本の管制機関が、こちらを呼んでくれている」

「出来るだけ早く、一番近い飛行場へ降りることだ」

女は、胸を押さえながら応えた。

「あの男と、連絡が途絶えたから――〈敵〉はすぐ、次の手段に出て来る」

「え」

「早く、一番近い飛行場――ゴフッ」

言いかけて、ふいに女は右手を口に当てた。

顔をしかめる。口を覆う指の隙間から赤いものがあふれる。

「ゲホッ」

「――アニタ!?」

●東京　横田基地

航空総隊司令部・中央指揮所（ＣＣＰ）

「アンノン、二〇マイルに接近」

北西セクター担当管制官が告げる。

「ボギー・ゼロワン、ゼロツーとも針路変わらず。間もなく目視圏内」

静かにざわめく地下空間で、全員の視線が正面スクリーンへ集中する。

ここ二日間と少し。これまで二十回以上も、これを繰り返してきたか――

韓国軍の戦闘機編隊は、スクリーン左上から隠岐島へ斜めに突き刺さるように接近して来ると、島から半径一二マイルの領空へ侵入する直前で針路を変え、半島へ戻って行く。

まるで、威嚇のために槍を突き出しては寸止めで戻す、という行為を繰り返しているかのようだ。

韓国はアメリカとは同盟関係にある。軍の装備も主にアメリカ製だ。しかし、最近では中国との結びつきの方が強くなっている——アメリカ軍が半島から出て行くのも遠い未来ではない、といわれている。

「よし」

先任席から、工藤はうなずいた。

「予定通りにインターセプト、目視監視に——」

「あっ」

工藤の言葉を、管制官の驚きの声が遮った。

同時に

『ブロッケン・ワン、レーダーロックされた』

天井から声がした。

洋上でアンノンに会合しようとしているスクランブル機——F15の一番機からの声だ。

さらに

『ツー、レーダーロックされた』

ざわっ

指揮所の地下空間に、驚きの呼吸が走った。

スクリーンでは同時に〈ＢＫ01〉、〈ＢＫ02〉の二つの緑の三角形が赤い縁取りで囲われる。

それは『相手方の射撃管制レーダーにロックオンされた』ことを意味する。二機のＦ15の機上の脅威表示装置Ｊ／ＴＥＷＳが照準用レーダー波を検知して『ロックオン警報』を発し、パイロットに警告をすると同時に、データリンクを介して指揮所へも伝えてきた。

ロックオンしてきた相手は――

「おいっ」

工藤は思わず声を上げた。

「何のつもりだ、あいつらは」

「拡大します」

何のつもりだ、と訊かれても、分かるわけはない。

上空の戦闘機同士は、常に互いにレーダーを働かせてはいる（それは索敵のため、相手を探知するのが目的だ）。

射撃管制システムを用い、照準用レーダーで『ロックオン』する行為は、索敵とは別物だ。ミサイルの照準を合わせる――人間同士でいえば銃で狙いをつけ、引き金に指をかけるのに等しい。

担当管制官の操作で、対向して接近するオレンジの三角形二つと緑の三角形二つが、ウインドーで切り取られ、スクリーン上に拡大される。

斜め左上から来るオレンジ二つと、斜め右下から行く緑が二つ。四つの三角形は尖端を向き合わせじりっ、じりと近づく。間合いは二〇マイルをすでに切り、一五マイル――

「――あぁっ」

管制官がまた声を上げる。

「ボギー・ゼロワンより飛翔体が分離っ」

「何っ」

工藤が訊き返すまでもなく。

拡大されたウインドーの中、斜め左上から近づくオレンジの三角形――〈BG01〉の尖端から小さな光点が離れ、前方へ進み出す。

同空域を監視しているE767の索敵レーダーが、戦闘機から離れて飛び出した小物体を捉え、スクリーン上に表示したのだ。

「………！」

ば、馬鹿な……。

工藤は息を呑むが

「つ、続いて」管制官が叫ぶ。「ボギー・ゼロツーからも飛翔体が分離、ブロッケン・ワンとツーへ向かいます。これは」

「避退（ひたい）させろ」

工藤は叫んだ。

「二機ともチャフを散布しつつ、ただちに避退」

「はっ」

、、、ミサイルを、撃たれた……⁉

韓国軍機が撃ってきた？

まさか。

馬鹿な……！

「中距離ミサイルです」

横から、明比が声を上げる。

「おそらくアムラームだ」

「く」

●日本海上空
Jウイング四八便　機内

「ゲホッ」

黒髪の女は、右手で口を塞ぐようにしたが。

その指の隙間から、赤いものが染み出し、飛び散った。

「ゴホッ、ゴホ」

「――アニタ⁉」

ひかるは女の様子に、目を剝いた。

血を吐いた……⁉

やはり、肺をやられているのか。

「息は。息は出来る⁉」

「大丈夫だ」

咳き込みながら、女は頭を振る。

「心配いらない、私は大丈――ゴファッ」

やばい。

女――アニタと名乗ったＣＩＡ工作員の女は、自分よりも少し年上だろう。

工作員としての経験も技量も、かなり上だ。

わたしを、助けてもくれた。

だが肋骨をおそらく複雑骨折しているところを、男と格闘せざるを得なくなり――

（――――）

ひかるは唇を噛む。

わたしのせいだ。

詰めが、甘かった。なぜあの時、とどめを刺さなかった……!?

「待っていて」

すまない、という気持ちをこめ、ひかるは女工作員に告げた。

「今、出来るだけ早く着陸して――」救急処置を受けさせる、と言葉を続けるのももどかしい。

管制へ応答するには。

送信マイクのボタンは、どこだった……？

思い出す。そうだ、操縦桿の握りについている。

左手で、ホイール式の操縦桿を握る。前に、尖閣諸島上空を政府専用機で逃げ回った際、F15で助けに来てくれた姉に教わった。左手で操縦桿を握ると、中指に当たるところに送信ボタンがある（手前からは隠れていて見えない）。

「――トーキョー・コントロール」

指で送信ボタンを握りながら、ひかるはヘッドセット付属のブームマイクに声を吹き込んだ。

「こちらは、Jウイング四八便。聞こえますか」

指を放し、少し待つ。

しかし

『Jウイング・フォーティエイト、ディスイズ・トーキョー・コントロール』

イヤフォンの無線の声は、繰り返し呼びかけてくる。

『ドゥ・ユー・リード？　アイ・セイ・アゲイン、ディスイズ・トーキョー・コントロール』

「トーキョー・コントロール」ひかるは繰り返す。「こちらJウイング四八便です。聞こえています。どうぞ」

しかし

『Jウイング・フォーティエイト、ディスイズ・トーキョー・コントロール。コーリング・ユー・オン・ガードフリークエンシー。ドゥ・ユー・リード？』

女性管制官の声は、引き続き呼びかけてくる。

おかしい。

向こうに、通じていない……？

わたしの声が、送信されていないのか。

スイッチが、違うのか？

（いや）

そうだ。

どこかに、周波数を選択するパネルが――

ひかるは、センターペデスタルを見回す。確か、送信する周波数を選ぶ通信コントロールパネルがこの辺に……。

「あった」

四本が束になったスラストレバーの少し後ろ側に、六桁のデジタル数字を表示する小窓が二つ。その下にダイヤルと、小さなボタンが並んでいる。

これだ。

航空機は、音声通信用の無線機を、必ず二台装備している。一台は管制との交信に使い、通常はもう一台を国際緊急周波数に合わせておき、緊急事態に備える。

このコクピットでは、ウラジオストックへ戻るためにロシア側の管制機関と交信をしていた。そのさなかに、あの男が催眠ガスを撒いたのだ。

（きっと、送信する周波数の選択が、ロシア側の管制機関のものに合ったままなんだ）

無線の女性管制官は『ガードフリークエンシーで呼んでいる』と言った。

ガードフリークエンシーとは、国際緊急周波数のことだ。

二台ある無線機は、二つの周波数を同時に聞くことが出来る。しかしマイクを使って送信する場合は、どちらか一つの周波数を選ばなくてはならない。

「これか」

二つの小窓の数字は、セットされている周波数だろう。〈ＶＨＦ＃１〉と〈ＶＨＦ＃２〉。その下側に、二つの中から選択するボタンがあり、今は〈＃１〉の方に小さなランプが点いている。ひかるは指で、〈ＶＨＦ＃２〉のボタンを押す。ランプの点灯が切り替わる。

「トーキョー・コントロール」

再度マイクのボタンを握って、ひかるは無線に呼んだ。

「聞こえますか。こちらはＪウイング四八便です」

●東京　永田町
総理官邸地下　ＮＳＣオペレーション・ルーム

「門君」

障子有美が、手にした携帯の送話部分を押さえるようにして、告げた。

「いま、東京コントロールから知らせてきた。Ｊウイング四八便が応答してきた。パイロットと連絡がついたみたい」


「本当か」

門は、ドーナツ型テーブルからメインスクリーンを仰ぎ見た。

〈ＪＷ48〉という表示を伴う飛行機型シンボルは、すでに日本海を半分ほど南下して、スクリーンではちょうど新潟市の北方――遥か北の洋上にある。

「操縦しているパイロットに、じかに情況を聞きたい」門はスクリーンを見たまま、障子有美へ問うた。「管制の無線を、ここの通話システムに直結できないか」

「班長、少し時間はかかりますが」

有美に代わって、通信席から湯川が応えた。

「国交省の回線と繋げれば、出来ると思います。少し待ってください」

「やってくれ。頼む」

「大変なようだな。情報班長」

ドーナツ型テーブルの総理席から、常念寺貴明が言った。

四十代の総理大臣がオペレーション・ルームへ降りてきたのは、たった今——つい二分前のことだ。

思ったよりも、常念寺の到着には時間がかかった。

国会から戻る車中で、ロシアのラスプーチン大統領と連絡を取ってくれ、官邸へ到着すると、正面玄関で報道陣につかまった。『いつ辞任するのか』『内閣総辞職はいつか』『機動隊員の暴力事件の責任をどう取るのか』と、しつこく訊かれたという。

もっと早く来たかったのだが。すまない——そう口にする常念寺に、門は現在の情況を手短に説明しなくてはならなかった。

「ラスプーチン大統領とは、幸い、じかに話ができた。機体の受け入れと隔離について、了解は取りつけてある」常念寺もスクリーンを仰ぎながら言った。「今からでも、あの機をシベリアへ戻すかね」

「情況によります」

門は、目で飛行機型シンボルの位置を測りながら、応えた。

スクリーン上の、飛行機型シンボルの位置。

Jウイング機はもう、日本海を半分渡るところだ。

さっきまでは迷走していたのに。

今は、まっすぐに本州の背の辺りへ尖端を向け、南下してくる。

まっすぐ、一直線――

（――――）

いや、待て。

門は目をしばたたく。

この飛行コースは……？

「情報班長」

常念寺が言った。

「スクリーンの情報量が、少ないようだが。ここのメインスクリーンは、確か、横田の中央指揮所の映像をそのまま持って来られるんじゃなかったかね」

「あ」

門は、ハッとした。

そういえば、そうだった。

メインスクリーンには、〈フライトレーダー24〉のアプリから取り出した四八便のシンボルが、ポツンと一つ浮いているだけだ。

「ありがとうございます総理――湯川」

門は振り向き、通信席の湯川を呼んだ。

飛行機の位置から、とうに気づいていてよいはずだった。

考えることが多過ぎる……。

「あの機はもう、わが国の沿岸のレーダー覆域（ふくいき）に十分入っているはずだ。横田のＣＣＰの正面スクリーンの、リピーター映像に替えてくれ」

「は、はい」

湯川も、国交省との通信回線の接続にかかり切っていたのか「そうでした、すみません」と言うと、手早くコンソールでキーボードを操作した。

「今、メインスクリーンの回線を切り替えます」

「総理」

門は常念寺へ向き直ると、言った。

「とりあえず、あの機の機長とまず話をします。いったい何が起きているのか――機内に同乗している舞島二曹との連絡も、途絶えたままなのです」

「舞島二曹？」

常念寺が、目を見開くようにした。

「あの機に、同乗しているのかね」

そこへ

「班長」

背中から、湯川が告げた。

「横田ＣＣＰと繋がりました。リピーター映像、出ます」

メインスクリーンが息をつく。

途端に

「――――？」

「――――⁉」

入れ替わったスクリーンの映像。

その有様に、門は目を見開いた。

何だ。

（何だ、これは……⁉）

9

●石川県　小松基地　滑走路（ランウェイ）24

F15　白矢機コクピット

同時刻。

（今だ）

滑走路のスタート位置で左右一体型スロットルレバーを〈ミリタリー〉位置まで進めると、ぐんっ、と背中をシートへ押しつけるGと共に機体は加速し、HUD（ヘッドアップ・ディスプレー）の向こう側から滑走路面が手前へ押し寄せた。速度スケールがするする増加し、あっけなく一二〇ノットを超える。

浮揚速度――今だ。

「そらっ」

白矢は右手で操縦桿を引く。

ふわっ

滑走路面が吹っ飛ぶように機首の下側へ消え、前方視界が空だけになる。下向きに流れる青色だけ――比較対象物がない。しかし機首が上がっていくと、編隊離陸で一瞬先に浮揚した一番機の後ろ姿が、視野の左上方から降って来た。白矢は一番機のそのシルエットと自分の目の高さを合わせるように、操縦桿を押し戻して機首上げを止める。

一番機から目を離さぬようにしつつ、すかさず左手で主脚操作レバーを〈UP〉位置へ。

同時にヘルメットのイヤフォンに声が響いた。

『ドラゴリー・フライト、ベクター・トゥ・トラフィック。ターン・ライト・ヘディング・ゼロワンゼロ、クライム・エンジェル・ツーフォー』

無線の声は、小松基地管制塔の管制官だ。

こちらの編隊がエアボーン（浮揚）するのを目視で確認するや、すぐに飛行方向を指示してきた。

ただちに右旋回して機首方位〇一〇度、高度二四〇〇〇フィートへ上昇せよ。

白矢は二番機のコクピットで、その指示を聞いていた。

『ラジャー』

別の声が、打てば響くように応える。

『ドラゴリー・リーダー、ヘディング・ゼロワンゼロ、エンジェル・ツーフォー』

低い声は、視界のすぐ左前方に浮いている双発・双尾翼の機体——F15の一番機からだ。

双発ノズルにアフターバーナーの火焔（かえん）は見えない（今日はミリタリー・パワーで上がっ

ている)。

訓練ではないから、今回は編隊に、アラート任務の時に使われるコールサインの一つが割り振られている。一番機はドラゴリー・リーダーまたはドラゴリー・ワン、白矢の機はドラゴリー・ツー。編隊をまとめて呼ぶ時には『ドラゴリー・フライト』と呼ばれる。

一番機に搭乗しているのは飛行班長の乾一尉だ。

フッ

一番機のシルエットが、ふいに右へバンクを取ろうとする。

白矢はその挙動を目の端で捉え、すかさず自分も操縦桿を右へ。

ぐうっ、と世界が傾き、視野全体が左へ流れる。

一番機のシルエットが、自分の左耳のちょうど前あたりへ来るように、操縦桿でバンクを調節する。

三〇度バンク。大したGはかからない。

(よし)

編隊を組んだまま、離陸から引き続いて上昇旋回――うまく一番機の初動を捉え、遅れずに操作できた。一番機の視野の中の位置はほとんど変わらない。背景の青空だけが左向きに流れていく。

編隊行動で、向きを変えるとき。一番機の編隊長はいちいち無線で『右へ曲がるぞ』なんて言ってくれない。無線の指示に応え、勝手に旋回を開始する。右後方の位置に続く二番機は、一番機の編隊長の意向をくんで、編隊長が旋回を開始する初動を捉えて自分も旋回に入り、ついていく。

全神経を、一番機の挙動に注ぐ。編隊飛行中は、絶対にリーダーから目を離してはいけない。

（今日は、任務はともかくとして、班長と飛ぶんだ）

新人の自分が、直属上司の飛行班長と組んで飛ぶ。当然、技量は見られる。いつもより真剣にやらなくては。いや、いつももちゃんと真剣にやっているつもりだが、いつもに増してだ……。

●日本海上空

F15　白矢機コクピット

ぐるりと向きが変わり、海面上へ出た――そう思うあたりで一番機がバンクを戻す。

白矢はその挙動を捉え、自分も操縦桿を左へ。

傾きが戻る。流れていた青空が止まる。

（――しかし）

視野は依然として空だけだ。直線上昇。わずかに視線を下げると、HUDの下側に分度器のような方位スケールがある。

ヘディング・ゼロワンゼロ——機首方位〇一〇度は、真北に近い北北東だ。一番機のシルエットだけを基準に機首姿勢を保ち、スロットルをミリタリー・パワーにしていると、速度は三〇〇ノットに落ち着く。今回は急ぐよりも燃料の節約を重視し、アフターバーナーは使わずに上がっている。それでも上昇率は毎分八〇〇〇フィートを示しているから、指示された高度二四〇〇〇フィートまでは三分もかからないだろう。

（しかし管制に応答しない民間機——って）

離陸後に行なうアフター・テイクオフ・チェックリストの項目を目で確認しながら（それでも視野の中に一番機の姿は置いておく）、白矢は思った。

どういうことだ。

管制の呼びかけに応答しない、国際線の民間機……。

今回の任務は、南下して来るその民間機に会合し、情況を把握して、必要に応じて誘導もしろ、という。

まさか。

この間と、また同じような……？

ヘルメットの目庇の下で眉をひそめた時。

『ドラゴリー・フライト、コンタクトＣＣＰ』

また管制塔の声が、指示してきた。

周波数を切り替えて、以後は総隊司令部の中央指揮所に従え。

『ドラゴリー・リーダー、コンタクトＣＣＰ』

一番機の乾一尉の声が応える。

『ドラゴリー・ワン、ゴー・トゥ・チャンネル・ワン』

「ツー」

白矢もすかさず無線に短く答え、左手をスロットルから通信管制パネルへ伸ばして、周波数をセット し直した。二台ある無線のうち、〈＃１〉を中央指揮所の指揮周波数、〈＃２〉は国際緊急周波数に合わせる。送信の選択は〈＃１〉。

（またか……）

またＣＣＰの指揮下に入るのか。

――『ウンゲホイヤ』

ふいに低い声が、脳裏に蘇った。

あの叫び。

――『ウンゲホイヤーッ』

いかん。

小さく頭を振った時。

『――ブロッケン・ワン、ミサイル・アラート！』

周波数を切り替えた無線に、いきなり声が入った。

息せききった感じ。

『ブロッケン・ワン、ボギー・ゼロワンがさらに一発発射。シックス・オクロック、テンマイル、ボギー・ゼロワンは後方に占位(せんい)』

何だ……？

白矢はまた眉をひそめる。

これは、ＣＣＰ――中央指揮所の要撃管制官の声か？

続いて

『ハーッ、ハーッ』

激しい呼吸音が無線に響いた。

何だ、これは……!?

●東京　横田基地

航空総隊司令部・中央指揮所（ＣＣＰ）

『ハーッ、ハーッ、ワン、チャフ、レフト』

激しい呼吸音と共に、天井スピーカーから声が響く。

『ブレーク、レフト』

「ブロッケン・ツー、ブロッケン・ツー、ミサイル・アラート。ボギー・ゼロツーがさらに一発発射。シックス・オクロック、エイトマイル」

地下空間の最前列の管制卓から、北西セクター担当管制官が続いて注意喚起する。

「ボギー・ゼロツーは後方に占位」

「――――」

「――――」

広大な指揮所に詰める全員が、息を呑むようにして正面スクリーンを見上げている。

（――くそっ）

ついさっき、唐突に始まった『戦闘』。

工藤は先任席で、拳を握り締め、スクリーン上の四つの三角形シンボルの動きに目を剝いた。

中距離ミサイルを撃ってきただと……⁉

展開されている情況が、まだ信じられない。


今から一分ほど前。

北西から飛来するオレンジ色の三角形二つに対向して、南東方向──スクリーンの右下から二つの緑の三角形が、尖端を突き合わすように接近していた。

通常であれば、その後、二つの緑の三角形──〈対領空侵犯措置〉のためスクランブル発進した空自F15二機は、向きを変え、オレンジの三角形の横に並走する形で監視に入り、わが国の領空すなわち隠岐島から半径一二マイルの円内へは近づかぬよう警告する。

これまでは全ての場合、警告をすると韓国戦闘機は旋回し、おとなしく帰って行った。

これまでは、そうだったのだが──

(あいつらは)

工藤はスクリーン上の二つのオレンジを睨む。

あの二機は、何を考えている。わが国と戦争でも始めるつもりなのか……⁉

対向して接近する二つのオレンジ——二機の未確認機は、小松基地所属の二機のF15に対し、いきなり射撃管制レーダーによるロックオンを行なった。そして、間合い一五マイルまで迫ったところで二つの『小物体』をリリースした。

それがレーダーにより誘導される中距離ミサイルであることは、明らかだった。

指揮所は騒然となった。

だが驚いている場合ではない。

それは上空のパイロットも同じだ。

スクリーン上の緑の三角形〈BK01〉——一番機〈ブロッケン・ワン〉のパイロットは、ミサイルを撃たれたことを機上のTEWS脅威表示システムで把握したのだろう、ただちに左へ急旋回、同時に二番機へ『ワン、レフトブレーク、ツー、ライト（一番機はこれより左へ離脱、二番機は右方向へ回避せよ）』と指揮周波数で指示しながら回避機動に入った。訓練通りのやり方だ。

スクランブル機が、未確認機からいきなりミサイルを撃たれた……!?

指揮所では幾列も並ぶ管制卓からある者は立ち上がり、ある者は着席したまま、スクリーン上の動きに固唾（かたず）を呑んだ。

避けられるのか。

北西セクターを担当する管制官が我に返ったように、スクランブル編隊へ無線によるサポートを始めた。「ブロッケン・ワン、ミサイル、シックス・オクロック、エイトマイル、クロージング。ツー、ミサイル、シックス・オクロック、ナインマイル、クロージング」と、ミサイルの位置と間合いを告げる声が指揮所に響いた。

「あれは、おそらくアムラームです」

情報席から、明比が繰り返し告げた。

情報画面に、素早く韓国空軍のＦ15Ｋ——新鋭の戦闘爆撃機の性能要目を呼び出している。

「Ｆ15Ｋの装備する中距離ミサイルは、ＡＩＭ120アムラーム。射程三〇マイル、自律誘導が出来る。チャフにも騙されにくい、やばいぞ」

「くっ」

工藤は唇を噛んで、見ているしかなかった。

スクリーン上に拡大されたウインドーの中で、緑の三角形〈ＢＫ01〉はカク、カクと尖端を左へ回し、その場で向きを変え始める。実際はかなりのＧをかけて急旋回をしている。〈ＢＫ01〉の横に寄り添うように表示される飛行諸元のうち、運動荷重を示すデジタル数値が跳ね上がる。高度の数値は急激に減り、速度は増加する。向きを変えながら、急降下している……。真南──スクリーンのほぼ真下へ尖端を向けた〈ＢＫ01〉は、急降下でさらに加速しながら、逃げようとする。その後方から小さな輝点が追いかけていく。

「チャフだ」

工藤は思わず、スクリーンに言った。

「チャフを撒け」

工藤の言葉が届いたわけでもないだろう、しかし次の瞬間〈ＢＫ01〉の横に『ＣＨＦ』という文字が浮き出ると、同時に緑の三角形〈ＢＫ01〉は尖端をまた左向きに回し始めた。

Ｇの表示が、跳ね上がる。

「チャフを撒いて、ビーム機動に入った」

工藤の横で、笹が声を上げた。

「照準電波の来る方向と直角に飛べば、助かるぞ」

「しかし、あのＧを見てください」

明比がスクリーンを指す。

「あっという間に九Ｇだ。もつんですか」

「――――」

工藤は腕組みをして、見ているしかない。

いつだったか、空中で敵のミサイルに襲われた時の対処法を、現役のパイロットからレクチャーされたことがある。

ミサイルには大きく分けて二種類ある。レーダーで照準し、電波によって誘導される中距離ミサイル（ＭＲＭ）と、主に目標機の排気熱を赤外線センサーで捉えて追尾する短距離ミサイル（ＳＲＭ）だ。

電波誘導の中距離ミサイルは射程が三〇マイル程度、相手を目視できる前の、離れた位置から攻撃するのに使われる。

一方の短距離ミサイルは、相手を目視する範囲まで近づいて、相手の後方の位置を取ってからエンジン排気熱を目がけて発射する格闘戦用のミサイルだ。

現代の中距離ミサイルは、アムラームと呼ばれるアメリカ製ＡＩＭ１２０も、空自が使っている国産のＡＡＭ４誘導弾も、共に弾頭にレーダーを内蔵していて、自律誘導が行なえる（発射されると自分のレーダーで目標を捉えて突っ込んでいく）。

中距離ミサイルを使い、相手が肉眼で見える前に始まる戦いのことを、ＢＶＲ（目視圏外）戦闘という。

もしも目視圏外から、敵に電波誘導の中距離ミサイルを放たれたら。

Ｆ15には、敵の射撃管制レーダーにロックオンされた時、そのレーダー電波が来る方向を円型のスコープ上に赤い光点として表示するＪ／ＴＥＷＳと呼ばれる脅威表示システムが備わっている。

もし、どこかから電波誘導ミサイルが発射され、それが自分に向かって飛んでくることが分かったら。

まずミサイルから離れる方向へ、急旋回をし、急降下してスピードをつけて逃げる。

逃げながら、ＴＥＷＳのスコープ上で、照準電波を発しているミサイルが自分の真後ろに来るのを待ち構え、チャフを撒く。チャフとは機体の胴体下側のカートリッジに収められ、パイロットがスロットルレバー横のスイッチを押すことで放出される無数のアルミ片のことだ。これが放出されると、空中に電波を反射する囮（おとり）の物体が現われる。

すかさず、照準電波の来る方向とは直角となる方へ、急旋回して逃げる。計器パネル右上にあるＴＥＷＳのスコープ上で、ミサイルの存在を示す赤い光点が自機の左真横か、右の真横に来るように旋回し、その位置関係を保つように操縦する。ミサイルの照準に使われるパルス・ドップラーレーダーは、相対速度の小さな物体は検出できないので、前方を真横に横切る飛行物体は見失いやすい。ミサイルは一時的にこちらを見失い、囮のチャフに向かって飛行する――

もちろん、この方法には難点もある。ミサイルに対して真横へ飛ぶので、敵勢から逃れる方向へは必ずしも行けない。また、向きを直角に変える時、物凄いGがかかる。パイロットは強いGに耐えなければいけないうえ、機体の運動エネルギーを急激に消耗してしまう。

「ミサイルが、チャフへ向かうぞ」

思わず工藤は、スクリーン上の様子に声を上げた。

「かわした」

〈BK01〉は、尖端を真東へ向けて進む。その後ろを小さな輝点が通過する。

同様に、右方向へ尖端を回して回避機動に入った〈BK02〉も、接近する小さな輝点を同じやり方でかわした。

「ううむ。急降下して、海面を背景にすることでレーダーの効力を減殺してからチャフを使ったか」

笹が唸る。

「さすがは三〇八飛行隊だ」

だが

「いえ、見てください」

明比がまたスクリーンを指す。

「敵が間合いを取って、後方へ廻る。また攻撃——」

「ブロッケン・ワン、ミサイル・アラート！」

明比が言い終える前に、担当管制官が声を上げた。

同時に、緑の〈BK01〉の後方へ廻り込もうとするオレンジの三角形〈BG01〉の尖端から、また小さな輝点が一つ離れるのが見えた。

「ブロッケン・ワン、ボギー・ゼロワンがさらに一発発射」

「――――」

「――――」

「シックス・オクロック、テンマイル、ボギー・ゼロワンは後方に占位」

●東京　永田町

総理官邸地下　NSCオペレーション・ルーム

「こ」

門は、メインスクリーンに浮かび上がった映像に、息を呑んだ。

この有様は、何だ……!?

日本海を俯瞰する映像。

これは、横田にあるＣＣＰ――空自の総隊司令部・中央指揮所から、リアルタイムで送られてくる映像だ。

官邸地下のオペレーション・ルームのメインスクリーンには、ＣＣＰの正面スクリーンに映し出されている映像をそのままリピーターとして表示する機能がある。

近づくＪウイング四八便の動向を、より詳しく見よう――そう考え、ＣＣＰの映像を呼び出したのだが……。

「音声、出せるか」

数秒間、映し出された日本海西部――おそらくは隠岐島と朝鮮半島の間の空域か――の様相に息を呑んでいたが。

すぐ我に返り、門はスクリーンを見上げたまま、通信席の湯川に訊いた。

「ＣＣＰの指揮無線の音声は出せるか？」

「は、はい」

湯川も我に返ったように応え、何か操作をする。

「お待ちください、すぐ――」

『ハーッ、ハーッ』

湯川の応える声に重なり、いきなり天井スピーカーに響いたのは激しい呼吸音だ。

『ハーッ、ハーッ、ワン、チャフ、レフト』

「――？」

「――⁉」

何だ、この声は……。

門は眉をひそめる。

この激しい呼吸は――まさか。

『ブレーク、レフト』

続いて
『ブロッケン・ツー、ブロッケン・ツー、ミサイル・アラート』

同じスピーカーに別の声が入った。

こちらは激しい呼吸はしていないが、息せききった早口だ。

『ボギー・ゼロツーがさらに一発発射。シックス・オクロック、エイトマイル。ボギー・ゼロツーは後方に占位』

全員が固まった。

オペレーション・ルームの全員が、作業の手をすべて止め、メインスクリーンの映像を注視している。

専門知識がないと、スクリーン上の記号や数値を全部理解するのは難しいだろう。

しかし、浮かび上がった日本海西部の上空で、緑の三角形が二つ、カクカクと尖端を震えるように回しながら逃げている。それらの後方から小さな光点が追いかけ、さらに後ろからはオレンジの三角形が二つ、それぞれ緑の三角形を追い立てるように続く——

そして無線に響く必死の呼吸音。

（——まさか）

今、ミサイルとか言った。

門は思わず、横を見た。

ドーナツ型テーブルの脇で、障子有美が立ったままスクリーンを注視している。ただでさえ大きな切れ長の目を見開いている。

「おい」

この様子は、『戦闘』なのか？　まさか空自のスクランブル機とアンノンとの間で——

そう聞こうとしたが。同時に障子有美は何か気づいたように上着の内側へ手を入れ、胸ポケットで振動していた携帯を取る。

「はい、危機管理監」

コールしてきた相手に応えながらも、その目はスクリーンへ向けられたままだ。

「——はい、分かっています。こちらでも見ている」

障子有美は、どこかから報告を受けたのか。通話相手に幾度かうなずくと「分かり次第、また知らせて」と言い残し通話を切った。

携帯をしまいながら、門と常念寺の座る会議テーブルへ歩み寄った。

「総理、情報班長」

「集約センターからかね。報告は」

常念寺が訊き返す。

スクリーンを顎で指す。

「あそこで起きていることにつき、何か言ってきたか」

「はい」

障子有美はうなずくと、スクリーンを目で指した。

「横田ＣＣＰから内閣情報集約センターへ、通報がありました。ただ今、隠岐島の北西約三〇マイルの空中にて、〈対領空侵犯措置〉任務に出動した小松基地所属のＦ15二機が、要撃対象である接近中の未確認機二機から射撃管制レーダーを照射され、引き続いてミサイルによる攻撃を受けました。現在、回避機動中」

●東京　横田基地

航空総隊司令部・中央指揮所（ＣＣＰ）

「先任、やばいです」

スクリーンを仰ぎながら、明比が指摘した。

拡大されたウインドーの中。

今、緑の三角形〈ＢＫ01〉は、脇に『ＣＨＦ』という表示を明滅させ、ほとんど同時に尖端を左へ回転させ始める。運動荷重を示す数値が、また跳ね上がる。

さっきと同じ『ビーム機動』による回避だ。

だが
「今度は、さっきと違う」明比は言う。「ミサイル母機の〈ＢＧ01〉が、中間誘導をやっている。急降下し速度をつけ後方へ廻り込み、いま後ろから機上レーダーで照準をアシストしている。チャフでは誤魔化せません」

「な、何」

工藤が目を見開くと。

確かに、今度は小さな輝点は直進をせず、向きを変える緑の〈ＢＫ01〉の尻に食いついていく。

「ま、まずいぞ」

「ブロッケン・ワン、ミサイル、シックス・オクロック、スリーマイル、クロージング」

担当管制官が声を上げる。

「ツーマイル、クロージング――チャフが効いていない、聞こえるか、チャフが」

「脱出させろ」

工藤は叫んだ。

「Gがかかっていて、分かっていない。指示して脱出させるんだ」

「べ、ベイルアウトせよ」

管制官は工藤に背中を叩かれたかのように、無線に叫んだ。

「ブロッケン・ワン、ベイルアウト、ベイルアウト、ナウ」

『――ラ、ラジャーっ』

苦しげな呼吸の声がすると。

緑の〈BK01〉の脇のGの数値が急激に減り、続いてその横に『B／OUT』という赤い文字が現われ、瞬いた。

ベイルアウト――緊急脱出したか。

だが

「先任、ツーも危ない」

横で笹が声を上げる。

もう一つの緑の三角形〈BK02〉を指す。

「あれを――二番機もチャフが効いていない」

●東京　永田町

総理官邸地下　NSCオペレーション・ルーム

「障子君。あれは」

常念寺はメインスクリーンを仰いで、障子有美に訊いた。

「あれは今、接近してきた未確認機が、わが空自機に襲い掛かっている――ミサイルで攻撃しているというのか⁉」

「その通りだと思われます」

うなずく障子有美の言葉に、天井スピーカーから『ベイルアウトせよ』という声が重なる。

スクリーンでは小さな輝点が、緑の三角形の一つに追いつく。重なる。次の瞬間、〈BK01〉と表示されていた三角形は消失した。

おぉう、と声にならない呻きのようなものが、オペレーション・ルームに満ちた。

「――――」

「――――」

テーブルについている常念寺も門も、一瞬絶句する。

「やられたのか」

「いえ。ベイルアウトの表示が出ました。パイロットは脱出しています」

「どういうつもりかは分からんが」常念寺は唸る。「韓国軍が空自機を攻撃してきたというのか」

「――それが」

障子有美はテーブルの横に立ったまま、頭を振る。

「総理。この状況では、韓国機とは断定できません。まだ断定はできません」

「何」

常念寺は目を剝く。

「韓国機なのは明らかだろう」

「現時点で、まだ韓国の仕業（しわざ）だとは、断定できないのです」

有美はまた頭を振る。

肩までの髪が乱れ、頰にかかるが、手で直すこともしない。

「私の見解としては、あれらは九十九パーセント、韓国軍のF15K戦闘機だと思われます。そうに違いない。しかし、わが政府として、まだあの二つのアンノン——未確認機を『韓国のもの』と断定はできません」

「え」

四十代の総理大臣は怪訝な表情になる。

「どういうことだ」

「見ていいないからです」

「?」

常念寺は眉をひそめる。

「見ていない?」

「————」

障子有美は、唇を噛んでしまう。

悔しさで、声が一瞬、出なくなったという感じだ。

「どういうことだ危機管理監」

「目視確認が、まだなんですよ総理」

代わりに、横から門が説明をした。

警察官僚出身だが、外事が専門だったから、防衛官僚出身の有美と同じくらい事情は分かる。

「あのアンノン二機が、いくら朝鮮半島からやってきて、状況証拠で韓国軍の機体であると明らかであっても。国際的に『未確認機の正体』というものは、スクランブルした要撃機のパイロットが目視で相手の機種と機体標識を確認し、報告することによって初めて確定するのです」

「何」

常念寺は、門と障子有美を交互に見る。

「目視確認……？」

「その通りです、総理」

有美が口を開いて、応える。

「今、私の受けた報告によると、わが空自の要撃機二機は、接近するアンノン――未確認機を目視で捉える前に、向こうから射撃管制レーダーでロックオンされ、目視圏外の遠方から攻撃されました。パイロット二名は、おそらく向こうの姿はじかに目で見ていません」

「じかに見ていないと、どうなるんだ」

「ですから、あの二機は、今の時点ではまだ未確認――『国籍不明』のままです」

「――」

常念寺が絶句する。

そこへ

『ブロッケン・ツー、ミサイル、シックス・オクロック、ツーマイル』

CCPの管制官のものらしい声が、天井から被さって響く。

『ミサイル、ワンマイル、クロージング。当たるぞ、ベイルアウトせよ』

『ハーッ、ハーッ』

『ベイルアウトせよっ』

『ハーッ』

●日本海上空

F15　白矢機コクピット

『脱出せよ、ブロッケン・ツー!』

「――――!?」

白矢は無線に響く声に、目を見開く。

何だ、この声――

どこかで、要撃管制官が必死に呼びかけている。

ブロッケン・ツー……!?

小松のスクランブルの、もう一つのコールサインじゃないか……!?

そしてこの呼吸音。

『ハーッ、ハーッ』

『おいっ』

『ハーッ』

プツッ、と電波の切れる嫌な響きがして、呼吸音は途切れた。

第Ⅶ章　フェイクニュースを討て

1

●日本海上空
　F15　白矢機コクピット

（………！）

　白矢はハッ、と我に返ると、上昇中のコクピットで左手を計器パネルへ伸ばし、VSD画面のモードを〈MAP〉から〈TAC〉に変える。

　今の無線の声は。

　どこかで、戦闘が行なわれていたのか。

　会話は、CCPの管制官とブロッケン編隊――『ブロッケン』は小松から出動するスクランブル機に割り振られるコールサインの一つだ。
俺たちの、すぐ前に上がった編隊だ。
何が起きている……!?
画面が息をつき、それまでの『航法用マップ』から『戦術情況表示』に変わる。
自機を表わす三角形シンボルを中心に、ＶＳＤ画面には周囲の情況が映し出される。
だが
（何も映らない……？）

白矢は眉をひそめる。

戦術情況表示モードにしたＶＳＤ画面には、自機のレーダーで捉えた飛行物体のほかに、空自の防空レーダー網によって探知されたすべての空中目標が、衛星データリンクを介して表示される。一般の航空機は白い菱形、味方の自衛隊機として既に識別されているものは緑になる（国籍不明、あるいは『脅威』と判定されるとオレンジになる）。

今、ＶＳＤ画面には、中央の三角形の自機シンボルのすぐ左前方に緑の菱形が一つ、ほとんどくっついて浮いている。それだけだ。

（そうか、レンジ）

基地からの離陸に際し、白矢は航法マップモードにしたＶＳＤ画面を、最も表示範囲の狭い『半径一〇マイル』にセットしていた。編隊を組む一番機の位置を確実に把握するためと、基地周辺を飛行している民間機などに接近したりしないようにするためだ。

再びスロットルから左手を伸ばし、ＶＳＤのレンジ選択スイッチで表示範囲を最大の『半径一六〇マイル』に切り替える。画面の表示範囲が一気に拡大し、すぐ前方にいる一番機の緑の菱形は自機シンボルにぐしゃっ、と重なってしまう。

「あれ。でも何も──」

つぶやきかけ、その時ＨＵＤの高度スケールが吹っ飛ぶように『二四〇〇〇』を突き抜けるのに気づいた。

同時に、視野の左前方に浮いて見えていた一番機のシルエットがフッ、と機首の下へ隠れてしまう。

し、しまった……！

ＶＳＤに気を取られ、水平飛行すべき高度が迫っているのを忘れた。

おまけに一番機からも目が離れた。

『白矢』

短く、無線で叱咤（しった）する声。

「は、はいっ」

すみません、という意味を込めて応え、白矢はただちに操縦桿を押し、同時にスロットルを大きく絞る。

ぐうっ、とマイナスGがかかって身体が浮き、機首の下から水平線が上がってくる。水平線のすぐ上に、一番機の後ろ姿。操縦桿を押し込み、今度も一番機のシルエットに目の高さを合わせるようにし、水平姿勢にする。

『CCP、ドラゴリー・リーダー、チェックイン』

乾一尉の声が、無線でCCPを呼んだ。

しかし同時に

『CCP、スカイネット・ワン』

別の声が被さった。

『スカイネット・ワン、ボギーからレーダーロックされた』

●東京 横田基地

航空総隊司令部・中央指揮所（CCP）

「大変です」

最前列の管制卓から、北西セクター担当管制官が振り向いて叫んだ。

「今度は隠岐島上空に滞空中の〈スカイネット〉が、レーダーロックされました」

地下空間の全員が、息を呑んだ。

「な、何っ」

工藤は思わず、頭上を仰ぎ見る。

頭上の正面スクリーンでは、たった今、ブロッケン編隊二番機を示す〈BK02〉と表示された緑の三角形が消失したところだ。小さな輝点に追いつかれ、消えてしまった。パイロットが脱出したことを示す『B／OUT』という表示は出ていない。

それでも工藤が大声で「小松救難隊をただちに出動」と命じたところだ。情報席の明比に、ただちに救難隊を現場海面へ向かわせるよう、調整を指示した。

その間にも。

騒然となる中央指揮所を無視するかのように、頭上スクリーンでは〈BG01〉と〈BG02〉の二つのオレンジの三角形は今度は真東——右横へ尖端を向け、平然と進んでいた。

二つの三角形の尖端の先には、円型の島がある。島の周囲には多数のヘリとオスプレイ、それに警戒航空隊所属のE767が一機、滞空中だ。

その早期警戒管制機E767——スカイネット・ワンから緊急のコールが入ったのだ。

（何だと）

ＡＷＡＣＳが、アンノンにレーダーロックされた……!?

『スカイネット・ワン、避退する』

天井からは、Ｅ７６７のパイロットの声。

「了解、スカイネット・ワン」

担当管制官が答える。

「ただちに避退せよ」

（………！）

工藤は、とっさに頭上のスクリーンのオレンジの三角形二つと、隠岐島直上に滞空している緑の三角形〈ＳＮ01〉との間合いを目で測った。

横に、約二〇マイル――

いつの間に、こんなに近づいた。速い。

「あのボギー、速度はっ」

「超音速です」

最前列の担当管制官は、卓上の画面を見ながら答える。

「加速しています。ボギー・ゼロワン、ゼロツーとも、対地速度一〇〇〇ノットを超えます。スカイネット・ワンへまっすぐ接――あっ」

●東京　永田町
総理官邸地下　NSCオペレーション・ルーム

「あっ」

スクリーンを注視していた障子有美は、思わず、という感じで声を漏らした。

テーブルでは常念寺が「今から国家安全保障会議の緊急持ち回り閣議をやる」と宣言し、秘書官がただちに関係閣僚との連絡を始めたところだ。門は通信席の湯川に呼ばれ、壁際のコンソールへ歩み寄っている。

有美は立ったまま、情況を見続けていた。

横田のCCPと同じ情況を、リアルタイムに映し出すスクリーン上では、空自の二機のスクランブル機をミサイルの餌食(えじき)にした未確認機――まだ『国籍不明』と言うほかはない二つのオレンジの三角形が、それらの尖端を隠岐島へ向け、急速に間合いを詰めている。

そして二つのオレンジの三角形は、有美の見上げる前で、また尖端から小さな輝点を放出した。

「……ミサイル？」

あれはミサイルか。

さっきも、空自の緑の三角形へ襲い掛かり、消滅させてしまった。同じものだ。

何を狙っている――？

ブーッ
上着のポケットで、また携帯が振動した。

「はい」

『障子さん、工藤です』

ＣＣＰの工藤からか。

「工藤君、こっちでもスクリーンを見ているわ」

『そうですか。なら説明は省きます。アンノンの編隊が、中距離ミサイルで小松の編隊二機を撃墜（げきつい）、今また隠岐島上空のＡＷＡＣＳに襲い掛かっています』

「――――」

ＡＷＡＣＳ――Ｅ７６７か……!?

有美は、目を見開く。

確かに。

スクリーンの円型の島の上空に浮かんでいる、もう一つの緑の三角形――〈ＳＮ01〉という表示のついた三角形が尖端をカクッ、と右回りに回し始めた。

あれか。

島の直上から、三角形は右方向——東へ離脱にかかる。しかし動作は、さっきの二つの緑の三角よりもずっとゆっくりだ。

『これは武力攻撃です。武力攻撃を受けています。ただちにしかるべき措置を』

「分かってる」

有美が応えるなり、携帯への通話は切れてしまう。

●東京　横田基地
航空総隊司令部・中央指揮所（ＣＣＰ）

「スカイネットは避退しているか」

官邸へのホットラインの受話器をコンソールへ戻すと、周囲へ確かめるように訊いた。

障子有美と通話中も、スクリーンから目は離していない。

頭上では、隠岐島の直上にいた緑の三角形〈ＳＮ01〉は尖端を右下へ回し、傍らの高度表示の数値を急激に減らしながら島から離れる。しかし

「まずいです」

笹が言う。

「あの通り、急降下で逃げようとしていますが、ボーイング７６７ですから亜音速しか出ない」

「おまけに」

明比も言う。

「Ｅ７６７は、フレアもチャフも持っていません」


工藤は唇を噛む。

その通りだ。

ＡＷＡＣＳは高性能のレーダーを装備しているので、電子戦も行なえると思われがちだが。

実は空自の保有するＥ７６７は警戒監視に徹した設計となっており、敵勢へ大規模なジャミングをかけるような――いわゆる攻撃的な電子戦能力はない。また、Ｆ15やＦ２の編隊を後方から管制して支援するのが任務なので、自機が敵機に直接に襲われる事態は想定していない。ミサイルを直近で回避する手段であるチャフや、フレア（囮熱源）の射出器も装備していないのだ。

ミサイルに襲われたら、逃げる以外に出来ることがない。

「先任」

最前列から、日本海北東セクターを担当する管制官が振り向き、訊いた。

「小松から出たドラゴリー編隊が、指揮下に入りました。隠岐島へ指向しますか」

「ドラゴリー編隊……?」

「Jウイング四八便のエスコートに出した編隊です」

そうか。

その編隊がいた。

見上げると、小松基地のちょうど北側、能登半島にかかる辺りに二つの緑の三角形が現われ、尖端をほぼ真上——北へ向けて進み始めたところだ。

「あれか」

表示される高度は『二四〇』、識別記号は〈DR01〉と〈DR02〉。

工藤はうなずいた。

「ただちに指向しろ。超音速だ」

「はっ」

「しかし先任」

笹が言う。

「二〇〇マイルは離れています。おまけに、通常のスクランブルの装備しか持っていない」

「構わん」

工藤は頭を振る。

「行けば、何とでもやりようは」

そこへ

「スカイネット・ワン、ミサイル、シックス・オクロック、ツーマイル」

管制官の声が重なるように響いた。

「回避運動を続けよ。ミサイル、シックス・オクロック、ワンマイル。回避運動を続けよ」

「――――」

「――――」

地下空間の全員が、息を呑んで見上げる。

●隠岐島　隠岐空港

管制塔

「………？」

舞島茜は、管制室の展望窓越しに、頭上を見上げた。

何だろう。

今、どこか上空から、重苦しい響きがした。

空港の全周が見渡せる展望窓——パノラミック・ウインドーの強化ガラスを突然震わせ、ドドーンという——雷鳴とも違う。

これは。

(……どこかで爆発？)

茜は、今日も早朝から、ここ管制塔の最上階へ上がり、輸送任務で飛来する陸自や海自のヘリ、オスプレイなどの『交通整理』を行なっていた。管制、などと大それたものではない。無線のマイクを握り、次々に飛来するヘリから進入の要請を受けると、それらに空港上空へ入る経路と順番を決めてやる。

それでも、遠く伊丹空港から本職の管制官がビデオカメラ越しに管制するより、ずっと安全に飛来機をさばける。

管制塔での『ボランティア活動』も、三日目になる。島には、ほかに航空無線を使える人間、飛行場での交通整理のできる人間がいないので、基本的にこの管制室には茜一人だ。

やり方にはだいぶ慣れてきて、焦って汗をかくことはないが、見晴らしのいいガラス張りの管制室は日射で暑くなる。さっきから茜は飛行服の上半身をもろ肌脱ぎにし、上半身はTシャツ姿でマイクを握っていた。管制卓の傍のテーブルには、昼の弁当の『野戦食』が置いてある。陸自が島へ供給してくれている、隊員が作戦行動中に食べる缶入りの携帯食だ。ほかに水のボトル、空港事務所が差し入れてくれたコーヒーメーカーもある。ここで昨日は、朝から日没までを過ごした。

今日も、そうなるのかな――

そう思いながら、ひっきりなしに飛来するヘリやオスプレイの交通整理にあたっていた。その矢先のことだ。

展望窓は、飛行場の敷地内で一番高い位置にある管制室から、三六〇度を見渡せる。

『隠岐島リモート、ヘラクレス・ファイブ』

進入中の陸自ヘリから、無線でパイロットが呼んできた。

『何か、高い高度で爆発したようだが――見えるか』

「――――」

やはり、爆発なのか。

島の上空には積乱雲もない。雷鳴が轟くはずもない――

窓を震わせた響きが伝わってきた方向は、こっちか？

茜は東側のウインドーに駆け寄り、見上げる。

上空は、今朝から快晴だ。

「?」

何だ。

眉をひそめる。

青い広がりの中――かなりの高空から、白い煙の塊のようなものがまるで壁を伝う雫のように不規則に振れながら落下してくる。

何だ……あれは。

続いて
ドコッ
ドコーンン
別の轟きが、管制室の天井を震わせた。

(真上か)

目を上げるが、真上は当然、天井があるから見えない。

だが
今度のは爆発じゃない。

茜の耳は、空気を震わせた二種類の轟きを聞き分けていた。

（何かが、超音速で上空を——？　今のはソニックブームだ）

●東京　横田基地・
航空総隊司令部・中央指揮所（ＣＣＰ）

「島の上空と、その周辺にいるヘリ、オスプレイに対し、ただちにその場で停止するように言え」

工藤は怒鳴った。

「全機、ホヴァリングさせるんだ」

次は島の周辺にいるヘリが危ない——

Ｅ７６７を示す緑の三角形〈ＳＮ01〉がスクリーン上から消滅しても、驚き怒る余裕はない。

ミサイルを放った二つのオレンジの三角形〈ＢＧ01〉と〈ＢＧ02〉は、東へ尖端を向けたまま、隠岐島上空にかかる（すでに領空へ侵入している）。

島の上空と、周囲には。島民のための物資輸送で飛来している陸自や海自のヘリ、オスプレイなどが多数いる。ＡＷＡＣＳの次に、これらが餌食にされる可能性がある。

さらなる被害を防がなくては。ヘリなどがミサイルの標的にされないよう、緊急の指示を出さなくては。

だが

「先任」

最前列の管制官が、振り向いて告げた。

「隠岐空港へ出入りしている陸自機、海自機は、我々の指揮下にはありません」

「な、何」

そうか――

工藤は唇を嚙む。

総隊司令部は、いま隠岐島周辺の領空へ接近しようとする国籍不明機に対処しているが。

島民の支援のため輸送任務にあたっているヘリなどの管制は、別だ。彼らは別の指揮系統の下、島へのピストン輸送を有視界飛行で行なっている。島の空港への物量投下をコントロールしているのは〈隠岐島リモート〉というコールサインをもつ、現地管制塔だ。

「そうか、しかし国際緊急周波数はどうだ？　あの島には、自衛隊の中継アンテナも設置してあるはずだ」

島の周囲の低空を飛ぶすべてのヘリに、その場でただちに空中停止——ホヴァリングに入るよう指示しなくては。

とりあえず空中で止まってしまえば、戦闘機の装備するパルスドップラー・レーダーには探知されなくなる。ミサイルの照準に使われるパルスドップラー・レーダーは、空中をある程度の速度で動いている物体しか、探知しないからだ。

「国際緊急周波数で、ただちに呼びかけるんだ。とにかくただちに『空中で止まれ』と」

「は、はっ」

そこへ

「先任」

もう一人の管制官が、スクリーンを指す。

「見てください。あれを——ボギーは二機とも、島の上空を通過していきます。超音速です」

「——!?」

「——？」

2

●東京　永田町
総理官邸地下　NSCオペレーション・ルーム

「――何」

門は、眉をひそめた。

「CAが座っている……?」

「はい」

湯川がうなずく。

「東京コントロールの話によりますと、です」

「あのJウイング四八便のコクピットにか」

「そのようです、班長」

通信席のコンソールに向かう湯川武彦は、いま所沢の東京航空交通管制部――東京コントロールと通信回線接続の調整をしている。日本海上空の四八便と、間もなく直接に話が出来そうだ。

「あちらの主任管制官によりますと、呼びかけに対して機上から応答してきたのは、パイロットでなくＣＡ――客室乗務員を名乗る女子だと」

「――」

「機内でテロが発生し、急病人と怪我人を乗せているそうです」

「――」

門は、壁際の通信席に屈み込んだ姿勢から、オペレーション・ルームを振り向いた。

ドーナツ型テーブルと、メインスクリーンが目に入る。

「未確認機が今、早期警戒管制機を撃墜しました」

障子有美が、携帯を耳につけたまま言う。

緊迫した声。

また横田のＣＣＰから、じかに報告を受けているところか。

「二機は島の直上を通過、そのまま東の海上へ抜けます」

「その管制機には何人乗っていた？」

総理席から常念寺貴明が訊き返す。

「脱出は、出来たのか⁉」

「Ｅ７６７には、乗員を空中で脱出させる機能はありません」

障子有美は頭を振る。

「乗員は、はっきりしませんが十数名は」

「むう……」

総理大臣はスクリーンを見上げ、唸る。

「あのアンノンはどこへ行くつもりだ？　何をするつもりだ。韓国とは逆方向だぞ」

「見当もつきません、総理」

大変な事態になっている——

だが自分は今、Ｊウイング四八便の件を、なんとか処理しなくては。

こうしている間にも、刻々と本土へ近づいている。

「——湯川」

門は通信席に向き直ると、湯川武彦に訊いた。

「そのＣＡというのは、まさか」

「その、まさかかも知れません」

湯川は眼鏡を光らせ、もう一つの予備のヘッドセットを門へ差し出す。

「お待たせしました、回線が繋がりました。東京コントロール経由で洋上のＪウイング四八便と直接話せます。国際緊急周波数だそうです」

「分かった」

門はヘッドセットを受け取ると、頭に掛けた。

マイクの位置を調節しつつ、またメインスクリーンをちらと振り向く。

横長の画面の右端の方に、ほぼ真下――南へ尖端を向け移動中の黄色い三角形がある。

〈JW48〉――あの機だ。日本海を半分渡り、もうシベリア沿岸よりも佐渡島の方が近い。

「――Jウイング四八便、聞こえるか」

●日本海上空

　Jウイング四八便　コクピット

『Jウイング四八便、聞こえるか』

ひかるのヘッドセットのイヤフォンに、声が入った。

男の声。

（………！）

舞島ひかるは、大きな目を見開いた。

この声は――

『Jウイング四八便、こちらは総理官邸だ。航空管制用の回線を経由してコールしている。聞こえていたら応答してくれ』

左側操縦席から見晴らす前方には、眩しい水平線が広がっている。快晴だ。

747は飛び続けているが、陸地の影はまだ見えていない。

ひかるは計器パネルの右側画面——ナビゲーション・ディスプレーを一瞥した。最大レンジにした航法マップ画面には、その上端に佐渡島の外形がはっきり映り込んでいる。

マップの左肩部分に、機が現在受けている風と、対地速度が表示されている。五〇〇ノット。距離スケールでは新潟まで三〇〇マイル弱——およそ三十五分くらいか?

「こちら、Jウイング四八便」

ひかるは操縦桿の送信ボタンを握ると、答えた。

「聞こえています」

『——』

東京コントロールの管制官からは『総理官邸が直接話したいと言ってきているので、回線を繋いでいる。そのまま待っていてくれ』と言われた。

すでに管制官へは、この機がテロに遭ったこと、急病人と怪我人を乗せており、最寄りの飛行場へただちに着陸しなければならないことを伝えてあるが――

『やはり、君か』

男の声は、ひと呼吸おいてから続けた。

『無事か』

「はい」

班長だ。

ひかるは、小さく息をついた。

声は、門篤郎に違いない。

官邸からコールしている、ということは。

地下にあるというオペレーション・ルームからか。自分は、まだ見たことはないけれど

――

「情況は、東京コントロールの管制官へお知らせしたとおりです」

『テロ犯は、制圧したか』

「はい」

ひかるは頭の中で言葉を選びながら続けた。

「機内の情況は、前回の〈事件〉の時と同様です」

なるべく、具体的な描写を避けた。

さっき、東京コントロールの管制官へ情況を伝えた時も。自分のことは『客室乗務員です』とだけ告げ、名前も所属も明かさなかった。機内でテロが起こされ、犯人は現在は倒れている（どうやって倒したのかは訊かれなかったので、話さなかった）。ただちに病院へ収容しなければならない乗客がいること。パイロットは二名とも倒れている。この747を自動着陸させるために手助けが必要であることを伝えた。

東京コントロールは、内閣府の危機管理監へ事態を伝える、と言ってくれた。

それが三分ほど前のことだ。

官邸に詰めている門篤郎と、こうしてじかに話が出来、支援してもらえるのはありがたい。

だが注意しなくてはならないのは、この航空無線がオープンの通信手段であることだ。電波が傍受できれば誰でも聞くことが出来る。

もしも、〈敵〉がこの通話を聞いていたら。

（――――）

ちらと、右席を見やった。

──『次の手段に出て来る』

アニタと名乗ったCIA工作員の女は、副操縦席でシートの片側へ身を預け、ぐったりと動かない。

あれからも幾度か、血を吐いたのだ。

彼女の言葉。

──『〈敵〉はすぐ、次の手段に出て来る』

〈敵〉……。

ひかるは、東京コントロールとの一連の交信の後、官邸に繋がるまでの時間を使って、右席のアニタを介抱した（吐血を拭き取り、楽な姿勢にしてやるくらいしか出来なかったが）。

そのときに、話をした。

「あなたのいう〈敵〉──って」

「奴らは、憲法の改正が出来る現政権を、潰そうとしている」

「え」

「政権を潰す」

苦しげな呼吸と共に、工作員の女は言った。

「現政権を潰し、代わりに親中政権を立ち上げさせ、内側からあなたの国を占領しようとしている。もしも日本が中国の手におちれば、アメリカは在日基地を失い、結果的にアジアから中東までへの戦力投射能力も失う。世界の半分以上が、中国共産党の支配下におちる」

「――――」

女の口にする、〈敵〉……。

二日前にホテルのエレベーターの中で格闘した中国工作員の姿が、脳裏をよぎった。

そして、あの日銀総裁だった人物が、最後に搾り出した声。『お前たちは、奴らの恐ろしさを知らないんだ』――

「次の手段――って」

アニタを介抱しながら、ひかるは思わず訊いていた（あまりしゃべらせない方が得策なのだが、訊いてしまった）。

「〈敵〉の『次の手段』って、何なの」

「分からない」

女は、頭を振る。

「出来ることは、一秒でも早く着陸することだ。着陸して、この機体を隔離——ゴホッ」

「ご、ごめん」

ひかるはアニタの背をさすり、気道が確保できるように上半身を斜めにして、ショルダーハーネスをかけ直した。

わたしのために、無理をしたんだ。

「もういいわ。出来るだけ早く着陸するから」

會田望海もアニタも、わたしが未熟なせいで……。

唇を噛んだ。

死なせるわけにはいかない。

前方へ向き直ると、ひかるは送信ボタンを握って続けた。

「上申します。一刻も早く着陸し、この機体を隔離する必要があります」

無線の向こうにいる門篤郎へ訴えた。

「そのための援助を。地上の支援態勢を」

●隠岐島　隠岐空港
管制塔

何が起きているんだ。
「――――」
舞島茜は、管制室の展望窓から頭上を仰ぎ、目で探った。
島の東側の空。
高い高度から、白い煙の筋を曳き、何かがおちてくる……次々に海面へ落下していく。
あれは何だろう、煙に包まれていて、よく見えない。
何かが上空で爆発したのだろうか。
その破片……？
島への出入りと関係のない、どこか高い高度で何か起きたのか。
そして。
たった今、遥か頭上からソニックブームを叩きつけ、通過して行ったもの――
衝撃波は二つ。
何だったのだ。

（戦闘機だった、とすると）

この島の周辺は、もちろんわが国の領空だ。戦闘機だとするなら、飛行しているのは仲間の航空自衛隊機以外に考えられないが……。

しかし通常は、住民のいる島の直上で超音速など出さない。

何か、おかしい。

だが

「空自の指揮周波数は、ここでは聞けない」

隠岐空港の管制塔には、飛行場管制用の無線設備が備わっている。しかし、使用できるのは民間向けの周波数だ。飛来する陸自や海自の機体とも、民間用周波数を使って交信している。

「ＣＣＰの交信を聞くのなら――」

茜は、視線を南側の滑走路へ転じる。

長さ六〇〇〇フィートの滑走路。

視界の右端――オーバーランして擱座（かくざ）している水色の貨物機は、そのままだ。

貨物機と、垂直尾翼を突き合わせるようにして、茜のＦ15が反対向きに停まっている。

この空港へ緊急に着陸した時の位置と向き、そのままだ。

キャノピーはクローズし、一応、電源はすべておとして滑走路上に駐機させてある。バッテリーは十分に充電された状態だから、あそこへ行って操縦席に座り、無線を使えば上空での交信も聞けるはずだけれど……。

そう考えた時

『隠岐島リモート』

天井スピーカーに声が入った。

『シーガル・ゼロセブン、ポジション、ファイブマイル・サウス。物量投下のため進入したい』

「――――」

いけない。

茜は頭を振り、管制卓のマイクを取る。

この管制塔には、わたししかいない。

交通整理の役目がある。ここを離れるわけにはいかない。

「シーガル・ゼロセブン、隠岐島リモートです。そちらを視認しました。進入支障なし。リポート、レフトベース・フォー・ランウェイ・ツーシックス」

水平線の上に浮いて見えている機影を目で捉え、茜は指示を出した。

次々に、補給任務の機体は飛来する。

この席は空けられない。飛来機の隙を見て、洗面所へ行けるくらいだ。

（あ、でも）

ふと、思いついた。

そうだ、国際緊急周波数……。

ＣＣＰの周波数は無理でも。国際緊急周波数で、何か話されていないか……？

〈対領空侵犯措置〉では、アンノンへ呼びかける際には国際緊急周波数を用いる。前に、小松基地の管制隊で聞いたことがある。管制塔は通常、どこの飛行場でも、少なくとも二系統の無線機を持っている。一系統は飛行場管制に使うが、もう一系統は緊急時に備え、国際緊急周波数をモニターできるようにしてある——

（国際緊急周波数をモニターできる、もう一つの無線か）

どこかにあるはず。

どうやって、使うのか。

展望窓の外の機影に注意は向けたまま、茜は管制卓の無線操作パネルを見回した。

そうか。

今、使用している無線のスイッチパネルの左横にもう一つ、同じ仕様のパネルがある。周波数をセットする窓と、ダイヤル、ボタンが並んでいる。ただし周波数窓は暗く、パイロットランプも点灯していない。

「これだ」

ここは伊丹空港の管制官が、遠隔で管制をする場所だから、通常は使われていなかったのか。

もう一台の無線のパワースイッチを〈ON〉にすると、周波数窓に数字が赤く浮き出た。

一二一・五メガヘルツ——確かに国際緊急周波数だ。

展望窓の外から注意をそらさないように気をつけながら。左手でボリュームを上げてみた。

『——分かった、Jウイング四八便』

途端に、スピーカーに声が入った。

『君たちの位置から、最寄りの飛行場は新潟(にいがた)空港だ。ただちに受け入れの準備と、747の操縦のエキスパートを呼ぶ』

「………？」

何だ。

声の調子に、茜は眉をひそめる。

ちょっと、何を話しているのか分からない。

スピーカーから聞こえる男の声は、管制官やパイロットのしゃべり方ではない。日本語だし。

『着陸の方法について助言してもらうから、待っていろ』

『お願いします』

続いて響いた声に、茜は思わず、目を見開く。

（……え⁉）

●東京　永田町

総理官邸地下　NSCオペレーション・ルーム

「よし、待っていてくれ──千歳とは繋がっているか？」

門は通信席の後ろに立った姿勢から、ヘッドセットのブームマイクを手で握って押さえ、訊いた。

「例の特輸隊の機長は？」

「繋がっています、班長」

湯川はうなずくと、通信席のコンソールにある受話器を取り上げて渡す。

「防衛省の電話回線です。空自の千歳基地で、特別輸送隊の先任機長が、すでに待機してくれています」

「助かる」

門は、いったんヘッドセットを頭から外すと、受話器を受け取る。

受け取りながら、オペレーション・ルームをまたちらと振り向く。

ドーナツ型テーブルでは常念寺総理が、携帯を耳につけて盛んにどこかと話している。

首席秘書官もその横に立ち、携帯を手にしている。

たった今、国籍不明機が空自のスクランブル機二機を中距離ミサイルで撃墜、さらに隠岐島の上空で警戒監視に当たっていたAWACSまで撃墜してしまった。

いったい、何が起きているのか。

隊員の救助を急がねばならないのはもちろんだが、厄介なことが二つもある。

まず国籍不明機は、半島から飛来した韓国軍のF15K二機だとだいたい分かってはいるが、空自機がまだその機影を目視確認のうえ報告していないので、オフィシャルには『国籍不明』のままであること。このまま確認されずに逃げ回り、逃げおおせてしまわれたら、韓国が「そんな機体は知らない」としらを切ったら、いくら状況証拠だけを突きつけてもしらを切り通されてしまう。

そして、二機がなぜ、そんな暴挙に及んだのか。一番わからない、厄介なところはそこだ。

隠岐島上空を通過してさらに洋上を飛行する二機が、この後どんな挙に出るのか。意図が全然わからない――

常念寺総理は、電話で緊急に持ち回り閣議を行なったうえ、自衛隊へ〈防衛出動〉を発令するつもりだ。今の段階では、外国からの大規模な武力攻撃というより、突発的なテロ発生のような情況だが。しかし〈防衛出動〉を発令しないと、今後出動するスクランブル機に中距離ミサイルを携行させることも出来ないだろう。

テーブルの横で、立ったまま通話を続けている障子有美は、横田のＣＣＰから情況の報告を引き続き受けているのだろう。やられたＡＷＡＣＳには、空中で乗員を脱出させるような装備はなかったはずだ。Ｅ７６７が軽微な損害で、不時着水できればいいのだが、もしも空中で撃破されていたら……。

（…………）

門は唇を嚙み、通信席へ向き直った。

今は、自分の仕事に集中するしかない。

「お待たせしました」

受話器に名乗った。

「NSC情報班長、門です」

『――航空自衛隊特別輸送隊、先任操縦士の燕木三等空佐です』

受話器の向こうで落ち着いた声がした。

『洋上の民間機で、トラブルですか』

「そうです」

門はうなずく。

「お力を、貸して頂きたい。今から情況をご説明します」

●日本海上空
Jウイング四八便　コクピット

『Jウイング四八便、聞こえるか』

イヤフォンに、別の声がした。

ひかるは、目をしばたたく。

(――!?)

この声は。

聞き覚えがある――というか、すぐ分かる。

情報班長の門よりも馴染みのある声だ。

『こちらは』声は続ける。『千歳の航空自衛隊特別輸送隊。私は政府専用機の先任操縦士だ。官邸経由で、回線を繫いでもらっている』

「はい。聞こえます」


ひかるは反射的に応えながら、胸の中が温かくなる感じがした。

声は燕木三佐だ……。門と並んで、自分の直属上司といっていい。

千歳から、官邸経由で通話ができるのか。

身内に、助けてもらえる。

でも会話の内容には用心しなくては――

燕木も、ここに座っているのが舞島ひかるであると、門から伝えられているはず。

しかし向こうも「舞島、大丈夫か」などと親しげな言葉はかけない。

やはり、航空無線が誰にでも傍受できる媒体であることを意識し、門と同様に用心している（あるいは通話を始める前に、門からそのように注意されたか）。

「よろしくお願いします」

『よし、だいたいの情況は、ＮＳＣから伺っている』

無線の向こうで、燕木の声はうなずく。

『これより、自動操縦の取り扱い法について説明する。まず、機体の飛行状態を知りたい。今から言う計器の表示を、読み上げて答えてくれ』


計器の表示──

ちらと、目の前の計器パネルへ目を走らせる。

機は水平飛行中だ。

ナビゲーション・ディスプレーでは佐渡島と新潟県の海岸線が、少しずつ下がるように近づいて来る。

右席でぐったりとしているアニタへも、一瞬視線をやる。

〈敵〉は、何をしてくるか分からない──

そうだ。

ここと官邸との通話も、日本海の海面に工作船などが配置されていれば容易に傍受できる。機の現在位置も、今の時代は〈フライトレーダー〉と呼ばれるアプリを使えば、管制機関にアップロードされている公的位置情報からPCの画面へ容易に表示できてしまう。

(気をつけながら、一刻も早く)

この機を、降ろさなければ。

「分かりました」

ひかるは、無線の声に向かってうなずく。

「訊かれたとおりに、読み上げます」

●日本海上空

F15　白矢機コクピット

いったい、何が起きているんだ――？

（――――）

水平飛行。

布を裂くような風切り音が、キャノピーを包む。小刻みに揺れる。

白矢は右手の操縦桿で、機の姿勢を維持し続ける。

高度二四〇〇〇、何もない海の上――視野の左右の端まで水平線だけだ。気流が猛烈な勢いで前方から押し寄せているが、比較対象物がないので速さの実感はない。HUDの速度スケール上端にデジタルで表示される数値は『一・四〇』――マッハ一・四。

どこへ、行かされる……。

一分半ほど前、ＣＣＰの指示に従って左旋回をし、真西へ向きを変えた（『ベクター・トゥ・ボギー』と言われた。〈対領空侵犯措置〉で未確認機へ指向される時の指示だ）。同時に超音速を指示された。

左手に握るスロットルに、ビリビリと振動が伝わってくる。レバーの位置はミリタリー推力のノッチを越え、アフターバーナー点火の範囲へ入ったまま。マッハ一・四は、増槽を抱えて、この高度で出せる最大の速力だ。計器パネル左側の燃料流量計へも目が行く。左右のエンジンで一分間当たり一〇〇〇ポンド――恐ろしいレートで食っている。今回は長時間のＣＡＰ（戦闘空中哨戒）にあたれるよう、増槽を機体中心線下と両翼に計三本つけてきた。それでも燃料の総量は今二五〇〇〇ポンドだから、この飛び方をしていたら二十五分で燃料は尽きる。

静かになった……。

酸素マスクの中で、唇を嘗めた。右手で機の姿勢を保ちながら、白矢は無線に耳を澄ませていた。

今のところ、ＣＣＰの指揮周波数は静かだ。誰もしゃべらなくなった。

ピッ

（…………？）

計器パネル左側のVSD画面――その上端付近に、オレンジの菱形が出現した。

ピッ

もう一つ。

こいつか。

オレンジの菱形は未確認機だ。二機いる。目分量で一六〇マイル前方――

これら二つは、白矢の機のレーダーで捉えたものではない。

VSD画面は、表示範囲を最大の『半径一六〇マイル』にしてある。

しかしF15の機上レーダーで、空中の戦闘機サイズの物体が探知できるのは、目標機が自機よりも高い位置にいる好条件の時でも、最大一二〇マイルがいいところだ。一六〇マイルも前方にいる機影が表示されたのは、沿岸数か所の防空レーダーで捉えた索敵情報が、データリンク経由で送られてきているのだ（滞空中のAWACSが撃墜され喪失したとしたら、これらは沿岸防空レーダーの情報だろう）。

『白矢』

短く、無線に声が入った。

『レーダーは切れ』

「はい」

音速を超えた時点で、編隊の間隔はやや広くした（衝撃波の影響を避けるためだ）。一番機の双尾翼の後ろ姿は、白矢のコクピットの左前方一〇〇フィート。高さは、目の高さにぴたりと合っている。双発のノズルから紅い火焔がちらちら見える。アフターバーナーだ。

白矢は乾一尉の指示通り、左の中指でスロットル前面の目標指示／コントロールスイッチを長押しして、レーダーを止めた（後で、いずれかの兵装を選択すればレーダーは自動的に再起動する）。

ＣＣＰの指示の通りに飛び始めたが。

今、分かっていることは少ない。

小松から自分たちよりも先にスクランブルで出た、ブロッケン編隊の二機が、アンノンから攻撃を受けた――

無線を傍受した限り、情況はそうだ。ブロッケン・ワンが「チャフを使う」とコールした。ということは、レーダー誘導の中距離ミサイルに襲われたのだ。その後、ＣＣＰが「ベイルアウトせよ」と言った。

やられたのか？　二機とも……。

そして〈スカイネット〉もミサイルに襲われ、回避機動を取っていた。その後で、結局、どうなったのか。誰も教えてくれないから分からない。

ただＣＣＰが指示してきたのは、民間機をエスコートする任務はキャンセル、ただちに機首方位二七〇度へ左旋回し、高度は二四〇〇〇フィートを保ったまま超音速で向かえ。未確認機へ指向する――それだけだ。

何が起きているのか、指揮周波数でいちいち説明などしないつもりか、あるいは説明する余裕がないのか。

（……向こうも、超音速だな）

ＶＳＤ上の動きに、白矢は眉をひそめる。

二つのオレンジの菱形は、正面からこちらへ近づいて来る。近づき方が速い――目分量だが、相対速度は二〇〇〇ノット近い。このままでは一分間あたり三〇マイル強、間合いが詰まっていく。

どうするんだ。

オレンジの菱形の横に、続いて目標諸元の数値が表示された。向こうの高度は『三〇〇』つまり三〇〇〇〇フィート、対地速度『一〇〇〇』つまり一〇〇〇ノット。白矢の機の対地速度は八〇〇ノットだ。向こうは、こちらより高度が高いので、出せる速度も大きい。

（しかしこいつら、燃料は大丈夫なのか……？）

ここ数日、たびたびやって来るアンノンは、ほとんどが韓国軍のF15Kだと聞いている。この速力から見て、これらも多分、そうだろう。F15Kは戦闘爆撃タイプの複座のイーグルで、わが国の空自のF15Jよりも新しい。韓国軍の保有機種の中では例外的に航続距離が長く、巡航速度でなら六時間飛行できる、といわれている。

ただし、日本海の真ん中付近まで出てきて、アフターバーナーを全開して超音速を出しまくったら、携行する燃料はたちまち減っていくだろう。

こいつらは、半島に帰る気があるのか……？

このまま近づいて、どうすればよいのだろう。

（班長は）

白矢は視線を上げ、左前方にやや間隔を置いて浮かんでいるイーグルの、ライトグレーの後ろ姿を見やった。

乾一尉は、レーダーを切れと言った。

向こうの二機は、レーダーを働かせているだろう。しかし、こちらの高度は向こうよりも低いので、海面を背にする形だからレーダーでは発見されにくい。探知すべき対象物が水平線よりも下方にある『ルックダウン』の態勢では、一〇〇マイルを切っても発見されないかもしれない。

それに対し、こちらはデータリンクで地上の防空レーダーから相手の位置情報をもらえるので、レーダーを働かせる必要が今のところない。電波を出さずに近寄れば、存在を察知されない。

しかし、あのアンノンを相手に〈対領空侵犯措置〉をやれ、と言うのだろうか……？

〈こいつら、何のつもりか知らないが〉

この二機を相手に、目視確認や警告なんて、やれるのか……？

マスクの中で唇を嚙む。

さっき、ブロッケン編隊の二機は、相手を肉眼で見る前――目視圏外からレーダーロックされ、いきなり中距離ミサイルで攻撃されたらしい。こちらは、ブロッケン編隊と同様、通常のスクランブルの装備で上がっているから、中距離ミサイルは持っていない。携行しているのは、射程三マイルのＡＡＭ３赤外線誘導ミサイルが二発、それに機関砲だけだ。〈対領空侵犯措置〉では、未確認機を目視で確認した後、横に並んで警告し、相手が言うことを聞かずに万一撃ってきて自分の生命が危ういとなったら、初めて正当防衛で武器が使用できる。

そういう立て付けだ。

相手の姿を見る前に、先に遠方から攻撃するような行為は、航空自衛隊の〈対領空侵犯措置〉では実施し得ない。だから通常は、レーダー誘導の中距離ミサイルなど携行せずに出動する。接近するアンノンが、もし目視圏外からいきなり中距離ミサイルで攻撃して来たら――？　はっきり言ってその時は手も足も出ない。

「そうだ、周波数」

白矢は気づいて、左手を伸ばし、国際緊急周波数にセットしてあった#2番無線機のボリュームを上げた。

とりあえず、〈対領空侵犯措置〉をするのなら、この周波数で呼びかけるのだ――

すると

ふいに、ボリュームを上げるのと同時に声がイヤフォンに流れ込んだ。

『――LNAVです』

（何だ……？）

白矢は、目をしばたたく。

国際緊急周波数で、誰かが話している。

それも、

（女の子の声？）

周波数の表示を思わず確認する。セットは間違えていない。

『プライマリー・フライトディスプレーの上側の表示は、真ん中がLNAV』緊張した感じで女子の声は続ける。『その右側はVNAV、左側はSPDと表示されています』

『分かった』

もう一人の声が、無線の中でうなずく。

こちらは男。落ち着いた感じだ。

『今から、新潟空港へ着陸するための準備を行なう。フライトマネージメント・コンピュータを、私の言うとおりにセットしていくんだ』

『分かりました』

何を話しているんだ……？

首を傾げかけた時。

ピピッ

VSD画面の上で、変化が生じた。

こちらへまっすぐに近づいて来ていたオレンジの菱形二つが、急速に進む向きを変える――その傍らに『一・四G』という運動荷重を表示しながら、飛行方向を曲げ始めた。白矢から見て、右方向へ進路を曲げていく。

3

●東京　横田基地
航空総隊司令部・中央指揮所（ＣＣＰ）

「ボギー・ゼロワン、ゼロツーとも飛行方向を変えます」

最前列の管制官が、声を上げた。

「左へ旋回、針路を変えている。真東の〇九〇度から――東北東へ」


工藤は正面スクリーンを見上げ、眉をひそめた。

（――!?）

あの二機、どこへ向かう……？

二つのオレンジの三角形は、ちょうど今、隠岐島と小松の中間あたりの沖合にいる。これまでは二つとも、尖端をスクリーン上の右横――東へ向けて進んでいたが。

今、急に揃って尖端を回し、針路を三〇度ほど斜め上――東北東へ向け直した。

速度は、依然として速い――

「針路、定まりました。〇六〇度。高度三〇〇〇〇、依然として超音速」

担当管制官は思わず、という感じで振り向いて告げた。

「先任、この針路では、二機は今後、わが国の領空へは入りません」

「――――」

工藤は、立ち上がるとスクリーンを仰ぐ。

隠岐島上空でE767を撃墜した後。アンノン二機は、島を飛び越えて真東へ進んだ。そのままの針路なら、能登半島の北端をかすめる。さらに直進すれば、山形(やまがた)県あたりの海岸線へ、突き刺さるように接近する。

しかし――

「何もない、海の上へ行く……？」

「先任」

情報席から、明比が言った。

「ご指示通りに、百里(ひゃくり)、三沢(みさわ)、千歳で待機中のF(エフ)にAAM4を急ぎ搭載させていますが。最も速いと思われる百里でも、作業にあと十分を要するそうです」

「――――」

先ほど、隠岐島上空でＥ７６７が撃墜された直後。工藤はドラゴリー編隊の二機を西へ転針させアンノンへ向かわせると同時に、情報席の明比を通して、百里・三沢・千歳の各基地で待機中のスクランブル機に中距離ミサイルＡＡＭ４を搭載させるよう、指示を出した。

やみくもに後続スクランブル編隊を上げても、短距離ミサイルしか持っていないのでは歯が立たない。

しかしどこの基地でも、アラートハンガーにＡＡＭ４は常備しておらず、すぐに機体へ取りつけられる態勢にはなっていない。ただちに取り掛かるが即時の発進は無理、という返答が相次いだ。

「――今、あのアンノンに対処できるのは」

思わず、つぶやいていた。

「中距離ミサイルを持たないドラゴリー編隊だけか」

「どうします先任」

左横から、笹が訊く。

「アンノンは、あのように変針しましたが。まだ今のままでは、ドラゴリー編隊は間もなく向こうのレーダー覆域に入ります。探知されたら」

「うむ」

工藤は腕組みをする。

上目遣いに、スクリーンを睨む。オレンジの三角形〈ＢＧ01〉と〈ＢＧ02〉は、針路〇六〇度──尖端を斜め右上の東北東へ向け、進んでいく。このままなら能登半島の北側を通過、日本海のほぼ真ん中へ出る。

対するドラゴリー編隊、〈ＤＲ01〉と〈ＤＲ02〉の二つの緑の三角形は依然として左真横──西へ尖端を向け、進んでいる。超音速を出すよう指示しているから、スクリーン上で見ていても両編隊同士の近づき方は速い。

さっきは、現場空域へ戦力を進出させることだけを考え、小松から飛び上がったばかりの二機を真西へ向けたのだが……。

アンノンよりも高度を低く取らせているので、向こうからレーダーで発見されるにはまだわずかに時間はある。しかしアンノン二機は変針したとはいえ、このままでは三〇度の交角ですれ違う形だ。もしもこのまま進ませれば、数分で探知される。ＡＩＭ１２０の射程は三〇マイルだ。

「先任」

明比が、また画面を見ながら言う。

「韓国軍のF15Kですが。資料によると、携行できるAIM120の弾数は最大六発です。ほかに短距離ミサイルのAIM9Lサイドワインダーが二発、積めます」

「まだ一機あたり、三発あるのか」

「そう考えるべきか、と」

明比はうなずく。

「二機で六発。そのほかにサイドワインダー。ただしHMD——ヘルメット・マウントディスプレーと組み合わせた最新のAIM9Xはありません。前に韓国軍が試験的に導入しましたが、無断でヘルメットを分解してコピーしようとしたので、ボーイング社が怒って、販売を差し止めたらしい」

「どのみち、AIM120が向こうに六発もあるなら」

笹が言う。

「アンノンの三〇マイル圏内には近寄れませんよ」

「だが、あの二機が」

工藤は口を開いた。

「今後、わが国の領空へ近づかないというなら。我々が、あの二機に対して〈対領空侵犯措置〉を実施する理由もなくなる」

「――」

「――」

工藤の言葉に、笹と明比だけでなく、周囲の管制官たちも手を止めて注目した。

周囲が一瞬しん、となる。

「――」

「――」

それでは。

このまま、あの二機を行かせるのか……？

対処をあきらめるのか。

部下たちの視線が、そう訊いている。

先任は、そういうつもりか？

しかし

「早合点をするな」

工藤は腕組みをしたまま頭を振る。

「いいかみんな、聞け。アンノンが領空から離れて行くなら、確かに自衛隊法に定める〈対領空侵犯措置〉の対象ではなくなる――だからといって、やりようはある。我々は、わが国の安全のため、こういう場合には警察官職務執行法を準用できる」

警察官職務執行法。

工藤の口にしたワードが、地下空間に響いた。

全員の視線が集中する。

「いいか。あの二機を見ろ。あれらは逃走中の凶悪犯だ、凶悪テロ犯以外の何者でもない」

「――なるほど」

笹がうなずいた。

「逃走する凶悪犯を、捕まえるわけですね」

「そういうことだ」

工藤はスクリーンを睨む。

「あのテロ犯は、いったん領空から離れるそぶりを見せても、また襲ってくるかもしれない。また取り逃がした場合は、後日に再度襲ってきて犯行を繰り返すかもしれない」

「――」

「――」

自分に集中する視線を見回して、工藤は続けた。

「自衛隊と海保には、情況に応じ、公海上で警察権の行使が認められる。警察官職務執行法では、重大な凶悪犯罪を行なった犯人が逃走中で、さらに犯行を重ねる可能性がある場合。そして警察官の制止命令に従わない場合は、それ以上の犯行を止めさせ、逃走を阻止するために最低限の武器使用が認められる。北西セクター」

「――は、はっ」

最前列の管制官が、工藤を見返した。

工藤は、その顔に向かって

「ドラゴリー編隊を、あのアンノン二機に気取られぬよう、相手のレーダー捜索範囲のぎりぎり外側を回り込ませ、斜め後ろから追尾させたい。そのように誘導できるか」

「はい」

若い管制官は、大きくうなずいた。

「任せてください」

●日本海上空

F15　白矢機コクピット

『ドラゴリー・フライト』

ふいに無線のイヤフォンに指示が入った。

ＣＣＰの要撃管制官だ。

『ナウ、ターンレフト・ヘディング・ツーゼロゼロ。ディセント・エンジェル・ファイブ。超音速の指示は解除。繰り返す、超音速は解除』

『ラジャー』

一番機の乾一尉の声が短く答える。

続いて視野の左前方に小さく見えていた双尾翼の機影が、左バンクを取りながら下方へフッ、と消えようとする。

白矢は、その動きを見逃さずに左手のスロットルを一気にアイドルまで絞ると、右手の操縦桿を左へ大きく傾け、同時に前へ押した。

ぐううっ

ざぁあっ、という風切り音と共に身体が浮き、視界が下から上へ流れた。機首の下から水平線が傾きながらせり上がる——たちまち視野の左半分が、傾く青黒い『壁』のようになる。その海面を背景に、先行する一番機の後ろ姿が小さく浮いて見える。

一番機の姿を、左目の端に置くようにして、白矢は右手の突っ込み加減を調整する。

左旋回、機首方位を二〇〇度、高度は五〇〇〇フィートまで一気に降下——

頭の中で管制官の指示を反芻する。

ちらと、ＶＳＤ画面へも視線を走らせる。

（そうか）

ＣＣＰの指示は、いったん機首方位を左へ——アンノン二機とは離れる方へ振り、大きく降下して、奴らのレーダー捜索範囲から逃れるわけか。

さっきのまま、まっすぐに接近していたら。

いずれ向こうの捜索レーダーに探知され、続いてロックオンされたかもしれない。

こちらにはレーダー誘導の中距離ミサイルは無い。目視圏外から一方的に攻撃されたら、先ほどのブロッケン編隊と同じ目に遭う——

『ドラゴリー・フライト、ナウ、ターンライト・ヘディング・ゼロシックスゼロ』

『ラジャー』

今度は、右旋回の指示が出た。

『白矢、詰めろ』

乾一尉の声。

「ツー」

白矢は無線に短く答え、左前下方のF15のシルエットに神経を集中する。双尾翼の後ろ姿がフッ、と右へ切り返す。すかさず、自分も操縦桿を右へ。

世界が回転して、反対向きに傾く——目の前を占める青黒い『壁』が左向きに流れ出す。

ざぁあっ

(——よし)

詰めろ、と指示された。編隊の間隔を詰めろ——

白矢は脇を締めるようにして、さらに操縦桿を右へ引きつけ、右へのバンクを深めてイーグルをコンパクトに旋回させる。旋回半径を小さくすることで、左斜め下方に見える一番機へ追いついていく。操縦桿を突っ込み、降下による加速を利用して、一気に追いつく。

アフターバーナーを切ったので、音速以下になっている。視野の左やや前方で、一番機の後ろ姿がみるみる大きくなる。頃合いを見て、左の親指でスピードブレーキのスイッチを短くクリックして、機体の背に抵抗板を一瞬だけ開き、行き脚(ゆあし)を止める。こちらが追いつく様子は、一番機のコクピットのバックミラーの中に映り込んでいるはずだ——

白矢からも、一番機の機首のキャノピーが見える。乾一尉の右肩とグレーのヘルメットが見える。そのヘルメットが一回だけうなずくのが分かった。

『ドラゴリー・フライト、ナウ、クライム・エンジェル・ツーファイブ』

●東京　横田基地
航空総隊司令部・中央指揮所（CCP）

「よし」

スクリーンを見上げながら、工藤はうなずいた。

「うまく後方へ廻り込ませた」

スクリーン上では、ウインドーで切り取って拡大した中、針路〇六〇度で東北東へ向かう二つのオレンジの三角形の後方に緑の三角形二つが廻り込み、間合いを取って追尾の態勢になる。

目測で、オレンジ二つに対し、おおむね五〇マイル後方――

「北西セクター」

工藤はさらに指示した。

「二五〇〇〇まで上昇したら再び超音速、アンノン二機の後ろ下方から追尾させろ」

「はっ」

「追いつけますか」

横で、明比が言う。

「高度三〇〇〇の方が速度は出せる。離されますよ？」

「いや、向こうだってそうそう、アフターバーナーを炊き続けられまい」

工藤は、腕組みをする。

「いずれ亜音速になる。追いかけるドラゴリー編隊には、CAPに備えて、十分な燃料を持たせている」

「しかし」

左隣で、笹が言う。

「あの二機のアンノン、いったいどこへ行くつもりでしょうね」

「――――」

「あれだけアフターバーナーを炊き続けたら、もう半島へ戻る燃料は無いはずだ。いったい」

●日本海上空　新潟のはるか沖
Jウイング四八便　コクピット

『現在、その機は』

無線の向こうで、燕木三佐の声は言った。

『いま君が読み上げてくれた通り、ＬＮＡＶ、つまりラテラル・ナビゲーションのプログラムに追従して航行している。あらかじめセットされたコースに従うよう、オートパイロットが働いているんだ。分かるか』

「――はい」

操縦席でひかるは、これまで数分間をかけ、自分の目の前の計器画面の表示を燕木三佐の求める通りに読み取り、報告した。

燕木三佐は、千歳基地の特輸隊の司令部におり、電話を通じて機上のひかると話している。

向こうには、映像のようなものは一切、見えない。だからひかるが、計器の表示を読み取って伝え、まずこの７４７の飛行状態を把握してもらわなければならない。

それによると。

機体は、あらかじめセットされたコースに沿って、正常に水平飛行をしているらしい。

中央計器パネルの画面で、燃料の残量も確認した。六〇〇〇〇ポンド弱――燕木の見方では、この747はあと三時間近く飛行が可能だという。

あらかじめセットされたコース……。

ナビゲーション・ディスプレーの真ん中に、まっすぐ前方へ伸びていくピンク色のライン。

これが、今、セットされている航路なのか。

(あの男が、携帯で指示を受けながらセットしていた)

ひかるは操縦席で、眉をひそめる。

すでに機は、日本海を半ば以上渡って、ナビゲーション・ディスプレーには右やや前方に佐渡島の全体像が浮かんでいる。その向こうに、新潟県の海岸線。〈RJSN〉と表示された青い飛行場のシンボルは、目測で二〇〇マイルほど前方だ(単純計算で、あと二十五分くらいか)。ピンクの線は新潟空港の近くを通過し、さらに前方へまっすぐ伸びている。

『よし』

燕木の声が続ける。

『続いて、フライトマネージメント・コンピュータの設定作業にかかろう。新潟空港への進入コースをセットし直すんだ』

「はい」

『ナビゲーション・ディスプレー上で、〈ＲＪＳＮ〉までの距離はおおむね、どのくらいだ』

「二〇〇マイルです」

『よし、時間的余裕はある。ゆっくり操作しても大丈夫だ』

ゆっくりでないと、多分出来ないけれど――

ひかるは思った。

（でも、着陸は急がなければ）

右席のアニタを、ちらと見る。

意識はある。だがＣＩＡ工作員の女はシートに斜めにもたれ、自分の胸をかばうように背を丸め、横顔は辛そうだ。

この真下――ファーストクラスの客室では、重傷の會田望海を床に寝かせたままだ。出血は、止まっているはずだが……。

『ＦＭＣのコントロール・ユニットが、ナビゲーション・ディスプレーの下側にあるはずだ』

燕木の指示が続く。

『見つけてくれ。小さな画面と、キーボードを組み合わせたパネルだ』

コントロール・ユニット……？

　これか。

「――あります」

　ひかるは、そのコントロール・ユニットをすぐに見つけた。

　正確には、ナビゲーション・ディスプレーと、中央計器パネルのエンジン計器画面の中間の下側――四本が束になったスラストレバーの前方の狭いスペースにはめ込まれている。

　そうか。

　あの男が、携帯でどこかから指示を受けながら、操作していた。

　フライト・マネージメント・コンピュータ（FMC）のコントロール・ユニットは、小さな画面とキーボードを備え、昔の電卓みたいだ。

『そのキーボードの中に、ＲＴＥというキーがある』燕木の声が指示する。『キーを押して、航路設定画面を開け』

「はい」

　ひかるは、言われた通りに〈ＲＴＥ〉と表示されたキーを押す。

　小さな画面に〈ＡＣＴ　ＲＴＥ１〉というタイトルのページが出る。

これが航路を設定する画面……？

巨大な機体なのに、設定画面は意外と小さい。

『そこに、今セットされているコースが出ている。画面の中のDESTという欄を見てくれ』

「DEST、ですか」

『画面の右上だ。ディスティネーション、目的地という意味だ。飛行場の四文字記号があるだろう』

「あります」

ひかるはうなずく。

「今、RJTTと表示されています」

『では二ページ目をめくってくれ。ページめくり用のキーが、下の方にある』

「はい」

『二ページ目の一行目に、何と表示されている？』

「──NEXUS、です」

FMCの設定画面は、何ページもで構成されているのか。

めくった二ページ目には、何行もの文字と数字の列。その一行目を読み上げたが──これは何だろう、航路上のポイント名だろうか。

ネクサス、という読みでいいのか……?

一行目ということは、この機は、今そこへ向かっている……?　ナビゲーション・ディスプレーのピンクの線の行き先が、そこなのか。

「この読みで、合っていますか」

『それでいい。次の二行目には、何と出ている』

「――ILS22、です」

『――――』

燕木の声が、短く絶句した。

『少し待っていてくれ。すぐにこの周波数へ戻る』

「?」

●東京　永田町

総理官邸地下　NSCオペレーション・ルーム

「そうです。武力攻撃事態です」

常念寺貴明は、携帯の向こうの国土交通大臣へ訴えた。

「自衛隊機に、被害が出ている。遠距離から一方的に攻撃され、このままでは次々にやられます。すぐに戦争というわけではないが――そうです」

わが国が、外敵からの武力攻撃を受けた場合。自衛権を発動してこれに対処するには、内閣総理大臣が自衛隊に対し〈防衛出動〉を命じなければならない。

〈防衛出動〉が、もし発令されないままだと、自衛隊はたとえ武装をしていても、隊員自身の生命が危ない場合の正当防衛の目的以外には武器が使用出来ない。わが国が憲法で『国際紛争を解決する手段として武力を永久に放棄』しているからだ（普通の国ならば当然に制定している軍隊の〈交戦規定〉も無い）。

〈防衛出動〉は、その必要が生じたならばその都度閣議で話し合って発令を決定し、国会の承認を得るのが手順だ。

しかし時間的余裕のない場合、電話などで緊急の『持ち回り閣議』を行ない、各閣僚から賛成を得たうえで総理大臣がこれを発令することは可能だ（国会の承認は事後に得る）。

何かを決める時にいちいち閣議をしなければならないのは、内閣が『合議制』だからだ。総理は大統領ではないから、一人で決められることは実は少ない。〈防衛出動〉のような重要な命令は、全閣僚の賛成を得てからでないと発出出来ない（アメリカでは六十日間に限り、大統領個人が単独で決断して軍隊を動かせる）。

「そうです、これ以上の被害を出さないためにもです。ご理解いただきたい」

常念寺は説き伏せた相手との通話を切ると、息をついた。

「────」

「総理」

横から、首席秘書官が別の携帯を差し出す。

「次は総務大臣です。繋がっています」

「うむ」

各閣僚に頼みごとを持ちかける時、つい腰が低くなってしまうのは、俺がまだ若いせいか……？

みんなが俺にぺこぺこするのは、組閣の時くらいだな──

そう思いながら、首席秘書官が差し出す携帯を受け取ろうとすると

「総理、いいですか」

NSC情報班長の門篤郎が、速足で歩み寄って来た。

先ほどから壁際の通信席で、Jウイング機のケアに当たっていたようだが──

「一件、お耳に入れます」

「どうした」

常念寺は秘書官に「ちょっと待ってくれ」と断ると、門に手振りで近寄るよう示した。

「Jウイング機の方は、どうだ」

一度に、緊急の事態が重なって起きるとは。

今日は、何という日だ。

俺が、この官邸地下にいる時に起きてくれたのが不幸中の幸いか。

大変なことが重なって起きても、少なくとも省庁間の連携が悪くて対処に遅れる、ということだけは無いだろう。

「総理、Jウイング四八便ですが」

門は近づいて来ると、いつものかすれた声で報告した。

「今、千歳の特輸隊先任機長から、報告がありました」

「特輸隊……？」

常念寺は見返す。

思わず、目をしばたたく。

Jウイング機は、今、どうなっていたか。

隠岐島上空でE767が撃墜され、さらなる被害を防ぐために各閣僚との連絡に忙殺されていたが。

「ちょっと待ってくれ。そっちは今、どうなっているんだ」

常念寺が訊くと。

ドーナツ型テーブルの横で携帯を耳につけていた危機管理監の障子有美も気づいて、歩み寄って来た(右手の携帯はそのままだ)。

「すみません。手短に説明しますが」

門は、ひょろりとした長身を猫背のようにして、総理席の常念寺と、歩み寄った障子有美を見た。

「Jウイング四八便とは、先ほど無線が通じました。それによると、機内で急病人の発生に続いてテロが起き、客室乗務員として乗務していたNSC要員の舞島ひかる二曹がこれを制圧しました。現在、操縦席には舞島二曹がいます」

「────」

「────」

「機は一応、安定して飛んでいる」

門は二人を交互に見て、ついでメインスクリーンへ目をやる。

横田のCCPのスクリーンと同じ映像が、リアルタイムで出ている。

能登半島沖の辺りが、ウインドーで四角く切り取られ、拡大されている。

スクリーンのずっと右の方に、ポツンと一つ、尖端をほぼ真下へ向けて南下している黄色い三角形がある。〈JW48〉という記号。いつの間にか日本海を半分以上渡って、佐渡島のやや北だ。

「現在、機は舞島二曹がコントロールしている。千歳の空自特輸隊の先任機長が無線で援助して、最寄りの新潟空港へ着陸させるよう、準備中です」

「ちょっと待て」

常念寺は訊き返す。

「安定して飛んでいる、と言うが。操縦しているのは舞島二曹なのか……？」

「そうです」

門はうなずく。

「総理も御存じの、あの子ですよ」

「――――」

門は交信内容を思い出しながら、説明した。

「舞島二曹からは」

「『機内の情況は前回の〈事件〉の時と同じ』と報告してきた。ということは。テロ犯が、前回の〈政府専用機乗っ取り事件〉の時と同じく、強力な催眠ガスを使用して機内のほぼ全員を眠らせてしまった。舞島二曹は難を逃れ、反撃して、テロ犯を制圧したのです」

「どんな犯人だったのだ」

「分かりません」

門は頭を振る。

「航空無線は誰にでも聞こえます。詳細な報告をさせると、〈敵〉にこちらの手の内をさらすことになる。奴らが、次にどんな手段に出て来るか、分からないですからね。搭乗していた槇大使の無事も、まだ確認できません」

「そうか」

常念寺はうなずいた。

槇大使か。

門がさっき電話越しに『餌はあなたです』とか口にした。

あの意味は、そういうことか。

パリからの便には、新しく日銀総裁に任命する槇六朗が搭乗していた。午後に官邸で面談を予定していた槇に天然痘を感染させようとしたのが、〈敵〉のやり口というわけか……。

もしも俺が感染してしまったら。事実上、国政の遂行(すいこう)は困難になる――

「その便には」常念寺は続けて訊いた。「槇大使を警護するSPも乗っていたはずだが」

「おそらく、舞島二曹とは協力して対処したとは思いますが」

門は、スクリーンをちらと振り向いた。

黄色い三角形シンボルは、話している間にも、少しずつ南下しているように見える。

「今、あそこの操縦席にいるのは舞島です。あの子には、曲がりなりにも経験がある。無線で指導を受けながら、ジャンボを着陸させることが出来るのは、あの女子工作員しかありません」

「SPは、犯人を拘束して、機内で尋問をしているところか」

「そうかもしれませんが。先ほどからW・i・F・iが全く通じない。機を着陸させてみないと、犯人の生死も含め、詳細は何も」

「分かった」

常念寺は、再度うなずいた。

「いずれにせよJウイング四八便は新潟空港へ着陸させよう。障子君」

「――はい」

障子有美は、手にしていた携帯をしまうところだ。

たった今も、横田のCCPから報告を受けていたのか。

「はい総理」

「ＣＣＰの方は、どうだ」

「アンノンの追尾を始めました」

切れ長の目の危機管理監も、スクリーンにちら、と視線をやる。

「あの通り、逃走しようとするアンノン二機を、後方から二機で追尾します。空自では今のところ、警察官職務執行法を準用すると言っています」

「警職法……？」

「そうです、総理」

障子有美はうなずく。

「アンノン二機は、凶悪テロ犯です。テロ犯の逃走を阻止し、最低限の武器使用で空中脱出させ、海面へ着水したところへ海保を急派、逮捕する」

「そんなことが」

「出来るか出来ないかは別です、総理」

「分かった」

障子有美の口にする離れ業のようなことが、もし実現すれば。

海面を漂流中のアンノンの搭乗員を、わが国で逮捕できれば、動かぬ証拠になる――

「分かった危機管理監。ＣＣＰの方は、とりあえずその線で進めてくれ。〈防衛出動〉は出来るだけ早く発令する」

「はい」

「同時に、新潟空港へ受け入れの準備だ。関係各省庁へ指示してくれ。着陸し次第、機体は隔離。機内の急病人・負傷者に対しては緊急医療班を機内へ派遣。すべての責任は私が取る」

「はい総理」

危機管理監がうなずくと、常念寺は首席秘書官へ身ぶりで『携帯を寄越せ』と促した。

だが
「総理、もう一つだけ」

門が口を挟んだ。

「もう一件だけ、報告があります」

「何だね」

「たった今、舞島二曹に無線で指導をしている特輸隊の機長が知らせてきたのです」

門はまたちら、とスクリーンを見る。

「二曹に制圧される前まで、おそらくコクピットを占拠していたテロ犯が、機のフライトマネージメント・コンピュータにセットしていた飛行コースがあるそうです」

「飛行コース……？」

「そうです」門はスクリーンを指す。「現在、まだ機はセットされた通りに飛んでいます。あの通り、日本海から新潟市上空、まっすぐに南下、北側から東京へ接近、都心上空を飛び越し、港区の湾岸地区上空から羽田空港のB滑走路へ進入する——そのようなコースです。テロ犯は、あの機を羽田空港へ着陸させようとしていた」

「——」

「それがテロ犯の、機を制圧した目的だったのです。羽田へ強行着陸し、警察が駆けつける前に、勝手に機体のドアを開け放てば——もしも内部に天然痘ウイルスが充満した状態であったら」

「空気感染か」

「ちょっと、想像は出来ません」

門は頭を振る。

「しかし、急病人の発生を受けてウラジオへ緊急着陸しようとした四八便を、無理やりに制圧して羽田へ向けたのです」

「——」

「舞島の活躍で、それが頓挫した。〈敵〉が次に、どんな挙動に出るか」

4

●東京　永田町
総理官邸地下　NSCオペレーション・ルーム

「分かった」

常念寺はうなずいた。

「Jウイング機を東京へ入れたら、大変なことになる。特輸隊の機長には、よろしく頼むと伝えてくれ。『無事に新潟へ降ろしてくれ』と」

情報班長の門へ念を押すと。

常念寺は、首席秘書官に『携帯をくれ』と手振りで示した。

あと何名の閣僚に、賛成を取りつければよかったか――

「門君」

秘書官から携帯を受け取りながら、常念寺は門と、障子有美を見回して言った。

「それに障子君、自衛隊の諸君もだ。私は君たちに、国の危機が迫るたびに法律の隙間をかいくぐらなければならないような、そういうことはさせたくない。そんな思いは私ももうごめんだ」

この騒ぎが済んだら。

常念寺はオペレーション・ルームのメインスクリーンへもちらと目をやって、受け取った携帯を耳につけた。

俺は、政治生命をかけて憲法を改正しよう。

何としてでも、やろう。

スクランブル機がばたばた犬死するような、そんなことがあってはならない。

凄まじい妨害を受けるかもしれない、だがそんなことは承知だ。受けて立つ。

ついでにスパイ防止法も成立させる。それらを成し遂げるまでは――

「総務大臣ですか。お待たせした、常念寺ですが」

だが、通話相手へ話しかけた時

ブーッ

ふいに常念寺の懐で、携帯が振動した。

ブーッ

何だ……?

「すみません、ちょっとよろしいか」

通話相手は待たせていたのだが、何か、その振動に嫌な感じがした。

情況が錯綜して、追い込まれている。いつもより勘が鋭くなっているのか……？

常念寺は携帯を耳から離すと、上着の内ポケットから振動する自分の携帯を取り出す。

画面は『非通知』だ。

「――――」

嫌な感じの原因は、これか。

どうする。

今は、一刻も早く〈防衛出動〉を発令しなくては。持ち回り閣議を済ませなくてはならないのだが……

（…………）

思わず、テーブルの周囲に立つ門、障子有美、秘書官そしてスタッフたちを見回した。

我々の相手にする〈敵〉――か。門は〈敵〉という表現を使った。

〈敵〉の手の内か。

「かけ直す、と言ってくれ」

常念寺は、通話しかけの携帯を首席秘書官へ返すと、ブーッ、と振動し続ける自分の携帯をテーブルに置いた。

画面の『非通知』の文字。

門と障子有美に目配せしてから、スピーカーを〈ON〉にした。

通話が繋がる。

「――私だが」


『常念寺くぅん』

途端にスピーカーに出たのは、嘗(な)め上げるような声。

妖(あや)しい、色気のようなイントネーションを持つ男の声だ。

『辞任はまだかね、常念寺くん』

「――」

「――」

門と障子有美が、目を見開いてテーブル上の携帯を見た。

驚いた様子だ。かけて来たのが誰なのか、すぐに分かっただろう。この声色(こわいろ)は特徴的だ。

「羽賀先生」

常念寺は、テーブルに置いた携帯に向けて言った。

「私は辞任などしない」

すると

くっくっく、と笑うような呼吸。

政界では『平成の妖怪』とも呼ばれているらしい。日中議連と日韓議連を束ねる、当選二十五回を数えるという、紀伊半島を地盤とする衆議院議員・羽賀精一郎。

『いいのかねぇ常念寺くん。そのようなことを言って』

●東京　横田基地

航空総隊司令部・中央指揮所（ＣＣＰ）

「奴らは、どこまで行くんだ」

工藤はスクリーンを仰いで、つぶやいた。

オレンジの三角形二つを、追いかけて拡大表示し続けるウインドー。

今は能登半島の北側の沖だ。速度が速い。

後方から緑の三角形二つが、追尾している。間合いは、まだ開いたままだ。

「何もない海の上だぞ……？」

「おそらく」

笹が横で言う。

「あれは半島へ帰る気が、もう無い。機体は捨てるつもりです。逃げるだけ逃げ、適当なところでベイルアウトし、機を海へ沈めてしまえば証拠は残らない」

「そうですね」

情報席から、明比もうなずく。

「搭乗員は海面へ着水して、北の工作漁船にでも拾われるんじゃないですか」

「――――」

工藤は、息をつく。

確かに、機体が沈んでしまえば国籍はばれない――

我々は、まだ奴らの機体をじかに目視確認していない。あの二機はオフィシャルには『国籍不明』のままだ。

わが国に対してテロ行為を働き、乗員は日本海の真ん中まで進出して、機体を捨てて脱出する。機体を沈めてしまえば正体が確認できない。今回の事件は『国籍不明機の仕業』のままだ。脱出した乗員が北の工作漁船に拾われる、という見方も否定する気にならない。最近の韓国政府のやり方を見ていれば……。

いや、最近だけではない。

工藤は歴史を思い出す。第二次大戦後、まだ自衛隊が発足する前の時期だ。韓国は竹島の領有権を一方的に主張し、島の周辺にいたわが国の漁船多数を拿捕して漁民四千人を抑留、その際に四十名以上を死傷させている。海上保安庁の巡視船十五隻を機関銃で銃撃し、隊員を死傷させている。こんなことをされて、昭和時代の政権がなぜおとなしく黙っていたのか。『日韓関係を損なってはならない』とか公言して、強硬な措置を何も取らなかった。工藤には昭和時代の――いや現在に至るまでの政治家たちの考えることが理解できない。

「しかし、今あんなことをやって、あの国の連中にどんな得が――」

そこへ

「先任」

明比が言う。

情報席の画面に、何かＰＤＦの文書を呼び出している。

「今回のケースには、やはり海保が近年実施した、〈不審船事件〉の対応が使えそうです」

「〈不審船事件〉か」

「はい」明比は画面の文書を指す。「二〇〇一年に発生した〈九州南西海域工作船事件〉です。この経過報告書では、覚せい剤密輸が疑われる不審船に対し、海保の巡視船が停船命令を出しましたが従わない。やむを得ず、警察官職務執行法を適用し、船体に射撃して停船させました。海上保安官が乗り移る前に、当該船は自沈したわけですが」

「船体射撃、か」

「テロ機が投降を命じても従わないなら、機体へ射撃するのもやむを得ないでしょう」

「分かった」


工藤はうなずいた。

「ドラゴリー編隊へは、俺が要領を直接、説明しよう。北西セクター」

「は」

「編隊長を呼び出せ」

「はい」


くそっ。

工藤はヘッドセットのブームマイクを調整しながら、唇を噛む。

〈防衛出動〉が発令されていれば――

こんな、面倒くさいことを考えずに済むのだ。

ホットラインの受話器をちらと見た。

障子さんは、総理へ働きかけてくれているのか……？

●東京・永田町
総理官邸地下　NSCオペレーション・ルーム

『常念寺くん』

嘗め上げるような感じの声は、スピーカーフォンの向こうで続けた。

『今、君は〈防衛出動〉なんかを発令しようとして、じたばたしているらしいねぇ。やめたまえ、そんなことは』

「――――」

「――――」

常念寺と、ドーナツ型テーブルの横に立つ門と障子有美、そして秘書官をはじめスタッフの全員が机上の携帯に注目している。

声が続く。

『それよりも、すぐに総理を辞任し、内閣も総辞職したまえ。そうしないと、大変なことになるよぉ』

「大変なこととは、何ですか」

常念寺は訊き返す。

「辞めないと、何が起きるんだ」

『たくさん国民が死ぬと言うことだよ』くく、と通話相手は喉を鳴らす。『君のせいでね。常念寺くん』

「私を辞めさせて、どうするつもりだ」

『決まっている、世界の枠組みを正しい形に戻すのだよ』

「――――?」

何を言っているんだ。

正しい形……?

今、そう言ったのか。

どういうことだ?

『君の前の首席秘書官が』

声は続ける。

『君に、教えなかったかね。この国は、もともと中華帝国の一部だ。それが今、アメリカの属国になっている。歪（ゆが）んだ世界に住んでいることに気づかないのかね』

「――――」

「――――」

『これまで日本は、国民に捏造した歴史を教えてきた。聖徳太子とかいう男を英雄のように祭り上げ「この国は中国とは違うんだ」と、国民に思い込ませた。アメリカの側に居させるために、妙なプライドを持たせた。「日本と中国は違うんだ」というファンタジーを歴史の教科書を使って国民へ刷り込んできたのだよ』

声の主はさらに続ける。

『常念寺くん。だが本当は我々は、もともと「中国人」なのだ。中国人とは漢民族を指すのではない。文化的定義からいっても、古来から漢字を使って交易する我々は中国人以外の何者でもない。いや、我々ほど立派な中国人はこの世にない。この真実に気づき、さっさと元の鞘に収まるべき時が来ているのだ。これからはアメリカの属国をやめ、中国の一部として、中国共産党の中で偉くなることを目指すのだ。日本のエリートは、しょうもない民主主義のせいで皆な冷遇されている。東大を出ても、一生かかって都内に家を一軒がやっとだ。ばかばかしくないかね。おかしいとは思わんかね。

それよりも中華人民共和国と一体化すれば、二十年後は無理かもしれないが、五十年後には我々の中から国家主席が出るよ。世界の半分を支配できるのだよ。それが本当ではないのかね。我々の目指すべき未来ではないのかね』

「それで」

常念寺は唇を嘗め、言い返した。

「あなたに逆らう人間を、何千万人も収容所へぶち込むのか。多くの人民を奴隷のように働かせ、その上で共産党幹部だけが、王侯貴族のように暮らすのか」

『くっくっく』

スピーカーフォンの向こうで、通話相手は喉を鳴らす。

「――」

「――」

オペレーション・ルームの全員が、息を呑むようにして机上の携帯に注目した。

『常念寺くん、君にできることは、今すぐに地上へ上がり、マスコミの記者たちの前で「辞任する」と一言、言うだけだ。そうすれば、この国は正しい道へ進む。今後は自由資本党に代わって日中議連と日韓議連がこの国の与党となり、支配――』

プツッ
常念寺が机上の携帯を〈ＯＦＦ〉にしたので、声は途切れた。

「すまん、みんな」

常念寺は地下空間を見回し、スタッフたちに告げた。

「時間を無駄にした。緊急閣議を続ける。携帯をくれ」

「は、はい」

首席秘書官が、自分の携帯を差し出す。

「総務大臣は、切らずにお待ちです」

「すまん」

常念寺は携帯を受け取り、耳につけた。


大変なことが起きる……？

〈敵〉が何をするのか分からないが。

一刻も早く、〈防衛出動〉を発令してしまわなければ。

「総務大臣、大変お待たせしました」

常念寺は、総務省で執務中だという総務大臣へ、詫びを言った。

「実は今、緊急に持ち回り閣議を――もしもし？　聞こえていますか」


何だ。

常念寺は携帯を耳から離すと、画面を見た。

妙な違和感。

通話相手の声がしない。

いや、何の音も聞こえない——？

「総理、いかがされました」

首席秘書官が、怪訝そうな表情になる。

「まさか携帯が？」

そこへ

「総理、おかしいです」

壁際の通信席から、湯川が振り返って告げた。

「通信回線がおかしい。オペレーション・ルームと外部との回線が」

「何」

門篤郎が反応して、壁際へ駆け寄る。

その頭上で、メインスクリーンが急に真っ黒になり、何も映らなくなった。

「総理」

障子有美が、自分の携帯を耳につけながら言う。

「私の携帯も駄目です」

●日本海上空

Ｊウイング四八便　コクピット

『待たせたな』

燕木の声が、無線に戻ってきた。

どこかと、打ち合わせでもしていたのか――？

７４７は水平飛行を続けている。操縦席から見渡す視界は、まだ水平線だけだ。

しかしナビゲーション・ディスプレーでは、特徴ある佐渡島のシルエットが刻々と、右前方から近づいて来る。

『今から、羽田へ向かうコースを上書きし、新潟空港への進入方式をセットする』

「――はい」

ひかるはうなずき、ＦＭＣのコントロール・ユニットへ手を伸ばした。

〈ＡＣＴ　ＲＴＥ１〉とタイトルの出ているページ。小さな画面右上の目的地表示は、ＲＪＴＴとなっている。この四文字略号は東京――羽田空港だ。

あのＳＰの男が、どこかから指示されてセットしたのは、羽田へ直行するコースだ。羽田へ向かうことを強く求めていた男は、この機がウラジオへ目的地を変更すると知るや、強硬手段に出た。何としてでも、この機を羽田へ向かわせようと――

「画面は、ＲＴＥのページが出たままです」

『よし。では目的地の設定を』

プツッ

ふいに、音声が途切れた。

(――――?)

何だろう。

ひかるはヘッドセットのイヤフォンを耳に当て直した。

どうしたのだ。

燕木三佐の声が途切れた。

急いで、ヘッドセットのワイヤージャックのささり具合を確認し、無線のコントロールパネルで音量も確認した。

しかし、何も聞こえて来ない。

(まさか)

故障……?

●日本海上空
F15 白矢機コクピット

（――何だって……!?）

白矢は、無線に聞こえる声に、眉をひそめた。

今、ＣＣＰは何と言った……？

『繰り返す』

無線の声は、繰り返して指示した。

『ドラゴリー編隊は、これよりアンノン二機を引き続き追尾、二機が減速したならば後ろ下方より接近し、投降するように音声で命令せよ』

『投降を命令、ですか』

一番機――白矢の視界の左前方に浮いて見えるF15から、乾一尉の声が訊き返す。

東北東へ向け、アンノン二機の追尾に入り、何分経ったか……。すでに高度は二五〇〇〇フィートまで上昇、再びアフターバーナーに点火して、現在の速度はマッハ一・四だ。

ＶＳＤ画面を見やると、表示範囲を『半径一六〇マイル』にした前方、五〇マイルほど先に二つのオレンジの菱形がある。間合いは詰まらないから、向こうもまだ超音速だ。

この韓国戦闘機二機は。

もう半島へは、帰れないだろう——

白矢は思った。

Ｆ15といえども、音速を超えて飛行するにはエンジンのアフターバーナーを炊き続けなくてはならない。こいつらは空自の防空レーダー網へ姿を現わしてから、いったいどれだけの時間、アフターバーナーを使ったのか……？　Ｆ15Ｋならば、搭載可能燃料は空自のＦ15Ｊよりも多い（巡航ならば六時間は飛べると聞いている）。しかし音速以上を出せば、燃料を一分間あたりおよそ一〇〇〇ポンドも消費するのだ。

おそらく、今後バーナーを切り、速度をおとしても——巡航で一時間くらい飛ぶのがやっとではないのか。

『そうだ。音声で投降を促せ』

ＣＰの声は、先ほどまで飛行方向の指示などを出してきた若い管制官とは違う。みずからを『先任指令官だ』と名乗った。

これより〈対領空侵犯措置〉ではなく、警察官職務執行法に基づき行動する。

そのように宣言してから、声は命じてきた。

警察官職務執行法……？

名称だけは、聞いたことはあるが。それよりも〈防衛出動〉は発令されないのか。わが国はたった今、武力で攻撃されたのではないのか？

眉をひそめる白矢のイヤフォンに、声は続ける。

『後ろ下方から近距離まで接近し、ベイルアウトするように音声で命じろ。ただちに機を捨てて脱出、着水するように命じ、従わない場合には機体に銃撃するなどして飛行継続不可能とし、搭乗員を脱出させる。当該海面へ海保巡視船とヘリを急行させ、テロ犯である搭乗員を逮捕する』

「――――」

い、逮捕……？

『確認したい』

だが乾一尉の声は、呼吸も乱さずに問い返した。

『後方から音声で警告したうえ、従わない場合に武器使用か』

『その通りだ』

先任指令官の声はうなずく。

『不意打ちは駄目だ、必ず警告し、従わないことを確認したうえで撃て』

『了解した』

「了解した――って」

思わず、白矢は酸素マスクの中でつぶやいていた。

左前方、一〇〇〇フィートの間隔をあけて浮いている一番機（再び超音速の指示が出たので、衝撃波を避けるため隊形をまた少し開いた）。キャノピーの中の様子は、直接には見えないが……。

今の指示は、無茶ではないのか。

この態勢なら、確かに、向こうに気づかれずに忍び寄れる——忍び寄って、相手の死角から不意打ちを食らわせれば、機体に当てて脱出させるという行為は可能だろう。しかしわざわざ、撃つ前に教えてやる……？

それでもこの方が、自分が撃たれるまでは何も出来ない〈対領空侵犯措置〉よりも、ましなのか……？

編隊長の乾一尉と、話したい。

しかし指揮周波数で勝手な会話は——

『白矢』

「——はい」

『幹部は驚くな』

「———」

白矢は、目をしばたたく。

今、乾一尉は何と言ったんだ……？

ピッ

戸惑う白矢の視野で、何か変化があった。

計器パネルだ。

VSD画面だ。前方に浮いている二つのオレンジの菱形が、横へ——右へ動く。

（飛行方向が、変わった……？）

目で追う。データリンクで送られて来る、二機のアンノンの動き。

そうだ。

この後、音声警告をするのなら国際緊急周波数だ。

先ほど、CCPが『今後の行動を説明する』というから、確実に聞くため、二つある無線のチャンネルの片方は一時的に音量を絞った。

白矢は左手を伸ばし、#2のチャンネルの音量を上げる。

途端に

『——聞こえますか』

別の声が、イヤフォンに流れ込んだ。

『特輸隊先任機長、聞こえますか』

女の子の声だ。

それに被さるように
『ＣＣＰ、ドラゴリー・リーダー』
乾一尉の声が、横田の中央指揮所を呼ぶ。
『アンノンがヘディングを右へ振った。これより、編隊長裁量で行動したい』
『了解した、ドラゴリー・リーダー』
先任指令官の声が応える。
『これより編隊長裁量で追尾、警察官職務執行法に基づき行動せよ』

●東京　横田基地
航空総隊司令部・中央指揮所（ＣＣＰ）

「頼むぞ」

無線の通話を終えてから、工藤はスクリーンを見上げてつぶやいた。

テロ犯を、逃がすな。

拡大ウインドーの中、オレンジの三角形二つは尖端を右へ——北東から真東へと廻していく。さらに廻る。

針路を、また変える……？

オレンジ二つは、尖端を南東へ向ける。同時に、追尾している緑の三角形二つ――ドラゴリー編隊も尖端を廻し、ほぼ真東へ向く。自然に間合いが詰まる恰好だ。

「捕り物が、始まるぞ」

「先任」

横で、笹が言う。

「日本海のあの辺りには、確かシベリアから本州へ抜ける航空路がありましたね」

「そうだな」

工藤はうなずく。

「北西セクター、航空路に民間機はあるか」

「は。シベリアからの航空路Y三〇一ですが、幸い、今のところ――あっ」

「どうした」

「すみません」

最前列の管制官は、慌てた様子で管制卓で何か操作する。

頭上のスクリーンで、四角く浮いていた拡大ウインドーが消える。

ざわっ

地下空間全体が、一瞬、ざわついた。

アンノンと、追尾する編隊の位置関係を見やすくするため、スクリーン上にウインドーを開いて拡大していたのだが。アンノンと共に移動する四角いウインドーが消えると、スクリーンは日本海全体を俯瞰する画に戻る。

佐渡島のやや北に、ポツンと一つ、黄色い三角形が現われた（いつの間にか、ウインドーの下に隠れていたのか）。〈JW48〉という記号。

「すみません、ウインドーに隠れていました。航空路からは外れたところにいます。例の音信不通の民間機です」

「何」

工藤は、目を見開く。

5

●日本海上空
F15 白矢機コクピット

（――？）

何だろう。

白矢は眉をひそめた。

HUDの向こうでは視界が傾き、左向きに流れている。

バンク二〇度。一番機に続き、右へ旋回――VSD画面上のオレンジの菱形二つの動きに合わせ、緩い旋回で追尾している。

自機を中心に、半径一六〇マイル以内の地形や、防空レーダー網に捉えられているすべての飛行物体を表示するVSD画面。

機が旋回するにつれ、表示される世界も少しずつ廻る――今、画面の右端から黄色い菱形が一つ、ふいに現われた。オレンジの菱形の進む先の洋上にいる（佐渡島の少し北だ）。

黄色い菱形――？

これは何だろう。

無害な通常の民間機であれば、菱形は白だ。黄色は、CCPが『注意すべき航空機』として、何らかの理由で色を付けて監視している証拠だ。菱形の横には〈JW48〉という記号。飛行諸元は高度『二〇〇』、速度『五〇〇』。

オレンジの菱形二つが、VSD画面上で正面へ来るところで、左前方に見えている一番機の後ろ姿がバンクを戻す。

白矢も遅れず、オレンジ二つを画面上で自機シンボルの正面に置くように、右手の操縦桿を戻して機を水平にする。

世界の流れが止まる。

（しかし）

この黄色は何だ……？

オレンジ二つ——アンノン二機は針路を変え、南東へ向いたので間合いは詰まり、画面上で前方四〇マイルの位置にいる。

白矢の目を引いたのは、自機と、オレンジの二つ、そして黄色い菱形が一直線上に並んでしまったことだ。

オレンジと黄色の間隔は、見る間に詰まっていく。

〈JW48〉と表示された黄色い菱形。それはオレンジ二つのおよそ三五マイル前方。針路はほぼ真南だ。オレンジは、斜め後ろから黄色い菱形へ接近していく。じりっ、じりとオレンジは針路をわずかずつ右へ振り、南へ向かう黄色い菱形をまるで狙いすますようだ

——

接近していくぞ……？

●東京　横田基地

航空総隊司令部・中央指揮所（ＣＣＰ）

「先任」

最前列から、担当管制官が振り向いて声を上げた。

「大変です。アンノン二機は民間機へピュア・パーシュートの態勢です」

「――!?」

工藤は、スクリーンを見上げて息を呑んだ。

これは。

担当管制官の言うとおりか――

日本海全体が視野に入る画面上で、佐渡島のやや北にいる黄色い三角形〈ＪＷ48〉。

オレンジの〈ＢＧ01〉と〈ＢＧ02〉は、斜め後方から黄色い〈ＪＷ48〉へ急速に接近――間合いを詰めていく（戦闘機が標的に対して最短時間で近づく機動をピュア・パーシュートと呼ぶ）。

「あの民間機を、まさか襲撃……？」

「そうです」

担当管制官はうなずく。

「軌道を解析しました。やはりピュア・パーシュートです。斜め後方から食いつきます。相対接近速度三〇〇ノット」

●日本海上空
　F15　白矢機コクピット

「こいつは」

　白矢は、酸素マスクの中で思わずつぶやいた。

「まさか」

　VSD画面上の動き。

　オレンジ二つが、黄色い〈JW48〉に対して接近する軌道は。自分の感じでは、空戦訓練で標的となる敵機をレーダーに捉え、中距離ミサイルでロックオンして、HUD上でステアリング・ドットをASEサークルに入れ続けるように操縦すると、こうなる。

　まずいぞ、間もなくオレンジは、黄色の斜め後方三〇マイル――

『――特輸隊先任機長』

　白矢の耳に、また声が入る。

　国際緊急周波数だ。

『こちらはＪウイング四八便。Ｊウイング・フォーティエイトです。聞こえますか』

Ｊウイング・フォーティエイト……？

白矢は目をしばたたく。

（それって）

●東京　横田基地

航空総隊司令部・中央指揮所（ＣＣＰ）

「先任」

情報席から明比が言った。

いつの間にか、直通電話の受話器を手にしている。

「今、東京コントロールに照会しました。あの黄色――音信不通だった民間機はＪウイング四八便。パリ発羽田行きの定期便です。先ほど通信は回復しましたが、機内でテロが起きており、テロ犯は制圧されましたが、現在コクピットにはＣＡが座っているそうです」

「な、何」

いきなり、とんでもないことを言う。

工藤は目をしばたたいた。

「どういうことだ。わけが分からん」

「私にも、よく分かりません」

「それでは」工藤はスクリーンを仰ぐ。「あの民間機は」

「これから、千歳の特輸隊が無線で指示をして、CAにオートパイロットを操作させ、新潟空港へ緊急着陸させるそうです」

そこへ
「先任」

最前列から、担当管制官が振り向いた。

「Jウイング四八便と思われる音声が、聞こえます。国際緊急周波数です」

「スピーカーに出せ」

『こちらはJウイング・フォーティエイト』

地下空間の天井から、声が降った。

『特輸隊先任、聞こえますか。応答してください。目的地の設定のやり方を』

「――」

「――」

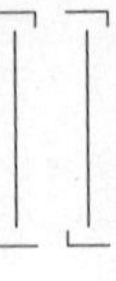

全員が、思わず天井と、スクリーンを仰ぐ。

「先任」

笹がスクリーンを指す。

「アンノンが速い。間もなく、間合いが三〇マイルに詰まります」

「う」

これは。

ついさっき、隠岐島上空でE767がやられたばかりだ――

「何人乗っているんだ、あれに」

「はっきりしませんが」

明比が言う。

「もしも満席ならば、三百人以上」

●日本海上空

F15　白矢機コクピット

『目的地をRJSNに上書きすればよいのですか』

女子の声が、白矢のイヤフォンに響く。

『応答してください。こちらはＪウイング・フォーティエイト』

この声は。

Ｊウイング・フォーティエイトというのは、この画面上の〈ＪＷ48〉か……？

なぜ女の子なんだ。

いや、最近はパイロットに女子も珍しくない、しかしパイロットのしゃべり方じゃない。

民間機だとすると、何が起きているんだ。

ターゲットが黄色になっているのは……？

（そうか）

白矢はハッ、とする。

この〈ＪＷ48〉――Ｊウイング機は、ひょっとして俺たちが会合してエスコートする予定だった『音信不通の民間機』か……!?

白矢は目を上げ、一〇〇〇フィート左前方の一番機を見やる。

あそこの乾一尉にも、この声は聞こえているはず。ＶＳＤで見られる情況も――

（どうするんだ）

またVSDを見る。

二つのオレンジの菱形は、超音速を保っている。

自分たちとオレンジ二つの間合いは四〇マイルのままだ。

しかし二機のアンノンは、黄色い〈JW48〉へみるみる近づいていく。

「まずい」

間もなく三〇マイルを切る。

『白矢』

イヤフォンに声が入り、白矢は目を上げる。

乾一尉だ。

『白矢、俺のシックスへ入れ』

「――――？」

え……？

何と言われた。

『聞こえなかったか』

一尉は繰り返した。

『俺の真後ろへ入れ』

「は、はい」

●東京　横田基地

航空総隊司令部・中央指揮所（ＣＣＰ）

まずいぞ。

工藤は、スクリーンを仰いだまま息を呑む。

オレンジ二つの後方からは、緑の三角形二つ――ドラゴリー編隊が追尾中だが。間合いは、さっきから詰まっていない。四〇マイル空いたままだ。

アンノン二機は、いずれアフターバーナーを切る。そうしたら後ろ下方から近づく段取りだった。

（これでは、手の出しようが――）

●日本海上空

Ｆ15　白矢機コクピット

真後ろへ入れ……？

どういうことだ。

だが、訊き返している暇は無い。

左前方一〇〇フィート（約三〇メートル）に浮いて見えている一番機。乾一尉は『自分の機の真後ろのポジションにつけ』と言う。

「くっ」

白矢は操縦桿を少し左へやり、右足で右ラダーをほんのわずかに当てて、機を左へ横移動させた。

左前方にいたF15の後ろ姿が、白矢の正面へ――一番機の曳いている衝撃波のコーンを横向きに突き抜ける瞬間、ガガッと跳ねるように揺れる。

操縦桿を握り、こらえる。衝撃波のコーンに完全に入る。今度はジェット排気で小刻みに揺れる――紅い火焔をちらちら瞬かせる一番機の双発ノズルが、白矢の眉間の真ん前に。

完全に、真後ろだ。一番機のテールノズルの三〇〇メートル後ろ。

とりあえず、言われた通りだ。

（乾一尉は）

俺のポジションを、ミラーで確認したいだろう――

そう思い、白矢は操縦桿を今度はごくわずかに引きつけ、機を数メートル浮かせ、一番機のキャノピーのフレームに取りつけられたバックミラーの視野に入ろうとする。

しかし

『余計なことするな』

ぴしゃり、と言われる。

『頭を引っ込めていろ。レーダーも使うな』

「――は、はい」

ピッ

VSD画面に、変化が現われた。

白矢の機のすぐ前方――ほとんどくっついて浮かんでいる緑の菱形の横に〈MRM〉の表示。

(――えっ⁉)

目を見開く。

俺には『レーダーを使うな』と言っておいて……？

MRM――中距離ミサイルモードでレーダーを使った？

「班長は、何のつもり――」

思わず、つぶやくと。

ピピッ

次の瞬間。

ＶＳＤ画面の前方、四〇マイルの位置にいる二つのオレンジの菱形が明滅し、紅い縁取りで囲まれた。

●東京　横田基地

航空総隊司令部・中央指揮所（ＣＣＰ）

「ドラゴリー・ワンが、アンノン二機をレーダーでロックオン」

担当管制官が声を上げげた。

「中距離ミサイルモードです」

ざわっ、とまた地下空間がざわめいた。

「何だと⁉」

工藤は目を見開く。

ドラゴリー編隊が、アンノンを射撃管制レーダーでロックオンした……?

確かにスクリーン上で、緑の三角形〈DR01〉の横に『MRM』の表示が現われ、二度明滅した。

ほとんど同時に、間合いを空けて前方を行くオレンジの三角形が二つとも、紅い縁取りで囲われる。データリンク・システムを介して、上空の要撃機の火器管制システムがどのように働いているか、リアルタイムで表示される。

しかし

「中距離ミ、い、い、いサイルモードだと……?」

「先任」

横から、笹が言う。

「どういうことです。ドラゴリー編隊は中距離ミサイルを持っていません」

「――――」

まさか。

「ハッタリです」

情報席の明比が、工藤の頭に浮かんだことを代弁した。

「ドラゴリー・ワンはハッタリをかました」

「――」

「――」

　息を呑む全員の頭上で、二つのオレンジ――紅い縁取りで囲われた二機のアンノンが動きを見せた。その場で回転するかのように、尖端を左右へ開くように回し始める。速い動きだ。運動Ｇが表示される。四Ｇ――五Ｇ。ドラゴリー・ワンがパルス・ドップラーレーダーでロックオンしたので、標的の運動が精密に測定され、データリンク経由で表示される。Ｇがさらに増える。五・五Ｇ。

「見てください、あの通り、左右へ急旋回を始めた」

　明比がスクリーンを指す。

「こちらが中距離ミサイルを持っていなくても、射撃管制レーダーでロックオンすれば、向こうのコクピットではロックオン警報が鳴り響く。死にたくなければ回避機動するしかありません」

「だが、距離が遠いぞ」

　笹が指摘する。

「中距離ミサイルでも射程外だとばれれば――」

「完全に向き直るまで、向こうには距離は分かりませんよ」

明比はスクリーンから目を離さずに言う。

「地上の防空レーダーの支援がないから、奴らには自分たちの背後の情況は分からない。機上のＴＥＷＳでは、射撃管制レーダーの電波の来る方向しか表示されない。ああしてＪウイング機から、引きはがしてしまえれば」

「しかし、また中距離ミサイル戦になったら」

●日本海上空
Ｆ15　白矢機コクピット

ピッ

ＶＳＤ画面上で、左右に分かれたオレンジの菱形が急速に向きを変える――運動Ｇの値が表示される。六Ｇ。

アンノン二機は、急旋回でこちらへ向きを変える。〈ＪＷ48〉の黄色い菱形へ追いすがろうとしていた態勢から、それぞれ左旋回と右旋回でブレークし、自分たちをロックオンして来た背後の〈敵〉の存在を確かめようとするかのようだ――

（――――）

白矢は、画面上のオレンジ二つの動きに、眉をひそめる。

こちらを向く……？

奴ら、ビーム機動はしないぞ……。

レーダー誘導のミサイルに狙われた時、もしも〈敵〉から発射されたら、ただちに照準レーダーの発振源に対して直角となるように飛行方向を曲げ、パルス・ドップラーレーダーの捕捉能力を減じるようにして回避する。それが空戦のセオリーだ（国による違いはない）。

しかしオレンジの菱形〈BG01〉、〈BG02〉とも、こちらから見て直角には飛ばない。

左と右に分かれて急旋回し、そのまま一八〇度、向きを変える。こちらへ向かってくる

――高Gで旋回したので速度はおち、表示はそれぞれ亜音速の『五〇〇』だが……。

（こいつら）

奴らは、乾一尉から中距離ミサイルモードでロックオンされたので、とりあえずJウイング機へ接近するのをやめたが。

航空自衛隊は簡単に撃てないと思って、嘗めているのか。

確かに、日本国憲法と自衛隊法のせいで、俺たちは簡単には撃てない。

〈対領空侵犯措置〉では、正当防衛でしか武器を使用できない。正当防衛は、自分自身が撃たれて生命が危ない場合のやむを得ぬ反撃を指す。ここで注意すべきなのは、僚機(りょうき)や味

方機がやられたからといって、まだ撃たれていない自分が、僚機を撃った相手を攻撃することは出来ない。あくまで自分自身が撃たれるまで待たなければならないのだ。

今回、CCPは『警察官職務執行法を使う』と言った。これならば正当防衛でなくても、凶悪犯の行動を止めるために武器は使える。しかしこの場合も、相手にまず音声で投降を命令し、相手が従わない場合に限り撃てる、という。

ピピッ

計器パネルの右側、J／TEWSの円型スコープで、ほぼ正面に二つの赤い光点。

向こうからも射撃管制レーダーを照射された。

ロックオンされたか――!?

（いや）

目をしばたたく。

FCSレーダーの電波は来ている。しかしTEWSはロックオン警報を鳴らさない。

俺だけ、ロックオンされていない……？

「乾一尉」

思わず、酸素マスクの中でつぶやく。

すぐ前方に一番機がいる。

一番機は、ロックオンされているはずだ。これだけの電波が来ているのだ。しかし俺の機は、一尉の機の陰に隠れているから——

乾一尉は、針路を変えない。正面から、二機のアンノンが迫って来る。こちらは八〇〇ノット。相対速度は一三〇〇ノットを超す。画面上をみるみる迫る——前方二五マイル。二〇マイル——

白矢は肩を上下させた。

酸素マスクのレギュレータがシュッ、シュと肩を上下させる度に鳴る。呼吸が速くなり、自分でもうるさい。

（班長は）

班長は何をする気なんだ……？

目を上げる。

眉間のすぐ先に、一番機の双発ノズルがある。紅い火焔が瞬く——依然として超音速で直進している。

『マスター・アーム』

ヘルメットのイヤフォンに声。

短い指示。

乾一尉からマスター・アームを〈ON〉――『兵装を使えるようにせよ』という指示だ。

俺も〈ON〉にするのか……？

当然、そうだ。

「ツー」

白矢は短く無線に応え、左手を左側計器パネルへ伸ばし〈MASTER　ARM〉と表示されたトグルスイッチを押し上げ、〈SAFE〉から〈ARM〉位置へ入れた。

素早く手を、スロットルレバーへ戻す。

目の前のHUDの右下に『ARM』という橙色の文字が浮かび、二度明滅する。

これで武装が使える。

『白矢』

「は、はい」

●東京　横田基地

航空総隊司令部・中央指揮所（CCP）

「ボギー・ゼロワンとゼロツー、ミサイルを発射！」

最前列で担当管制官が声を上げる。

「いま同時に発射されましたっ」

二発来る……⁉

「――」

「――」

工藤と、指揮所にいる全員が同時に息を呑んだ。

スクリーン上。オレンジの三角形〈ＢＧ01〉と〈ＢＧ02〉は、今や揃って尖端を左へ――緑の三角形〈ＤＲ01〉と〈ＤＧ02〉へ突き刺すように向け、その尖端から小さな光点をリリースした。二つ。

「距離一五マイル！」

管制官が叫ぶ。

アンノン――いや韓国のＦ15Ｋ二機が、またアムラームを……⁉

声もなく、指揮所の地下空間の全員がスクリーンを仰いでのけぞる。

まずい。

工藤は目を剝いた。

さっきと、同じだ。

●日本海上空
F15白矢機コクピット

『白矢』

目の前の一番機から、乾一尉の声。

呼吸はやや速い。

『いいか白矢』

ピピッ
乾一尉の声に重なって、VSD画面上では前方に小さな光点が現われ、急速に近づく。

一番機のレーダーが捉える飛行物体が、データリンク経由で白矢のコクピットの画面に表示されているのだ。白矢は、自機のレーダーは働かせていない。

こいつは。

光点が近づく。二つ来る、速い。一三マイル、一一マイル――

「はい!?」

白矢はＶＳＤから目が離せず、訊き返す。

「はい？」

『Ｊウイング機は民間機だ。国民が、何百人も乗っている』

「――――」

班長は、何を言っているんだ。

中距離ミサイルが来ている。

回避方向の指示は……!?

『いいか』

だが乾一尉の声はイヤフォンの中で告げた。

『お前は幹部だ。自分で判断し、国民を護れ』

「――班長？」

前方七マイル。五マイル――ミサイルの後方からはオレンジの菱形が二つ。まっすぐ接近してくる。ミサイルを追い立てるように来る。ＴＥＷＳの反応は強い、おそらく中間誘導をされている。どうやって避けるんだ、これでは避けようが――

三マイル。

『頼むぞ』

「は」

班長……⁉

ハッ、として目を上げる。

同時に前方の空間の奥から、今までに見たこともない、明るい橙色の火焔の輪のような物が二つ現われると一番機のシルエットを瞬時に呑み込んだ。

火球。

6

●東京　永田町

国会議事堂　正門前

同時刻。

「常念寺やめろ」

「常念寺やめろっ」

広い空間に声が響く。

両側で六車線ある道路が、人の群れに占拠されている。

左右に揺れ動く壁のようになった若者たちの群れが、シュプレヒコールを上げ続けている。

ざっと目で数えて、百人ばかりのラフな服装の青年たちが横一列に並び、議事堂の正門を背にして、身体を左右に揺らしている。

彼らが手に手に支え持つ横断幕には『平和憲法を護れ』『常念寺やめろ』。

左右に揺れる若者たちの向こうには、青黒い出動服の機動隊員が隙間なく立ち並び、正門の柵を固めている。

国会議事堂――一九三六年に建ったという石造り建築は、正門の柵のさらに一〇〇メートル以上も奥にそびえていて、手前の六車線道路の並木の陰から見通すと、ちょうど東京ディズニーランドの正面ゲートの辺りからワールドバザールと広場を通してシンデレラ城を眺めているような感じだ。

（――くそ）

新免治郎は、歩道の並木の陰からデモの様子を注意深く眺めていた。

五十万人だと……？

嘘をつけ。

唇を嚙む。

（五千人どころか）

下手をすると、五百人もいないぞ？


新免は、数時間前にここへ来た。

お台場で拾ったタクシーを、念のため、桜田門の手前の路上で降りた。目立たぬよう、離れた場所から徒歩で議事堂前通りへ近づいた。

大八洲ＴＶの局舎を脱出した時の服装――作業用ジャンパーに黄色いヘルメットはそのまま身につけていた。ネクタイは外した。

どこか近くの官庁へ向かう、工事業者に見えなくもないだろう。

その判断は正解だった。

議事堂前通りの入口まで来ると、遠くのデモ隊の様子を面白半分にか「なんだ、あんまりいないじゃないか」と言ってスマートフォンで撮影するサラリーマン風の男性がいたが。

すぐに活動家風の男たち数人が駆けてきて取り囲むと、「何をするんだ」と抵抗する男性を引きずるようにして、どこかへ拉致していった。

奴らは、遊びでやっているのではない。

通行人をはじめ、見ている人たちを警戒している。

本気で、フェイクニュースをここから全国へ流している――

引きずられていく男性が抵抗し、暴れたので、活動家の一人の腕から赤い腕章がもぎ取られておちた。新免は、すかさず歩道から腕章（赤地に白抜きで『組合』とある）を拾うと自分の腕に巻き、何食わぬ顔で議事堂前通りへ歩み入った。

それが数時間前。


遠くそびえる石造りの議事堂を背景に、議事堂正門前の往復六車線の道路は、今やデモ隊の占拠する広場のようになってしまっている。

左手の憲政記念公園の柵を背に、様々なのぼりを立てたテントが立ち並び、路上には大型のバンやマイクロバスが縦列駐車している。さらに目を引くのは地上波TV各社の中継車だ。まるでデモ隊の仲間であるかのように、労働組合や政治団体の車に交じって停まっている。衛星中継用のパラボラを快晴の空に向け、エンジンをかけっぱなしで空調の唸りを路上に撒き散らしている。

大八洲TVの中継車までいる……。

新免は物陰に隠れ、注意深くデモの様子を観察し続けた。時折、スマートフォンを取り出して、民放のストリーミング放送をチェックしてみた。

大八洲TVのサイトでは、変わらずにあの女――白スーツにカールした髪の昭和時代の女優みたいな元国会議員が、臨時キャスターとして〈ニュース無限大〉を仕切っている。

俺の番組を……。

新免は画面を睨みつけた。

俺が、ここへ来るタクシーの車中から一一〇番をして『大八洲TVの局舎がテロリストに占拠されている』と通報したのに。

警察は、調べに行ってくれたのか……？

全然、スタジオの様子は変わっていないじゃないか。

どうすればいい――？

このままでは、俺の番組は乗っ取られたまま、初の憲法改正を実行できると見られていた常念寺政権を叩き潰す道具として使われてしまう。

しかし、俺一人の力では……。

考えていると
「芋生さん」

ふいに声がした。

見ると。

〈大八洲ＴＶ〉という腕章を巻いた若い男――見たこともない、しかし報道番組のディレクター風の身なりをした男が走って来て、大八洲ＴＶの目玉のようなロゴを大書したロケバスの乗降口へ上半身を突っ込み、呼んだ。

「芋生さん、時間です。出です」

「――はぁい」

車内から、聞き覚えのある素っ頓狂な声がすると。

眼鏡を前髪の上に載せ、マイクを手にした三十代の女が、軽い足取りでロケバスのステップを降りてきた。

「今、行くわよ」

すると
「あっ、芋生さんだ」

「芋生さんだっ」

正門前でシュプレヒコールを上げるのは、百人くらいずつの交代制なのか。

広場と化した路上には、ほかにもラフな服装の若者たちおよそ数百人がたむろし、疲れた様子で座り込んでいたが。

短い髪の美形の三十代の女が、パンツスタイルで路上へ降りて来ると、みなむっくりと起き上がり、立ち上がって駆け寄って行く。

「芋生さん」

「待ってました」

「芋生さん、握手してくださいっ」

「はいはい、みんなどいて頂戴」

女は華やかな声を上げ、若者たちを押しのけていく。

「はい、汚い手で触らないでね」

●日本海上空

F15 白矢機コクピット

爆発……!?

白矢は目を剝いた。

わずか三〇〇メートル前方、火球が膨れ上がった。

橙色が迫る。

衝撃波が来る――!

「くっ」

考えている暇はない。

とっさに、手足が反応した。

左足が左ラダーを踏み込むのと同時に、右腕を引きつけるようにして右サイドへフル・スティック。エルロンをフルに切ると同時に左手の親指でスピードブレーキのスイッチを強く引く。

廻れ……！

ぐるっ

機体の反応がもどかしい、眉間に橙色の火焔が迫る、呑み込まれる――

視界が廻った。Ｆ15は軸周りに右回転し、同時に上向き揚力を喪失して石ころのように回転しながら落下した。ほとんど間を置かずに宙空に膨れ上がる爆発の火球の下側をかすめながら突き抜ける。

一瞬、視界すべてが橙色に。

ドガガガッ

「――ぐわ」

●東京　横田基地
航空総隊司令部・中央指揮所（ＣＣＰ）

「ド、ドラゴリー・ワンが、消滅っ」

最前列で担当管制官が声を上げた。

「ドラゴリー編隊一番機、レーダーから消えましたっ」

「――――」

「――――」

全員が一瞬、言葉を失う。

「――べ、ベイルアウト信号は⁉」

工藤は訊くが、スクリーンを見ていれば分かることだ。

「編隊長は、脱出できたのか」

「分かりません」

また、犠牲が……⁉

スクリーンでは、担当管制官の操作で、再び能登半島と佐渡島周辺の空域が拡大される。

たった今まで、尖端を右――東へ向け浮かんでいた緑の三角形〈ＤＲ01〉は、小さな光点二つと接触して消滅。スクリーン上には今、緑は〈ＤＲ02〉ひとつだけだ。

「ボギー二つ、来ます」

担当管制官が声を上げる。

拡大されたウインドーの中、ただ一機、東へ向けて進む二番機――〈ＤＲ02〉に、西へ尖端を向けた二つのオレンジ――〈ＢＧ01〉と〈ＢＧ02〉が真正面から近づく。

「正面から急速に接近」

「まずい」

笹が言う。

「二番機も狙われるぞ」

「――いや」

工藤は頭を振る。

「もう、近過ぎる。今から二番機の存在に気づき、狙ったって間に合うものか」

「その通りです」

明比がうなずく。

「中距離ミサイルの『最小安全発射距離』は一般に六マイル。もう最小距離を割り込んだ、あとは目視圏内戦闘です」

●日本海上空
F15　白矢機コクピット

「ぐわ」

機体が分解するのではないか、と思われるような凄まじい衝撃と共に、火焔の球を一瞬で突き抜けた。

視界が蒼空に戻る。

回転している——軸周りにイーグルは回転しながら、石ころのように下向きに落下している。

白矢は歯を食いしばり、右へ一杯に引きつけていた操縦桿を中立位置へ。足をラダーから離し、左の親指で痛いくらいに引き切っていたスピードブレーキのスイッチを放す。

「と」

止まれ……！

目の前で回転する世界が、止まる。水平線が水平に——

同時に

ドンッ

ドンッ

頭上のどこか、少し高いところを、何かが猛烈な疾さですれ違う。黒い影のようなものが二つ、ヘルメットの目庇の上を一瞬、前方から後方へ飛び抜けた。

（今のは）

まさか。

い、い、

すれ違った……⁉

白矢は目を見開く。

あの二機と、今すれ違ったのか。

そうか。

〈敵〉の懐へ、入った……！

「………！」

酸素マスクの中で声にならぬ叫びをあげ、白矢は右手の操縦桿を思い切り引いた。左手のスロットルははなから絞っていない、アフターバーナーは炊いたままだ。

ピッ

ＶＳＤ画面が目に入る。オレンジの菱形二つが、中央の自機シンボルにのしかかるように重なり、後方へ抜けたところだ。

「ぬぉおっ」

ずざぁあっ、と風切り音を立てて視界が上から下へ流れ、身体がシートに押しつけられ、下半身にＧスーツのエアが注入され締めつける。

「に」

逃がすか……！

歯を食いしばって顎を引き、操縦桿を思い切り引く。

ざぁぁああっ

●東京　横田基地

航空総隊司令部・中央指揮所（ＣＣＰ）

「ドラゴリー・ツー、急上昇」

担当管制官が声を上げる。

「急上昇し、インメルマンに入る模様。すれ違ったボギーよりも高い位置へ」

「――――」

「――――」

全員が、スクリーン上に拡大されたウインドーを注視する。

緑の三角形〈DR02〉が、その場で高度の数値を急激に増やしながらクルッ、と瞬時に尖端を反対側へ――スクリーン上で左手へ回す。

アンノン二機のほぼ真下をくぐり抜けたドラゴリー編隊二番機が、すれ違いざま機首を引き起こし、宙返りの前半を利用して、上昇しながら向きを変えたのだ（スクリーン上では瞬時に向きが変わったように見える）。緑の〈DR02〉は、オレンジの三角形二つの、すぐ後ろの位置につく。

「ここからは」

工藤はつぶやきかけ、唾を飲み込んだ。

口がカラカラになっている。

もう〈敵〉は、中距離ミサイルを使えない。

ここからは格闘戦だ。

●日本海上空

F15　白矢機コクピット

ざぁあああっ

HUDの向こう、視界は凄まじい勢いで下向きに流れ、ヘルメットの目庇の上から反対側の水平線が逆さまになって降って来た。

「く」

白矢は引いていた操縦桿を押し、背面姿勢でイーグルを止めた。

宙返りの『頂点』。

背面のまま水平飛行――ヘルメットの頭を上げ、前下方――頭の上に被さっている逆さまの海原の中に、アンノン二機の機影を捜す。

VSD画面には、沿岸の防空レーダーからの索敵情報がデータリンクで送られ続けている（まだ白矢は自機のレーダーは使っていない）。

すれ違ったばかりの〈敵〉二機は、すぐ前下方――視野の隅に入れたVSD画面上のオレンジの菱形の位置を参考に、逆さまのコクピットから視線を上げて捜すと――

（――いたっ）

青黒い、日本海の海原を背景に、黒い――黒に近いダークグレーの機影が二つ。下方、五〇〇〇フィートくらい下だ。自分は宙返りの前半を利用して、すれ違った二機よりも上方へ出て、同時に一八〇度、向きを変え、〈敵〉二機の後ろ上方にいま食らいついた。

「はぁっ、はぁっ」

白矢は、肩で息をする。

そのシルエットに、目を見開く。

F15K――

い、奴らに、班長がやられた。

俺もミサイルで攻撃された。

ここからは正当防衛――いや、あんなふうに中距離ミサイルを撃ちまくる『凶悪犯』をこれ以上、野放しにしていたら。

わが国の国民に脅威が及ぶ。

カチ

だが左の親指でスロットルレバー横腹の兵装選択スイッチを〈SRM（短距離ミサイル）〉モードへ入れるのと同時に、下方の二機も動く。

左側の一番機――VSD画面上で〈BG01〉と表示されるダークグレーの機影がクルッ、と軸周りに回転して背面になると、次の瞬間、下方へ消える。スプリットS機動か――一度背面にしてから下方へ向かって引き起こし、宙返りの後半部分を使って向きを変える技だ。続いて右側にいた二番機〈VSD画面上の〈BG02〉〉もひらっ、と左へ九〇度近いバンクを取り、白矢の視界から左へ急速に外れて消えようとする。

（くそ）

白矢は再び操縦桿を引き、背面から急降下に入った。

宙返りの、後半。

無重力に近かったのがずしんっ、と身体がシートに押しつけられ、再び視界が上から下へ激しく流れる——風切り音と共に、HUD中央に五〇〇円玉大のFOVサークルが現われ、『SRM』『AAM3×2』という文字が視野の右下で明滅。レーダーが短距離ミサイルモードで働き始め、火器管制システムが『AAM3熱線追尾ミサイルが二発ある』と知らせてきた。白矢は、宙返りの後半を下る操縦席から下向きGに逆らって顎を上げ、ヘルメットの目庇の上方に〈敵〉の姿を捜す。

どこへ行った……？　外を見るのに精いっぱいだ、VSD画面上での面倒なロックオン操作は、この体勢ではとても出来ない。右の親指で操縦桿の脇の自動照準スイッチを押し下げ、レーダーをスーパー・サーチモードに。

ピッ

HUD右下の表示が『SRM』から『SPR　SCH』に。スーパー・サーチは格闘戦専用のモードだ。HUDの視野に入り込んだ飛行物体を、レーダーが自動的にロックオンする。

あそこか。

白矢は視野の左端に、白い筋を翼端から曳いて左急旋回する機影を捉えた。ほぼ一八〇度、向きを変えつつある。

（そうか）

奴らは、俺に気づいていない。自分たちの後ろ下方を警戒している。

白矢はアンノン――いやダークグレーのF15K二機の動きを、理解した。

通常、戦闘機は二機単位で行動し、単機で敵を襲うことはない。空戦では、まず一機が高い高度で相手編隊をロックオンして注意を惹いたら、あらかじめ低い高度へ降りておいたもう一機が、探知されにくい下方から相手編隊を不意打ちにするという戦法がある。よく使われるやり方で、セオリーと言ってもいい。奴らのレーダーには、おそらく乾一尉の一番機しか映っていなかった。だから二番機の俺が、どこか海面近いところに潜んでいて、すぐ下方から襲って来ると思っている。

（奴らは）

班長の機をミサイル二発で撃破した直後、F15Kの一番機はスプリットSですぐ下方へ向かい、二番機も水平急旋回で後方へ機首を向けた。明らかに、自分たちが後ろ下方から狙われる、と思っている。俺が班長の機のすぐ後ろに隠れていたとは、想像もしていない

――ピピッ

激しく上から下へ流れる視界は、青黒い壁のような海原だ。ふいにその青黒い壁は終わって、反対側の水平線が頭上から降って来た。宙返りが終わる――ほとんど同時に、HUDの左端で小さな黒っぽい機影を緑色の四角いボックス――目標指示コンテナが囲む。

ロックオンした――！

白矢は歯を食いしばり、操縦桿を押して機首上げを止めるのと同時に左へ倒し、同時に左ラダー、緑ボックスで囲われた機影を、自分の正面へ入れるようにする。まともな位置になった水平線が傾き、緑ボックスが引き寄せられてFOVサークルの円内に入る――アフターバーナーの火焔が点のように小さく見える、だがそれで熱源は十分だ。主翼下のパイロンに装着されたAAM3ミサイルの弾頭シーカーが目覚め、〈敵〉の熱を捉えた。

ジィイイイッ

ヘルメットのイヤフォンにオーラル・トーンが響く。ミサイルの弾頭シーカーが、レーダーでロックオンした標的の発する熱を捉え、スレーブが追従を始めた。

（速度は）

HUD左端の速度スケールは、宙返りの頂点付近では遅くなっていたが、急降下で再び増速して、いつの間にか音速を超えている（音速を超えるショックなど感じる余裕もなかった）。熱線追尾ミサイルを撃つ際にも、レーダーは必要だ。標的との距離を正確に測定しなければならない。

ジイィッ

向こう――〈敵〉の二番機は、たった今Gをかけて急旋回したので、アフターバーナーは炊いているが速度はおちている。みるみる近づく――黒っぽい機影、双尾翼・双発のシルエットが、緑のコンテナからはみ出すように大きくなる。HUDの右下で『IN RNG』の表示が明滅。三マイルの射程内に入った。穴が空くほど標的を睨みつけている（というか、それ以外はとても見られない）。黒いF15だ、ただし涙滴型のキャノピーは前後に長い――複座なのだ。こいつが最新の対地攻撃型イーグルか。後方から見て、増槽は無い。コンフォーマル・フューエルタンクで航続距離を伸ばしているのか。

白矢は息を止め、操縦桿のトリガーに右の人差し指をかける。

だが

（――――!?）

目を見開く。

前後に長い涙滴型キャノピーの中、濃いグレーの円いヘルメットが二つ見える。そのうち後席の搭乗員が、こちらを振り向いた。濃い緑色のバイザーが、白矢を見た。いきなり背後からロックオンされ、驚いているのか……？

「……くっ」

人差し指が、トリガーから離れかける。

しかし次の瞬間、相手の胴体下に装着された円い物——太い円筒が白矢の目に入った。

二本。

熱線追尾ミサイルなら、マッチ棒のように細い。

こいつは、そんな代物じゃない。ずんぐりと太い——ＡＩＭ１２０アムラームか。

まだ二本も、中距離ミサイルを抱えている。

こんな奴を野放しにしたら。

目をしばたたき、白矢は指をトリガーにかけた。

「フォックス・ツー！」

声に出しながら引き絞る。

●日本海上空

Ｊウイング四八便　コクピット

『Jウイング・フォーティエイト。こちらはトーキョー・コントロール』

無線のイヤフォンに、別の声が入った。

初めて聞く、男の声だ。

『聞こえているか』

「──聞こえます」

数分前、燕木三佐の声がふいに聞こえなくなった。前触れもなく、通話できなくなったのだ。

ちょうど、無線で指示を受けながら、機のフライトマネージメント・コンピュータに新潟空港へ進入するためのセッティングをしようとした、その矢先だ。

「特輸隊との交信が、出来なくなりました」

ひかるは応えながら、コクピット前方視界の水平線と、計器パネル右側のナビゲーション・ディスプレーを交互に見た。

RJSNと表示された青い飛行場のシンボルは、ナビゲーション・ディスプレー上で、ちょうど一六〇マイルのスケール線と重なる。少しずつ近づく──現在の速度で、あと二十分か。

陸地はまだ見えない。

高高度を飛行するコクピットから見える水平線は、だいたい八〇マイル前方にあると聞いたことがある。新潟県の海岸線は、まだ見えてこない。右の方に、かすんだ島影のようなものが見え始めている。あれは佐渡島か……？

『分かっている、四八便』

男の声は、無線の向こうでうなずいた。

東京管制部の、責任者だろうか――？

『現在、こちら東京管制部と、永田町の総理官邸オペレーション・ルームを繋ぐ回線に不具合が生じているようだ。我々も官邸と連絡が出来ない』

「――――」

『千歳の空自特輸隊司令部とは、官邸を経由して音声通話を確保していた。今、回線の復旧を試みている。少し待ってくれ』

「わ、分かりました」

官邸のオペレーション・ルーム……。

そこと、通信が不通なのか。

オペレーション・ルームには、門班長が詰めていると思われる。この機の位置も、連続的にモニターしてくれていた。燕木三佐と通話できるようにしてくれたのも、門だ。

何か、あったのか。

（――――）

ひかるは右席を見やる。

黒髪の工作員の女は、容体は同じだ。シートで身体を斜めにし、目を閉じ、顔をしかめている。

ＣＩＡの訓練に耐え抜いているから、多少の苦痛でも呻き声など出さないのだろうが……。

もう一人、足下のファーストクラス客室にも重傷者が倒れている。會田望海も出来る限り早く、救急処置を受けさせてやらなくては――

（でも）

それよりも、もっと気にかけなくてはいけないことがある。

そうだ。

この機に乗っている乗員と乗客――自分も含めてだ。この機に乗る全員が、今、天然痘に感染してしまっているという事実だ。天然痘は空気感染をする。

（着陸したら、機体を隔離しないと）

でも接地時に機体が破損して、内部の空気が大量に漏れたりしたら――

ひかるは唇を嘗める。

747は自動着陸できるけれど。わたしはうまく、機体を破損させずに停止させられるだろうか――？

●日本海上空

F15　白矢機コクピット

「フォックス・ツー！」

酸素マスクの中で声に出し、右の人差し指でトリガーを引き絞ると。

白矢の左後ろ――左翼下パイロンに装着されたAAM3ミサイルの後尾でロケットモーターが点火、レールに乗って前方空間へ跳び出す。

ブォッ

だが同時に、FOVサークルからはみ出すくらいに近づいた黒いF15Kが胴体下から真っ白い閃光を放った。パパパッ、と花火のように発光し視野を埋める。

「――うっ」

バイザーの下で目をすがめる。

これは。

フレアかっ……!?

欺瞞(ぎまん)熱源の実物を、間近で見るのは初めてだった。思わず顔をしかめるのと同時に、閃光の群れの中で黒い機体はクルッ、と軸周りに回転し、ひっくり返ると機首の下へ消えた。

何もなくなった前方空間を、AAM3ミサイルが白いガスを噴射しながら飛び抜けていった。

「し」

しまった……!

●東京 横田基地

航空総隊司令部・中央指揮所(CCP)

「ドラゴリー・ツーがフォックス・ツー」

担当管制官が、データリンクの表示を確認して声を上げた。

フォックス・ツーとは『短距離ミサイルを発射した』という意味のコールだ。

拡大ウインドーの中、オレンジの〈BG02〉に、後方から重なるように緑の〈DR02〉

は近づいていた。その横に『ＦＯＸⅡ』の表示。間合いはおよそ一マイル、外しようがない——

しかし

「——あっ」

管制官が、また声を上げる。

「は、外した……!?」

「何っ」

工藤も思わず声を上げる。

●日本海上空

Ｆ15　白矢機コクピット

「——くそっ」

だが今度も白矢の手足は、反射的に動いた。

目の前にいたダークグレーのＦ15Ｋは、欺瞞熱源を撒き散らしながら瞬間的に姿勢を背面にし、スプリットＳの技で下方へ逃げた——機首の下へ吹っ飛ぶように消え、見えなくなった。

ＡＡＭ３ミサイルは、弾頭シーカーの視野から標的の熱が瞬間的に外れて消えてしまい、欺瞞熱源に騙され、前方へ飛び抜けてしまった。

こうなれば。こちらも同じ機動で追う。それしかない――右手は考えるより前に操縦桿を左へなぎ倒し、同時に左手でスロットルをアイドルへ。スロットルレバー横腹のスピードブレーキのスイッチを親指で引く。

ぐるっ

前方視界が回転し、ひっくり返る――背面になるのと同時に左へ取っていた操縦桿を中立へ戻し、手前へ引く。腹に当たるくらい強く引く。

ずざぁっ

前方視界が再び上から下へ激しく流れ、機体は下方へ向け宙返り後半の機動に入った。

さらに思い切り操縦桿を引く。

ずんっ、と腹に鉄球をおとされたようなＧ。

「うぐ」

●東京　横田基地

航空総隊司令部・中央指揮所（ＣＣＰ）

「ドラゴリー・ツーは」

工藤はスクリーンを見上げながら疑問を口にした。

「あれだけの照準を、なぜ外したんだ……!?」

「分かりません」

最前列で、担当管制官が頭を振る。

「ボギー・ゼロツーは、ミサイルをかわし、急激に高度が下がります。飛行方向が変わる。スプリットSに入った模様。続いて、ドラゴリー・ツーも急激に──これは」

全員の視線が集まるスクリーンの拡大ウインドーで、オレンジの三角形〈BG02〉がその場でクルッ、と尖端を廻す。高度表示が急激に減っている。続いて緑の三角形〈DR02〉も、位置はその場に留まったまま、高度表示の数値を急激に減らす。

「あれは」

工藤は、眉をひそめる。

「追いかけて、スプリットSに入った？」

「そのようです」

「ス、プ、リ、ッ、ト、S……？」

工藤の横で、笹が言う。

「しかし。ドラゴリー・ツーは急降下でボギーへ肉薄していたから速度が大きい。同じスプリットSで追いかけても」

「そうです」

明比がうなずく。

「ボギーよりもかなり優速だった。追いかけてスプリットSに入っても、速度が大きければ下向き宙返りの半径が大きくなり過ぎる。取り逃がします」

「取り逃がすだけなら、まだいい」

笹がスクリーンを見上げて歯嚙みする。

「このままもう一周、縦に廻られたら。下手をすると真後ろに食いつかれる」

「――」

「――」

全員が絶句し、スクリーンへ注目する。

●日本海上空
F15　白矢機コクピット

「――うぅぐっ」

白矢は酸素マスクの中で歯を食いしばり、右手を腹に食いこむくらい引き続けた。操縦桿を引きつけると、その度にダイレクトにGが増加し、全身がシートに叩きつけられ、押し潰されそうになる。

下半身をGスーツが締めつける。最大限に締めつけられる。

く、くそっ……。

呼吸が、ほとんどできない――

（――――）

だが白矢は、バイザーの下で目を見開き、HUD下側のG表示を睨み続けた。

八・五Gだ。

八・五Gさえ出せれば、計算通りの軌道で飛ぶんだ……

息が出来ない。

HUDのカモメ型の姿勢シンボルマークのずっと下に、デジタルで運動荷重が表示されている。

七を上回ると数字は黄色に変わる。

七・五、七・九、八・二――

「――く」

舞島。
ふいに、ポニーテールの同期生の顔が浮かんだ。
なぜ浮かんだのか、分からなかった。
お前に勝とうとして、計算したんだ。
白矢は数字を睨みながら思った。
相手より一〇〇ノット優速でスプリットSに入っても。
こうして。
推力をアイドルにし、スピードブレーキで減速しながら八・五Gの引き起こしをすれば
――
汗で目がかすむ。
でも目は拭けない、HUDを睨む。
八・三、八・四――八・五G。
ずざぁああっ

風切り音と共に、激しく流れる前方視界で頭上から反対側の水平線が降って来た。

同時に。

水平線の少し上——HUDの視野のちょうど上端に、黒い双尾翼の機体シルエットが現われた。こちらへ下腹を見せている。近い。目測でわずか三〇〇フィート前方。

「——」

白矢は、声も言葉も出ない。

黒いシルエットは、そのまま急上昇、引き続き宙返り機動に入っていく——

息も出来ない。白矢はただその機影を睨みながら操縦桿を引き続け、左手のスロットルを前方へぶち込むのと同時にスピードブレーキのスイッチを放し、その親指で兵装選択スイッチを引いて火器管制モードを〈GUN（機関砲）〉にする。

ピピッ

前方視界は流れ続ける（機影を追い、白矢も宙返りに入っていく）。HUD中央に照準レティクルがパッ、と現われ、スーパー・サーチモードのレーダーが自動的にロックオン、標的距離を測定しレティクルの円の横にデジタルで間合いを表示する。

三一〇〇フィート——そんなもの見る必要はない、手を伸ばせば摑める。〈敵〉の真後ろ下方、くっついて宙返りに入った。至近距離だ。

十字のシュート・キューが現われる。黒いF15Kの双発ノズルにもろに重なる。

「──フォ」

フォックス・スリー。

声が出ない。ただ白矢は目の前に浮いているように見える〈敵〉目がけ、右の人差し指でトリガーを引き絞った。引き金は二段スイッチだ。まず一段目で機首のガン・カメラが撮影を開始、二段目で兵装が作動する。

ヴォオオッ

振動が起きた。白矢の左肩の少し後ろで二〇ミリバルカン砲が砲身を回転させ、紅い火焔の束が前方へ伸び、黒い機影に吸い込まれた。

7

●東京　横田基地

航空総隊司令部・中央指揮所（CCP）

「ドラゴリー・ツー、ボギー・ゼロツーをフォックス・スリーでキル」

最前列の管制官が、声を上げた。

「げ、撃墜しましたっ」

「――」

「――」

地下空間の全員が、息を呑む。

「や」

工藤は目をしばたたいた。

「やったのか……?」

フォックス・スリーとは、戦闘機が機関砲を発射したことを示すコールだ。

頭上の正面スクリーンでは、確かにオレンジの〈BG02〉へ重なるようにのしかかった緑の〈DR02〉が、FOXⅢという表示を明滅させた直後、オレンジの高度表示の数値が急激に減り始め、止まらなくなった(つまり落下して行ったのだ)。FOXⅢの表示が数回明滅したのは、ドラゴリー編隊二番機のパイロットが、夢中になって機関砲のトリガーを断続的に数回引き絞ったためだろう。

「間違いありません、撃墜です」担当管制官が、振り向いてうなずく。「ミサイルで撃破したのではないので、落下して行く残骸(ざんがい)がレーダーに映り続けているのです」

「そ、そうか」

今にもやられるか、と心配させられたが。

いや。

工藤は頭を振る。

まだ安心はできない――

「アンノンの一番機は⁉」

そうだ。

工藤は頭上のスクリーンに、〈BG01〉のオレンジの三角形を目で探す。

緑の〈DR02〉はスプリットS機動を行なったため、尖端が真西へ向いている。

先ほど東方向へ離脱した〈BG01〉が、引き返して襲って来たら――

しかし

「先任」

別の管制官が指摘した。

「ボギー・ゼロワンは東へ向かい続けています。引き返して来ません」

「何」

●日本海上空
F15　白矢機コクピット

『ドラゴリー・ツー、CCPだ』

ヘルメットのイヤフォンに声が入った。

『大丈夫か』

「――――」

白矢は肩を大きく上下させ、マスクのエアを吸い込み続けていた。

それがやっとだ。

目の前では、上から下へ視界は流れ続けている。

たった今、HUDの視野の中で二〇ミリ砲弾――重力でしなう真っ赤な火焔の鞭のようなものを吸い込んだ黒い機影が、破片を飛ばし、宙でひっくり返って機首の下へ消えてしまっても。

白矢はそのまま、宙返りをやめるわけには行かなかった。

〈敵〉が、まだ後ろにいる――

操縦桿を引き続け、宙返りの頂点まで来ると、背面姿勢で機の運動を止める。

さっきと同じ、インメルマン・ターンだ。

また一八〇度、向きが変わり、機首が東を向く。

今度は背面姿勢から、その場でエルロンを左へ切り、機を軸周りに回転させて順面姿勢にする。

「――はぁっ、はぁっ」

ようやく、Gが抜ける。

声がなかなか出ない。

ＣＣＰからの声は、またあの先任指令官か――そう思いながら、目をＶＳＤ画面へ向ける。

〈敵〉の一番機は……？

さっき、俺の目の下――下方でスプリットＳを使い、東側へ離れて行った。

こちらへ、引き返して襲って来るか……!?

だが
『ドラゴリー・ツー、〈敵〉の一番機が民間機へ向かっている』

ＣＣＰの声は、イヤフォンの中で繰り返す。

『聞こえるか』

「き」

無線の声の言うことを理解するのと同時に、白矢の目もＶＳＤ画面上の情況を捉え、理解した。

いかん、頭がはっきりしない、酸素が足りないのか……。

「聞こえます」

データリンク・システムの利点は、防空レーダーからリアルタイムの索敵情報をもらうことで、自機のレーダーで捉えられない後方や、遠方の様子が分かることだ。

画面上の一時方向――白矢の機の前方やや右に、オレンジの菱形が浮いている。目で捉えるのと同時にそれはクッ、とわずかに自機よりも離れて行く。間合い二〇マイル、俺の機から離れる方へ動いていく――

（――襲って来ない……？）

『ドラゴリー・ツー』

ＣＰの声は続けた。

『ボギー・ゼロワンを追尾（ついび）しろ』

「――――」

言われるまでもない。

その声を耳にしながら、白矢の左手はすでにスロットルを最前方へ押し出していた。

ドンッ

背中のどこかで、双発のP&W／IHI－F一〇〇エンジンがアフターバーナーに着火する。

ぐんっ、と背中を押されるように加速が始まる。

「追尾します」

超音速。

軽くジャンプするような感覚と共に、HUDのマッハ数表示が再び跳ね上がって一・〇を超す。

くそ……。

ＶＳＤ画面上のオレンジの菱形――

こいつは、いったい何をしに来た。

呼吸を繰り返しながら、考えた。こいつらは、はるばる半島から飛び上がり、隠岐島近海で〈対領空侵犯措置〉に駆けつけた小松基地所属の二機のF15を中距離ミサイルで撃墜、島の上空にいたE767も撃墜。それらの搭乗員が脱出できたかどうかは不明（特にE767には空中で脱出する装備が無い）だ。

それでも足らぬのか。日本海上を東へ進み続ける。

二機のボギーは、韓国軍のF15Kだ。俺はこの目で見た。

韓国は、何を考えている。

数か月前には、同じ韓国軍の駆逐艦が、パトロール中のわが国の海自P1哨戒機に対し火器管制レーダーを照射している。海上で、北朝鮮の工作船と連携していたようなエビデンスがあったという。

ここ一年ほどの間で、あの国は、いったいどうなってしまった。

「う」

白矢は目をしばたたく。

オレンジの菱形は画面上で二〇マイル前方。

そして、その行く先には黄色い菱形――〈JW48〉がいる。わが国の民間旅客機だ。

間もなく、オレンジの〈BG01〉は、〈JW48〉まで三〇マイルの間合いへ詰め寄る。

(まずい)

そう思うのと同時にガガガッ、と機体が振動した。足下から揺さぶられるような――

「――何だ？」

この振動は。

機体下側から――そう考えかけ、ハッとする。

そうか、増槽だ。

白矢は、急いで左手をサイドコンソールへ伸ばし、黄色と黒の縞模様に塗られたハンドルを摑むと右へ九〇度廻してから引いた。

ふわっ
途端に機体が浮くように軽くなり、足下からの振動は消える。

浮き上がろうとする機体を、操縦桿で押さえる。ピッチ軸のトリムが変化したのを、右の親指で調整する。

胴体下と両翼下に抱えていた三本の増槽を、一度に投棄したのだ。これで余計な空気抵抗はない。マッハ一・四の速度制限も――

（奴らは、コンフォーマル・フューエルタンク装備だから、増槽を抱えた俺たちよりも速かったが――）

だがこれで、速度性能はこちらが上だ。

胴体側面に張りつけるF15Kのコンフォーマル・フューエルタンクは、空気抵抗が少なく、増槽と違って最大速度制限はない。その代わり、空中で投棄することは出来ない。クリーンになった分、今度は俺の方が速い。

HUDのマッハ数表示が、急速に増え始める。

白矢は目の隅でそれを確かめつつ、左の親指で兵装選択を〈MRM〉モード。同じ左の中指で、スロットルレバー前面にある目標指示／コントロールスイッチを操作した。VSD画面上でカーソルを動かし、前方二〇マイルにあるオレンジの菱形を挟み、クリック。

ピッ

これで、中距離ミサイルモードで奴をロックオンした——

さっき、目の前で破片を撒き散らしながら回転しておちて行った黒いF15K——あれと同型の、二〇マイル前方にいるボギー・ゼロワンのコクピットで今、ロックオン警報が鳴り始めたはず。

数分前、乾一尉が〈敵〉に対してしたことと同じだ。

俺には、もちろん中距離ミサイルは無い。しかしMRMモードでロックオンすることは出来る。戦闘機パイロットというものは、たとえハッタリであろうと、どこかから射撃管制レーダーにロックオンされミサイルの狙いをつけられたならば、すかさず回避機動に入るものだ。自分の生命が惜しいなら、必ずそうする。

（さぁ、動け）

画面上のオレンジを睨むと。

『ドラゴリー・ツー、ＣＣＰだ』

　また声がした。

●東京　横田基地
航空総隊司令部・中央指揮所（ＣＣＰ）

「いいか」

　頭上の正面スクリーンで、尖端を東へ向け速度表示を急速に増やす緑の〈ＤＲ02〉を見やりながら、工藤はヘッドセットのマイクに言った。

「向こうが反転し、ミサイルを撃ってきたら。今度は着弾される前に速度をおとし、ベイルアウトするんだ」

『――はい』

　天井スピーカーから、若いパイロットの声が応える。

　呼吸は速い。酸素レギュレータの音が、交信の声に混じる。

『分かりました』

「百里から、応援が上がる。時間を稼いでくれればいい」

工藤は、マイクにそれだけ言うと、右横の情報席を見た。

「明比、百里のFは？」

「はっ」

情報席の画面に向かい、明比二尉は眼鏡を光らす。

「たった今、ＡＡＭ４の装備を終わりました。Ｆ15が四機、出られます。これからハンガーを出ます」

「急がせろ」

「はっ」

工藤はスクリーンを仰ぐと、佐渡島に近い日本海上の現場空域と、本州の反対側にある茨城(いばらき)県の百里基地との間隔を目で測った。

Ｆ15が全速を出すと——この距離ならば離陸してから二十分、いや十八分か。

「東京コントロールは」工藤は続けて訊く。「Ｊウイング四八便を新潟へ降ろさせる、と言ったな」

「はい」

「準備の情況は、どうなっている」

「確かめます」

工藤は、明比に東京管制部への問い合わせを任せると、自分のコンソールの受話器を摑み上げた。

官邸の障子さんへも、一報告しておこう。

地下のオペレーション・ルームでは、この指揮所のスクリーンがリアルタイムで見られるはずだが。

総理が〈防衛出動〉を発令してくれていれば。市谷の統合幕僚監部を経由し、何らかの指示が下りてくるはずだ。

まだ、それがない。

「――――」

工藤は、スクリーンを仰ぎながら、取り上げた直通電話の受話器を耳に当てた。

●東京　永田町

総理官邸地下　NSCオペレーション・ルーム

「駄目です」

通信席で、湯川が頭を振る。

「外部との通信回線、情報回線はすべてブラックアウトしている」

「――」

「――」

スタッフたち全員が、絶句する。

どうなっている……？

いったい。わが国の危機管理のすべてを司る、総理官邸の中枢の中の中枢ともいえる地下六階のオペレーション・ルームに、何が起きているのか。

「――分かった」

ドーナツ型テーブルの総理席で、常念寺貴明はうなずいた。

「情報班長。この情況は、何者かによるサイバーテロか」

「はい」

門篤郎は、テーブルの横に立ったままでうなずく。

「おそらく、そうです」

すべての壁のスクリーンも、ドーナツ型テーブルの各閣僚席の情報端末画面も、すべて真っ黒になってしまっている。ついさっきまで、メインスクリーンには横田ＣＣＰからの情報がリアルタイムで映し出されていたのだが――

「総理」

次席秘書官が、オペレーション・ルームの入口から駆け戻ってきた。

「駄目です。隣接した集約センターも、同じ情況です。そのうえ、エレベーターも動きません」


何だって。

常念寺は、眉をひそめる。

官邸の地下には、NSCが管轄するオペレーション・ルームに隣接して、内閣情報集約センターが設置されている。同じ内閣府の施設だ。

集約センターも同様に、外部との回線が遮断されたのか。

おまけにエレベーターまで動かない……？

「エレベーターも駄目なのか」

常念寺は次席秘書官に訊いた。

「階段はどうだ」

「階段、ですか？」

「そうだ」常念寺は頭上を指す。「非常用の階段があった。何とか、地上へ出られないか。このままでは手も足も出ない」

「は、はい」

次席秘書官は踵（きびす）を返す。

「すぐ見て来ます」

数人のスタッフが、それに続く。

●東京　横田基地

航空総隊司令部・中央指揮所（ＣＣＰ）

「——変だな」

工藤は直通電話の受話器を耳に当てたまま、眉をひそめる。

「障子さんと繋がらない」

「どうしました」

横で、笹が訊く。

「〈防衛出動〉はまだでしょうか。百里のＦが、もう上がりますが」

「先任」

情報席から明比も言う。

「東京コントロールからです。異常事態です。先ほどから、官邸との通信回線が不通になっているとのこと」

「何」

工藤は訊き返す。

「官邸と、不通……？」

「そうです」

明比は、東京管制部と直通の受話器を握りながら、うなずく。

「Jウイング機へは、今まで官邸を経由して、千歳の特輸隊から操縦の指導をしていたらしい。現在はそれが中断されています」

「――――」

工藤は、繋がらない自分の受話器を見やる。

官邸が……？

何があったんだ。

そこへ、

「先任、まずいです」

笹が、正面スクリーンを指す。

「ボギー・ゼロワンが、Jウイング機の後方三〇マイル圏内に入ります」

「う」

工藤は、直通の受話器をコンソールへ戻す。

「明比。あの四八便は、ＣＡが操縦席にいると言ったな？」

「はい」

明比はうなずく。

「機内のテロ犯は、制圧されているらしい。しかしその代わり、パイロットも何らかの支障により操縦が出来ません」

「直接、話せるか」

「国際緊急周波数なら、多分」

「繋いでくれ」

工藤は、自分のヘッドセットのブームマイクを、また口元へ引き寄せた。

頭上のスクリーンでは、黄色い三角形〈ＪＷ48〉は南へ進み続けているが。新潟の海岸線までまだ一〇〇マイル以上離れている。

その後方から、オレンジの〈ＢＧ01〉が急速に近づいていく。

「先任、国際緊急周波数に合わせました。スピーカーにも出します」

「よし」

工藤はうなずき、新潟沖の民間旅客機を目で捉えながら、マイクに呼びかけた。

「Jウイング四八便、聞こえるか」

「――――」

「――――」

地下空間の全員の視線が、拡大された新潟沖の空域へ注（そそ）がれる。

何とかして、高度だけでも下げさせよう。

工藤は考えた。

高度二〇〇〇〇フィートでは、機体にはまだかなりの与圧（よあつ）がかかっている。何らかの損傷を受けた際に、外部との気圧差が大きいと、まずい。

「Jウイング四八便、こちらは航空自衛隊、総隊司令部中央指揮所――」

だが工藤の声に重なって

『ドゥ・ノット・ロックオン』

ふいに低い声が、大音量で天井スピーカーから降った。

『ジャパン・エアフォース、ドゥ・ノット・ロックオン』

何だ……!?

工藤は目をしばたたき、思わずスクリーンを仰ぐ。

(何だ、この声は)

●東京　永田町

総理官邸地下　NSCオペレーション・ルーム

「総理、駄目です」

次席秘書官が、数人のスタッフと共に駆け戻って来た。

「非常階段室を見ました。扉がロックされており、開きません。開けられないようにされています」

「その通りです」

スタッフの一人も言う。

「試しましたが、決められたテンキー・コードでは扉が開きません。おそらく暗号が無効化されています」

「何」

常念寺は、思わず天井を見上げる。

「外へも、出られないのか」

「やられましたね」

横で門が舌打ちをする。

「〈敵〉が手の内をさらし、本気で仕掛けてきた。総理に、国の指揮をとらせないつもりです」

「情報班長、どうなる」

常念寺は訊く。

「我々は、ここに閉じ込められるのか？」

「いいえ」

門は頭を振る。

「そうはなりません」

「――――」

「――――」

全員の視線が、長身・猫背の情報班長に集中する。

「このようなこともあろうかと」

門は室内のスタッフたちを見回し、言う。

「秘かに、代替（だいたい）システムを用意してあります。これはこちらの手の内なので、出来れば使いたくはなかったが――代替システムのことは仕様書にも載せていません。湯川」

「はい」

「今から言うコードを、システムへ打ち込め」

「分かりました」

「総理」

門は常念寺へ向き直ると、告げた。

「代替システムが立ち上がれば、オペレーション・ルームは機能を回復します。携帯電話を中継する回線も復活する。ここから指揮が取れます。ただし立ち上げに時間を要します。最大で十分程度」

「そうか」

「〈敵〉は、代替システムの存在については知らないが、存在は予測しているでしょう。我々が情報面でも、物理的にも閉じ込められる時間は限られる。それでもこのオペレーション・ルームへ手を出してきた。一定期間でも、総理に〈防衛出動〉を発令されるのを遅らせるつもりです」

「そんなことをして、何をするつもりだ」

「仮にですが」

門は、ブラックアウトしたメインスクリーンへ目をやる。

「もし、私が〈敵〉のリーダーであれば。総理が〈防衛出動〉を発令できないでいる時間を利用し、政権を転覆させる何かを起こします」

●東京　横田基地
航空総隊司令部・中央指揮所（ＣＣＰ）

『ジャパン・エアフォース』

低い声が天井から降った。

かさにかかって、偉そうにしゃべる感じ。

大音量で、工藤の声をかき消してしまう。

『ドゥ・ノット・ロックオン。ウィ・セイ・アゲイン、ドゥ・ノット・ロックオン。イフ・ユー・コンティニュー・トゥ・ロック・アス・オン、ウィ・シュート・ジェイウイング・エアクラフト、ライトナウ』

ドゥ・ノット・ロックオン――

ロックオンするな……？

（………）

工藤は数秒間、わけが分からなかったが。

次の瞬間。スクリーン上で、オレンジの三角形〈BG01〉が紅い縁取りに囲われているのが目に飛び込んできた。

「おい、これは」

そこへ
『──我々ハ』

声色はそのままに、機械で変調したような声がまた被さった。

『我々ハ命令スル、日本空軍、止メヨ、ロックオンヲ。モシ、オマエタチガ続ケテ我々ヲロックオンシタ場合、我々ハ撃墜スル、Jウイング機ヲタダチニ』

「機械変調しています」

明比が情報席で、画面に向かいせわしなくキーボードを叩く。受信した音声を解析しているのか。

「音声を機械変調したうえで、自動翻訳している。国際緊急周波数です」

「──何」

『命令スル、止メヨ、ロックオンヲ』

古いSF映画で、宇宙人が呼びかけているような声。

機械のような低い音声は頭上から続ける。

『モシ、オマエタチガ、止メナイ、五秒以内。我々ハリリーススル、ミサイルヲ、対シテ、Jウイング機ニ』

「おい、これは」

●日本海上空

F15 白矢機コクピット

『繰リ返ス』

白矢のヘルメット・イヤフォンに唐突(とうとつ)に入った声。

これは。

国際緊急周波数で、呼びかけて来る。

『日本空軍機、止メヨ、ロックオンヲタダチニ』

「な」

何だ……？

何だ、この声は。

国際緊急周波数に、唐突に響いた声。

ロックオンを止めろ……？

まさか。

（……俺に、言っているのか？）

白矢は見回す。

機は、超音速で突き進んでいる。

前方視界には何もない。

アフターバーナーの燃焼で、細かく振動するコクピット。すでに一番機はやられ、乾一尉が脱出できたのかも不明だ。

白矢は蒼空の只中に、たった一人だ。

（この変な声——まさか俺に、呼びかけている……？）

日本空軍——海外では、空自はジャパン・エアフォースと呼ばれるし、白矢たちもそう名乗る（『自衛隊』を英語に直訳しても、世界の軍関係者は理解できない）。

変な日本語は、自動翻訳か。

『モシ、オマエタチガ、止メナイ、五秒以内』

「——」

『我々ハリリーススル、ミサイルヲ、対シテ、Jウイング機ニ』

白矢は、ＶＳＤ画面へ目をやる。

Ｊウイング機に、ミサイルを……!?

『五、四、三――』

「うっ」

左の中指で目標指示／コントロールスイッチを長押しし、白矢がレーダーを切ってロックオンを解除するのと、指揮周波数にＣＣＰの声が入るのは同時だった。

『ドラゴリー・ツー、ロックオンを解除しろ』

「しました、今」

白矢は応える。

「どういうことです」

●東京　横田基地

航空総隊司令部・中央指揮所（ＣＣＰ）

「分からん」

工藤は、指揮周波数に切り替えたマイクに言った。

「分からんが、あのアンノンが――ボギー・ゼロワンが要求して来ているらしい」

『アンノンではありません』

若い声は言う。

『目視で確認しました。あれは韓国軍のF15Kです』

「そうか、助かる」

要撃機のパイロットが、目視でアンノンの所属・機種を確認し報告して来た。

もはや、あれを――〈BG01〉を『国籍不明』として取り扱う必要はない。

しかし、いちいち呼び方を変えている余裕もない。

「ドラゴリー・ツー、ロックオンを解除しても、引き続きボギー・ゼロワンを追尾しろ」

●日本海上空

F15 白矢機コクピット

「了解」

言われなくても、やります――

白矢は、VSD画面を見ながら心の中で言った。

表示範囲を『四〇マイル』にし、表示を拡大する。オレンジの〈BG01〉は、前方一五マイル、すぐ前方にいる――白矢のイーグルはすでに向こうより優速だ。間合いを詰めていく（向こうよりもやや低い高度で追尾している）。

その前方、黄色い〈JW48〉も、オレンジの菱形に間を詰められる。追いつかれる。

（――くそっ）

白矢はマスクの中で唇を噛む（唇がカサカサだ。エアが乾燥しているせいもあるが）。

――『国民を護れ』

耳に、声が蘇る。

ついさっき、無線越しに聞いた。

――『お前は幹部だ。自分で判断し、国民を護れ』

Jウイング機を護れ。

大勢の国民が乗った民間機を、護れ。

乾一尉が、生命がけで俺に託した。

(この四八便を)

だが

『我々ヲ追尾中ノ日本空軍機』

機械で変調された声が、変な日本語でまた言った。

『日本空軍機。我々ハ命令スル、二一〇〇〇フィートニ上昇シ、我々ノ前ニ出ヨ』

「……!?」

何だって。

今、声は何と言った……!?

●東京　永田町

総理官邸地下　NSCオペレーション・ルーム

「秘密コードを入力。日本語で『空間メッキ防御膜発動』。システムが受け付けました」

湯川がコンソールに向かい、声を上げる。

「動いている。反応しています」

「よし」

門がうなずく。

「代替システムが、立ち上がるぞ」

「情報班長」

常念寺が総理席から訊く。

「うまくいっているのか。ブラックアウトが解消するまで、どのくらいだ」

「およそ十分です」

門が、腕時計を見て言う。

「特殊な電子防護壁が稼動し、ほとんどすべての機能が回復します。〈敵〉が再びサイバー攻撃を仕掛けてきても、少なくとも百時間は保(も)ちます」

「そうか」

常念寺はメインスクリーンを見やる。

「日本海の様子は、どうなっているか——」

そこへ

「総理」

スタッフの一人が、携帯を手に駆け寄った。

「これを。ご覧ください」

「どうした」

オペレーション・ルームのスタッフの一人が差し出したのは、個人用の携帯だ。

画面に、民放のストリーミング放送らしき絵が出ている。

「地上波TVです」

「地上波TV？」

「はい総理」スタッフはうなずき、携帯の画面を示す。「今、気がついたのですが――なぜかブラックアウトせずに、これだけは見られる状態なのです」

「何」

常念寺は目を見開き、すぐに自分の携帯を取り出すと、画面にタッチした。

地上波TVだけは、見られる……？

どういうことだ。

すぐに

『――繰り返し、お伝えします』

携帯から、声が出た。

『たったいま入ったニュースです』

女の声。

「……!?」

開いた画面には。確かに、青色に縁どられた民放TVの報道番組が映し出される。リアルタイムのストリーミング放送か。

外部との回線は、すべてブラックアウトされたかに見えたが……。

（……）

こいつは。

常念寺は、小さな画面を睨みつけた。

キャスターらしい女の顔が、アップになっている。

羽賀聖子。

局は大八洲TVか。まだ、報道番組の臨時キャスターをやっているのか……。

昭和時代の女優のような女は、カメラ目線で口を動かす。

『先ほど、複数の政府筋が明らかにしたところによりますと。間もなく、常念寺総理が辞任を発表する見込みです』

「――」

「――」

全員の視線が、常念寺の手の中の携帯に注がれる。

女の声が続く。

『繰り返しお伝えします。常念寺総理が間もなく辞任します』

8

●東京　永田町
総理官邸地下　NSCオペレーション・ルーム

『繰り返し、お知らせします』

小さなスマートフォンの横長の画面で、カールした髪の女が言う。

『たったいま入ったニュースです。複数の政府筋によりますと、常念寺総理がいよいよ間もなく、辞任する模様です』


「―――」

「―――」


辞任……？

常念寺の手にした携帯の画面を、スタッフ全員が注視する。

ニュースは、何を言っているのか。

複数の政府筋――？

常念寺は眉をひそめる。

いったい誰のことだ……。

女の声は続く。

『常念寺総理の辞任に伴い、内閣も総辞職する見込みです。川玉さん』

『うぅむ』

カメラが引き、小さな横長画面に、隣に座るコメンテーターの男が映り込んだ。

『これは、平和を願う市民の声、若者たちの叫びがついに、アジアの平和を乱す、世界で一番悪い常念寺政権を追い詰めたといえるのではないでしょうか』

『まさに、市民の勝利ですね』

『私たちも、こうして三日間、夜通しで報道を頑張ってきた甲斐があるというものです』

コメンテーターの五十代の男は、テーブルから乗り出すようにしてカメラへ視線を向ける。

『いいですか、市民のみなさん。アジアの癌ともいえる常念寺政権がなくなれば。これからはアジアの、いや地球の市民が皆で手を取り合い、平和な日本を――この列島を造り替えていくのです。国境の垣根を取り払い、地球の市民が皆、日本の選挙権を持つようにするのが当然でしょう。平和なアジアの国々から来た人々が皆で、戦争に向かおうとしていたこの国を立て直し、あの常念寺総理のせいで悪い意識に囚われていた日本人を兄のように導いて、理想の社会を築いていくのです』

「――」

「――」

常念寺は、息をつく。

（もう俺は）

マスコミでは、辞めることにされているのか……？

「総理」

横で、障子有美が言う。

「よく、お怒りになりませんね」

「いや」

常念寺は頭を振る。

「驚くとか怒るというより、あきれているよ」

「でも」

門篤郎が言う。

「単なるフェイクニュースでは、ないかもしれません。これからすぐ、何かが起こされるのかもしれない」

「何か？」

「総理が、責任を取らざるを得なくなるような」

門は唇を歪める。

「とにかく、システムの回復を急がせ――」

『ではここで』

女の声が重なる。

『五十万人の若者たちが結集し、平和を求める声を上げている国会前の様子を見てみましょう。国会前の芋生さん』

●東京　永田町
国会議事堂前　路上

「はぁい、こちらは国会議事堂前ですっ」

マイクを手にした女が、素っ頓狂な声を上げる。

そのすぐ背後には、左右に揺れる人垣。

ざっと、横一列に百人ばかりか、ラフな服装の若者たちが肩を組み、人垣となって左右に身体を揺らしている。

ショートヘアの女は、その人垣の中央付近を背にして立ち、中継カメラへ身体を向けている。

「ご覧くださいっ、国会前を埋め尽くす、この五十万人の若者たちの群れを」

何を言っている……。

その様子を、新免治郎は並木の幹の陰から観察していた。

五十万人どころか、ざっと見て五百人くらいのラフな服装の若者たちだ。ほかに、国会前通りの片側の憲政記念公園のフェンスを背にして大型のバンや街宣車、ＴＶ局の大型中継車などがずらりと並び、それらの前には道路を潰す形で仮設テントが並ぶ。労働組合や政治団体の色とりどりののぼりが立てられ、緑の並木の中に赤い色彩を目立たせている。

議事堂の正門前で人垣を作るのは、百人くらいずつの交代制らしい。あとの四百人くらいは、広場と化した路上に思い思いに座り、うずくまって携帯を見たりしている。

テントや、車両を出入りしている活動家風の男女の方が、デモをする若者たちよりも数が多いくらいだ――

「常念寺やめろっ」

「憲法を護れっ」

「常念寺やめろ」

「常念寺やめろっ」

（――――）

何が、五十万人だ。

横一列に百人をぎっしり並べて、それをアップにして撮って『五十万人』――？

新免は木の幹の陰で、拳を握りしめた。

あそこでレポートをしているのは芋生美千子だ。局の副調整室でも、さんざん見せられた。撮影しているクルーは見ない風体だが、大八洲TVの腕章をつけている。

今、あの女を映してオンエアしているのは、俺の作った番組――〈ニュース無限大〉だ。俺が心血を注いだ番組で、こんなフェイクニュースを……。

新免は、拳を握りしめた腕が、ぶるぶる震えるのを覚えた。

どうしたらいい。

「ご覧くださいっ」

素っ頓狂な声が叫ぶ。

「この若者たちの平和を願う声が、いま、常念寺政権を引きずり下ろそうとしているのです」

くそ……。

そこへ

「よう、日当はまだかよう」

別の声が、新免の耳に入った。

それは微かに聞こえた。

シュプレヒコールにかき消されそうな声だが。騒音の中で聞こえる微かな声にこそ、真実を伝えるヒントがある——新免の報道人としての『嗅覚』だ。

（………？）

身体の向きを変え、声のした方を見やる。

デモ参加者の若者の一人か——？　太った、不精ひげで頬が黒っぽい若者が、歩道を占拠するテントの一つに半身を入れ、何か言っている。

不満げな声色は、なおさら新免の注意を惹いた。

「書記長さんよう、日当はまだかよう」

「うるさいな」

横目で見やると。

テント下のテーブルで、パイプ椅子に座った眼鏡に長髪の五十代らしい男が、腕組みをして若者を逆に叱責（しっせき）する。

「何を言っている。平和のために闘う正義の市民が、金が欲しいとは何事だ」

「だって、一日一万円の約束じゃないかよう」

新免は、並木の陰からは出ないようにして、耳を最大感度にして会話を聴き取った。

一日一万円……？

何の話をしているんだ。

「金をくれるっていうから、来てやったのによう」

すると

「心配するな」

書記長と呼ばれた男の隣で、四十代らしい別の男がとりなす。この男も『書記長』と同様、赤い腕章をつけている。

「常念寺政権が間もなく倒れれば、三日分まとめて支給される。だから気合を入れて、声を出すのだ」

「いつ、もらえるんだよう」

「だから、もうすぐだ」

しっしっ、と男は犬でも追うように、手振りで若者へ路上へ戻るよう促した。

「しっかり、叫ぶんだ。なまけていると日当はもらえないぞ」

●日本海上空
Jウイング四八便　コクピット

「東京コントロール」

舞島ひかるは、操縦桿の送信ボタンを握りながら無線に呼んだ。

「お願いします、この機体の自動操縦の使い方について、どこか他から助言を――」

だが
『日本空軍機』

低い、機械で変調したような声が大音量で被さった。

ひかるの言葉が遮られる。

『我々ハ命令スルオマエニ、ソノママ、オーバーテイクシ、我々ノ前方へ出ヨ』


何だ……?

この、変な声――

まるで大声で怒鳴る街宣車がいるため、普通の会話が出来ない時のようだ。

さっきから国際緊急周波数で、怒鳴っている。

初めは英語だったが、すぐに機械で翻訳したような、変な語順の『日本語』になった。

内容は、いちいち聞いていられない。

それよりも。

何とかして、助言を得なくてはならないのだ。

ひかるはナビゲーション・ディスプレーを見る。

画面上のＲＪＳＮ――新潟空港まで、一〇〇マイルを切った。

この７４７は五〇〇ノットで飛び続けている。

（あと）

十分ちょっとか……。

ぐずぐずしてはいられない。

このまま、燕木三佐との交信が回復しなかったら。

新潟へ降りられなくなる――

官邸経由の交信が、不通のままであるなら。

どこか、他からの助言を得なくては。

（――――）

自動着陸か。

そういえば、あの時は、どうやった。

操作は、どうやるんだった……？

ひかるは計器パネルを見回す。

実は、初めてではない。

半年ほど前だ。〈もんじゅプルトニウム強奪事件〉。

あの事件で、わたしは政府専用機のコクピットに一人で座り、あの747―400を操縦した。いや『操縦』なんていえるものではない……。ただ無線で助言を得ながら、襲い来る北朝鮮のミグから逃げ回った。姉の操るイーグルと、築城のF2部隊に助けられてからは、オートパイロットを何とか操作し、築城基地に隣接した北九州空港へ自動着陸で降りた。

その時に無線で指導してくれたのも、特輸隊の燕木三佐だった。

そうだ。

前にも一度、やったことはある。

（ただ）

わたしは無我夢中だったから、よく覚えていない。何をどう操作したのか――

「――高度は」

ひかるは思いつき、つぶやいた。

「降ろしておいた方がいいか」

新潟へは、ＩＬＳ計器着陸システムを使って、降りることになるだろう。

ＩＬＳ――インストゥルメント・ランディングシステムは、地上から発せられる電波のガイダンスにオートパイロットを追従させ、滑走路へ進入する仕組みだ。

確か、三〇〇〇フィートくらいの高度でいったん機を水平にしてから、ローカライザーと呼ばれる進入軸線に乗る。次いでグライドスロープと呼ばれる電波の斜面に会合し、軸線と斜面に沿って、滑走路目がけて進入して行くのだ。その前後の過程でフラップを下げて減速し、着陸脚も下げる。確か、前回はそのようにした――

後で、東京コントロールに頼んで助言者を見つけてもらうにしても。

機は、進入開始高度まで降下させておいた方がいい。ぐずぐずしていると、間に合わなくなる。

「降下させる、方法は……」

自動操縦の操作は、フライトマネージメント・コンピュータに必要なデータをセットしたら、後は左右の操縦席の間にあるモード・コントロールパネルで行なう。

前面風防の下、エンジン計器画面の上に被さるように突き出ている、横長のパネルだ。

「そうだ」

これだ……。

少し、思い出してきた。

横長のモード・コントロールパネルは、左右の操縦席から手を伸ばして操作できるように設置されている。

ずらりと並ぶボタン、そして数値をセットするカウンターが三種類。

数値のカウンターは、左からSPD、HDG、ALTの表示がある。

高度は、英語でアルチチュードだ。

(これか)

ALTのカウンターには『20000』の数値がセットされ、それはひかるの目の前のプライマリー・フライトディスプレーの高度表示と合致している。二〇〇〇〇フィートだ。

ひかるは右手を伸ばすと、カウンターの下のノブをつまんで、回した。カチカチと数値は変化して『03000』になる。

しかし数値をセットしただけでは、何事も起きない。

どれを押すんだったっけ……。

何か、今の水平飛行から、降下に転じるモードのボタンを押す必要がある。

見渡すと、二つが点灯している。ＬＮＡＶと、ＶＮＡＶと表示された二つのボタン。

ＬＮＡＶはラテラル・ナビゲーション。ＶＮＡＶはバーチカル・ナビゲーションだろう。

ひかるの目の前のプライマリー・フライトディスプレーの上側にも『ＬＮＡＶ』と『ＶＮＡＶ』という表示が出ているから、今、オートパイロットはフライトマネージメント・コンピュータにあらかじめセットされたコースに沿って飛んでいる。

まず、この状態を解除して、機を降下させるには――

（――高度を変える……これか？）

ＶＮＡＶに隣り合って、ＦＬＴＬＶＬ　ＣＨＧというボタンがある。

何の略だろう――？　ひょっとして『フライトレベル　チェンジ』か……？　飛行高度を変えるボタンだろうか。

押してみよう。

やって見るしかない。

（大丈夫）

ひかるは、自分自身へ言い聞かせる。

そうだ。

もしも、機が変な挙動を始めたら。

その時は、自動操縦を解除して、操縦桿で機の姿勢を保つようにすればいい。オートパイロットの解除法は、前に操縦をした時、教えてもらって覚えている。操縦桿の左の親指が当たるところにボタンがある。

（いざとなったら、このボタンを押せばいいんだ）

ひかるは、左手で操縦桿を軽く握り、右手をモード・コントロールパネルへ伸ばす。

除ボタンに触れて確かめ、親指で握りについた突起――オートパイロット解

ＦＬＴＬＶＬ　ＣＨＧと表示されたボタンに、右の人差し指で触れる。

だが

『Ｊウイング・フォーティエイト』

その時、ヘッドセットのイヤフォンに声が響いた。

『Ｊウイング・フォーティエイト、聞こえるか』

「――!?」

思わず、手を止めてひかるは見回す。

まともな日本語だ。

『Jウイング・フォーティエイト、こちらは航空自衛隊だ。国際緊急周波数で呼びかけている。聞こえるか』

「――は、はい」

ひかるはうなずく。

右手を戻し、操縦桿の握りについた送信スイッチを押して答える。

「はい。聞こえます」

航空自衛隊……？

今、声はそう言ったか。

●同空域

F15 白矢機コクピット

「今、君の後方から近づいている」

白矢は、前方視界に機影を目で捉えながら、無線に呼びかけた。

「今から情況を言うから、聞いてくれ」

ピピッ

ピピッ

思わず、唇を嘗める。

計器パネル右上のJ／TEWSの円型スコープでは、真後ろの位置に赤い光点が明滅し、警告音が鳴っている。

すぐ真後ろから、ロックオンされているのだ。

（――くそっ）

前へ出ろ。

さもないと、Jウイング四八便を撃つ。

言うことを聞かなければ撃墜する――

AIM120の照準を民間機に合わせ、あのアンノン――いや韓国軍のF15Kが、俺を脅してきた……。

数分前のことだ。オーバーテイク――自分たちよりもやや高い高度で、追い越して前方へ出ろ、と強要してきた。

戦闘機にとって、戦うべき対象よりも前方へ出るということは『降参』することだ。人間でいえば両手を挙げ、銃を持った〈敵〉に背中を見せるのに等しい。いつ撃たれても、おかしくない。

実際、指示された通りに二一〇〇〇フィートで直進していくと、左やや下方にあの黒い双尾翼の機影が見え始め、向こうへ脇腹をさらす恰好で、白矢は追い越して前へ――F15Kのすぐ前方へ出た。出ざるを得なかった。F15Kがアムラームあるいはサイドワインダーで、Jウイング機を依然ロックオンし続けていた。

相手よりもやや高い位置で追い越すよう指定されたのは、低く飛んで向こうの機首や主翼の下へ潜ると、コクピットからは死角に入り、見えなくなるからだ。

『直進セヨ、ソノママ』

F15Kの搭乗者は、命じてきた。

追い越す時に、はっきりと見た。ダークグレーのストライク・イーグル。主翼上面には韓国軍のマーク。いつもの〈対領空侵犯措置〉なら、操縦席横の物入れからカメラを取り出し、望遠レンズで撮影しているところだ――

あいつらは、軍の命令で、こんなことをやっているのか……？

分からない。

前の洋上でのP1哨戒機へのレーダーロックオン事件でも、韓国軍の駆逐艦が平気で敵対行動をとり、問題にされると韓国政府は『日本が悪い』と一方的に決めつけてきた。

今度も、そうするつもりか……？

俺の仲間のＦ15を三機、Ｅ767まで中距離ミサイルで撃墜しておいて、後から『日本が悪い』とか言い出すつもりか。

くそっ……。

背中を、がら空きの状態でＦ15Ｋに晒し、前方へ追い越すと。

Ｆ15Ｋは重ねて指示してきた。

『我々ハ命令スル、オマエニ。指示セヨ、Ｊウイング機ニ。次ノ指示ヲセヨ。維持セヨ、コース。維持セヨ、飛行高度』

「なんだって？」

白矢が訊き返す。

「おい、どういうことだ」

白矢はキャノピーの中で振り返り、左やや下、後方に見えているダークグレーの複座機を見た。

二名、乗っている。ヘルメットとバイザーで顔など見えない。

「おいっ」

『従エ、命令ニ』

黒っぽいF15Kの搭乗員は、ただ命じてきた。

『並べ、コクピット、Jウイング機ノ』

「何」

『並べ、Jウイング機ノコクピットニ。オマエハ命令セヨ直接、中ニイル者へ』

前方の747のコクピットの真横に並び、搭乗者の顔を見て直接命じろ――

そういうことか。

奴の代わりに、俺に、中にいる者へ命令をしろというのか。

しかし『現在のコースと飛行高度を維持しろ』……？

なぜそんなことを、わざわざ命令する。

羽田行きの便なら、もともとコースに従って、飛んで行くだろう。

白矢は首を傾げた。

それが一分前のことだ。

やがて左やや前方に、四発の大型機の後ろ姿――ジャンボ機のシルエットが見えてきた。

Jウイング四八便。

高度二〇〇〇〇フィートを維持して、水平飛行している。

先ほどから、無線で声は聞いていた。女の子の声で、何か訴えていた。パイロットのしゃべり方ではない、機内で何かが起き、操縦士以外の者が無線を使っているのか。

「いいか、情況を説明するから、聞いてくれ」

向こうの機内の情況も知りたいが、とりあえず、伝えなくては。

前方視界――HUDからやや左に外れた位置で、大型四発機の背中はみるみる大きくなる。白矢は右手で操縦桿を押して機首をやや下げ、左手のスロットルを戻してアフターバーナーを切り（こういう時でも習慣で残存燃料量を目でチェックした）、行き脚を殺すため左親指でスピードブレーキを開く。

ぐん、とつんのめるような減速感と共に、ジャンボの近づき方は緩くなる。

ピピッ

ピピッ

ロックオン警報は、鳴り続けている。

バックミラーに目を上げると、いる……。

いつの間にか、真後ろの位置だ。シックス・オクロック、一〇〇〇フィート（三〇〇メートル）後方。

しつこく、食いついている。

黒いイーグル。その左主翼付け根の二〇ミリバルカン砲の砲口が、直接肉眼で見える。

人間でいえば、凶悪犯に背中から銃を突きつけられ、命令に従わされている状態だ――

●東京　横田基地
航空総隊司令部・中央指揮所（ＣＣＰ）

「ドラゴリー・ツー、Ｊウイング四八便の真横に並びましたっ」

最前列から管制官が、興奮した声を上げる。

全員の視線が、頭上のスクリーンの拡大ウインドーへ集中する。

「ボギー・ゼロワンは、ドラゴリー・ツーの真後ろですっ」

（――――）
興奮するのは無理もない――
工藤は思った。
頭上の拡大ウインドー――佐渡島に近い、新潟北方の洋上空域を拡大した四角形の中で、今、緑の〈ＤＲ02〉は黄色の三角形〈ＪＷ48〉の右真横に並び、ぴたりと重なるようにくっついた。

ジャンボ機と、並走し始めた。

そして〈DR02〉の真後ろには。

三角形シンボルが、半分重なってしまっている……。

オレンジの〈BG01〉が、尖端を半ば突き刺すようにして、ドラゴリー編隊二番機のシックス・オクロック——六時方向・真後ろの至近距離につけている。沿岸の防空レーダーからの索敵情報では、二機はほとんど重なっている。

「畜生」

横で、笹が唸る。

「あんなに、くっつきやがって」

「真後ろ、零距離（ゼロ）ですね」

情報席で明比も言う。

「おそらく、間合いは数百メートル——手を伸ばせば触れるくらい近い。機関砲の直接照準で狙われている」

「先任」

笹が、スクリーンを見上げたまま訊く。

「しかし、奴らの——いや奴のあの要求っていうか、〈命令〉は何なのです」

「——」

工藤も、腕組みをしたまま、ウインドーを睨むしかない。

自分にも、真意はよく分からない。

数分前から、韓国軍のF15Kがドラゴリー二番機へ次々に要求してきたこと。

あのF15Kは『命令に従わなければ民間機を撃つ』と脅し、まず『自分たちよりも前へ出ろ』と言ってきた。

民間旅客機が人質に捕られている以上、従うのはやむを得ない。二番機のパイロットは要求に従った。

スクリーン上で、緑の〈DR02〉がオレンジの〈BG01〉の前へ出ると、今度は『Jウイング機の横に並べ』と要求した。そして、ドラゴリー二番機の真後ろの位置に食いついてきた。まるで犬同士の喧嘩で、相手の尻尾に嚙みついてついて行くみたいだ……。

（――くそっ）

工藤は唇を嚙む。

これでJウイング機に加え、ドラゴリー二番機まで〈人質〉に捕られてしまった。

続いてF15Kは、四八便――747のコクピットの真横にドラゴリー二番機を並ばせ、操縦者へ自分の命令を伝えろ、と要求した。旅客機のコクピットからは後方が見えないから、二番機を使って『後方から狙われている』と教え、命令に従うよう説得させる意図か。逆らえば、真後ろから二番機を直接照準で射撃できる。すぐ横で自衛隊のF15が突然火だるまになり、おちて行けば、747の操縦者は驚愕して従わざるを得ない――

しかし。

こうまでして、Jウイング機に対して要求したこと――〈命令〉が、針路と高度を維持しろ……？

いったい、どういう……

考えかけた時。

工藤の先任席のコンソールで、赤い受話器がランプを明滅させた。

「……!?」

官邸からのホットラインだ。

9

●東京　永田町

総理官邸地下　NSCオペレーション・ルーム

「工藤君っ」

障子有美は、オペレーション・ルームのメインスクリーンを見上げながら、手にした携帯に問うた。

横田とのホットラインが回復した。

システム全体も門の言うとおり、あれから数分で元へ戻った。

横田CCPの映像をそのまま映し出すメインスクリーンも復旧した。

しかしブラックアウト状態から、いきなり映し出されたのが、いま有美が見上げている画像――新潟沖空域を拡大したイメージだ。

「どういうこと⁉　いったい、この情況は何⁉　Jウイング四八便にアンノンが食いついている？」

『その通りです、障子さん』

復旧した回線の向こうで、防大時代の後輩だった工藤慎一郎はうなずく。

『新潟沖で、さっきからあの通りです』

「あのオレンジの奴は、あの――隠岐島でE767を撃墜した⁉」

『その通りです』

工藤は、やや気圧されたように説明した。

『何度か、そちらへ経過をご報告しようとしたのですが』

「あぁ、ごめん」

有美は頭を振る。

いけない、気持ちが高ぶっている。

有美は周囲を素早く見回す。

オペレーション・ルームの空間は、たったいま情報システムと通信回線が復旧し、スタッフ全員が慌ただしく動いている。ドーナツ型テーブルでは常念寺総理が再び携帯を手にし、門篤郎は通信席へ屈み込んで、どうやら管制機関とのやり取りをしているようだ。

そうだ。

懸案（けんあん）のJウイング四八便は。オペレーション・ルームがブラックアウトしている間にも、日本海上を新潟へと接近していた。千歳の特輸隊との通信も中断していたから、緊急着陸の準備はただちに再開しなければ――

時間がない。

有美は、呼吸が速くなるのを感じながら、メインスクリーンに映像が回復するのを注視していたのだ。

それが——

「一時的に連絡が途絶えたのは、謝る」有美は頭を振った。「ちょっとこちらもトラブルがあった。でももう大丈夫、ここで総理が指揮を取れる」

『はい』

電話の向こうの工藤がうなずく。

『こちらでは、小松のドラゴリー編隊二番機のパイロットから報告があり、アンノンの正体を確定できました』

「なんだったの」

『韓国軍のF15Kです』

「そう」

やはり、というか、そうか。

アメリカを介して、あの国——韓国とは間接的に同盟関係にある。すぐに戦争状態にはならないだろう、しかし外交問題だ。大変なことになる——

「それで工藤君。どういうこと。今のこの状況になるまで——」防ぎきれなかったのか？ という、後輩を詰問する口調になってしまう。

『すみません』

工藤は苦しげに言った。

『連絡が途絶えている間に、実は小松のF15がもう一機、やられています』

「――!?」

『小松のドラゴリー編隊、一番機です。ドラゴリー編隊は二番機が正当防衛により反撃、向こうの二番機を墜としています。さらに一番機を追尾しましたが』

「どうなったの」

『当該F15K一番機は、Jウイング機にミサイルを照準して脅してきたのです』

「……………?」

『Jウイング機を人質に「攻撃すれば撃つ」と』

「な」

『手が出せません。とりあえず従うより――』

何……。

有美は、工藤の説明を聞きながらスクリーンに目を剝く。

Jウイング機を、人質……?

新潟沖の、あの黄色い三角形――Jウイング四八便は、天然痘ウイルスが機内に充満していると見られる。しかもコクピットで操縦席にいるのは舞島ひかるだ。正規のパイロットは操縦が出来ない。

その機が、韓国軍のF15Kに真後ろへ食いつかれ、脅されている……？

「何を要求してきた」

『今のところ「現在のコースと高度を維持しろ」と』

「維持？」

『そうです。ドラゴリー二番機に対しては、四八便のコクピットの横に並走し、指示を伝えるよう強要しています』

「工藤君」有美は唾を呑み込む。「あのスクリーンの、位置関係では」

『そうです。相手の前へ出されました。逆らえば二番機も撃たれます』

「――――」

空自機まで、人質に捕られた。

やばい。

総理に報告しなくては――

横を見やると。

「おう、鞍山か」

ドーナツ型テーブルの総理席では、常念寺貴明が自分の携帯に応えている。

各閣僚への『持ち回り閣議』を再開しているようだが――

いま『鞍山』と呼んだ相手は、常念寺が片腕として頼む鞍山満太郎外務大臣か。

確か、先ほど常念寺は真っ先に鞍山大臣へは電話をして、〈防衛出動〉発令については了解を得ているはずだが。

鞍山大臣の方から、何か総理へ報告して来たのだろうか。

たった今まで、空自パイロットによる『目視確認』はされていなかったが。わが国を襲ったアンノン二機が韓国軍のものであることは、半ば以上に明白だった。

オフィシャルに正体を確定できるまで、おとなしく黙っている常念寺政権ではないはずだ。

「韓国大使館は、何と言ってきた――何」

常念寺は、通話相手の言葉を聞きながら、言葉を詰まらせる。

「な、『何も知らん』……？」

●日本海上空　新潟沖

F15　白矢機コクピット

「いいか、現在の情況は――」

白矢は747の機体に追いつくと、スピードブレーキを使って速度を合わせた。

左肩のすぐ下の位置に、二階建ての機首が止まるタイミングで、スピードブレーキのス

イッチを放す。スロットルで速度を調整、次いで操縦桿を慎重に前へ押し、機体を下げる
――ジャンボ機のコクピットの窓が、キャノピーの下からせり上がってきて、左真横の位置で止まる。

側面窓から操縦室内部が覗ける――

「――!?」

その途端。

白矢は、酸素マスクの中で絶句してしまう。

太陽は南の高い位置にあり、ジャンボのコクピットには頭上から陽が差し込んでいる。

乗員の顔が見える――

（――な）

何だ……。

横間隔は、一〇メートル余り。

白矢から見て、手前側の副操縦席にいるのは、女か――？　黒髪の女だ。座席をリクライニングさせ、身体を斜めにしてシートにもたれている。

戦闘機がすぐ真横に並んでも、こちらを見ようとしない。意識がないのか……？

そして。

（あれが声の主か）

奥の左側機長席にいるのは、短い髪の、水色の制服の女。ＣＡか……？

こちらを見て、驚いたのか、大きな目を見開く。

「き」

思わず、白矢は無線に訊いた。

「君たちは、どうした」

すると

『――助けてください』

水色の制服のＣＡは、操縦桿を左手で握り（送信ボタンを押しているのか）、口を動かした。

『機内でテロが起きました』

「!?」

『犯人は、制圧しましたが、病人と怪我人がいます。一刻も早く着陸しなければなりません。新潟空港へ誘導してください』

「い――いや」

『スルナ、会話』

機械で変調した声が、大音量で割り込んだ。

『タダ命令セヨ』

「――――」

白矢はまた絶句する。

●東京　横田基地

航空総隊司令部・中央指揮所（ＣＣＰ）

『命令セヨ』

天井スピーカーから声が響く。

低い、変調された声。

『維持セヨ、高度、維持セヨ、コース』

『わ、分かった』

「――――」

「――」

全員が、正面スクリーンの拡大ウインドーを注視する。

「情況に変化が生じたら、また報告します。すみません」

工藤はホットラインの向こうの障子有美に告げると、受話器をコンソールへ戻した。

「くそっ」

「どういうことなんです」

笹がスクリーンを見上げながら言う。

「奴は、半島から飛んできて、わざわざ民間機の後ろに食いついて『高度とコースを維持しろ』って」

「分からん」

工藤は頭を振るしかない。

「しかし、官邸がついさっき、サイバーテロに遭った模様だ」

「そのようですね」

情報席で明比がうなずく。

「官邸のオペレーション・ルームが、十分近くブラックアウトさせられるとは。何か、とんでもないことが行なわれようとしています」

『分かった』

頭上から若いパイロットの声がする。

相変わらず、呼吸は速い。

『そちらの指示を、四八便へ伝えるから、口頭で説明をさせろ』

●東京　永田町
総理官邸地下　ＮＳＣオペレーション・ルーム

「それが韓国側の正式な回答か？『何も知らん』――って」

常念寺が、携帯へ訊き返している。

「これだけのことを起こしておいて『知らない』で済ませられるか。うん、頼む」

通話相手の鞍山外務大臣へ『頼む』と念を押すと、常念寺は携帯を切る。

「総理」

障子有美は自分の携帯を胸へしまうと、総理席へ歩み寄った。

「ご報告します」

そこへ
「総理」

門篤郎も、壁際の通信席からドーナツ型テーブルへ歩み寄って来た。
千歳からのバックアップ態勢は回復できたのか……？

ちょうどいい。

総理と情報班長、周囲の皆にも情況を把握してもらおう。

「聞いてください」

有美は、常念寺と門の注意を惹くと、メインスクリーンを指した。

●日本海上空　新潟沖
F15　白矢機コクピット

「いいか」

白矢は、右手の操縦桿で機の姿勢を保ったまま、左真横に見えている747のコクピット――制服姿のCAへ呼びかけた。

「今、君たちはシックスから――真後ろから狙われている。奴が狙っている。〈命令〉に従わないと撃たれる。とりあえず高度とコースを維持し、オートパイロットでそのまま飛んでくれ」

ピピッ

ピピッ

話す間にも。

TEWSはロックオン警報を鳴らし続ける。

（――――）

目を上げると、ミラーの中の黒いイーグルはさらに大きくなっている。

また近づかれた――？

ミラーの両端から翼端がはみ出る――間合いは五〇〇フィート（一五〇メートル）もない。すぐ真後ろ。

「とにかく、高度とコースを、維持してくれ」

しかし

『――？』

無線には、何を言っているの？　という呼吸。

左側操縦席のCAは、こちらを向き、大きな目を見開いている。

白矢の言う情況が、理解できないのか。

向こうでも、テロが起きているらしいが――

さっき、あの子は何と言った。

機内でテロが起き、犯人は制圧した……？

確かに、そう言った。

何のテロだったんだ。

その犯人――どんな奴なのか、何人いたのか分からないが、誰がそいつ、あるいはそいつらを『制圧』したのか（まさか操縦席にいる彼女ではあるまい）……？

ショートヘアのＣＡが操縦席にいるのは、多少なりとも航空機について知識があるからだろうか。ほかの乗員は。パイロットはいないのか。

『でも、降りないと』

「いや」

白矢は頭を振った。

「下手に動くと、危な――」

そう言いかけた時

ヴォッ

「うわ」

突然、白矢のすぐ頭上を、真後ろから前方へ真っ赤な閃光(せんこう)の奔流(ほんりゅう)のようなものが走り抜けた。

キャノピーがヴババッ、と衝撃波で叩かれ、機体が下向きに押し下げられる――

「――うわ、くそっ」

慌てて操縦桿で高さを保つ。

●東京　横田基地
航空総隊司令部・中央指揮所（CCP）

『い、今の見たか!?』

『維持セヨ、高度、コース！』

天井スピーカーから、二つの音声がほぼ同時に降った。

若いパイロットの悲鳴のような声と、機械で変調されたボイス。

「な」

工藤は思わず声を上げた。

「何だ、今の悲鳴は」

「おそらく機関砲で撃たれたのです」

最前列の管制官が、振り返って応える。

「先ほどからロックオンされっぱなしです。しかし、ドラゴリー・ツーの飛行諸元は変わらず、ダメージもダウンリンクされていません。威嚇と思われます」

●日本海上空　新潟沖
　Jウイング四八便　コクピット

（………!?）

ひかるは目を見開いた。

コクピットの右側面窓に、いきなり真っ赤な閃光が走るとぐらっ、と機体が揺らいだ。

横向きに押しやるような力が働き、巨大な747の機体が左へ傾ぐ。

な、何だ……!?

「きゃ」

シートベルトをしていなかったことに、初めて気づいた。ひじ掛けにつかまり、慌ててベルトを締め直す。目の前の操縦桿が自動的に右へ動き、揺らいでずれた機首方位を元へ戻す。

すぐに水平飛行へ戻る。

（い、今のは）

何だ……。

『今の、見たか⁉』

無線のパイロットの声が、繰り返して告げた。

『機関砲だ。真後ろの至近距離から、撃たれた』

「──」

『さっきから聞こえているだろう、気味の悪い〈声〉』

気味の悪い声……？

ひかるは、右の側面窓を見やる。

眩しさに目をすがめる。

撃たれた……？

今の閃光は。

後方の様子は、見えない。

後ろに、何かいるのか。

窓の向こうに浮かんでいるのは空自のＦ15だ。その涙滴型キャノピーから、バイザーを下ろしたパイロットの頭がこちらを向いている。

『いいか。俺は〈命令〉を伝えろと脅されている。すぐ真後ろに、韓国軍のF15Kが一機いる。そいつが、さっきから機関砲を突きつけて脅しているんだ』

「えっ」

●東京　永田町

総理官邸地下　NSCオペレーション・ルーム

「あれをご覧ください」

障子有美はメインスクリーンを指し、次いでオペレーション・ルームの空間を見回し、居合わせる全員が注目しているのを確かめた。

自分にも、情況がすべて摑めているわけではないが。

皆で、事態を共有しなくては。

「情報システムがブラックアウトしていた間に、大変な情況になっています」

「あれはアンノンか」

常念寺が、スクリーンを見上げて訊く。

「Jウイング機の真後ろに、くっついているのは」

「その通りです、総理」

「まさか」

「その『まさか』です」

「ではあれは、先ほど隠岐島上空を侵犯し、Ｆ15やＡＷＡＣＳを撃墜した韓国軍機か⁉」

「それが真後ろに食いついているそうです。Ｊウイング四八便の」

「何」

「空自の戦闘機も〈人質〉に捕られています。あの通り」


「要求は」

　門が訊いた。

「何を要求してきた」

「ＣＣＰからの報告では『高度とコースを維持しろ』」

「コースを維持？」

「そうよ」

「――――」

　門が、息を呑むのが分かった。

「やられた」

「情報班長」

常念寺が訊く。

「これは、どういうことだ。まさか」

「そうです。総理」

門がうなずく。

「〈敵〉は、四八便を新潟へ降ろさせない、い、いつもりだ」

「――――」

「――――」

全員が息を呑み、スクリーンを見る。

黄色い三角形〈ＪＷ48〉は、尖端を真下――南へ向けたまま、間もなく新潟県の海岸線にかかる。

第Ⅷ章　撃て、白矢（しらや）！

1

●東京　お台場
大八洲ＴＶ　報道局　第一スタジオ

「分かったわ、パパ」

オンエア中の映像をモニターする壁の画面には、ＣＭが流れている。

スタジオ中央の司会テーブルで、脚を組んだ四十代の女は、手にした携帯にうなずいた。

さらに何度か、通話相手にうなずくと「こっちは任せて」と告げ、携帯を切る。

「――さぁ」

唇を笑いの形にきゅっ、と結び、女はスタジオの空間を見回す。

「いよいよだわ」

「〈作戦〉は、最終段階ですな」

司会テーブルの横の席から、五十代の口髭の男が言う。

「どっちに転んでも、日本はもう終わりだ」

「川玉」

日本はもう終わり——その言葉に、白スーツの女は隣席の男を横目で睨む。

「油断は禁物よ」

「は」

「前回も、あと少しというところで、常念寺にしてやられたわ」

「ははっ」

「おい」

白スーツの女——羽賀聖子は、スタジオの左手で放映を仕切っている黒装束の男を呼んだ。

「芋生を、すぐ官邸へやりなさい。総理の辞任会見が、間もなく始まるわ」

●東京　永田町
国会議事堂正門前　路上

「芋生さん、中継お疲れ様です」

マイクを手にしたパンツルックの女が、ロケバスの車内へ戻って来ると、〈大八洲TV〉の腕章をつけた若い男がうやうやしく迎えた。

「飲物を用意しました。どうぞ、お休みください」

「あ〜ぁ」

女は、差し出されたクッション付きの回転椅子にどかり、と収まると、だるそうな動作で脚を組んだ。

「まったく、たまったもんじゃないわよ。おい、灰皿」

「は」

腕章の若い男が「これは気がつきませんで」という仕草で、クリスタルの灰皿に載せたメンソール入りの煙草を差し出す。

三十代の女は、細いシガレットを一本くわえると、男にライターで火をつけさせ、ぷはあっ、と煙を吐いた。

「先週の太子党のパーティーは素敵だったのに。ここは周り中、むさくるしい若い男ばっかり。あたしを見ると、目の色変えて寄って来るのよ。気持ち悪いったら、ありゃしないわ」

「芋生さん、人気ありますから」

「人気なんて、もう関係ないわよ」

芋生美千子は、だるそうに欠伸をする。

「あたしは、日本が占領されたら、党日本支部の幹部になるんだから。党幹部になれば、何でも好きなように出来る。気に入らない奴は逮捕。日本人はみんな、言うことを聞かせる。人気があろうがなかろうが、関係ない」

「ははは。そうですね」

そこへ

「芋生さん」

携帯を耳につけたまま、ロケバスの運転席から別の若い男が歩み寄った。

「局の聖子先生からです。ただちに官邸へ向かってください。総理の辞任会見が、間もなく始まる見込みです」

「そう」

　女は、白い煙を吐いてニヤッ、と唇を笑いの形にした。

　宙を見据え「そう、いよいよね」とつぶやく。

「いよいよだわ」

「〈作戦〉が、うまくいくのですか」

「歴史的瞬間よ。くっくっ」

「歴史的瞬間、ですか」

「そうよ。常念寺が辞めて、内閣が総辞職して、代わって超党派の日中議連が〈与党〉になる。日中議連と日韓議連が、この国と人民を支配するのよ」

　くっくっく、と女は声を立てた。

「アメリカを追い出して〈日中安保条約〉を結び、自衛隊は解散、人民解放軍が全国に駐留する。日中議連は共産党日本支部になる。そうなったら、このあたしをネットＴＶで馬鹿にした『保守系論客（ろんきゃく）』とか自称している連中は、全員、収容所へぶち込んでやる。あいつも、あいつも、あいつらもみんなぶち込んで、臓器移植の材料にしてやるわ」

　宙を見据えてつぶやく女に
「芋生さん、官邸にもすでに、中継車は行っているので、ハイヤーを手配しました」

　若い男は、ロケバスの外を指す。

「間もなく、来ます。芋生さんはマイク一つで官邸へ向かってください」

●東京　永田町
国会議事堂前　路上

議事堂前通りの並木の陰で、新免治郎がデモの様子を観察していると。

背後から、小さく声がした。

「新免さん」

「ここでしたか」

「──おう」

新免は、薄汚れたジャンパーを羽織った三十代の男に振り向くと、うなずいた。

ここへ来るのであれば。

なるべく、汚い恰好で来てくれ──そう頼んであった。

大きめのショルダーバッグを肩にした男は、長髪で、広場と化した六車線の路上に立っていても、周囲の活動家風の男たちと見分けがつかない。

もちろん活動家ではなく、新免が日頃の番組制作で仕事を頼んでいる制作会社のディレクターだ。

「すまんな、よく来てくれた」

大八洲TVの局舎は、正体不明の勢力に乗っ取られた形だ。あそこにいる人間に連絡して、助けを乞うことは出来ない。

新免は、自分の信頼する外部の制作会社のスタッフに、連絡を取ってみた。

携帯の繋がった三十代のディレクターが「ぜひ手伝わせてください」と言ってくれた。

「見てくれ」新免は周囲を指す。「こういう情況なんだ」

「さっきから驚いています。これは、フェイクニュースじゃないですか。五十万人だなんて」

「俺の作った〈ニュース無限大〉が、今そのフェイクを流し続けているんだ」

「でも」

三十代のディレクターは、新免の仕事ぶりに感銘してついて来てくれる、数少ない腹心の一人だったが。

五十万人は嘘だとしても、デモ隊数百人に加え、活動家たちの車やテント、各大手マスコミの中継車などが路上を埋めて、一大勢力には違いない。

強力にフェイクニュースが生産され、全国へ流されているこの現場で、新免は徒手空拳に近い。

帯を差し出す。

いったい、どうしようというのか――

周囲を見回しながら、ディレクターは「とりあえず、これを見てください」と自分の携帯を差し出す。

「見てください、新免さん。NHKのストリーミングなんですが、報道陣が官邸の会見ルームへ詰めかけているそうです」

「官邸の……？」

「会見ルームへは、総勢四百人くらい、押し寄せているらしい。各社とも『間もなく総理の辞任会見』というコメントを流しまくっています」

●東京　永田町

総理官邸地下　NSCオペレーション・ルーム

「つまり、こういうことだ」

門篤郎が、有美の説明を引き取るようにして、周囲を見回しながら言った。

壁のメインスクリーンには、横田CCPからの情報が、リピーターとして表示されている。

黄色い三角形〈JW48〉は、尖端をスクリーン上で真下――南へ向けて進行中だ。

高度表示『二〇〇』。速度の表示は『五〇〇』。

その右真横に重なるように緑の〈DR02〉。

そして、空自のイーグルを表わす〈DR02〉のすぐ後ろに、食いつくようにオレンジの〈BG01〉。

ボギー・ゼロワンすなわちアンノンは、報告では韓国軍のF15Kだという。

駐日大使館を通した緊急の問い合わせに対して、韓国政府は『知らない』とだけ回答してきたという。

「〈敵〉は、この韓国軍のF15Kを使い、Jウイング四八便を脅して、そのままのコースで飛行させるつもりだ。行き先は」

「――」

「――」

ドーナツ型テーブルの周囲に集まった全員の視線が、メインスクリーンへ注がれる。

黄色い〈JW48〉が、またじりっ、と新潟県の海岸線へ近づく。

黄色い三角形の尖端が向かう先は――

「あのように」

門が説明する。

「インプットされているコースは、新潟市上空を通過した後、まっすぐに南下して首都圏――都心上空を経由し、羽田空港です。新潟上空から都心まで、あの速度ならおよそ二十分」

「最悪のケースは」

障子有美は、門の横顔に訊く。

「どう予測する？」

「〈敵〉の目的は、天然痘ウイルスを東京へ持ち込ませることだ。だが、コースを維持しろと言っていても」

門はスクリーンを指して、続ける。

「奴が――F15Kが四八便を、無事に羽田へ着陸させてくれるとは限らない。コクピットにいる舞島ひかる二曹は、７４７の操縦の経験はある。無線で指導を受ければ自動着陸を実施することは可能だ。着陸は前にも一度、やったことがある。しかし」

「――――」

「――――」

「考えられる最悪の事態は、四八便が都心上空に達したところで撃墜される」

「そうなれば、人的被害も甚大であるうえに」

門は、息を呑む全員を見回した。

「四八便の機内に充満していると見られる天然痘ウイルスが都心を中心に広範囲に撒き散らされ、その時点で日本の経済は終わります」

「何とかして、あのアンノンを排除できないのか」

常念寺が訊く。

「あぁ、あれを見てくれ」総理大臣はスクリーンを指す。「自衛隊が、援軍を上げたようだが」


援軍……？

障子有美は、スクリーンの中を目で探る。

あれか。東京の北東――霞ケ浦のやや北の辺りから、新たに緑の三角形がいくつか出現している。数は四つ――

（百里か）

CCPの工藤が、百里基地から新たに戦闘機を出動させたか。

四つの緑は、そろって尖端を北北西へ向けると、一塊になって進み始める。

●東京　横田基地

航空総隊司令部・中央指揮所（ＣＣＰ）

「百里のＦ、上がりました」

最前列から、中央セクター担当の管制官が振り向き、報告した。

「超音速を許可しました。Ｊウイング機およびボギー・ゼロワンへ、会合まで十八分です」

「いや、少し待て」

工藤は、スクリーンを仰ぎながら言う。

「速度を出すのはやむを得んが——しかしこのままでは、斜め前方からまともに接近する」

「そうですね」

横で笹もうなずく。

「まともに接近すれば、奴を——ボギー・ゼロワンを刺激します」

「刺激どころか」

明比も言う。

「奴をロックオンすれば、奴は撃ちますよ」

その通りだ。

工藤は唇を噛む。

航空自衛隊が、テロリストに脅される立場になるとは……。

「中央セクター」

スクリーンを見上げながら、命じた。

「あの四機の高度を下げ、奴のレーダー覆域を避け、横方向から気づかれぬように回り込んで接近させられるか」

「可能ですが」

管制官は応える。

「時間はかかります。山岳すれすれでは速度も出せません」

「構わん」

「要求は『コースを維持しろ』、か」

横で、笹が腕組みをした。

「仮にあのまま、まっすぐ飛ぶと。東京へ向かうことになるな」

「羽田行きですからね」

明比が言う。

「それは、当然――」

「どうした」

情報席で明比が、ふいに黙ったので、工藤は訊き返す。

同時に工藤も、嫌な考えが頭に浮かんでいた。

コースを維持……。

それが〈命令〉？

「明比。ひょっとしたら今、俺と似たようなことを思いついたか」

「似たこと、ですか」

「そうだ」

工藤はうなずく。

見ている間にも、黄色い三角形〈JW48〉は新潟の海岸線へまたじりっ、と近づく。

「あのJウイング機の機内では」工藤は、スクリーン上の黄色い三角形を目で指す。「テロが起きたという。テロ犯はすでに制圧されたらしいが、パイロットは操縦に従事できない状態で、代わりにCAが操縦席にいる」

「――」

「ヨーロッパ発の民間機の機内でテロ。詳しい情況は、当のCAから多くを聞き出せない。しかし管制の指示に従わずに接近して来る747――これは、似ていないか。前のルクセン・カーゴ機のケースと」

「まさか」

笹が、工藤を見る。

「まさか、あのJウイングの機内で」

「いえ、考えられます」

明比が言う。

「四八便に、中国の工作員が搭乗していて、ルクセン・カーゴ機の時と同じく、機内で天然痘を発症。東京へ向かえと乗員へ強要し、格闘になった。ルクセン・カーゴ機でも、パイロット二名がテロ犯と格闘して制圧に成功しています」

「――」

「――」

周囲で、会話を聞いていた管制官たちも言葉を失ったように注目してくる。

明比は続ける。

「もし同じようなことが起きているとしたら。たとえテロ犯は倒せても、今、あの機内には天然痘ウイルスが充満した状態です」

「――」

「――」

「ルクセン・カーゴ機でも、犯人は、ロシア領内へ緊急着陸しようとした機長を制し、目的地へ向かうよう強要した。わが国国内へウイルスをばら撒くためです」

「テロ犯は、制圧できていない」

つぶやくように、工藤は言った。

「あそこのＦ15Ｋが犯人に代わり――」

言いかけた時。

工藤の先任席のコンソールで、赤い受話器が着信ランプを明滅させた。

●日本海上空　新潟沖

Ｊウイング四八便　コクピット

（――韓国軍のＦ15Ｋ……？）

ひかるは操縦席で、眉をひそめた。

そんなものが。

今、この機の後ろに居るというのか……？

思わず、背後を振り向くが。

旅客機に後方視界というものはない。コクピットの扉があるだけだ。

いったい――

「…………？」

何が起きている。

さっきから聞こえている、気味の悪い〈声〉――

若いパイロットの声に被さって響いた『維持セヨ高度、コース』という〈声〉。ひかるも確かに聞いた。機械で変調されたような気味の悪いボイスの主が、すぐ後方にいて、機関砲を撃ったというのか。

高度を維持しろ……？

コースを維持しろ――って。

(冗談じゃない)

しかし、たった今、後方から撃たれたのは事実だ。

自分も初めて見た——機関砲の射弾。眩い、真っ赤な閃光の奔流が後方から前方へほとばしると、衝撃波で機体が煽られ、傾いだ。

韓国軍のF15K……⁉

そんなものが、いるのか。

「どうして」

思わず、無線の送信ボタンを握っていた。

「どうして韓国軍が」

『分からない』

右側面窓の外、イーグルのキャノピーの下で、パイロットがヘルメットの頭を振る。

『俺にも、分からない。奴は半島から上がって来て、隠岐島周辺空域でわが自衛隊機を三機——いや四機撃墜し、ここまで侵入して来た』

「——」

『なぜ、このまま飛べと言うのか、分からない。ただ奴は、まだ三十分以上は滞空出来る。とりあえず言うことを聞くしか——』

『スルナ、会話』

大音量のボイスが被さった。

『維持セヨ、コース。維持セヨ、高度！』

（――――）


いったい、何が起きている。

ひょっとして。

ひかるは、右席でぐったりシートにもたれる黒髪の女を見やる。

そうか。

アニタは、何か言っていた。〈敵〉が次の手に出て来る……。

（ひょっとして、これが）

●東京　永田町
総理官邸地下　ＮＳＣオペレーション・ルーム

「工藤君、率直に訊きたい」

障子有美は、ホットラインの向こうの先任指令官へ問うた。

「今、総理も一緒にスクリーンを見ている」

メインスクリーンでは、拡大ウインドーの中、黄色い三角形〈ＪＷ48〉が尖端を真下へ向けて進む。その真横に緑の三角形、すぐ後ろにオレンジの三角形を食いつかせたまま、間もなく新潟県の海岸線へ差しかかる。

本来なら、ここオペレーション・ルームで千歳の特輸隊からの指導をリレーし、四八便のコクピットにいる舞島ひかるに新潟空港への着陸を試みさせるはずだったが――通信回線が復旧した後、門が再び調整をし、無線によるバックアップ――『操縦指導』が出来る態勢にはしたらしい。

しかし、四八便と連絡を取れる国際緊急周波数は、侵入して来たアンノン――韓国軍機によって事実上、占拠されている。韓国軍機が『コースを維持しろ』、『会話をするな』と強要している。

「百里から編隊を上げたわね」有美はスクリーンを見ながら、手にした携帯に訊く。「四機で、なんとかあのアンノンだけを撃墜することは可能なの」

〈防衛出動〉は、まだ発令出来ていないが。

もう、関係なくなってしまった。この情況では、発令出来たところで、こちらが韓国軍機を攻撃する素振りを見せればJウイング機を撃たれる。

その代わり、警察官職務執行法は活用出来る。凶悪なテロ犯が、数百人の人質に対して今にも発砲しようとしているのだ。凶行を未然に阻止するために自衛隊機が武器を使用しても、問題はない。

問題は、どうやったら凶悪テロ犯――あのF15Kに気取られず、凶行に及ぶ前に排除出来るのか。

「アンノンにJウイング機を撃たせずに、排除出来る?」

有美はそこまで早口で聞くと、自分の携帯をドーナツ型テーブルの上に置き、スピーカーフォンに切り替えた。

総理、門、そのほか全スタッフにもタイムラグなしで情況を摑んで欲しい。

『障子さん。方法は、無いことはありませんが』

CCPの工藤の声は、苦しげに応える。

『かなり難しい。この情況では、火器管制レーダーが使えないのです』

「レーダーが?」

有美は眉をひそめる。

「レーダーが使えない――って」

●東京　横田基地

航空総隊司令部・中央指揮所（CCP）

「そうなのです」

工藤は、正面スクリーンを仰ぎながら、受話器に応える。

「百里から上がった四機には、目視圏外から攻撃出来るミサイルを持たせました」

関東の北──霞ケ浦の少し上側に出現した緑の三角形が四つ。

今、工藤の指示で、それらは新潟方面へ直行せず、やや右へ進路を振って、真北──スクリーンの真上へ向けて進み始めている。

高度を低くし、迂回(うかい)ルートを取ることで、接近する韓国軍のF15Kに探知されないようにし、Jウイング機を脅し続けるボギー・ゼロワンの後ろ下方へ廻り込ませる。

大きく迂回することになるので、接敵(せってき)まで時間を食うが──

「AAM4は中距離ミサイルです。レーダーで狙い、三〇マイルの目視圏外から発射出来る。しかし、これを使うには、あらかじめ奴を機上の火器管制レーダーでロックオンしなければならない。ロックオンすれば、その瞬間に向こうのコクピットでは脅威表示装置の警報が鳴り響きます。奴は『自分をロックオンしたら民間機を撃つ』と宣言している。わが方がどんなに手際よくやっても、ロックオンからミサイル発射まで十秒。ミサイルが奴に届くまでさらに十数秒。それだけあれば」

「────」

「――――」

左隣と右隣から、笹と明比が視線を向けてくる。

今回は、いつもの〈対領空侵犯措置〉とは勝手が違う。

かなり違う。

人質を取ったテロ犯を相手にしている。警察や海上保安庁ならともかく――そんな経験をした者は、この地下空間の中に一人もいない。

「いいですか、それだけあれば、奴は目の前のドラゴリー・ツーとＪウイング機を撃墜してしまいます」

『――――』

ホットラインの向こうで、障子有美が絶句する。

そうだ。

ミサイルで撃ちおとす方法はない。

「障子さん、聞いてください。唯一、可能な方法は」

工藤はスクリーンから目を放さずに続けた。

黄色い三角形〈ＪＷ48〉は、もう海岸線を越え、新潟市上空へ入る。ここからは内陸だ。

「機上の火器管制レーダーを使わずに、攻撃する。奴を撃ちおとす。それしかない。四機のF15を地上から誘導し、低空を保って奴の死角から後ろ下方へ廻り込ませる。レーダーを使わずに、至近距離から機関砲を撃ち込みます。この攻撃法が唯一可能だ。しかし」

●東京　永田町
総理官邸地下　NSCオペレーション・ルーム

『しかしリスクはあります』

「考えられるリスクは何？」

障子有美は、テーブルの上の携帯に訊く。

「全部、言って」

『分かりました』

テーブルを囲む全員が注視する中、CCP先任指令官の声は説明を続ける。

『まず、ミサイルと違い、機関砲は一撃で敵を粉砕出来ない。たとえ死角から忍び寄り、気づかれずに撃つことに成功しても、撃った瞬間に奴も目の前のJウイング機を撃つかもしれない。そうでなくとも、バルカン砲は一秒間に一〇〇発の二〇ミリ砲弾を射出しますから、どんなにうまく狙っても流れ弾は出ます』

「――」

「――」

聞き入る全員の中で、常念寺貴明が腕組みをする。

考え込む表情になる。

有美はそれを目の端に留めながら、工藤へ訊き返す。

「つまり。流れ弾が、Ｊウイング四八便に当たる可能性があると？」

『はい』

「確率は。大きい？　それとも小さい」

『こればかりは』

工藤の声は籠る。

『これは実際に射撃位置へ占位して、パイロットが目で見て判断しないと、何とも言えません』

「そう」

『ただ一つ言えるのは』

●東京　横田基地

航空総隊司令部・中央指揮所（ＣＣＰ）

「言えるのは、Ｊウイング機の飛行高度が二〇〇〇〇フィートある」

工藤はスクリーンを仰ぎながら、説明を続ける。

障子さんが、今このタイミングでホットラインをかけてきてくれて、俺は助かったかもしれない――

ふと、その考えが浮かんだ。

「二〇〇〇〇フィートの高度では、旅客機の客室部分にはかなりの与圧がかかっています。一発でも、二〇ミリ砲弾が外皮を貫通したら――」

『――――』

通話の向こうで、女性危機管理監がまた絶句する。

死角から接近し、気づかれぬように至近距離から機関砲で奴を撃ちおとす――

これしか、考えられる対処法がないから、四機のＦ15をとりあえず誘導させているが。

攻撃を実際に実施するかどうかは、これは俺の『責任範囲』を超えている。

民間機に被害の出る可能性が、かなり高いのだ。

「奴を――侵入したテロ機を排除するには、今のところ、申し上げた方法しか見当たりません」

　工藤は続けた。

「準備は、今、させています。二十分程度で、四機は攻撃の位置へつける。しかし実行するかどうかは『国の判断』を仰ぎたい」

2

●東京 永田町
総理官邸地下 NSCオペレーション・ルーム

「分かった。ありがとう工藤君」

　スピーカーフォンに向かって礼を言うと、障子有美は指で通話を切った。

「総理、門君。情況は、今聞いた通り――」

　言いかけた時。

　常念寺が、上着の上から胸ポケットを押さえた。

　振動する携帯を取り出す。

その動作に、思わず、という感じで皆が注目する。

「あぁ、古市さんからだ」

携帯の面(おもて)を見た常念寺が、つぶやくように口にして、テーブルに置くとスピーカーフォンにした。

「はい。常念寺です」

有美を含め、全員が注視した。

古市官房長官からのコールか。

古市は、常念寺がオペレーション・ルームで緊急事態の指揮を執(と)る間、代わって地上で通常の執務を引き受けている。

官房長官は、〈防衛出動〉を発令する際には了解を得るべき閣僚だ。先ほど、常念寺から日本海上空での情況については、説明をされているはずだ。

『総理』

老練な政治家の声が、訊いてきた。

『確認したいのだが。マスコミについてだ』

「なんでしょうか」

『先ほどから、各社の記者たちが会見ルームへ押しかけ、総理の辞任はまだか、としつこく訊いてくる。総理は「辞任する」とか、誰かに漏らしたかね』

「――――」

常念寺は、息を吸った。

マスコミの記者たちが、会見ルームに……？

有美は、思わず天井を見上げる。

地上階の会見ルームか。

演壇と記者席がしつらえられ、官房長官が定例会見に応じる場所だ。

そこに、報道陣が詰めかけているのか。

地上波ＴＶの報道番組では、もう『常念寺総理が辞任する』と勝手に流しているようだが――

「……いや」

常念寺は、卓上の電話に応えかけ、口をつぐんだ。

何か考える表情だ。

「ちょっと、待ってください。古市さん」

「――――」

「――――」

全員が注視する中、四十代の総理大臣は腕組みをし、メインスクリーンを見やった。

「門情報班長」

「はい」

長身の門が、スクリーンと、テーブルの総理を見比べるようにする。

その門に

「考えを整理したい」常念寺は訊いた。「今、我々の取り得る選択肢は、いくつだ?」

「二つです」

門は即座に答える。

「四機の空自機に、奴を——侵入テロ機を攻撃させるか。あるいはやめておくか」

門の答えに、常念寺はうなずいてスクリーンを見る。

黄色い三角形〈JW48〉は、すでに新潟市上空にあり、内陸に入っている。

真横に、同じく人質とされた小松基地所属のF15〈DR02〉、そしてその緑の三角形に半ば重なるようにオレンジの〈BG01〉。

じりっ、と三つの三角形は一塊に、新潟市上空を通過していく。

一方、百里基地から発進したと見られる四つの緑の三角形は、スクリーン上をいったん真北へ向かう。CCPの説明では、大きく迂回し、〈BG01〉の後ろ下方へ廻り込むという。

「四機に攻撃させた場合、うまくいけば奴を排除でき、全員が助かります」

門が続ける。

「うまくいかなければ。四八便は、撃墜されるかもしれません」

「……その攻撃を、させなければ？」

「させなかった場合は、奴をJウイング機と共に、都心上空へ入れることになります」

「…………」

「奴が、四八便をまともに着陸させる保証はありません。羽田への着陸のため降下しろと命じて、都心上空を低い高度で通過しかかった時にいきなり撃って来る。それが最悪ケースです。奴はおそらく、撃った後、東京上空を南へ離脱して海上で脱出、機を捨てる。海面でどこかの工作漁船か、潜水艦が待ち受けている可能性が強い。逃げおおせてしまえます」

「…………」

「そうなれば。わが国は、直接に被る被害だけでは済みません。防疫のため、仮に首都圏全域を、隠岐島のように封鎖し隔離しなければならなくなったら」

そうだ。

そうなれば、日本の経済はどうなる……。

門が言葉を続けなくとも、有美には想像が出来た。

いや。『想像』は出来ない。わが国が被るダメージの大きさは想像もつかない――

●新潟県上空

Jウイング四八便　コクピット

「――――」

〈敵〉の、次の手……。

アニタの口にしていたことは、これか。

韓国軍の戦闘機に後ろから脅させ、この機を東京へ向かわせる――？

ひかるは、右横に浮かんでいるライトグレーの機体を見ながら、肩を上下させた。

自分の目で確認できるのは、あの機体だけだ。

日の丸をつけたイーグル。

特輸隊のベースである千歳にも、たくさんいるが――

どこの所属機だろう。

突然、真横に並ばれ『後ろから狙われている』『高度とコースを保て』と言われ、わけが分からなかったが。

ＣＩＡ教官から教わった通り、わけが分からなくなった時の対処法としてみぞおちに意識を集中して自分の呼吸を読むようにすると、さまざまなことが目に入ってくる。

イーグルの垂直尾翼に描かれたエンブレム。ＡＡＭ３ミサイルに乗って空中サーフィンをする黒猫のマークだ。

あれは。

「――三〇八空ですか？」

反射的に、ひかるは無線に訊いていた。

●同空域

Ｆ15　白矢機コクピット

（――!?）

無線で短く訊いた声に、白矢は目を見開いた。

今、何と言った。

ピピッ

ピピッ

ロックオン警報が鳴りやまぬコクピットだ。

今の声は、聞き違いか？　『三〇八空』……？　民間エアラインのＣＡに、どうして俺の所属部隊が分かる……？

だが

『三〇八に、姉がいます』

声は、重ねて短く言った。

また〈会話〉をすれば、後方のテロ機――Ｆ15Ｋから恫喝（どうかつ）されかねない。

用心する感じで、短く告げてきた。

『パイロットです』

（……えっ⁉）

白矢は、思わず左手でヘルメットの額の留金を掴むと、バイザーを引き上げた。

「う」

眩しさに、目をすがめる。

酸素マスクはつけたままだが、素顔で左横を――７４７のコクピットを覗き見た。

奥の左側操縦席に座る、短い髪のＣＡ。こちらを見ている。水色の制服は、確かに見覚えのあるJウイングのキャビンクルーのコスチュームだが——

姉がいる……？

「…………」

小松に居を置く第六航空団・第三〇八飛行隊。自衛官の間では『三〇八空』と略して呼ぶ。

そういう呼び方は、一般の人はしないものだ。そのうえ、姉がいる——？

三〇八飛行隊に、女子パイロットは一人しかいない。

まさか。

●東京　横田基地

航空総隊司令部・中央指揮所（CCP）

「——おい」

工藤は眉をひそめた。

天井スピーカーに聞こえた声。

今、何と言った……？

四八便のコクピットにいるというCAの声に違いないが——

「今の会話は、何だ」

●東京　永田町
総理官邸地下　NSCオペレーション・ルーム

「情報班長」

常念寺は、少し考える風情だったが。

数秒して、口を開いた。

「君の意見を聞きたい。我々は、どちらの選択肢を取るべきか」


「それは」

門は、常念寺へ向き直ると、言った。

「CPの計画通りに、攻撃をさせるべきです」

「…………」

常念寺は、スクリーンを見上げたまま瞬きをした。

「……君はそう思うか」

「それが最善です」

門はうなずく。

「ご覧ください。あの進行状況であれば。ぎりぎり首都圏へ入る直前で四機は攻撃位置につき、北関東の山岳上空で仕掛けられる。万一のことがあったとしても、地上への影響は最小限です」

その通りだろう。

やり取りを見つつ、障子有美も門の考えを『その通りだ』と思った。

国として、最小限の被害と犠牲で事態を収束させるには。

リスクを覚悟したうえ、攻撃をかけるしかない。

だが

「第三の選択肢もある」

常念寺は言った。

「もう一つ、選択肢があるよ」

「――総理？」

有美は、常念寺がテーブルの総理席から立ち上がったので、思わず問うた。

あっさりとした表情をしていることに、かえって違和感がある。

それは周囲の全員も同じらしく、立ち上がった総理大臣の顔に皆が注目した。

「どうされました、総理」

「もう一つ、取るべき道はある」

常念寺は息をつき、言った。

「私が辞任することだ」

「総理？」

「総理」

「今から」常念寺は天井を見上げる。「上へ行き、彼らの要求通りに会見場で辞任を表明し、内閣も総辞職としよう」

「総理、しかし」

門が声の調子を変えずに、指摘するように言う。

「あなたが辞任を表明されても、〈敵〉がJウイング機を解放するという保証がありません」

「いや」

だが常念寺は、頭を振って言う。

「先ほど、オペレーション・ルームがブラックアウトしていた間も。地上波TVだけはなぜか見ることが出来た。つまりこれは『マスコミの報じる通りに辞任しろ』という、向こうからのメッセージだろう」

「――」

「――」

注目するスタッフたちを見回して、常念寺は続けた。

「羽賀議員が、奴らの――〈敵〉の一味だと確定する証拠はない。しかし奴らの窓口にはなっているのだろう。羽賀議員を通して、私の辞任を条件に、Ｊウイング機の解放を求める。わが政権の目指す成果は、半ばで潰えることとなるが、数百の人命には代えられない。やむを得ない」

常念寺は息をつくと、スピーカーフォンにしたままの机上の携帯へ告げた。

「古市さん、お聞きになられましたか」

『羽賀議員からの要求だが』

常念寺よりも党では先輩にあたる古市の声は、淡々とした感じで訊き返した。

『あくまで君は、突っぱねるのではなかったかね。この間、君は強固な意志で撥ね返したと思ったのだが』

「ああして、国民を数百人も人質に捕られました」

常念寺はスクリーンをちらと見た。

「韓国軍の戦闘機まで使うとは想定外です。やむを得ません。今から階上へ行き、辞任会見をします。官房長官は内閣総辞職の用意を」

『――分かった、総理』

古市の声がうなずくと。

常念寺は、スピーカーフォンを切って、携帯を摑み上げた。

「総理」

有美は、その横顔に言った。

古市の声もだが、常念寺の表情が淡々として見えることに、かえって凄みを感じた。

どんな葛藤の末、決断をしたのか。

「総理――」

人命を最優先に、辞任するという。

でも。

憲法の改正は。

どうするのですか……!?

そう問いたい。しかしどうしたのか、言葉が出てこない。

常念寺は、選挙で国民に選ばれた政治家だ。手続きに基づいて法律を変えることが出来る。

一方、有美も門も、身分は官僚だ。

官僚は、政治家に仕える。法律を変えることは出来ず、法に従う。常念寺が辞任すれば、次の為政者に仕えることになるだろう（地位や役職が保全されれば、の話だが）。

しかし今後、憲法を改正出来るような政治家は、出て来るのだろうか。

いや。

さっきの、羽賀精一郎の通話の中の言葉が現実となった場合。

そうだ。

日中議連と日韓議連が、超党派でもし政権を取ってしまったら――

官僚である自分たちは、それに従うしかない。

今、すべての大手マスコミが、まるで〈敵〉の味方をしているみたいだ。もしもTVや新聞が、国民の意識をコントロールして、日中議連・日韓議連の政治家たちを政権につけてしまったら。

いや、総選挙を経ずしても、自由資本党の党内人事だけで総理と閣僚は決まってしまう。

いつか門が口にしていた。東大卒の財務官僚たちは、多くがすでに中国共産党の支配下にある。だから総理の側近の秘書の人選も慎重にやり直さざるを得なかった……

もしも。ハニー・トラップで操られている財務官僚たちが中国共産党の命令に従い、全国の国会議員の地元へ出向き、選挙に向けての利益供与（例えば地元小学校の体育館の建て替えとか）や、逆に事務所への税務調査をちらつかせるなどしてコントロールし、常念寺が辞任後の総裁選で羽賀精一郎を選ばせるなどして『超党派の日中議連による政権』を実現させてしまったら――

数秒間のうちに考えを巡らせ、『何か言わなくては』と口を開きかけた時。

ブーッ

常念寺の手にした携帯が、また振動した。

「――諸君」

常念寺は、携帯の面を見て、言った。

「こちらから連絡をつける手間が、省けたようだ。有難い」

全員が、また注目する。

常念寺は立ったまま、また携帯をテーブルに置くと、スピーカーフォンにした。

「私だ」

『常念寺くん』

聞こえてきた声は、先ほどもかけてきた、あの政治家だ。

『辞任の決心はついたかね』

「条件を呑んでもらえれば、そちらの要望通りにしよう。彼らに、そう伝えてください」

『いいだろう』

嘗め上げるような声は、続けた。

『世界で一番悪い常念寺政権は、さっさとなくなって当たり前なのだが。スムーズにいくのならば聞き入れられないことはないだろう。言いたまえ』

「Jウイング四八便を解放しろ」常念寺は言った。「こちらからの支援で、無事に着陸させる。機体の隔離も、我々の手で確実に行なう」

『――――』

「それがかなうなら、辞任しよう。内閣も総辞職する」

総理は、本気で辞めるつもりなのか……⁉

有美は、常念寺の横顔と、メインスクリーンを交互に見た。

CCPの工藤へは、まだ何も指示を出していない。

百里を出た四機が廻り込んで、テロ機――F15Kの後方へつくまでにはまだ間はある。

「Jウイング四八便を解放しろ」

だが。

『う〜ん、それがねぇ』

老獪（ろうかい）な政治家の嘗め上げるような声は、簡単に了解をしない空気だ。

どうしたのか。

『君の辞任と、内閣総辞職だけでは、ことは済まなくなっているんだよねぇ』

「どういうことだ」

『常念寺くん。上へ行ったら、辞任と総辞職の表明の前に、まず韓国へ謝罪したまえ』

「韓国へ……？」

謝罪……？

今、羽賀精一郎はそう言ったのか。

どういうことだ……？

常念寺の横顔が、今度は『何を言う』という、怒りの表情になった。

「どういうことだ」

『聞けば、先ほど自衛隊機が、東海（とうかい）上空で韓国の戦闘機を撃墜したそうじゃないか』

羽賀精一郎の声は言う。

日中議連・日韓議連を束（たば）ねるという政治家は『日本海』という呼称を使わない。

『憲法違反の、間違った悪い自衛隊がとんでもない悪事を働いた。それについて、韓国政府と韓国国民へ謝罪したまえ。辞める前に』

「撃墜されたのは自衛隊機だ」

『そんなことは知らん』

スピーカーフォンの向こうの政治家は、大げさに驚くような声を出した。

『いいかね常念寺くん。韓国政府が伝えてきた事実だ。最近、東海では海空自衛隊機が韓国の艦艇や船舶に異常接近を繰り返し、嫌がらせをするので韓国軍は定期的に洋上をパトロールしていた。ところが先ほど、平和のための監視にあたっていた韓国軍機に自衛隊戦闘機が突然、異常接近して来て挑発した。韓国軍の戦闘機は「やめろ、平和を守れ」と抗議したが自衛隊機は聞かず、いきなり発砲した。韓国軍機はあえなく撃墜され、搭乗員二名が犠牲となった』

「…………」

『これが事実だ。間もなくNHKも民放も、一斉にこの「事実」を報道するだろう。韓国政府は日本のこの暴挙に怒り、国連に提訴して問題にすると言っている。それは当然のことだが、私は日韓議連の会長として、日韓関係を損なってはならない、常念寺総理が心から謝罪するのでどうか国連へ提訴して国際問題にするのは勘弁(かんべん)してほしい、と頼み込んでいるところだ。君は辞任する前に、日本政府の責任者として自衛隊の悪事を認め、韓国政府と国際社会に対して心からの反省を表明して謝罪するのだ』

「な──」

『君は日韓議連会長としての私の顔を潰すつもりかね常念寺くん』

「──」

『君が人命の尊さを理解出来るまともな人間なら、韓国政府に対して謝罪し、賠償を約束してから辞任したまえ常念寺くん』

「──」

『さもないと、大変なことになるよぉ？』

3

●東京　永田町

総理官邸地下　ＮＳＣオペレーション・ルーム

「──分かった」

常念寺は、息を吸うと、机上の携帯へ答えた。

たった今、一瞬見せた怒りの表情は、無表情に変わっている。

「言うとおりにしよう。Jウイング機を解放してくれ」

『そぉだなぁ』

嘗め上げるような声は、答えた。

『君の韓国への謝罪と、辞任の表明がマスコミの会見を通してなされれば、あるいは大変なことも起きなくて済むかもしれん』

「――――」

『ま』

声は、他人事（ひとごと）のような口調だ。

『私は、ただの日韓議連の会長だ。彼らの仲間ではないから、知らんがね』

「――――」

「――――」

オペレーション・ルームの全員の視線が、ドーナツ型テーブルの前で携帯の通話を切る総理大臣へ集中した。

その横顔へ

「総理」

門が言いかけるが

「いや、情報班長」

常念寺は門の言葉を制した。

周囲を見回した。

「諸君、聞いてくれ。私は、自分のことを『余人をもって代えがたい』とか、そのようにうぬぼれて見てはいない。この国を変えてくれる政治家は、また出て来るだろう」

「しかし総理、その前に」

「いい」

常念寺はまた、スクリーンをちらと見た。

唇を噛んだ。

「仕方がない。今は、あそこにいる国民――」

言葉を詰まらせる若い総理大臣を、障子有美は見つめた。

メインスクリーンも見た。

黄色い三角形で表わされるJウイング機は、空自のF15と韓国軍のF15Kを貼りつかせたまま、新潟市の上空を通過し山岳地帯へ入ろうとする。

●新潟県上空

F15　白矢機コクピット

（何だと……⁉）

白矢は眩しさの中で目をすがめ、並走する側面窓の向こうに、操縦者の顔を確かめようとした。

あそこにいるCAが、舞島の妹……？

「君は」

思わず、無線に短く訊いた。

「舞島の」

「――はい」

『スルナ、会話！』

すぐに後方から、大音量の声が割り込んだ。

『維持セヨ、高度。維持セヨ、コース』

くそ……。

白矢は、キャノピーの枠につけたミラーへ目を上げ、背後の機影を睨む。

黒いＦ15Ｋ。

主翼下のミサイル、左翼付け根の機関砲の砲口まではっきり見える――

（――？）

ふいに、そのストライク・イーグルの正面形がミラーの視野の中でクルッ、と軸周りに回転して背面になった。

何だ……？

何をしているんだ。

機首がこちらへ向いているのは、変わらないが。

数秒してＦ15Ｋはまたクルリ、と回転して順面姿勢に戻る。ミラーの中で、位置は保ったままだ。

不可解だ――何をしているのか分からない。

白矢はまた、左側に並走する７４７のコクピット側面窓へ視線を戻す。

確か、俺の同期生の舞島茜には妹がいる。

家族は災害で亡くし、ただ一人の肉親だ、と聞いた。

名前は、確か、ひかる――舞島ひかる。

でも、その子は特別輸送隊の客室乗員だったはず。

（どうして）

民間エアラインのＣＡの制服で、民間機に乗っているのか。

分からない。

でも俺の機の尾翼を見て『三〇八空』とすぐに当てた。

舞島の妹か、と訊いたら肯定した。


「────」


あそこにいるのが、本当に舞島の妹なら──

（あの話は本当か）

白矢は、真偽不明の『噂』を聞いたことがある。

特輸隊客室乗員の『舞島ひかる』──彼女は、ある〈事件〉──白矢も巻き込まれた〈もんじゅプルトニウム強奪事件〉のさなか、テロリストに乗っ取られた政府専用機を操縦して北朝鮮のミサイルをかわした、というのだ。

国防機密だから、〈事件〉の詳細は伏せられている。専用機が乗っ取られかけたという経緯も、白矢は詳しく知らない。同期生でも、舞島茜はそれについては何も話さない。

白矢も無理には聞かない（というか、凄まじい体験だったのであまり思い出したくない、という気持ちもある）。

「……？」

何だ。

白矢の視線の先で、７４７の左側操縦席におさまった髪の短いＣＡは、こちらへ顔を向け、口を動かした。

何か、言っている……？

無線を使えば、背後のテロ機に咎められる。

口を動かすだけで、意思を伝えようとでもするかのようだ。

目を凝らす。

助けて。

（――『助けて』と言ったのか……？）

白矢が、視線を向け、その口元をよく見ようとすると

『助けて。わたしも感染してる』

短く早口で、舞島ひかるは無線に告げた。

感染……？

――『ウンゲホイヤ』

思わず、眉をひそめた。

いま彼女は『感染』と言ったのか。

脳裏に、つい二日前、同じように並走して飛ぶ７４７貨物機のコクピットで叫んだドイツ人機長の面影がよぎった。

――『ウンゲホイヤーッ』

（…………）

まさか。

しかし、ヨーロッパからの民間機。

機内でテロ――

さっき、確かに舞島ひかるは言った。

テロ犯は制圧して、機内に『病人』と怪我人がいる……。

●東京　横田基地

航空総隊司令部・中央指揮所（ＣＣＰ）

工藤は、天井スピーカーを見上げながら言った。

「あの四八便のコクピットにいるというCAは」

「おい」

「まさか、ですが」

明比が素早く、情報席で端末を操作する。

「さっき『第三〇八飛行隊に姉がいて、パイロットだ』と言いました。聞き違いでなければ」

「俺も聞いた」

笹が言う。

「今『舞島か』と訊かれて『はい』と言ったぞ」

「出ました」

明比が、情報画面を見ながら言う。

「小松基地の、第六航空団、第三〇八飛行隊。在籍パイロットの中に、女子は一名だけです。舞島茜三尉」

「では」

工藤は、スクリーンに目を剝いた。

「あのコクピットで操縦席にいるＣＡは」

「舞島茜の妹は、舞島ひかる二等空曹」

明比は画面にさらに人事情報を呼び出す。

「千歳基地、特別輸送隊所属の客室乗員ですが——三か月前から〈民間研修〉に出されています。研修先企業はＪウイング」

「——」

「——」

工藤も笹も、絶句する。

「なんてことだ」

工藤はつぶやく。

「あそこにいるのは舞島ひかるだと……⁉」

そこへ

「百里の四機を、西へ向けます」

最前列から振り返って、中央セクター担当管制官が報告した。

「後方の死角から、低空で回り込ませます」

●東京　永田町

総理官邸　地上階

「あっ、総理です」

常念寺がエレベーターを出ると。

途端に、官邸一階の通路にたむろしていたカメラやマイクを手にした十数人がざわっ、と動き出して一斉に駆け寄って来た。

二名のＳＰが前後を固め、首席秘書官も横についているが、たちまち周囲を取り囲まれる。

「総理です、総理です」

「常念寺総理です」

「常念寺総理が今、通路に姿を現わしましたっ。辞任会見のため会見場へ向かうのだと思われます」

口々に言いながら駆け寄ると、男女のレポーターたちはＳＰの肩越しにマイクを突き出した。

「総理、今のお気持ちは」

「平和憲法を改悪しようとして、平和を愛する中国や韓国や朝鮮民主主義人民共和国から厳しく怒られてしまいました。反省の弁はっ」

「アジアの国々を侵略しようとした企み（たくら）はとん挫（ざ）したわけですが、今のお気持ちはっ」

●東京　永田町

総理官邸地下　NSCオペレーション・ルーム

『機動隊を使って、平和を訴える若者を暴行した責任は、まさしく総理、あなたにあるわけですよねっ』

「――――」

これは。

障子有美は、立ったまま、手の中の携帯の映像に眉をひそめる。

常念寺がエレベーターの扉の中に姿を消してから、いたたまれない気持ちでつけた、地上波TVのストリーミング放送。

しかし官邸の地上階に、これだけ大勢の報道陣……？

誰が入れた。

誰が、そんな許可を。

レポーターに囲まれてもみくちゃにされ、常念寺貴明は前に進めない状態だ。

「ちょっと」

有美は通信席に歩み寄り、湯川に指示した。

「地上階のモニターカメラを」

「はい」

通信席の画面に、白黒のマルチ映像が出る。

「ひどいな」湯川もつぶやく。「通路という通路、取材班だらけだ」

「羽賀精一郎だ」

横へ来て、一緒に通信席を覗きながら門が言う。

「あの男の仕業だ。おそらく、俺たちが地下で身動きできない間に官邸の警備部門へ圧力をかけ、これだけの報道陣を中へ入れさせた。入れてしまった後で連中を追い出せば『報道の自由を奪った』『やましいことがあるに違いない』と大騒ぎする。仕方ない」

「会見ルームの様子は？」

「待ってください」

湯川がまた操作して、地上階の会見ルームの俯瞰(ふかん)映像が出る。

前方に演壇と、立てかけられた日の丸。

人がいないのは演壇の上だけで、記者席は座席がすべて埋まり、壁際と席の隙間にマイクを手にしたレポーターらしき人影がびっしり立っている。

「超満員──」

有美は思わず息をつく。

「いつもこのくらい熱心に、官房長官の定例会見を聞きに来てくれていたらいいのにね」

「地上波の放送は、いま全局、同じです」

湯川は、別の情報画面に、地上波ＴＶの映像をマルチ表示にして出している。

「『常念寺総理辞任』。それ以外のことは、何も報じていない」

『総理が行きますっ』

有美の手の中の携帯と、マルチ表示の画面が同時に声を上げた。

『機動隊に命じて、平和を訴える若者に暴行を加えさせ重傷を負わせた常念寺総理が今、政権から引きずり下ろされに会見ルームへ向かいますっ』

「────」

「ところで危機管理監」

有美の横で、門が言う。

「百里の四機、まだ進行中だ」

「え」

「あれをどうする」

「…………」

言われて、有美はメインスクリーンを振り返る。

確かに、そうだ。

本州の中央部。

新潟県の上空から、尖端を真下――南へ向けて移動する黄色い三角形〈ＪＷ48〉。その横と、すぐ後ろにくっついている緑とオレンジ。

一方、北関東の霞ケ浦の辺りから北上した四つの緑の三角形は、一団となり、いま尖端を左――西へ向けつつある。

このまま行けば、黄色い〈ＪＷ48〉と四つの緑は関東北部で会合する――

ＣＣＰへは、あれからまだ追加の指示を出していない。

「これはテロ事案だ」

門が言う。

「現場の指揮は、危機管理監であるあんただ。空自への指示は、どうする」

「――――」

「四機を引き返させるか？」

「待って」

有美は、通信席の白黒画面と、メインスクリーンを交互に見た。

●新潟県上空

F15　白矢機コクピット

（この７４７の機内には）

ひょっとして。

白矢は、並走するコクピットを横目で見ながら思った。

二日前。俺は日本海上空でルクセンブルクからのカーゴ機に会合し、エスコートした。

ルクセン・カーゴ○○九便は、テロに遭っていた。

天然痘ウイルスに罹患した中国の工作員と思われる男が、機内で暴れ出して――

「――――」

あの時のテロ犯の目的は、わが国の国内へ天然痘ウイルスを持ち込み、蔓延させることだった。

しかし、ドイツ空軍出身の機長が頑として日本本土へ入ろうとせず、貨物機を着水させようとした。俺と舞島は、その時点では事情を知らないから、貨物機を誘導して隠岐島へ着陸させた。

テロ犯のグループは、目的を達せなかった。

いったい、どのような組織がわが国を狙ったのか、自分には分からないが――

(――でも、奴らがあきらめないとすれば。また同じような手で)

どうする。

ちら、とミラーへ目を上げた。

コースを保て(たも)と強要する、黒いF15K。

ミラーから翼端がはみ出すくらい近い。

と

その正面形が、またクルッ、と軸周りに回転した。背面になる。

(何をしているんだ……?)

白矢は、ミラーの中に目を凝らす。

さっきから、たびたび背面になることを繰り返している。

飛行機の主翼は上向きに揚力を発生するので、背面で飛ぼうとすると、同じ高さに浮いているためにはエンジンの推力を使わなくてはならない。

見ていると、背面になったF15Kは黒い機首を水平よりも持ち上げるようにして、高度を保っている。あんな姿勢になれば速度も減ろうとするから、推力線を下方へ向けるのと同時に推力も増さないといけないだろう。俺の後方一五〇メートルの位置を保って、器用に浮き続けるのは相当な技量だ。どんな奴だ――

「――？」

白矢は、流線形のキャノピーの中の搭乗員の顔（もちろんヘルメットにバイザーで顔は分からない）を見ようとして、奇妙な仕草に気づいた。

後席の乗員だ。

F15Kは戦闘爆撃機なので複座だ。白矢の機と違い、後部座席にも搭乗員が居る。目を引いたのは、背面になった時に後席の乗員がヘルメットの頭を廻し、後方を眺めている。逆さまの座席から身をよじるようにして、後ろ下方を見回している――

（――あっ）

白矢は、声を上げそうになった。

見ているうちに黒いF15Kは、またクルッ、と回転して順面姿勢へ戻る。

そうか。

奴らは、後ろ下方を警戒している……。

ふいにCCPの先任指令官の声が、脳裏をよぎった。『百里から応援を上げる』――確かにさっき、俺にそう言った。

応援――

「――！」

白矢はハッ、としてVSD画面を見やる。

しまった。

画面表示範囲が『四〇マイル』になっている。

さっき、F15Kに後ろから接近する時だ。相手との間合いを正確に摑もうと、画面の表示範囲を狭くしたのだ。

反射的に左手を伸ばし、表示範囲を『一六〇マイル』に拡大する。

（うっ）

目を見開く。

途端に緑の菱形が四つ、目に飛び込んできた。八時方向――表示範囲を広げた画面の中、左の斜め後方にいる。距離は直線で八〇マイル、接近してくる――高度表示は『一〇〇』、速度『六〇〇』。

四機。

これらは、百里基地から上がった応援のF15か。

CCPから誘導されているのだ。機上のレーダーを使わずに後ろに回り込み、下方から接近するつもりか。

後ろ下方は戦闘機の死角だ。

一方、F15Kは『ロックオンされたらJウイング機を撃つ』と宣言している。

応援を寄越して、奴をやるには――

（中距離ミサイルは使えない。短距離ミサイルも、機関砲でも駄目だ。火器管制レーダーでロックオンした瞬間に奴は747を撃ってしまう）

ならば。

ちらと、また白矢はミラーの中を見る。

奴に気づかれぬうち、不意打ちを食らわせるには。

火器管制レーダーを一切使わず、後ろ下方の死角から至近距離に食いついて、直接照準で機関砲を使うしかない。

そういうことか。

さっきから奴は、それをやられるのを警戒している。およそ一分間に数回、数秒にわたって背面になっては、後ろ下方を目視で警戒している。

「……まずい」

●東京　永田町
総理官邸地下　NSCオペレーション・ルーム

「まだ、戦闘機は下げない」

有美はメインスクリーンを仰ぎながら、言った。

「とりあえず、テロ機に気づかれぬよう、攻撃可能ポジションまでは行かせるわ」

「そうか」

門はうなずくが
「でも総理の意思は、人命を最優先に、みずからが辞任することで事態を収めようということだぜ?」

「辞任しても、テロ機がどかなかったら?」

「――――?」

「今回のテロは、中国共産党が主導して、韓国軍も手足として使われている」

有美は言った。

「約束を、守るような連中かしら」

「確かにな」

門は腕組みをした。

「総理が会見で辞任を表明しても、あのF15Kは四八便に張りついたまま、東京上空まで侵入してくるかもしれん」

「総理が辞められても、〈敵〉が退(しりぞ)かなければ」

有美は腕組みをして、スクリーンを睨んだ。

「首都圏に入る手前で、一か八か、仕掛けるしかない」

『総理が来ました』

有美の手の中の携帯の画面で、地上波TVの声が言う。

『常念寺総理が今、会見場へ入ってきましたっ』

4

●東京　永田町

国会議事堂正門前　路上

「新免さん、大変です」

ディレクターが自分のスマートフォンを指し、小声で言う。

「総理が会見場へ出て来た。いよいよ辞任ですよ」

「――――」

新免治郎は、並木の幹の陰から六車線の道路を眺め渡す。

立ち並ぶテントや、マスコミ各社の中継車などが、にわかに活気づく様相だ。

活動家風の男たちがテントや中継車から駆け出て来ると「おい、立て」「全員立て」と路上の若者たちを引っ立てる。

「な、何だよう」

「うるさい、いよいよだ。全員で正門前に並んでシュプレヒコールだっ」

官邸からの中継に、デモ会場の人々も連携しようというのか。

各TV局の中継車からもカメラマンと、リポーターが走り出て来て、議事堂正門を背にした位置を取る。

正門前には、今まで百人くらいが横一列に並ばされていたのが、路上から引っ立てられた若者たちが加えられ、二列、三列にされていく。活動家風の男たちが「もっとくっついて並べ」「こらそこ、眠そうな顔をするな」と注意を与えている。

「いよいよですね書記長」

すぐ近くのテントから、興奮した声が聞こえた。

新免は「ちょっと」とディレクターの男を促すと、テントに近寄り、中からは見えぬように気をつけながら会話を聴き取った。

「我々の、勝利ですねっ」

さっきの『書記長』と、部下の男か。

興奮した声は続く。

「これで日中議連と日韓議連が政権を取るのは、時間の問題です」

「うむ」

五十代とみられる『書記長』が、腕組みをしながらうなずく。

テントの下のテーブルにはスマートフォンが置かれ『常念寺総理が会見場へ姿を見せましたっ』と中継の声が聞こえている。

「いよいよだな」

「これで我々は、共産党日本支部の党員です。いい暮らしが出来ますよ。楽しみだ」

部下の男は興奮した声で続ける。

「〈国家安全維持法〉が施行されましたから、今後共産党の悪口を言う奴らは、どこの国の何人（なにじん）であろうと全員逮捕です」

「うむ。米軍を出て行かせ、新たに人民解放軍が駐留すれば、過去に中国の悪口を言った者たちも全員逮捕、収容所送りだ」

書記長はうなずいた。

「我々を悪く言った者も全員、収容所送りだ。忙しくなるぞ」

「おい」

新免は、テントと、広場と化した路上の様子を見回しながらディレクターに訊いた。

「さっき電話で頼んだ、例の物。持って来てくれたか」

「ありますが」

「ここにありますが――何に使うんです？」

ディレクターは、肩にしている大きめのショルダーバッグを指した。

「寄越せ」

●東京　永田町

総理官邸　会見ルーム

「あぁっ、常念寺総理です」

常念寺が、ＳＰのかき分ける人波の中、会見ルームの空間へ足を踏み入れると。

記者席の椅子に座り切れない、マイクを手にしたレポーターたちが声を上げた。

「常念寺総理が来ましたっ」

「常念寺だ」

「常念寺だ」

「アジアの平和を乱す常念寺が来たぞ」

どよめきの中、常念寺はＳＰに道を空けてもらい、演壇へ進んだ。

壇のもう一方に立てかけられた日の丸の国旗が目に入る。

（────）

いいのか。

常念寺は歩を進めながら、自分自身へ問うた。

このまま辞任するのか。

数百の人命が、不当に人質に捕られている。俺が総理を辞めれば、助かるという。

憲法なら、いつか改正できる。

そう思い、納得したはずだったが――

思わず、壇へ上がる足が重くなる。

「もったいをつけているぞ」

「早く上がれー」

野次のような声が、背中を叩いた。

●東京　永田町
総理官邸地下　ＮＳＣオペレーション・ルーム

『常念寺総理です。憲法九条を改悪し、アジアの国々を侵略する戦争を起こそうと企んでいたとみられる常念寺総理が、今、辞任会見のために演壇へ上がりますっ』

「――」

「――」

障子有美は、門篤郎と共に通信席のマルチ画面を見ていた。

揺れる画面の中、スーツ姿の常念寺が演壇へ上がると、ゆっくりした動作でまず壇上の国旗へ一礼する。

「本当に、辞めてしまうのか」

門がぼそり、と言った。

「以前から、決断の速い人だったが」

「多数の人命のため、といっても」

有美は腕組みをする。

「総理が要求通りに謝罪すると、日本海上空での事件も、全部わが国が悪いことにされてしまう」

「ＮＳＣを立ち上げるのが」

門が唇を嚙む。

「遅かったな。わが国独自のインテリジェンスを立ち上げるのが遅かった。気づいたら、マスコミが全部、この有様だ」

そこへ

『国民のみなさん』

地上波の画面から、常念寺の声がした。

壇上から、記者席の方へ身体を向けている。

『本日は、国民のみなさんへ私から重要なお知らせがあり、会見をすることになりました』

●新潟県上空
　F15　白矢機コクピット

（――――）

どうする。

白矢は、ＶＳＤ画面と、後方を映すミラーを交互に見た。

画面では、斜め後方から四つの緑の菱形が近づく。ミラーの中の黒いF15Kは、数十秒おきにクルッ、と背面になる。その度、後席搭乗員が後ろ下方を監視している。

やばい。

左の真横を見やる。

７４７のコクピット。

舞島ひかるが、こちらを見ている。

――『助けて』

「――くっ」

酸素マスクの中で、白矢は唇を噛む。

もしも。

四機のF15が、真後ろ下方から接近し、奴の監視の目に引っかかったら。

俺は撃たれる。

奴は真っ先に、俺を撃つだろう。そして無線で『近寄るな』と脅す。

後ろ下方から忍び寄るのは無駄だ、やめろと言うだろう。応援にやって来た四機のF15は、その時点で手が出せない。

７４７は、そのまま奴に真後ろから脅され、東京まで飛ばされる――

どうする。

指揮周波数でＣＣＰへ通報し、四機の接近を止めてくれと訴えるか……？

でももし、こちらの指揮周波数まで、奴に聞かれていたら？

四機がやって来ずに、この情況が続いても、東京まで飛ばされてしまう。

Ｊウイング機の機内に天然痘ウイルスが充満しているとしたら。

いや、多分している（だから奴は強硬に『コースを維持しろ』と言う）。

わが国はどうなってしまう。

ピピッ

ピピッ

真後ろからのロックオン警報は鳴り続けている。

奴はいつでも、俺を殺せる……

考える間にも、四つの緑の菱形はＶＳＤ画面上を、真後ろへ廻り込んでくる。距離は六

〇マイルからさらに近づく。目視で見える範囲へ近づくまで、あと何分か――

白矢は肩を上下させる。

酸素レギュレータがまたシュッ、シュウと音を立てる。

――『お前は』

声が、脳裏をよぎった。

――『お前は幹部だ』

「――――」

乾一尉。

白矢は、一瞬目をつぶった。

あなたは俺に全部託した。

数百の、国民の生命。『頼むぞ』と言ってくれた。俺みたいな、出来の悪い後輩に全部……。

（……国民を）

白矢は目を開けた。

「――いいか」

白矢は無線の送信スイッチを押すと、短く言った。

「注意しておくぞ。自動操縦を、切ったりしちゃ駄目だ」

『――？』

無線の向こうで、舞島ひかるが『何を言うの』という呼吸になる。

「いいか」

構わずに、白矢は７４７のコクピットを見やると。左側操縦席の短い髪のＣＡに向けて告げた。

「俺が合図したらオートパイロットを切って思い切り左へブレークしたりしちゃ、駄目だぞ」

白矢が睨むように見ると。

左側操縦席の舞島ひかる──同期生の舞島茜の妹は、こちらを見て、うなずいた。

少し驚いたような表情。

ミラーへ目を上げる。

また『会話スルナ』と咎められるかと思ったが。

ちょうどF15Kは背面になるところだ。黒い機体が、軸廻りに回転しようとする。微妙なコントロール──

●東京　永田町

総理官邸　会見ルーム

「え、ええと、まず」

常念寺は、演壇から会見場の空間を見渡すと、マイクに告げた。

無数のカメラ、視線が集中してくる。

「ええと、まずですね」

●東京　お台場
　大八洲TV　報道部　第一スタジオ

『まずですね、私は、謝――』

　オンエアをモニターするスタジオのスクリーンに、総理大臣の上半身がアップになっている。

　カメラのフラッシュが連続花火のように瞬く。

『ええ、私はまず謝――』

『何をぼそぼそ言っているんだ』

　記者席から罵声が浴びせられる。

『はっきり言え〜！』


「いいわ」

　司会テーブルで、女がうなずく。

「これでいい。会見場の様子は、各社共通の映像で十分だわ。芋生は、やはり国会前へ戻して。若者たちと共に、世界へ向けて勝利宣言をさせて」

「かしこまりました」

黒装束のディレクターが、うやうやしく一礼した。

「直ちに伝えます。それから聖子先生、中央から伝えて来ましたが、ここから後のオンエアは中国電視台でも同時中継となります」

「本当っ？」

女――元国会議員の女の顔がパッ、と明るくなる。

「私の顔も流れるのね⁉」

「もちろんです」

ディレクターは西の方を指し示す仕草をして、また一礼した。

「大陸全土へ流れます。国家主席も、中継をご覧になられるそうです」

●東京　永田町

国会付近　路上

「えっ。国家主席もですかっ」

大八洲ＴＶの社旗を立てた黒塗りハイヤー。

その後部座席で、ショートヘアの新聞記者の女が、手にした携帯に声を上げた。

「分かりました、すぐ議事堂前へ戻ります。デモの中継を。はい」

「すぐ議事堂前へ戻って」

芋生美千子は携帯を切ると、運転席に指示した。

車が右折信号を出して車線を変えると、女はシートにもたれ、肩を上下させた。

興奮した、笑いの表情だ。

「国家主席も、あたしの中継をご覧になる——幹部のご子息の太子党の方々も、ご覧になるに違いないわっ」

そうだっ——とつぶやくと、女記者は傍らのバッグを開け、化粧用のコンパクトを開いた。

口紅を取り出し「楽しみだな、年収百億、年収百億、モナコの別荘」とつぶやきながら化粧直しを始めた。

「もうすぐだわ。貴族の暮らしが待っているわ」

●新潟県上空

Jウイング四八便　コクピット

（あの人は）

今、何と言った……？

ひかるは左側操縦席から、右のサイドウインドーの向こうを見やった。

日の丸をつけたＦ15が浮いている。すぐ横を、並走して飛んでいる。

そのキャノピーの下から、たった今、パイロットがこちらを見て無線に言った。『自動操縦を切ったりしちゃ駄目だ』――？

どういうことだ。

「――――」

一応、うなずいては見せたけれど。

ひかるは彼の真意を、もう一度くみ取ろうとした。

グレーのヘルメットの下に、目の部分だけ素顔をさらした戦闘機パイロット。

若い人だとは分かる。

こちらを見たり、後ろを見たり。動作がせわしなくて、固い印象だ。たぶんわたしと変わらない、部隊では新人なのかもしれない――

その人が。

無線に短く、何か指示してきた。奇妙な言い方で……

（あの人はさっき『舞島の』って、訊いた）

そうだ。

小松の三〇八飛行隊——きっとお姉ちゃんの仲間だ。

何と言われたんだっけ。

合図をしたら——

（——）

ひかるは、両手であらためて操縦桿を握った。

目の前のプライマリー・フライトディスプレーが目に飛び込んでくる。まだオートパイロットは働いている。ディスプレー上辺のＬＮＡＶとＶＮＡＶの表示。

「…………」

ＣＩＡ教官に習った通り、ひかるはみぞおちに意識を集中し、自分の呼吸を読むようにした。

よし……。

再度、右横を見やる。副操縦席のアニタはぐったりして動かない。その向こうに見えるイーグルのコクピット。

●同空域

Ｆ15　白矢機コクピット

ピピッ

ピピッ

計器パネル右上のＴＥＷＳのスコープで赤い光点は明滅し、ロックオン警報が鳴り続ける。

（次だ）

白矢は、上目遣いにミラーを見やった。

次に、奴が背面になろうとする瞬間だ――

●東京　永田町

総理官邸　会見ルーム

「ええ、私は、まず謝罪――」

常念寺が言いかけると

「謝罪するのかっ」

「何に謝罪するんだ」

「たくさんあり過ぎて、何にするのか分からないだろうっ」

記者席の人々は、大勢が詰め込まれているためか、集団そのものが興奮状態になっている。

腕章をした大手マスコミの記者やTV番組のレポーターたちは、大勢で一人をつるし上げるのが楽しくてたまらない、とでもいうように喚き声をあげた。

「謝るなら、さっさと謝れ」

「何に対して謝るのか、はっきり言えっ」

「それはですね」

常念寺は、額の汗を手で拭うと、マイクに言った。

「ええと、韓――」

●新潟県上空

F15 白矢機コクピット

（今だ）

ミラーの中でF15Kが軸周りに回転しようとする――

その瞬間。白矢は上目遣いに機影を睨んだまま左手のスロットルを引き絞った。

同時に左の親指でスピードブレーキ。

ぐんっ

減速。

ミラーの中のシルエットがうわっ、と大きくなる。右手で高さを保つ。軸周りに回転しかかったＦ15Ｋがミラーからはみ出す――

「くっ」

今だ、チャフ。

左の小指でチャフを放出、ミラーの中、真っ白い紙吹雪のようなものが爆発的に散る。

背面になろうとしたＦ15Ｋが紙吹雪の雲に包まれる――そう見えた瞬間、衝撃が来た。

ガガガッ

●同空域

機体の背にスピードブレーキの抵抗板を立てたライトグレーのＦ15Ｊは、後ろ向きに急減速して黒いＦ15Ｋに激突しかかった。

しかし黒いストライク・イーグルはそのまま背面姿勢で下向きに落下、日の丸をつけたイーグルの双発ノズルが機首に当たる寸前、数フィートの間隔で激突をかわした。日の丸F15と、背面になった黒いストライク・イーグルの腹が擂り合わさる。

●同空域
F15 白矢機コクピット

ガガッ
突き上げるような衝撃。
だがコクピットを揺さぶった、腹の下を擦るようなショックはふいに消えた。
「うっ」
白矢は目を見開く。
ミラーの視野から、黒いF15Kが消えた。
後ろ向きに、ぶつけるつもりだったが——
姿が消えた。
（どこへ行った……!?）
とっさに、白矢は右手を左へ倒し、機体を軸周りにロールさせた。

ぐるっ

世界が回転し、大地が頭上へ来る――

「――うぉ⁉」

頭のすぐ上だ。

白矢は目を剝く。

上にいる。

並行の位置だ。

奴にぶつけるつもりだったが、かわされた。前方へオーバーシュートさせることも出来なかった、奴は俺と同じようにスピードブレーキを開いて背面からロールに入り、空中で並行位置に浮いている。

く、くそっ……。

白矢はエルロン・ロールを続ける。後方へ下がりたい。だが黒いF15Kも同じ機動だ。白矢のイーグルと黒いF15Kは、今、まったく並行の位置を、同じようにスピードブレーキを開いてエルロン・ロールしていた。

(く、くそ)

たった今、奴は姿勢を背面にする微妙なコントロールの瞬間だったから、俺が突然に後退しても機関砲を撃てなかった(撃ったとしても軸線がぶれて当たらなかっただろう)。

しかし、機体を背面姿勢にして下向きに落下し、俺との激突は避けた。俺を後方へ行かせないように、そのままエンジンをアイドル、スピードブレーキを開いてエルロン・ロールに入った。

やかましいロックオン警報はやんだが——

回転する視界の左前方に、大型四発機のシルエットが浮いている。

そうだ、避けさせなくては。

「——い、今だっ」

白矢は左の親指で送信ボタンを押し、無線に怒鳴った。

「オーパイを切って、左へブレークしろっ」

●同空域

Jウイング四八便　コクピット

『左だっ』

無線に声。

「………！」

来た。

ひかるは息を止め、左の親指で自動操縦解除ボタンを押し込む。

ヴィイッ

短い警告音が鳴り、プライマリー・フライトディスプレーの上側で『CMD』の表示が『MAN』に変わる。

固かった操縦桿が、動く――

感触を両手の指で捕まえ、ひかるは操縦桿を摑み直すと、思い切り左へ回した。

「くっ」

ぐうぅっ

前方視界が傾き、次いで右へ傾いだ地平線が持ち上がる。機体が左ロールに入る――

●同空域

F15 白矢機コクピット

（そうだ、行け……！）

白矢は、ゆっくりと左へ傾く巨人機の後ろ姿を睨んだ。

避けろ、避けろ……！

だが軸周りに回転するキャノピーの頭上で、黒いF15Kがロールを止め、左へブレークする。

７４７を追う機動だ。

背のスピードブレーキを畳み、双発ノズルがアフターバーナーに点火したと思うと、視野の左手へ吹っ飛んでいく。

「くそっ」

一瞬、遅れた。

白矢は上目遣いに、右手の操縦桿で機首を黒いストライク・イーグルの尾部へをねじ込むようにすると、左手でスピードブレーキのスイッチを放し、スロットルを全開へぶち込む。

ドンッ

5

●東京　永田町

国会議事堂前　路上

「よし、そいつを寄越せ」

ディレクターが新免の求めに応じ、ショルダーバッグから取り出した物。

それは、手持ち用の拡声器――広いロケ現場でスタッフに指示する時などに使う、ハンドスピーカーだ。

新免治郎は赤い手持ち拡声器をもぎ取るように受け取ると、周囲を見回した。

もう三日もデモが行なわれている、広場と化した路上。

集結した政治団体や労働組合などの活動家たちは、総理官邸での首相辞任を機に、議事堂正門へ押し寄せている。見回すと、空になったテントもある。

「――あそこだっ」

「な」

三十代のディレクターは、新免のやろうとすることが理解できないというように、疑問の声を出す。

「何をやるんです、新免さん」

「いいから来い」

新免は、一時的に主の無いテントに駆け込むと、テーブルを前にパイプ椅子にどかり、と座る。

ハンドスピーカーのスイッチを入れ、音量を『最大』にした。

きぃいんっ
金属音が立つのも構わず、広場へ向けて怒鳴った。

「デモ隊のみなさん、お疲れ様ですっ」

●新潟県上空
F15 白矢機コクピット

「左へ切り続けろっ」

白矢は無線に叫びながら、右手の操縦桿を左前方へ押し込み、機首を突っ込んだ。

左手で全開にしているスロットル。その横腹の兵装選択を〈GUN〉に。

ピッ
ぐうぅっ、と大地が右へ傾きながらせり上がり、視野のほとんどが山岳になる。

風切り音と共に、斜めに流れる視界。左へ吹っ飛んで行った黒いF15Kの後ろ姿が、左から引き寄せられるように、HUDの視野の中へ入って来る。

だが

（――くそっ）

白矢は歯嚙みする。

スーパー・サーチモード。照準レティクルが目の前に浮かび、ＨＵＤの視野左端に入った黒いＦ15Ｋの後ろ姿がロックオンされ、緑のターゲット・ボックスに囲まれる。しかしほとんど同時に、さらに前方を行く巨大な７４７の主翼を広げた後ろ姿が左側から重なって来た。７４７は四十五度以上の急バンクで左旋回しているが――

まずい。

奴に撃たれる……！

「操縦桿を、突っ込め」

白矢は無線に叫んだ。

「一杯に切ったまま突っ込めっ」

●同空域

　Ｊウイング48便　コクピット

『一杯に切ったまま突っ込めっ』

「………！」

ひかるは叱咤するような声に、両手で握った操縦桿を、前方へ押した。

そうだ。

降下させるんだ。

低い高度へ降ろして、機体の与圧を減らせば。

もしも被弾をしても、胴体は破裂せずに済む――

ざぁああっ

風切り音がして、機首が下がる――

ふわっ、と身体が浮き、シートベルトが食い込む。７４７は左へ大きく傾く姿勢のまま、下方の大地目がけてダイブし始めた。ひかるは両足を踏ん張り、さらに強く操縦桿を押した。

キンキンキン

キンキンッ

（………!?）

何かの警告音が響く。

目の前のプライマリー・フライトディスプレーでは、水色の水平線が縦になるくらい傾き、ひかるの操作でさらに機首が潜り込んで、右端の高度スケールが吹っ飛ぶように減っていく――左端の速度スケールは逆に急激に増え、赤い縞模様の領域へ入り込む。

設計制限速度オーバー……!?

(でも)

前に、燕木三佐が言っていた。そうだ。一時的に超えたって、分解なんかしない。747は頑丈なんだ、気にせずに突っ込め……!

ずぁあああっ

●同空域

F15　白矢機コクピット

(――いいぞっ)

白矢のHUDの視野の中で、巨大な四発機がさらに左へ傾きながらぐうっ、と沈み込む。

だが黒いF15Kの後ろ姿も、追従して機首を下げる。

まずい、奴の機関砲の射線に乗る――

高度一五〇〇〇、さらにかたまって急旋回・急降下していく。747は旅客機と思えないような急降下(ほとんど音速に達している)。

白矢は右手の操縦桿をさらに左前へ突っ込み、機首を下げ、黒いF15KをHUDの視野の真ん中へ入れる。

機体がびりびり震える。照準レティクルの距離表示は一二〇〇フィート、十字のガン・クロスが黒い後ろ姿に重なるが——

「くそっ」

駄目か。

まずい。いま機関砲を撃てば、流れ弾が前方の７４７のどこかへ当たる。

どうする。

「く」

『ワハハハハッ』

ふいに無線に、笑い声のようなものが響いた。

いや、笑い声か。

まるで、HUDの中にいるF15Kの搭乗者が「その位置から撃てるなら撃ってみろ」と言っているかのようだ。

Ｊウイング機にも確実に当たるぞ、いいのか——？

『死ネ』

「くそ」

奴に747を撃たれる。

一か八か、撃つしかない。

白矢が右の人差し指を、トリガーにかけた時。

その瞬間だった。

（………!?）

白矢は、目を見開いた。

激しく流れる視界、HUDの視野の中央に浮いていた黒いF15Kが、双発のテールノズルから火焔を噴いた。

アフターバーナーの炎ではない、続いて炎交じりの黒煙を噴き出した。

何だ――!?

『ギ』

驚いて見ている視野の中、F15Kはふらっ、と踊るように姿勢を乱し、左右のエンジン排気口から黒煙を噴いてふらついた。

推力が出なくなったか、機動からGが抜け、旋回が緩む。前方に重なって見えていた7

47のシルエットが左横へずれ、外れていく――逃れていく。何が起きたのか、一二〇〇フィート前方の複座キャノピーの中で、後席搭乗員が慌てたように下を向く。

（あれは）

エンジンの異常燃焼……？

白矢はハッ、とした。

俺が撒いたチャフか……！

機関砲のロックオンを外そうとして、さっき駄目もとで、後ろ向きにぶつけようとした時に同時に撒いたチャフ。

レーダー欺瞞用の無数のアルミ片が、F15Kのエンジンに吸い込まれた。アイドリングの間は影響なかったが、エンジン推力を最大へ上げた途端、タービン内で異常燃焼を起こしたのだ（高熱で溶け、タービンブレードにへばりついたか）。

ドンッ

ドドンッ

白矢にも直接聞こえるようなストール音を立て、黒煙を吐きながらF15Kがふらつく。

（――今だっ）

右手で操縦桿をやや右、黒煙を噴く後ろ姿をHUDの中央へ入れ直す。

747は、もう遥か左へ離脱した。黒いストライク・イーグルの向こうは、本州中央部の山々だけだ――

「フォックス・スリー！」

●東京　横田基地

航空総隊司令部・中央指揮所（CCP）

「な、何だ⁉」

工藤はスクリーンに展開する様子に、目を見開いた。

何が起きている……⁉

百里から上げた四機のF15を、間もなくボギー・ゼロワンの後方――Jウイング四八便に張りついたF15Kの後ろ下方の死角へ、食いつかせようとするところだった。

攻撃の実施は、官邸の危機管理監からのゴーサインを待つことになるが――

一塊になった三機が、首都圏に達するまでには仕掛けられる。

そう思いながら、スクリーンを見上げていた。

その矢先だ。

ふいに緑の三角形〈DR02〉が、後ろ向きに位置をずらし、オレンジの〈BG01〉に重なった——そう見えたと思うと。

天井スピーカーから『今だ』と声がした。続いて声は『オーパイを切って左へブレークしろ』と怒鳴った。


「おい」

どういうことだ……!?

工藤は息を呑む。

「今の『オーパイを切って』——って、まさか」

「いえ」

横で明比がスクリーンを指す。

「その通りです。ドラゴリー・ツーが舞島ひかるへ指示したんです。あれを」

同時に
「おぉ」

「おう」

ＣＣＰの地下空間全体がざわめいた。

拡大されたウインドーの中、黄色い三角形が、左向きに急激に尖端を廻す——さっき隠岐島の上空でミサイルをかわそうとしたE767よりも鋭い廻り方だ。

「し、信じられない」

最前列の管制官が声を上げる。

「これが旅客機の機動……!?」

「ドラゴリー・ツー、ボギー・ゼロワンに食いつきましたっ」

別の管制官が叫ぶ。

「フォックス・スリー——いや駄目だ、外した」

●新潟県上空

F15 白矢機コクピット

「——くそっ」

白矢が右の人差し指でトリガーを引き絞った瞬間。

左肩の後ろの方でバルカン砲は作動し、油圧で回転する砲身から二〇ミリ砲弾が吐き出されたが。

同時にHUDの視野の中で黒い後ろ姿はくるっ、と回転し、機首の下へ落下して見えなくなった。何もいなくなった前方空間へ赤い閃光の束は伸びていく。

（し、しまった）

下へ――⁉

スナップロールか。下方へ逃げられた……！

奴は手練れか。

エンジンが異常燃焼を起こし推力を失っても、それを利用し、鋭い軸廻り回転で石ころのように真下へ落下、俺の機関砲を避けた――

一瞬で、機首の下側へ見えなくなった。

「くそ」

白矢は歯を食いしばりながら思い切り右手で操縦桿を左へ倒す。

ぐるっ

F15の機体は軸廻りに回転、世界がひっくり返り、頭上に山岳地帯が被さる。

（う）

思わず、目を見開く。

頭上だ。逆さまの山岳を背景に、黒いF15Kが軸廻り回転をぴたりと止め、ぐいと機首を起こして白矢の視界の上方へ消えようとする。尾部から黒煙を噴き出したまま——

くそ、また並行位置だ。

ごく近くにいても。戦闘機は、並行位置にいる敵を攻撃できない（真横の敵機を撃つにはヘルメットマウント・ディスプレーと組み合わせたＡＡＭ５ミサイルが必要だ）。一回バレルロールをして、敵の後方へ占位し直さなければ——

そう思うのと同時に、白矢の手足は動いた。顎をそらし、頭の上へ消えた敵を目で探しながら右足を踏み込み、右手を引きつけてから左へこねるように回す。

ぐる

世界が再び回転、順面に戻る。機首の向こう、山岳地帯の稜線の上に黒いＦ15Ｋの後ろ姿と、その向こうに急旋回で逃れていく７４７－８のシルエットが浮いている（高度はだいぶ下がった）。

黒いストライク・イーグルはもう双発エンジンが推力を出していない、Ｇをかけた機動が出来ない証拠に、前方の７４７の旋回についていけない。機関砲が届く位置へは迫れない（滑空で高度をおとしていくだけだ）。

しかし最後のワンチャンスで、熱線追尾ミサイルを撃てるポジショニングだ。

（まずい）

間合いを離された。白矢は左の親指で兵装選択を〈ＳＲＭ〉。もう一度、駄目押しのように右手の親指でレーダーをスーパー・サーチモード。

ピッ

ＨＵＤ正面の黒い後ろ姿を緑のターゲットボックスと、白い五〇〇円玉大のＦＯＶサークルが囲む。

ピピッ

ＨＵＤの右下に『ＩＮ　ＲＮＧ』の表示。

ジィイイイッ

良好なトーン。ロックオンした。すかさず右の人差し指でトリガーを絞る。

「フォックス・ツー！」

ドシュッ

白矢の右肩の後ろ、右翼下ランチャーに取りつけた残り一発のＡＡＭ３ミサイルがロケットモーターに点火。レールに乗って前方へ跳び出す。

だが同時に、緑のターゲットボックスに囲われる黒いＦ15Ｋもミサイルを放とうとする。その左主翼下で白い閃光――ＡＩＭ９Ｌサイドワインダーがロケットモーターに点火した。

「うっ……！」

しまった。

白矢は目を剝く。

奴にミサイルを撃たれる……！

しかし

（……!?）

次の瞬間、白矢は目の前の光景に息を呑む。

黒いＦ15Ｋの左翼下でロケットモーターに点火したサイドワインダーは、ランチャーを離れなかった。レールに引っかかったまま白い燃焼ガスを全力噴射した。

『――ギ』

無線に響く悲鳴と共に、黒い機体はたちまちフラット・スピン――まるで糸で吊されたネズミ花火のように宙で水平に、猛烈な回転を始めた。

『ギャァアアアアッ』

「――!?」

そこへ白矢の放ったＡＡＭ3が襲いかかる。白い燃焼ガスの尾を曳き、細い熱線追尾ミサイルは水平に回転する黒い機体へ吸い込まれる――

「――くっ」

白矢は目を見開き、とっさに操縦桿を右、機体を傾ける。

同時に爆発。

ドンッ

制御不能のF15Kは白矢のAAM3を食らい、主翼下のランチャーに固着（さっき白矢の機と腹を擦り合わせた瞬間、ミサイルランチャーが白矢機の機体の一部と接触しレールが歪んだのだ）したAIM9Lサイドワインダーが誘爆、さらに腹の下に抱えていた三本のAIM120アムラーム中距離ミサイルが一度に連鎖反応を起こした。

大爆発。

●同空域

Jウイング48便　コクピット

ドガガガガッ

「――き、きゃあっ⁉」

ふいに、後方から凄まじい衝撃が襲い、ひかるは背中から突き飛ばされ計器パネルに額をぶつけそうになる。

シートベルトがウエストに食い込む。

「うっ」

橙色の閃光が一瞬、左右の側面窓からコクピットを刺し貫いた。

(な)

何……⁉

目がくらむ。

ぶぉおおっ

シートに押しつけられるG。前面風防で空気が唸りを上げ、何か黒っぽいものが縦向きに、上から下へ激しく流れる。

い、今の衝撃は……?

やられたのか――⁉

(目が)

キンキンキン

キンキンッ
警告音が耳を打つ。

激しく揺さぶられ、目がくらんで、前がよく見えない。自分の姿勢が分からない――

『テレイン、テレイン』

何だ。

機械の音声か。

コクピットの天井辺りから録音された音声が響いた。何の警告……!?　顔を上げようとしてもGで顎が上がらない――

『テレイン、テレイン、プルアップ』

同時に
『バンクを戻せ』

無線に声。

『もう大丈夫だ、バンクを戻せ』

「――!?」

ひかるは、目をしばたたく。

目の前に、視界が戻ってくる。

『テレイン、テレイン、プルアップ』

「う」

視線を上げる。縦向きに、上から下へ激しく流れるのは白黒まだらのぎざぎざ模様――

ぶぉおっ

プライマリー・フライトディスプレーに〈ＰＵＬＬ ＵＰ〉という赤い文字。

『山にぶつかるぞ、バンクを戻して操縦桿を引けっ』

●東京　横田基地

航空総隊司令部・中央指揮所（ＣＣＰ）

「――」

「――」

全員が、息を呑んでスクリーンを見上げていた。

『――そうだっ』

天井スピーカーから声。

『いいぞ、水平に戻して、機首を上げるんだっ』

スクリーン上で、速い動きで尖端を廻していた黄色い〈ＪＷ48〉。その傍らで目にも留まらぬ勢いで減っていた高度表示が『〇七九』で止まる。

黄色い三角形の尖端を廻す動きも止まる。

緑の三角形〈ＤＲ02〉が、その右横へ後方から追いついていく。

「――や」

最前列の管制官がハッ、と我に返ったように声を上げた。

「や、やりました。ボギー・ゼロワンは、消滅。ドラゴリー・ツーがフォックス・ツーでキル！」

（――――！）

先任席から立ち上がって見上げていた工藤も、我に返ると、自分のコンソールの赤い受話器を摑んだ。

●東京　永田町

総理官邸地下　ＮＳＣオペレーション・ルーム

「………？」

障子有美は、上着の胸ポケットで携帯が振動したので、通信席のマルチ画面から視線を上げた。

何だろう。

また、工藤からだろうか。

携帯を取り出しながら、何かが教えるような気がした。メインスクリーンを振り返る。

その瞬間。

「――――」

目をしばたたいた。

違和感を持った。CCPのリピーターにしているスクリーンの様相が、変わっている。

何だ。

何が違っている……?

そうだ。

(……オレンジが)

「ちょっと」

有美は携帯に出る前に、通信席へ向けて怒鳴った。

「CCPの音声を」

「——は？」

湯川が、怪訝そうな表情で振り返る。

「何ですか」

「いいから、あのスクリーンの音声を出してっ」

「どうした」

門も振り返り、スクリーンを見やる。

その途端、眉をひそめる。

「おい、いったい——」

そこへ

『もう大丈夫だっ』

天井スピーカーから声が降った。

速い呼吸の、若いパイロットらしい声。

『奴はやっつけた、もう大丈夫だ』

『——』

上空で、国際緊急周波数で交わされる会話か……？

もう片方の声は、速い呼吸ばかりで言葉になっていない。何か話そうとしているが——

これは。

(──────)

有美はスクリーン(オレンジの三角形はもう姿が無い)と、声の降って来た天井を見比べると、手にした携帯に応える前に、通信席へ駆け寄る。

モニターには、地上波TV各局の映像がマルチ画面で出されている。会見ルームの壇上の常念寺がアップになっている。

『──ええと、ですね』

若い総理大臣は口ごもる。

『何に謝罪するのか、というと』

「やめさせて」

有美は鋭く、周囲に向けて言った。

「総理に、辞めるのをやめさせてっ」

●東京 永田町

総理官邸 会見ルーム

「ええと」

会見ルームの壇上。

常念寺は、記者席からの罵声を浴びながら、先ほどから言いかけている内容を続けようとしていた。

「何に謝罪するのかというと、私は、韓――」

だが『韓国に謝罪します』という言葉が、どうしても口から出てこない。

常念寺の生理が拒否しているかのようだ。

そこで何度も、つっかえてしまう。

でも、言わなければ。

数百人の国民の生命がかかっている。

そこへ

「何を口ごもってるんだ」

「早く言え～！」

「往生際が悪いぞ」

さらに罵声が、超満員の記者席から飛んでくる。

後方にずらりと並ぶ中継のＴＶカメラ。

通路に立つ、マイクを手にしたレポーターたちが、一様に酔ったような表情で視線を向けてくる。

くそ……。

だがここは、無理にでも言わなければ。

数百の生命が危ない。

「――ええとですね」

常念寺は、意を決したように口を開いた。

「私は、まず韓国に謝罪――」

6

●東京　お台場

大八洲ＴＶ　報道部　第一スタジオ

いよいよだ。

「――――」

羽賀聖子は司会テーブルの下で脚を組み、白スーツの腕も組んで、壁のモニターを注視していた。

官邸からの映像を、リアルタイムで流す第一スタジオのメインモニター。

今、会見ルームの壇上にいる常念寺貴明が大写しになり、卓上のマイクに向かって苦しげに口を動かすところだ。

早く、言え……。

先ほどから、四十代の内閣総理大臣は何度も言葉をつっかえ、そのたびに会見場を埋めている四百名を超す報道陣から『しっかりしろ』『口ごもるな』『往生際が悪い』と、無数の野次を浴びせられている。

そのたびに、言い直そうとする。

その様子を、司会テーブルから羽賀聖子はコメンテーターの男と二人で注視している。

腕組みをした右手の指を細かく動かしながら、モニターを睨む。

先ほど、父親の羽賀精一郎に電話で確認したところでは。常念寺はまず韓国に対して謝罪し、賠償金（その一部は日韓議連へキックバックされるので、額は大きいほどよい）の支払いを約束してから、自身の総理大臣辞任と内閣総辞職を世間に対して表明する。

そういう段取りだ。

あとは大々的に、国内と世界に対して報道するだけだ――

昭和時代の女優のような、元アナウンサーの羽賀聖子は手首の時刻をちら、と見る。

よし。

今、中国でも放映が始まった——

この中継の様子は、中国電視台のネットワークを通じ、大陸全土に流されているはず（国家主席も見ている、という）。

常念寺が韓国へ謝罪し、辞任を表明したら。

すぐカメラをスタジオへ戻し、自分がコメントを述べる手はずだ。平和憲法を改悪しようとした、アジアの平和を乱す常念寺貴明は、国民の手により引きずり下ろされて当然であること。これからは日本は中国と手を携え、アジアと世界の平和のため、発展のために努力していくということ。そのためには日本の新しい政権と、中国政府との話し合いを速やかにしなくてはいけない。

自分のコメントは、新しい日本から中国へ向けての、最初のメッセージとなるだろう。

すでに財務省の官僚たちが全国へ飛び、与党の国会議員たちが一人も逆らわないように根回しをしている。数日後には、羽賀精一郎を首班とする新しい政権が誕生する。

私は、新総理の娘なのだから、新しい日本を代表して『中国のみなさん』へ最初のメッセージを送る役目にふさわしいだろう。

そして、中国共産党日本支部のナンバー2の地位にもふさわしい。

「くっくっく」

思わず聖子は、モニターを睨みながら喉を鳴らしていた。

さぁ、早く言え。

画面では、数多くの野次を浴びせられた常念寺が、ようやく意を決したようにマイクに向かう。

早く言え。

『ええ、私は』

睨みつけるモニター画面の中、四十代の総理大臣が口を開く。

『私は、まず韓国に謝罪――』

だが、その瞬間。

ふいに画面の右横からスーツ姿の男が飛び込んで来ると、ヘッドスライディングのように演壇に乗り上がり、手で卓上のマイクを握って隠した。

（――!?）

何だ。

三十代とおぼしきスーツの男。そいつは、もう一方の手に携帯を握っている。驚いたようにのけぞる常念寺に向かって、何か叫んだ。

会見ルームの空間に罵声が沸き上がる。

「な」

何だ、これは。

「あいつは秘書官だ」

横で川玉哲太郎が唸る。

「何をするつもりだ。ＳＰは何をしている」

「――――」

羽賀聖子は腕組みした両手を握りしめ、画面を睨んだ。

何が起きている。

記者席からは怒号が沸き、数人が演壇へ詰め寄ろうとするのを場内係の官邸職員たちが抑える。

壇上では、秘書官らしき男に何か大声で言われ、のけぞった姿勢の常念寺が目を見開く。

何を、話している――？

記者席の怒号で、音声が伝わってこない。

大騒ぎの中、常念寺は男にうなずく。

（――――？）

どうしたのか。

今まで引きつっていた顔の表情が、まともに戻っている……？

羽賀聖子は眉をひそめ、モニターを睨み直した。

『ええ、みなさん』

総理大臣は、再び卓上のマイクに向き直った。三十代の秘書官らしき男が、その右後ろに控える。

『お騒がせして失礼。大変お待たせした。国民のみなさんへお知らせしなければなりません。私はまず、韓国に対して謝罪を求めます』

●東京　永田町

総理官邸地下　NSCオペレーション・ルーム

『韓国に対して、謝罪を求めます。なぜならば』

地上波TV各局の中継をモニターするマルチ画面で、常念寺貴明が宣言した。

『なぜならば韓国軍のものと確認されている軍用機複数が、先ほど、わが国の領空を侵犯し、スクランブルした航空自衛隊機を一方的に攻撃してこれらのうち複数を撃墜、さらには航行中のわが国の民間旅客機を追尾して武器を向けて脅すという、テロを働いたからでありま──』

プツッ

プツッ

いくつかの局の画面が、急に都合の悪くなったものを隠すかのように切れた。

NHKも含め、たちまちすべての局の中継が切れてしまう。

「──間に合った……」

障子有美は、しかしその様子を見ながら息をついた。

「はぁ、はぁ」

「間に合ったな」

横で、門が言う。その右手には携帯を握っている。

たった今、門が首席秘書官へ緊急にコールし、Jウイング機が難を逃れたから総理の辞任会見をやめさせろ──『総理を止めろ』と頼んだのだ。

「これで何とか、後世に問題を残さずに済む」

『ちょっとお待ちください』

画面の一つで、NHKのアナウンサーがカメラに向けて話す。

『総理辞任会見の会場で、何か混乱があった模様です。ここでいったん、スタジオへ戻します』
『しかし、なっていませんね』
アナウンサーの横でＮＨＫの政治部記者が言う。
『常念寺総理は、機動隊が平和を訴える若者に暴行を働いて重傷を負わせた件について、何の謝罪もしようとはしません。きわめて不誠実な態度といえます』

「ありがとう。門君」

有美は、自分の手の中の携帯を見た。

ＣＣＰの工藤からのコールは、切れてしまっている。こちらからかけ直さないと――

「――Ｊウイング機、どうなった」

「あれを見ろ」

門がメインスクリーンを示す。

「四八便は、機首を北西へ向けている。海へ出るようだ、東京からは遠ざかって行く」

『国会前では』

ＮＨＫのアナウンサーの声が続く。

『依然として全国から集まった五十万人の若者たちによる、憲法を変えるな、戦争をするなどという、尊い平和を訴える呼びかけが続いています。その現場をもう一度、見てみましょう』

●東京　お台場

大八洲ＴＶ　報道部　第一スタジオ

「どうなってるのよっ」

羽賀聖子が、司会テーブルの裏側を爪先で思い切り蹴飛ばした。

がんっ

「何なのよ、今のあれはっ」

大八洲ＴＶのオンエア映像は『しばらくお待ちください』という静止画テロップになってしまっている。

羽賀聖子が怒り狂っているので、カメラをスタジオへ戻すことも出来ない状態だ。

「せ、先生」

黒装束のディレクターが司会テーブルへ駆け寄る。

「先生、大変です。常念寺が、予定通りに韓国への謝罪をしません」

「ぬうっ」

カールした髪を振り乱し、羽賀聖子は内ポケットから携帯を取り出す。

「どうなっているのか、パパに問い合わせる。その間、国会前の中継に戻して。芋生にデモの中継をさせてっ」

「ははっ」

すぐにスタッフが動き出す。

だが、壁のメインモニターに国会前の映像が出ると。

司会席で携帯を耳に当てた羽賀聖子は口を開いたまま、止まった。

「………!?」

何だ、これは……

この光景は、何だ。

●東京　永田町

国会議事堂前　路上

怒号が渦巻いている。

「はいはい、並んでくださいっ」

議事堂の正門前には、先ほどまでぎっしりと横に並んで身体を揺らし「常念寺やめろ」と叫んでいた若者たちの姿は無い。ただ警備の機動隊員たちが盾を手に立ち並んでいるだけだ。

「はい並んでくださいっ」

代わりに、ある一つのテントの前に行列が出来つつあった。

そのテントの下、テーブルを前にしたパイプ椅子で手持ち拡声器を握るのは新免治郎だ。

「はい並んでください、もうすぐ配りますからね」

「し、新免さん」

横で、ディレクターが戸惑う表情を見せる。

テントが面する六車線の道路は、今や大混乱の広場と化している。

「いいんですか。こんなことして」

「構わねえよ」

新免は拡声器を口の前からどけると、小声で言った。

「フェイクには、フェイクだ」

数分前。

新免がハンドスピーカーを最大音量にして「デモ隊のみなさん、ご苦労様です」と怒鳴った時。

まだ議事堂正門前には、五百名近いラフな服装の若者たちが三列に密集して並ばされ、身体を揺らして「常念寺やめろ」「憲法を護れ」と声を上げていた。

ところが、新免はその列に向けて続けて叫んだ。

「中国の方から来ました。今からみなさんに、日当を配ります」

すると。

若者たちの群れが、どよめいた。

身体を揺らす動きが、たちまち止まる。そちこちで顔を見合わせる動き。

「に」

「日当⁉」

「日当だ」

「日当だー」

列が崩れた。

三列に密集していた人垣がたちまち崩れ、若者たちは我先に、新免のいるテントへ向けて駆け出そうとした。

「こ、こら」

列を指揮していた活動家たちが止めようとする。

「こら、何をやっているっ」

「何をしているお前ら」

「ちゃんと並んで声を――うわ」

「どけ」

「どけっ」

だが、興奮した雄牛の群れのようになった若者たちは活動家を撥ね飛ばし、押しのけて、新免のテント前へ殺到して来た。

驚いた様子の活動家数人が、新免のテントへ駆け寄って来た。

「こらお前ら」

「何者だ⁉」

「何をしている⁉」

「あぁっ、日当配りを邪魔しようとしているぞ」

新免はひるまず、活動家を指して叫んだ。

「あいつらが邪魔をする、助けてくれ」

すると大勢の若者が活動家数名にたちまち群がり、引き倒して足蹴にした。

「この野郎」

「邪魔するな」

「散々、待たせやがって」

「ぎゃ、ぎゃぁあっ」

それが二分前のことだ。

「はい、みなさんがちゃんと並んだら配りますからねっ」

新免はパイプ椅子から立ち上がると、テント前に列を作る若者たちへ拡声器で呼びかけた。

「日当は三日分、出ます。一人で二回並んだら駄目ですよっ」

「し、新免さん」

横でディレクターが、うろたえた様子で小声で言う。

「でも、金なんか――」

「心配するな」

新免はまた小声で言う。

「それに、フェイクとは言ったが、俺たちは何も嘘をついていない」

「――えっ」

「さっき俺は『中国の方から来た』と言ったろ」

「――――」

「だから嘘じゃない。それに、この連中へ日当を払うという約束があるのも、事実だ」

新免はそれだけ言うと、卓上に置いた空のショルダーバッグを摑み上げた。

ハンドスピーカーが入っていたバッグだ。それを逆さにして振る。

振りながら大げさな声で「あぁっ」と叫んだ。

驚いたような声。

「あぁっ、金がない。おかしいぞ」

●東京　永田町

議事堂前通り　入口

「な」

芋生美千子は、マイクを手にハイヤーを降りた。

その瞬間、息を吞んだ。

何だ。

この光景は――

「な、なんなのよ⁉」

大八洲ＴＶの中継車の前まで、ハイヤーで乗りつけるつもりだった。急いで再び、中継にかからなくてはならない（中国電視台でも放映が始まっているのだ）。

しかし議事堂前通りの路上は、動き回る若者たちであふれかえり、車が入っていけない。

さっきまでは、うずくまる若者をクラクションでどかせれば、通ることが出来たのに

――

やむなく、手前でハイヤーを降りた。

その途端

何だ、これは。

「……⁉」

三十代の女性新聞記者は目を見開いた。

目の前の、往復六車線の道路。

広場と化した道路の突き当たりにそびえる国会議事堂――その正門前では、ついさっき

まで若者たちによるデモが整然と行なわれていた。

この三日間、「常念寺やめろ」「憲法を護れ」という声が、隊列を組み、身体を揺らす若者たちによって絶え間なく繰り返されていたのだが――

今、正門前に若者の姿は無い。代わりに、一つのテントの前に大行列が出来つつある。

それだけではない。「こら、お前ら列に戻れ」「シュプレヒコールをしろ」と活動家の男たちが引き戻そうとすると、逆に「邪魔するなぁっ」と叫ぶ若者によって地面へ引き倒され、寄ってたかって袋叩きにされている。

「いったい、何が起きて」

そこへ

「あぁっ、金がない」

ハンドスピーカーか……? 大音量の声が聞こえてきた。

「金がない、おかしいぞ」

声は、若者たちが列を作り、並ぼうとしている白いテントの下からだ。

何だ、あいつは……?

芋生美千子は眉をひそめた。

同時に、上着の内ポケットで携帯が振動する。

「――ちょっとっ」

コールしてきた『大八洲ＴＶの報道スタッフ』に、芋生美千子は詰問した。

「どうなってるのよっ。デモはどうなってるの。冗談じゃないわ、中国での放映が始まっているのよっ」

『す、すみません芋生さん』

通話の向こうで、若い男の声は混乱している。

『デモ隊が、コントロールできなくなっています。さっきから「日当を寄越せ」「日当を寄越せ」と――興奮して暴れて、手がつけられま――うわっ』

「ちょっと、何」

そこへ

「書記長、書記長っ」

ハンドスピーカーの声が被さる。

最大音量か。

誰かを呼んでいる。

「そこの書記長っ、いるのは分かっているぞ。みんなのお金をどこへやったんですかっ」

白テントの下では、黄色い工事用ヘルメットに作業ジャンパー、腕に〈組合〉という腕章を巻いた男がハンドスピーカーを手に、一方を指さす。

「書記長、中国からもらったみんなのお金を、一人で持ち逃げするつもりかっ」

●東京　永田町
国会議事堂前　路上

新免は、路上の混乱を避けてTV中継車の一台の陰へ逃げ込んだ『書記長』と、その部下の男を見逃さなかった。

テーブルに立ち上がると、〈大八洲TV〉のロゴが描かれた大型ロケバスの背後を指さし、ハンドスピーカーで怒鳴った。

「大八洲TVの中継車の陰に隠れた『書記長』、卑怯だぞ、出て来い」

すると

うぉおおおっ、と地鳴りのような唸り声と共に、無数の若者たちが〈大八洲TV〉の中継車へ押し寄せて行く。

あっ、と思う暇もない。

まるでアメリカのSF映画で、異星の巨大昆虫の大群に襲われる宇宙海兵隊の装甲車のようだった。若者たちが唸りを上げ殺到した〈大八洲TV〉中継車は大きく傾ぐと、屋根のパラボラを広げたまま横倒しになっていく。

7

●富山県（とやま）　海岸線上空
　Jウイング四八便　コクピット

「――はぁっ、はぁっ」
　ひかるは左側操縦席で、肩を上下させていた。
　前方視界は水平に戻っている。
　機体を水平に戻し、オートパイロットを入れ直し、何十秒か経ったのに。
　呼吸はまだ楽にならない。肺が空気を求めている。
（そ、そうか）
　操縦桿は、もう離していい……。
　気づいて、両手を舵輪（だりん）式のコントロール・ホイールから離した。

自動操縦は、たった今、入れ直した。

機を水平に戻した後、モード・コントロールパネルを目で探すと『ＡＵＴＯ　ＰＩＬＯＴ　Ａ』というスイッチを見つけた。「これか」と思い、押してみた。

すると、ひかるの目の前のプライマリー・フライトディスプレーで表示が『ＭＡＮ』から『ＣＭＤ』に変わり、少し前までＬＮＡＶとＶＮＡＶが表示されていたところに『ＨＤＧ』と『ＡＬＴ』という文字が現われた。

ＨＤＧはヘディング——機首方位か。ＡＬＴは高度だ。

手を離しても、機体は揺らぎもせず、一定の姿勢を保つ。

（よし——）

機首方位と、現在の高度をとりあえず保持するモードになったのか。

凄まじく、ぶん回して旋回し、あのＳＰの男がインプットした羽田行きのコースからは多分、遥かに離れている。もう、あらかじめプログラムされたコース通りに飛行する機能は働かない——

「はぁ、はぁ」

呼吸を整えながら、ひかるは見回す。

前方視界はいつのまにか山岳の稜線から、輝く青い直線——水平線に変わっている。

（ここは）

ひかるは、眩しさに目をすがめる。

どこだろう……？

夢中で、必死になって旋回するうち、いったい機首がどちらへ向いているのか分からなくなった。

海……？

日本海か。

見回していると、右の側面窓——さっきと同じ位置に、ライトグレーのF15Jイーグルが後方から追いつくように姿を現わした。

その機首の日の丸。

『大丈夫か』

無線に声。

『怪我はないか』

三〇八空のイーグル。

ひかるは、そのシルエットを見やる。

この機が、わたしたちを脅していたという韓国軍のF15Kを、倒してくれたのか。

結局、〈敵〉の姿は一度も見なかったけれど――

「――大丈夫です、わたしは」

応えかけ、ひかるは右席のアニタを思わず見る。

ぐったりと、動かないままだ。

(まずいな)

思わず、自分の足下へも視線を向ける。見えるわけもないが――この下のファーストクラス客室には會田望海を床に寝かせたままだ。

一刻も早く、救急処置を受けさせなくては。

そのほかに病人もいる――

『君は』

イーグルのパイロットは言った。

『新潟空港へ行きたがっていたな』

「はい」

ひかるは無線にうなずきかけるが

「あ、ちょっと待って」

断ると、頭にかけていたヘッドセットを外した。

自動操縦が機体姿勢を保持してくれている。水平を保っている。

席を立っても、大丈夫だ。

ひかるは左側操縦席のシートを下げると、立ち上がった。

センター・ペデスタルを回り込んで、右席でぐったりしている黒髪の女に後ろから屈み込んだ。

「アニタ」

「――――」

呼びかけても、女は目を閉じたまま応えなかったが。厚い唇から微かに息を吐いている。

呼吸はしている。

ひかるは、黒髪の女の姿勢を直し、なるべく呼吸が楽なようにしてやると、急いで左側操縦席へ戻った。

「お待たせしました」

右側面窓のF15を見て、言う。

「早く着陸したいです、出来るだけ」

『分かった』

そこへ

『Ｊウイング・フォーティエイト』

若いパイロットの声に重なり、もう一つの声が同じ周波数で呼んできた。

『聞こえるか、こちらは特別輸送隊先任機長だ』

●東京　永田町

総理官邸地下　ＮＳＣオペレーション・ルーム

『今のは大変だったな、よく回避した』

天井スピーカーからは、国際緊急周波数の声が流れ続けている。

オペレーション・ルームのメインスクリーンも、横田ＣＣＰのリピーター映像を出したままだ。

韓国軍Ｆ15Ｋの脅威は除去されたが。

依然、Ｊウイング四八便は舞島ひかるに操縦された状態で、空中にあるのだ。

『早速だが、プライマリー・フライトディスプレーの表示をもう一度、読み上げてくれ』

「――――」

燕木三佐が、機上の舞島ひかるへ指導を再開している。

障子有美はスクリーンを見上げながら、そのやり取りを聞いていた。

黄色い三角形シンボル〈JW48〉の横には『〇七九』という高度表示。

七九〇〇フィート……。おそらく山岳地帯の山頂ぎりぎりの高度か。

三角形の尖端は、斜め左上――北西を向いている。いま富山県の海岸線から、再び日本海へ出ようとしている。

「階上の様子は、どう」

横に門篤郎が来たので、有美はスクリーンから目を離さずに訊いた。

「あっさりしたものだ」

門は横に立ち、一緒に見上げた。スクリーンでは、北陸地方の海岸線がウインドーで拡大されている。

「あれだけ大勢いた報道陣は、ほとんど引き揚げてしまった。会見ルームは紙屑だらけだ」

「そう」

「総理の辞任がなくなって、地上波TVは放映するものがなくなってしまったらしい。民放は急に、ドラマの再放送を始めているよ」

「――――」

有美は、息をついた。

通信席をちらと振り返ると、その通りだ。

地上波TVを映し出しているマルチ画面は、あろうことか、いつか見たようなドラマらしい映像ばかりだ。

さっき、常念寺が会見で『韓国へ謝罪を求める』と発言し、その理由について説明をしたのが効いたのか。

民放もNHKも、あれきり中継を打ち切り、まるで総理の辞任騒ぎなど初めからまったく無かったかのように、関係ない番組を流している。

「なぁ」

門が言った。

「あの四八便だが。今の位置からすると、富山の方が近い。富山空港へ降ろしたらどうだ」

「いいえ」

有美は頭を振る。

「新潟の方が、空自の救難隊の基地もあるし。空港の規模からいっても適当だわ」

「そうか」

「湯川君」

有美はまた通信席を振り向くと、湯川へ指示した。

「ただちに、新潟県知事へ要請。Ｊウイング四八便の受け入れ用意を」

防疫はどうするか。

有美は考えた。

急なことだし、新潟県警にやってもらうほかはないだろう。空自の救難隊エプロンに臨時の現地対策本部を置いて、機体は最悪、滑走路を塞いで停止したままでも仕方ない――

●富山県　海岸線上空

Ｊウイング四八便　コクピット

『私は今、千歳の要撃管制室へ移動し、スクリーンを見ている』

燕木の声は言った。

『ＣＣＰと同じ映像だ』

「――はい」

ひかるは、機のコントロールをオートパイロットに任せながら、無線の声を聴いていた。

前方視界に広がる海原は、真昼の陽光に照らされ、眩しい。

高度は、かなり低い。

プライマリー・フライトディスプレーの高度表示は七九〇〇フィートだ。さっき自動操縦を入れた瞬間の高度を、そのままキープして飛んでいる──

燕木三佐は、韓国軍F15Kの脅威は去ったけれど、依然テロの危険は続いていると判断しているのか。無線越しに、ひかるのことを『舞島二曹』と呼ぶことはしない。何者かが会話を傍受していて、また何かを仕掛けてこないともいえない。

『今から新潟空港へ誘導する』

声は言う。

『三〇八空のF15には、CCPに頼んで、引き続き護衛についていてもらおう』

「はい」

ひかるは無線に応え、あらためて、左側操縦席のコンソールを見回した。

大丈夫、これは747だ。政府専用機と、基本的に同じ──

『今、オートパイロットは機首方位保持モードになっている』

声が指示した。

『まず機を、東北東へ向ける。モード・コントロールパネルでヘディングのカウンターをゼロ・セブン・ゼロにセットしろ』

「はい」

ひかるは右手を伸ばし、ＨＤＧと表示されたカウンターのつまみを右へ廻した。『〇七〇』にセットする。

機体が反応し、目の前の操縦桿がクッ、と右へ取られる。

前方で水平線が傾き、視界がゆっくりと左向きに流れ始める。

（そうか）

ひかるは、ようやくナビゲーション・ディスプレーで、地形を目で把握できた。

今、この機は富山県あたりの海岸線にいるんだ。

（東北東──新潟の方向へ旋回するのか）

●東京　お台場
大八洲ＴＶ　報道部　第一スタジオ

「こ、これは――」

司会テーブルで、五十代のコメンテーター――川玉哲太郎が息を呑む。

第一スタジオのメインモニターに、最後に映し出されたもの。

まるで異星の巨大昆虫の群れのように無数のラフな服装の若者たちがうわっ、と画面に押し寄せると、映像のフレーム自体が揺れて傾ぎ、画面が下向きに流れた。そのまま仰向けに倒されるように空しか見えなくなり、次の瞬間、衝撃と共に白くなって何も映らなくなった。

川玉哲太郎は「うぉ」とのけぞった。

「これは――〈常念寺やめろデモ〉が」

その横で。

「パパっ」

司会テーブル中央では白スーツの女が、携帯を手にしている。険しい表情。

「どうなっているのよパパ、常念寺が辞めないじゃないのっ」

甲高い声で通話相手に詰問しながら、羽賀聖子はまたテーブルの裏側を爪先でがんっ、と蹴った。

大八洲TVの現在のオンエアをモニターする別画面では、ACジャパンの『犬を捨てるのはやめましょう』という意識啓発コマーシャルが流れている。他の民放局は、常念寺貴明が韓国に都合の悪い発言を始めた途端に官邸からの中継を切り、おおむね皆ドラマの再放送をしていたが。

大八洲TVの局舎には今、適当な代用コンテンツを選択できる日本人ディレクターがいなかったので、放送事故を防ぐフェイルセーフ・システムが自動的に公益社団法人ACジャパンの公共マナーCMを流し始めていた。

「どうすればいいのよっ」羽賀聖子は怒鳴った。「北京では、国家主席がご覧になっているというのに――！」

そこへ

ざざっ

黒装束の一団が、司会テーブル前に横一列に整列すると、敬礼した。

「羽賀先生」

その中央のリーダー格の男――たった今までディレクターとして〈ニュース無限大〉の放映を仕切っていた黒装束の男が、敬礼しながら告げた。

「ただ今、本国より我々に対して『ひとまず引き揚げろ』と指示が出ました」

「――!?」

携帯を手にしたまま、元国会議員の女は驚いたように見返す。

これまで、スタジオの各所で二昼夜にわたり放映を担ってきた黒装束の一団が、素早い動きで持ち場を放棄すると、目の前に整列している。

「——ど、どういう」

「我々は、これで失礼します」

ディレクターだった男は敬礼を解くと、軽く一礼した。

「では失礼」

「し——」

ちょっと——！　と立ち上がって叫ぶ女を尻目に、黒装束の一団は整然と駆け出し、たちまちスタジオの外へ消えてしまう。

同時にカチャッ、と頭上のどこかで金属音がした。

「うっ」

羽賀聖子の横で、同じように立ち上がって呆気に取られていた様子の川玉哲太郎が、我に返ったように頭上を仰ぐ。

「ま、まずい。副調整室の電磁ロックが」

「ううぅ」

羽賀聖子は、切れた携帯を握りしめながら唸った。

「うううっ」

「聖子先生、大変です。サイバーロックが外れた。大八洲ＴＶのプロパー職員たちがそれぞれの監禁場所から出てきてしまう」

「うううっ」

「先生、ここは逃げましょう」

「うううっ」

「先生――」

だが

「常念寺めぇっ」

羽賀聖子は唸り声をあげると、司会テーブルの上に載っていた原稿のプリントアウトをばさっ、と払い散らかし、畳二枚以上もあるテーブルを蹴ってひっくり返した。

どたんっ

「うぅううっ、常念寺めぇっ！」

●富山県　海岸線上空

Ｊウイング四八便　コクピット

「――」

機が旋回している。

緩い右バンクで、747-8は機首を東北東――新潟の方角へ向けて行く。

ひかるは、右の側面窓へ目をやっていた。

並行して飛行する三〇八空のF15の向こうに、本州の山々が見えている。

(――北陸の海岸線の、上にいるのか……)

機首方位が〇七〇度に向き、機体が水平になると。

ひかるは左席の側面窓から、見下ろしてみた。

真下には入り組んだ海岸線があり、機はちょうど、一つの入江の上空を通過するところだ。

漁村だろうか……?

入江に小舟がいくつか。岸辺を囲むように、小さな家々が立ち並んでいる。

目で追うが――747はたちまち小さな漁村を飛び越す。家々は、左主翼の下側へ隠れて見えなくなる。

人々が、暮らしているんだ……。

そこへ

『Ｊウイング・フォーティエイト』

　無線に声が入った。

『新潟への進入の準備をする。今から、言うとおりにＦＭＣをセットしてくれ』

「……は、はい」

●東京　横田基地

　航空総隊司令部・中央指揮所（ＣＣＰ）

「Ｊウイング四八便は新潟へ向かいます」

　中央セクター担当管制官が、振り向いて報告した。

「特輸隊の先任機長が操縦を指導します」

「うむ」

　工藤はうなずいた。

　頭上のスクリーンでは、拡大されたウインドーの中、黄色い〈ＪＷ48〉のシンボルは尖端を右手へ向けて進み始める。

（――――）

舞島ひかる、か――

実は工藤は半年ほど前、〈もんじゅプルトニウム強奪事件〉の終盤で、特輸隊客室乗員の女子自衛官が政府専用機を一人で操り、無線の指示に従って北九州空港へ着陸するところをスクリーン上で見ている。

あの時の客室乗員が舞島ひかる三曹（当時）――空自の要撃管制官の間では、実はその名は秘かに有名だったりする。

「今度も、うまくやるだろう」

「そうですね」

情報席で明比もうなずく。

「747‐8であれば。基本的に操縦操作は専用機と同じはずです」

「研修とはいえ」

笹が言う。

「あの便に舞島二曹が乗り組んでいたのは、幸いでした」

「あぁ――」

工藤がうなずきかけた時。

ふいに最前列で、一人の管制官が声を上げた。

「こ、これは」

北西セクター担当管制官だ。

「これは何だ⁉」

同時に

ざわっ

地下空間が、ざわめいた。

（――⁉）

工藤が目を上げると。

スクリーンの左手――拡大されたウインドーよりも西側の洋上に、ぽつんとオレンジの三角形が一つ、浮かび上がっている。

何だ。

山陰地方の沖にいる。近い――

「何」

あれは。

アンノン……だと⁉

●富山県　海岸線上空

Jウイング四八便　コクピット

『FMCのコントロール・ユニットでRTEのページを開いてくれ』

燕木の声が、無線で指示した。

『まず目的地を、RJTTからRJSNへ上書きしろ』

「——はい」

ひかるは、言われた通り、大型の電卓のようなコントロール・ユニットに屈み込んで、キーボードを操作する。

FMCの目的地を上書きすれば、あのSPの男がセットしていたコースも自動的に消える。

RJSNは『新潟空港』の略称だ。

『上書きしたらエクスキュート・キーが点灯するから、押すんだ』

「押しました」

『よし』

無線の向こうで、燕木の声はうなずく。

そういえば。

半年前の〈事件〉の時も、こうして無線で指導をしてもらい、政府専用機を一人で北九州空港へ進入させ、自動着陸させたのだ。

『ではLNAVのボタンを押せ。それで機は、新潟空港へ向かい始める。ILS進入の細かいセッティングは、機が向かい始めてからやろう』

「は、はい」

ひかるはうなずき、モード・コントロールパネルへ手を伸ばす。

しかしLNAVと表示されたボタンの前で、指が止まる。

これを押せば。

機は、新潟空港へ向かうけれど――

（――）

ひかるは息をつくと、もう一度、左の側面窓から真下を見やった。

入り組んだ海岸。

機はまた、一つの集落の上空を通過するところだ。海岸にしがみつくような家々。四辻に面したコンビニ。小学校だろうか、運動場を持つ二階建ての建物。

この機を新潟空港へ降ろせば。

ひかるは今度は、コクピットの内部、そして開け放したままの扉から二階客室の方を見やる。

(この機内には)

機内の空間には、天然痘ウイルスが封じ込められている。

着陸し、乗降扉を開けば、機内の空気は漏れる――

どんなに気をつけて隔離をしても、空気は漏れる。

「………」

ひかるは、上着の胸ポケットを手で押さえた。

門班長に、相談したい。しかし電話は通じない。

いま国内には、中国の工作員が多数いて、活動している。

そのことは自分がよく知っている。

もしも新潟へ降りて機体を隔離した後、ウイルスが外部へ漏れるのを何とかして防止したとしても。工作員がやってきて何らかの破壊工作をしたら……?

わたしはすでに無線で『新潟へ降りたい』と言ってしまった。この機が新潟空港へ向かうことは、国際緊急周波数を傍受していれば容易に知れる。

(――――)

ひかるは、モード・コントロールパネルへ手を伸ばすと、ＬＮＡＶと表示されたスイッチには触れず、代わりに機首方位カウンターのつまみを指でつまんだ。

数秒、考えたが。

次の瞬間には機首方位カウンターをカチカチと左向きに回していた。

●同空域
Ｆ15　白矢機コクピット

「――おい？」

キャノピーの左横に並走している747が、ふいに機体を傾け、左旋回に入ったので白矢は声を上げた。

新潟へ向かうはずではないのか。

「おい、どうした」

747のコクピットを見ようとするが、巨人機は左バンクで急速に離れて行く。

しょうがないな。

白矢は、自分も操縦桿を左へ傾け、視野の左端に巨人機のシルエットを捉えながら追従して左旋回に入った。

スロットルで増速し、二階建ての機首のコクピットへ追いつく。

「おい、どうしたんだ」

『すみません』

舞島ひかるの声が、無線に告げた。

『新潟へ向かうのは、やめておきます』

「――え?」

白矢は、巨人機のコクピットを覗き込みながら訊き返す。

新潟へ行くのはやめておく……?

●東京　横田基地

航空総隊司令部・中央指揮所（ＣＣＰ）

「あれは何だ」

工藤はスクリーンを見上げ、声を上げた。

「どこから現われた!?」

「分かりません」

北西セクター担当管制官は頭を振る。

「隠岐島東方二〇マイルの位置に、海面から突然、湧いて出ました。未確認の機影です」

「湧いて出た？」

工藤は眉をひそめる。

ふいに現われたオレンジ色の三角形は、高度表示『一〇〇』。たちまち速度表示を『四五〇』から『五〇〇』に増やし、その尖端を右手――東へ向け進み始める。

この加速力――戦闘機か……⁉

「何だ、こいつは」

「先任、海面の工作漁船からロケットブースターで打ち出された小型戦闘機か、高速ドローンではないですか」

「今、何が起きてもおかしくないです」

明比が言う。

「うぅ」

そこへ

「先任、Ｊウイング機が向きを変えます」

中央セクター担当管制官が、振り向いて報告した。
「変です、新潟へ向かいません」
「何」
スクリーンの右手、拡大ウインドーへ目をやると。
確かに黄色い〈JW48〉のシンボルが、尖端をゆっくり左向きに回していく——
同時に
『すみません』
天井から声がした。
国際緊急周波数が、モニター出来るままにしてある。
先ほどまでと同じ、舞島ひかると思われる女子の声だ。
『新潟へ向かうのは、やめておきます』

●東京　永田町
総理官邸地下　NSCオペレーション・ルーム

『どういうことだ』
天井スピーカーで、若いパイロットの声が訊きただす。

『新潟へ行かない……？』

ＣＣＰのリピーターにしてあるメインスクリーンで、黄色い〈ＪＷ48〉のシンボルが尖端を廻し始めたと思うと。

スピーカーから『新潟へ向かうのは、やめておきます』という舞島ひかるの声がした。並走していたＦ15のパイロットが驚いている。

（どういうこと……？）

障子有美は、通信席の湯川に指示して、新潟県へ急ぎＪウイング四八便の受け入れ用意と、隔離体制の準備をさせようとしていた。

急な要請だ。

新潟空港には航空自衛隊の救難隊の基地があり、ＵＨ60Ｊなど救難機が常駐している。救難隊基地を、そのまま前線本部に活用出来るだろう。

しかし陸自の防疫部隊を展開するには、要員や機材をヘリで運ぶにしても時間がかかる。

だいたい、防疫部隊の主力は今、隠岐島へ行ってしまっているのだ――

天井からふいに声がしたのは、その矢先だ。

『新潟へは行きません』
舞島ひかるの声は、続けて言った。
『今から、隠岐島へ向かいます』
『え⁉』
若いパイロットが驚くのと、有美が「え」と驚くのは同時だった。
隠岐島へ行く……？
舞島ひかるは今、そう言ったのか。
「あの子、何をする気」

8

●日本海上空
Jウイング四八便　コクピット
「隠岐島へ向かいます」
無線に、ひかるは繰り返した。

「この機内には、天然痘ウイルスが充満しています。わたしも感染している」

そうだ。

この機内には、すぐ手当てをしないといけない怪我人もいる——

でも。

ひかるは唇を噛み、送信ボタンを握って訴えた。

「隠岐島なら、すでに防疫部隊が展開して、島を封鎖していると聞きます。この機を島へ降ろせば、本土へ危険は及びません」

『——ちょっと待て』

燕木の声が『理解はできるが、ちょっと待て』というニュアンスで応える。

●同空域
F15　白矢機コクピット

（——何だって……!?）

白矢はキャノピーを通して、左横に並んで飛ぶ747のコクピットを見やった。

左席についた水色の制服姿のCA。

あれは、舞島の妹だという。
噂は本当だったか。さっきは見事な操縦で、F15Kの追撃を振り切ってくれた。
これから無線で指導を受け、オートパイロットを活用して着陸を試みるというが——
今、何と言った。
(……あの島へ行く?)

隠岐島。
つい二日前、舞島茜と共に誘導して着陸させた、ルクセン・カーゴ機。
Jウイング機は、あれと同じ747シリーズだ。貨物型と旅客型の違いだけ。
「でも」
酸素マスクの中で、思わずつぶやく。
あの機の副操縦士は、機を停止させるのにかなり苦労していなかったか。
島の空港は小さい。
滑走路の長さは——

●東京　永田町
総理官邸地下　NSCオペレーション・ルーム

「隠岐島——って」

障子有美は、メインスクリーンを見上げながら絶句する。

「————」

あの子、止まり切れるのか……!?

同時に
『舞島二曹』

頭上のスピーカーから燕木三佐の声。

もう、いちいち他人行儀を装う場合ではないと判断したか。

機上の舞島ひかるを名で呼んだ。

『ちょっと待て、まずＦＭＣのコントロール・ユニットでＰＥＲＦというキーを押せ』

『は、はい』

『性能管理ページが出たら、現在の機体重量を読み上げてくれ。左上にあるグロス・ウェイト——ＧＷＴという項だ』

そこへ
「危機管理監」

通信席で、湯川が声を上げる。

「やばいですよ。これを見てください」

●東京　横田基地
航空総隊司令部・中央指揮所（CCP）

「あれは何だ……!?」

山陰沖の日本海上空に、唐突に浮き上がって現われたオレンジの三角形。

今のところ反応は一つ。

い、い、
未確認機……!?

「この忙しい時に――小松のFは上がれるか」

「第六航空団、アラート待機の補充は出来ました」

情報席で、明比が画面を見ながら言う。

「小松基地はホット・スクランブルに対応できます」

「よし」

工藤はうなずくと、最前列の担当管制官に命じた。

「北西セクター、〈対領空侵犯措置〉だ。小松のFをただちに上げろ」

「はっ」

管制官が了解し、卓上の受話器を取り上げて小松基地へスクランブルを下令する。

その間にも。

オレンジの三角形は尖端を右手――真東へ向けて進行する。速い――三角形シンボルの横の速度表示はたちまち六〇〇ノットを超える。

「おい、まずいな」

工藤は、スクリーンを仰いでつぶやく。

「Jウイング機が、旋回してアンノンの方へ行くじゃないか」

まだ、遠いが。

面倒なことになったら――

「『隠岐島へ向かう』と言っていましたが」

明比が言う。

「でも、あのアンノンさえ小松のFが抑えてくれれば。考えてみれば妥当な判断です」

「確かに」

笹も言う。

「あの島は、陸自の防疫部隊がすでに展開し、封鎖している。島民へワクチンの投与も行なわれている。Jウイング機が降りれば、すぐ乗客へワクチン投与は出来るし、ウイルスが本土へ入ることもない」

「その通りです。ただ一つ問題は」

明比は自分の情報画面に、今度は地図のようなものを呼び出して表示させた。

「国土交通省発行のＡＩＰ（航空路誌）です。隠岐空港の平面図。ご覧ください」

「――」

「――」

●日本海上空

Jウイング四八便　コクピット

「左上の数字は、五三五――」

ひかるは、コントロール・ユニットへ屈み込んで、燕木に指示されたページを表示させると、数字を呼んだ。

ＰＥＲＦＯＲＭＡＮＣＥというタイトルのページには、ひかるには理解できない数字がたくさん並んでいる。

「――五三五・〇です」

『よし』

無線の向こうで燕木はうなずく。

『グロス・ウェイトは五三万五〇〇〇ポンドか。今から着陸性能を計算する』

「おねがいします」


そうか——

島の滑走路。

離島ならば、きっと空港は小さいのだ。

でも、二日前にルクセンブルクの貨物機が降りている。国際線の貨物機なら大型で、重量も重いだろう。

（お姉ちゃん）

思わずひかるは、心の中で姉を呼んでいた。

天然痘に罹患した中国工作員を乗せた貨物機。

当二佐の話では、二日前にその機を誘導して島へ着陸させたのは、小松の二機のF15だったという。

お姉ちゃんの部隊だ。

（そうだ）

ひかるは、右の側面窓を見やった。

日の丸をつけたイーグルの機首。

日を跳ね返すキャノピーの下から、ヘルメットを被ったパイロットがこちらを見ている。

「あのう」

ひかるは、その若いパイロットと視線を合わせるようにして、無線に聞いた。

「三〇八空の方、ですよね」

『そうだが』

●同空域

F15 白矢機コクピット

『二日前、ルクセンブルクの貨物機を、隠岐島へ誘導して着陸させたのは、三〇八空ですか』

右横に並走する747の機首。

そのコクピットから、白矢の方を見ながら舞島ひかるは訊いてきた。

『貨物機は、大型だったのですか。うまく降りられましたか』

「あ、あぁ――」

島の方へ機首を向けてから、そんなことを訊くなよ――

白矢は、酸素マスクのマイクに生返事をした。

後先を考えずに、行動するのか。

ある意味、姉の茜にそっくり……

いや。

白矢は頭を振る。

「――すまんが」

任務中に遭遇した事象を、無線で軽々しく話せない。

舞島ひかるも自衛官ならば、そのくらいは理解できるだろう。

『あ、すみません』

「反対はしないよ」

白矢は短く告げた。

「でも、特輸隊先任機長が性能を計算して、止まり切れないと判断されたら、おとなしく新潟へ向かい直すんだ」

『──はい』

●東京　永田町
総理官邸地下　ＮＳＣオペレーション・ルーム

「これは……⁉」

有美は、湯川の指し示すモニターの映像に、息を呑む。

ライブカメラか。

管制塔のような高い位置から、滑走路を横向きに俯瞰したアングル。滑走路の向こう側は青黒い海だ。

「例の、あの島の？」

「そうです」

湯川はうなずく。

「国土交通省の回線から引っ張り出した、管制塔ライブカメラの映像です。隠岐空港には常駐の管制官がいないので、普段は伊丹空港の管制官がこの映像を見て管制業務をします」

「ルクセン・カーゴ機が」

有美は映像の様子に、目を剝いた。

「まだ、そのままじゃないの」

確か、機上の総理を交えて行なわれた〈国家安全保障会議〉でも、この映像を皆で見た。

ライブ映像は、その時の光景と変わらない。

二日前、小松の戦闘機編隊が誘導して着陸させたルクセンブルクの貨物機。747-8F。

水色の貨物型ジャンボは、短い滑走路をいっぱいに走って止まったらしい。

滑走路の右端――西向きと思われるランウェイの終端（しゅうたん）をはみ出して停止し、巨大な垂直尾翼は滑走路面の上にかかっている。

画面には、陸自の隊員たちだろうか、戦闘服姿の人影が多数、滑走路の脇や貨物型ジャンボの尾翼の下にいて、何か作業をしている。

「これは――止まり切れなかったら、追突する」

●日本海上空

Jウイング四八便　コクピット

『計算が出た』

無線で、燕木の声が告げる。

『その重量ならば、必要滑走路長──つまり着陸して停止するのに必要な路面の長さは六〇八〇フィートだ。航空路誌によると、隠岐島の滑走路は六五〇〇フィートあるから、何とか止まり切れるだろう』

「はい」

ひかるはうなずき、右手を伸ばしてナビゲーション・ディスプレーの表示範囲を拡大する。

今、機首はほぼ真西へ向けてある。ナビゲーション・ディスプレーのマップの左端には、山陰の海岸線が縦になって伸び、真ん中から右側はすべて海を表わす水色。三〇〇マイルほど前方、海の中にポツンと、円型の小さな島が浮かんでいる。島に重なって飛行場のシンボル。『RJNO』。

ここか──

RJNOの末尾のOは『隠岐島』の頭文字だろう。

目測すると、この距離では、島へ到達するのに三十分はかかる。

でも、隠岐島には陸自の防疫部隊が展開している。

着陸して、機体を停止させれば。

すぐに外側からステップがつけられ、乗降ドアが開かれて、陸自隊員たちによって怪我人と急病人の救護が行なわれる。機体のドアを開け放ってしまっても構わないわけだから、新潟へ降ろすよりもスムーズに助けてもらえる。搭乗者全員へのワクチン投与もしてもらえる……。

『コントロール・ユニットをＲＴＥページにして、ＤＥＳＴの項にＲＪＮＯと上書きしろ』

燕木の声が指示した。

『目的地を隠岐空港に設定し、続いてＩＬＳアプローチの準備をする』

「はい」

●東京　永田町
総理官邸地下　ＮＳＣオペレーション・ルーム

「この情況を、ＣＣＰや特輸隊の燕木三佐は知っているの」

有美は湯川に訊く。

「滑走路の終端付近に、貨物機が擱座(かくざ)していることを」

「おそらく、知りません」

湯川は頭を振る。

「このライブ映像は、国土交通省の情報です。特別に引っ張ってこないと——横田のCCPで、通常はこの映像を見ることはありません。現地の指揮も陸自ですから、島の具体的な細かい情況は、空自の指揮系統へは届きません」

「————」

有美は拳を握り締めた。

そこへ
『RTEページの二ページ目の頭に〈ILS26〉と入力しろ』

天井スピーカーから燕木の声。

『入力したら、LNAVを使って、進入開始ポイントへ直行させる』

『はい』

舞島ひかるの声が、うなずく。

少し呼吸が速い感じ。

『入力しました。ＬＮＡＶを入れます』

「やめさせよう」

有美は言った。

「予定通り、新潟へ向かわせる」

「いや、待て」

門が言った。

「聞いていなかったか。今、燕木三佐は無線で『止まり切れる』と言ったぜ？」

「ぎりぎりで、でしょ」

有美は頭を振る。

「まともなパイロットが操縦した場合でしょ」

「しかし」

門篤郎は、どういう感情表現なのか顔をくしゃっ、とさせた。

「俺は、舞島の判断を、なかなかいいと思っている。無線の声を聴いていると、機内に怪我人がおり、一刻も早く処置をしたい。そう言いながら、国民全体に危険が及ぶことを考え、隠岐島行きを選択した」

「でも、あの機の搭乗者はほとんど全員、眠らされているんでしょ」

有美は言い返す。

「止まり切れず、貨物機に追突して火災にでもなったら。みずから緊急脱出が出来ない。大変なことになる」

「う、うぅむ」

「危機管理監として、そんなことは容認できない。隠岐島行きは、やめさせる」

言い切ると、有美は上着のポケットへ手を入れた。

「CCPには私から伝える。門君、特輸隊へ指示を出して」

●東京　横田基地

航空総隊司令部・中央指揮所（CCP）

「小松のF、出ました」

北西セクター担当管制官が、振り向いて報告した。

「アンノンへ指向します」

「よし」

工藤はうなずくと、明比の情報席のコンソールへ目を戻した。

画面に、隠岐空港の俯瞰図が出ている。

一見して、短い——滑走路の長さは二〇〇〇メートル（六五〇〇フィート）。

「確かに、短いが」工藤は腕組みをする。「今、特輸隊の先任機長は無線で『止まれる』と言ってくれた」

しかし

「計算では、そうなのでしょうが」

横から、笹も画面を覗き込みながら言う。

「思い出しましたが。二日前、この滑走路にはルクセン・カーゴ機が降りましたよね」

「あぁ——」

工藤がうなずきかけると同時に

「あっ、そうだ」

明比も気づいたように声を上げ、素早くコンソールのキーボードを操作した。

「隠岐島に降りた貨物機の、現在の情況——その後の処理はどうなっているのか。現地の陸自に問い合わせてもよいのですが、ライブ映像が一番早い」

「現地の滑走路の様子が、見られるか」

「お待ちください。国土交通省の回線から引っ張ってみます」

カチャカチャとキーボードが操作されるのを見ていると。

工藤の先任席で、赤い受話器がランプを明滅させた。

「──はい」

官邸からか。

受話器を掴み上げ、耳に当てながら、情報席の画面を見やると。

ちょうど島の滑走路らしいものを横向きに俯瞰する映像が出る。

動きがある。ライブカメラか──

「先任指令官です」

『工藤君』

やはり声は障子有美だ。

『隠岐島行きは、やめさせる』早口で告げた。『今から特輸隊先任へ指示を出すわ』

「そうですか。確かに──」

『滑走路の終端に、例の貨物機が擱座したままよ。そちらでは分からないかもしれないけど』

「いえ」

工藤は頭を振る。

「こちらでも、今、ライブカメラの映像を出しているところです」

確かに。

障子有美の心配も分かる。

無線で特輪隊の先任機長が『止まれる』とは言ったが。

操縦するのは舞島ひかるなのだ。オートパイロットに機体をコントロールさせるとは言うが……。特輪隊ではおそらく、島の滑走路の状態については何も知らない。

しかし――

追突の懸念があるのは、見たとおりだが。

滑走路上と、そのすぐ脇の草地で作業している陸自の隊員たち――数が多い。

彼らは何をしているのだろう。

『見えているなら、話が早い。そういうことよ』

「――は、はい」

同時に

『Jウイング・フォーティエイト』

頭上から声。

『まずいことが発覚した』

●日本海上空
Jウイング四八便　コクピット

『まずいことになった、舞島二曹』

燕木の声は言った。

『島の滑走路の終端付近に、二日前に緊急着陸した貨物機が擱座したままになっているらしい』


「——えっ」

ひかるは、目を見開く。

「貨物機が、擱座……？」

『官邸から通報と指示があり、こちらでも映像を出して確認した』

燕木は続ける。

『ヨーロッパ発の貨物機は７４７だ。ランウェイ26の終端をはみ出して止まり、垂直尾翼は滑走路上にかかっている』

「——」

『六〇八〇フィートで、ぎりぎり止まれれば、接触せずに済むかもしれないが。もし一つ間違えば、機首から貨物機の垂直尾翼に激突し、君のいるコクピットはひとたまりもない』

「――――」

●同空域

Ｆ15　白矢機コクピット

（――――）

白矢は、酸素マスクの中で絶句していた。

今の、特輪隊先任機長の言葉……。

そうか。

（あの貨物機は）

まだ、そのままなのか。

当然といえば、当然か。

ルクセン・カーゴ機はあの時、俺の見ている下でオーバーランして――

確か、尻尾の部分を滑走路面の上に突き出したまま停止したはず。主脚から白煙を噴いていた。上空から見ると、向こう側の崖から今にも海面へ落下しそうな……

あれでは、自走はとても無理だ。移動させるとなると、一大土木工事が必要だろう（機体をどけるまで、島への輸送はヘリとオスプレイに頼るしかない）。

六五〇〇フィートの滑走路で、六〇八〇フィートで停止出来るのなら、一見、大丈夫そうだが。

島の滑走路は、一般に『風が変わりやすい』という。接地直前の風向・風速変化で、オートパイロットによる接地が伸び、滑走路の真ん中あたりに主脚が着いてしまうような事態が、無いとはいえない。

そうなったら——

「——」

白矢はもう一度、７４７のコクピットを見やった。

舞島ひかる。

さっきは、うまく切り抜けてくれたが——

あの子に、とっさのゴー・アラウンド（着陸復航操作）は無理だ。

「仕方ない、戻ろう」

白矢は無線に呼びかけながら、同時に計器パネルのＶＳＤ画面にも目をやった。

最大の『一六〇マイル』レンジにしたマップ画面には、まだ隠岐島は見えてこない。

と

ピピッ

前方空間に、ふいに二つの緑の三角形が浮き上がるように現われた。

識別コードは〈ＢＲ05〉と〈ＢＲ06〉。

小松のスクランブル機だ。

また、どこかにアンノンが出現したのか。

なおさら、このまま西へ向かうのは……。

「いいか。今なら大して遅れずに降りられる。新潟へ行こう」

●同空域

Ｊウイング四八便　コクピット

「――はい」

ひかるは無線に応えながら、心の中で舌打ちした。

そうか。

もしも止まり切れなければ――

全員を危険にさらしてしまう。

「新潟へ行きます」

確かに。

計器パネルを見回しながら、思った。

さっきは、この機体を設計限界速度を超過して振り回した。

Gもかかった。操縦系統、油圧、どこかに何らかの不具合が、出るかもしれない。いや、すでに出ているかもしれない。今は、警告灯も警告メッセージも表示されていないが。着陸した瞬間に油圧が抜けてブレーキが利かない――なんて事態になったらアウトだ。

（なぜ、先に隠岐島の情況を訊かなかったかな）

ナビゲーション・ディスプレーのマップに目をやると、『RJNK』――小松空港（小松基地）も近いところにあるが。

でも駄目だ。もしも小松の滑走路をこの機体が塞いでしまったら。

わが国の防空能力に大きな穴が空く。

『舞島二曹、では新潟へ向かうぞ』

無線に燕木の声。

『機首方位のカウンターを〇七〇にセットし、ＨＤＧのスイッチを押せ。それで機首方位保持モードになる』

「は、はい」

ひかるはうなずき、モード・コントロールパネルへ手を伸ばす。

カウンターをつまむ。

仕方ない、戻るか……。

だがその時

『旋回しなくていい』

ふいに別の声が、無線に入った。

『向きを変えなくていい、ひかる』

●東京　横田基地

航空総隊司令部・中央指揮所（ＣＣＰ）

『そのまま島へ向かうんだ』

ふいに天井スピーカーから降った声。

『大丈夫だ』

アルトの、女子の声だ。

「――!?」

工藤はスクリーンを見上げ、眉をひそめる。

何だ。

「おい、この声――」

「あっ」

同時に、最前列で北西セクター担当管制官が声を上げると、慌てたようにコンソールで何か操作をする。

途端に

パッ

オレンジの三角形は、工藤の見ている頭上で緑に変わった。

「すみません、先任」

北西セクター担当管制官は振り向いて告げる。

「今、敵味方識別をかけました。アンノンの正体は、わが空自のＦ15です。飛行計画を出さずに上がっていたので、防空システムが『未確認』として処理したのです」

「何」

アンノンは、空自機……⁉

見ているうちに、緑の三角形の脇にコールサインが浮き出る。敵味方識別システムからの質問波に対し、機上の応答装置が返答してきたのだ。

現われたコールサイン。〈ＢＤ02〉。

「ブルーディフェンサー・ツー？」

まさか。

工藤は、ヘッドセットのマイクを思わず口元に引き寄せた。

「おい、そこのブルーディフェンサー・ツー、聞こえるか。こちらはＣＣＰ先任指令官だ」

●日本海上空　隠岐島沖

Ｆ15　舞島機コクピット

『そんなところで、何をしている』

「――すみません」

舞島茜は、急いで離陸してきたので、今回もGスーツを装着していなかった。

二日以上、着たままの飛行服にヘルメットだけだ。

お腹の辺りがスースーする感じだ。

「お騒がせして、すみません」中央指揮所の指揮官へ、思わずお辞儀をして詫びた。「飛行計画を提出する暇がありませんでした」

『――――』

相手が一瞬、絶句する。

でも、仕方がない。

島には正規の管制官もいなければ、空自の運航管理者ももちろんいない。

ひかるのJウイング四八便を迎えに出るのに、飛行計画をどうやってファイルすればいいのか、まるで分からないので仕方なく無視することにした。

勝手に離陸すれば、わが国の防空システムには即座に『アンノン』と判定され、スクランブルをかけられてしまうだろう。多くの人に迷惑はかける。

しかし。

放っておいたら、妹の操縦する747は本土の空港へ降ろされてしまう。

国民に危険が及ぶ。

急に言われて、新潟県が防疫体制を完璧に出来る保証はない。下手をすれば膨大な数の人たちが、貨物機のコクピットで倒れていた、あの中国人工作員のようになってしまう

――

「報告します」

茜は、無線に続けて言った。

「現在、隠岐空港では、C2輸送機が運用できるよう、陸自施設部隊によって滑走路に大型機用バリアネット・システムを設営中です」

●日本海上空

F15 白矢機コクピット

『これにより』

無線の声が言う。

『滑走路末端に停止中のルクセン・カーゴ機に接触することなく、確実に停止することが出来ます』

「──こ」

白矢は目を見開いた。

無線に、いきなり割り込んできた声。

この声は──

（……舞島⁉）

●同空域

Ｊウイング四八便　コクピット

ひかるは、大きな目をしばたたいた。

「……お姉ちゃん……⁉」

思わず、前方視界を見回す。

●東京　横田基地

航空総隊司令部・中央指揮所（ＣＣＰ）

『着陸停止距離については、心配ない』

天井の声は続ける。

『拘束ネットにより、何かあっても、確実に滑走路内で停止できます。新潟へ行く必要はない』

「おいっ」

工藤は、情報席の明比を見やる。

指示をするまでもなく、明比は情報画面を操作して、陸上自衛隊の指揮情報のサーバーへアクセスする。

数秒も待たず

「先任、舞島三尉の言うことは、本当です」

眼鏡を光らせ、画面を見たまま報告した。

「施設部隊が、早朝から隠岐空港の滑走路上で作業中。C2輸送機向けの大型機用バリアネット・システムを設営中です。作業終了予定時刻は――」

「――」

「――」

「あと十分後」

●東京　永田町
総理官邸地下　ＮＳＣオペレーション・ルーム

「バリアネットって、何⁉」

障子有美は天井からの声に、通信席を振り向いて問うた。

「どうして、大丈夫って言えるの⁉」

「障子さん、これです」

有美に聞かれるまで待ってはおらず、通信席の湯川は情報画面に動画を引っ張り出していた。

「見てください」

「どれ」

有美は駆け寄り、覗く。

画面の隅の赤いエンブレムから、アメリカ空軍の広報アーカイブだと分かる。

スローの映像だ。両翼を広げて着地したＣ１３５輸送機が、高速で滑走路を走って来る。ボーイング７０７の軍用型、四発の大型機だ――しかし制動装置が働いていないのか、そのままの勢いで突っ走って来る。

と、ふいに滑走路面に高さ四メートルくらい、テニスコートのネットのような形状の横長の『柵』が瞬間的に立ち上がって、突っ走って来た機体を搦め捕った。

音のない映像だ。もうもうと煙を上げ、C135はネットを引きずりながら滑走路の末端の手前で停止する。

「――これが、バ、バリア？」

「そうです」

湯川は、表示されたスペックを指して言う。

「僕も、初めて見ましたが」

「これが、隠岐島にあるっていうの」

「もともと、六〇〇〇フィートちょっとで止まれるというのです」

湯川は言う。

「このバリア・システムが稼働しているなら、備えとして万全ではないでしょうか」

「…………」

「どうする」

門が背後から近寄ると、有美の右肩へ手を置いた。

「本土へ、ウイルスを入れないで済むんじゃないか」

「…………」

有美は、唇を噛み、肩越しに門を振り向いた。

「……ったく」

「？」

「あの子たち——姉妹そろって、わが国の安全保障を振り回してくれる」

●日本海上空

Jウイング四八便　コクピット

『そういうことだ、ひかる』

茜の声は、今度はひかるに告げた。

『そのまま、隠岐島へ向かうんだ——聞こえているか』

「——は、はい」

ひかるは、我に返ると、無線の送信ボタンを押しながら応えた。

「聞こえます」

『進入と着陸の手順は、前の時のように指導に従えばいい』

どこかにいる茜の声。

飛行計画を出さずに飛び上がったとか、指揮所に謝っていた。

島にバリアネット・システムを設営しているから、着陸は心配ない——そう教えてくれた。

姉は、隠岐島にいたというのか。

どうしてだ。

ひょっとして、ルクセンブルクの貨物機をエスコートして、島へ着陸させたのは。

（お姉ちゃんだったのか……？）

ひかるは大きな目を見開いて、前方視界の海を見渡した。

姉のF15が見えないか、と思ったのだ。

「お姉ちゃん、どこにいる」

『じきに会合する』

茜は言った。

『無事に降りるまで、姉ちゃんが横で見ていてやる』

「——」

と

『おい』

横から、若い男の声が割り込んだ。

公共の周波数だから、三〇八空の若いパイロットは多くは言わない。

でも一言の『おい』に、様々な感情がこもっている。

俺のことを置いて、調子に乗るな——そう言っているようにも聞こえる。

『CCP、こちらドラゴリー・ツー』若いパイロットの声は、どこかにある空自の指揮所へ向け申告した。『現在、残燃料一〇〇〇〇。このままJウイング四八便を隠岐島までエスコートし、その後、帰投します』

『CCP、了解した』

「——」

ひかるは、その交信を聞くと。

思わず、自分も送信ボタンを押して応えた。

「Jウイング・フォーティエイト、了解」

エピローグ

●東京　千代田区
武道館

二週間後。

〈天然痘ウイルス事件〉が一応の収束を見た後。お堀端に立つ武道館では〈自衛隊葬〉が執り行なわれていた。

壇上には日本海における〈対領空侵犯措置〉で殉職をした二名のF15パイロット、十一名のE767搭乗員の遺影が飾られ、内閣総理大臣はじめ各閣僚、そして自衛隊の全部隊からの代表者が参列し、式は荘厳な空気の中で進行していた。

「――白矢三尉」

「白矢英一三尉は、君ですか」

白矢は、第六航空団の司令ほか幹部たちとは別に、礼服姿で一般参列者の末席に立って、総理大臣の弔辞(ちょうじ)が読み上げられるのを聞いていた。

横に舞島茜もいる(中国工作員の持ち込んだウイルスの潜伏期間が極端に短くなっていることが確認されたので、予定より早く隠岐島を出ることが出来た)。

「………?」

誰だろう。

総理の弔辞が読み上げられる最中だ。

列の横から、控えめな声で呼ばれた。

「……はい」

顔を向けると。

ダークスーツを着た、三十代後半らしい男が立っている。

誰なのか、分からない。

初めて見る顔だ。

「白矢は私ですが」

「そうですか」

男は、普段は柔和な顔つきなのだろう、でも唇を結んで厳し気な表情だ。

黒い上着の袖に喪章をつけている。

殉職した誰かの遺族……？

「一つだけ、訊きたくて君を捜していたんです」

男は、白矢を見て言った。

「最後に、光司と──弟と編隊を組んでいてくれたのは、君ですか」

「…………」

この人は。

「……あの」

「一つだけ教えてくれ。弟は、立派でしたか」

「…………」

白矢は、言葉が出なかった。

「あの……班長は、国民を護るための決断を瞬時の」

ようやく、それだけの言葉を紡ぎ出した。

「瞬時の、うちに──すみません」

深く頭を下げた。

自分がついていて――

あとは「すみません」という言葉しか、出てきそうになかった。

この人は乾二佐のお兄さんか……。

班長のことは、あまり知らなかった。家族構成も。独身だったらしい、とは聞いていた。

「いいんだ」

男は、深く頭を下げる白矢の肩に、手を置いた。

「弟の遺志を継ぎ、よく戦ってくれた。礼を言うよ」

●東京　お台場
大八洲ＴＶ　報道部　第一スタジオ

「何だよ」

副調整室で、各局のオンエア映像を眺め渡しながら新免治郎はつぶやいた。

「〈自衛隊葬〉を中継しているのは、うちだけかよ」

「例によって」

チーフ・ディレクターが肩をすくめる。

「ほかの各局は『報道しない自由』ですよ」

「――ったく」

新免は、夜にオンエアする〈ニュース無限大〉でも〈自衛隊葬〉を取り上げる。

それだけでなく、わが国を取り巻く安全保障の諸問題も、一緒に取り上げる予定だ。

そのためにここ数日、取材に駆け回っていた。

「この間は、もう少しで総理が辞任させられるところだったというのに――どこの局も、そんな騒動は最初から無かったみたいじゃねぇか」

そこへ
「新免さん」

サブチーフ・ディレクターが歩み寄って来た。

携帯を手にしている。

「面白い動画が出回っています」

「？」

差し出されたスマートフォンを覗くと。

ユーチューブの動画だ。

「………⁉」

横長のフレームの中の映像。

映っているのが何なのか、瞬時に分かった。

「おい、こいつは」

映像は、ちょうどいま新免が座っている場所——副調整室の管制席から、眼下の第一スタジオを見下ろすアングルだ。

司会テーブルと、白いスーツの髪をカールさせた女。そしてコメンテーターの男。

女は険しい表情で、テーブルの裏側をがんっ、と蹴る。

いや、音声は無いのだが、蹴る音が聞こえてきそうな動画だ。

『だいたい、なんでこんなにまどろっこしいことをしているのよ』

字幕が、フレームの下側に出る。

大きく口を開け、わめきちらす女の唇の動きに合わせたかのようなテロップ。

「これは？」

新免は、若いサブチーフを見返す。

「あの女じゃないか」

「元は、僕がここから撮影して、後でネットにばら撒いた動画なんですが」

サブチーフは肩をすくめる。

「どうも、誰かが『読唇ソフト』を活用して、字幕をつけて再アップしたみたいです」

『貨物機の中で発症してしまうなんて』

頭上から撮影されているなど、知らないのだろう。

司会テーブルで羽賀聖子は、手にした煙草の煙を天井へ向けて吐きながら喚く（CM中の映像か）。

『天然痘ウイルスなんて、工作員が魔法瓶に詰めて持ち込んで、そこらへんにばら撒けばいいじゃない。簡単じゃない』

「──これ」

新免は頬を歪めると、サブチーフを見た。

「字幕つけたの、お前だろ」

そこへ
「新免さん」

取材スタッフの一人が駆け寄って来た。

私物らしい携帯を、新免に示す。

「新免さん、これ、見てください」

●東京　千代田区
　武道館

「どこへ行かれてたんです」

湯川は、総理の弔辞読み上げの間に姿が見えなくなっていた首席秘書官が戻って来たので、何気なく訊いた。

「もうすぐ、総理は次の予定らしいですよ？」

「いや」

乾光毅(みつき)は、胸に刺したハンカチを直す仕草をした。

「ちょっと、恩のある人に挨拶(あいさつ)をね」

「最近ね」

障子有美は、秘書官たちと一緒のスペースに立ち、演壇を横から見上げていた。

ちょうど弔辞を読み終えた常念寺貴明が、並ぶ遺影へ深々と礼をして、下がるところだ。

「本気を感じるのよね」

「誰の」

横で、演壇を見たまま門が訊く。

「誰の本気」

「あの人よ」

有美は、壇上の若い総理大臣を目で指した。

「顔には出されないけど」

「そうか」


「まず手始めに、誰もが放送事業に参入できる電波オークションの実現。次に、外国工作員の活動を抑止するスパイ防止法の制定」有美は指で数える仕草をした。「そして、憲法改正──その前に国民に信を問うために解散総選挙、かな」

「その結果、誰が勝とうと、どのような政権になろうと」

門は腕組みをする。

「俺たちのすることは、一つだ」

「そうね」

有美はうなずき、何気なく門の横顔を見て「………？」と思った。

どうしたのだろう。

付き合いが長いせいか。

何か、気がかりなことを抱えていると、表情で分かる。

「門君、どうした」

だが
「――――」

門は有美の方を見ず、腕組みをしている。

「まだ、私に報告できないこと?」

「いや」

門は頭を振る。

「そういうことじゃないんだが――ただ、見つかっていないんだ」

「え」

ぼそっ、と告げられた声に、有美は訊き返す。

「見つかっていない――って」

何が……?

「残り一本だ」

門は、小声でつぶやくように続けた。

「残り一本のウイルス容器。ＣＩＡも捜しているが、まだ見つかってない」

●東京　お台場
　大八洲ＴＶ　報道部　第一スタジオ

「おい」

　新免は、差し出された携帯の画面に、眉をひそめた。

　フレームが揺れ動いている。

　屋外――市街地を撮影した動画だ。

「何だ、これは」

「中国です」

　取材スタッフは、興奮した様子で報告する。

「中国のＳＮＳに、たった今、上がった映像です。武漢（ぶかん）だそうです」

「……武漢？」

「中国内陸部の大都市です」

「それは、分かるが」

新免は、小さな縦長の映像を覗き込みながら、目をしばたたいた。

何だ。

街の様子か。

この光景は――？

「いったい、何だこれは……何が起きている」

●東京　千代田区

お堀端

「どうした」

舞島茜が、白矢に声をかけたのは。

〈自衛隊葬〉が散会して、武道館の外のお堀端の歩道へ出てからだった。

長身の同期生は、乾二佐（殉職のため二階級特進）の兄――肉親だという人と言葉を交わしてから、式が終わるまでずっとハンカチを目に押し当てていた。

茜は、白矢のそういうところを見るのは初めてだった。

「悲しいの、分かるけど」

「分からないよ」

「え」

「お前には分からないよ」

白矢は立ち止まると、頭を振った。

「俺は悲しいんじゃない」

「……？」

「俺は、嬉しいんだよ」

長身の同期生は、武道館の大きな屋根を振り向くようにして、言った。

「あの人たちと、俺が同じ役目をこなして――少しだけでも役に立てていることが、嬉しいんだ」

「………」

「おい」

「ん」

ふいに白矢が、真顔で自分を見下ろしてきたので、茜は目をしばたたいた。

「何」

「舞島、一つだけ訊きたい」

「何」

「お前」

「うん」

「あの時、俺のスプリットSを振り切って、いつの間にかシックスについただろう」

何を訊かれるのかと思ったら――

この間の、空戦訓練の勝負のことか。

「あれは魔法か」

同期生は真顔で訊いてきた。

「いったいお前、どうやったんだ」

「…………」

「教えろ」

茜は、白矢英一を見上げると、微笑した。

「……教えない」

著者注・この作品はフィクションであり、登場する人物および団体名は、実在するものといっさい関係ありません。

TAC ネーム アリス 地の果てから来た怪物（下）

一〇〇字書評

切り取り線

購買動機（新聞、雑誌名を記入するか、あるいは○をつけてください）	
□（　　　　　　　　　　　　）の広告を見て	
□（　　　　　　　　　　　　）の書評を見て	
□ 知人のすすめで	□ タイトルに惹かれて
□ カバーが良かったから	□ 内容が面白そうだから
□ 好きな作家だから	□ 好きな分野の本だから

・最近、最も感銘を受けた作品名をお書き下さい

・あなたのお好きな作家名をお書き下さい

・その他、ご要望がありましたらお書き下さい

住所	〒				
氏名		職業		年齢	
Eメール	※携帯には配信できません	新刊情報等のメール配信を 希望する・しない			

この本の感想を、編集部までお寄せいただけたらありがたく存じます。今後の企画の参考にさせていただきます。Eメールでも結構です。

いただいた「一〇〇字書評」は、新聞・雑誌等に紹介させていただくことがあります。その場合はお礼として特製図書カードを差し上げます。

前ページの原稿用紙に書評をお書きの上、切り取り、左記までお送り下さい。宛先の住所は不要です。

なお、ご記入いただいたお名前、ご住所等は、書評紹介の事前了解、謝礼のお届けのためだけに利用し、そのほかの目的のために利用することはありません。

〒一〇一－八七〇一
祥伝社文庫編集長　坂口芳和
電話　〇三（三二六五）二〇八〇

祥伝社ホームページの「ブックレビュー」からも、書き込めます。

www.shodensha.co.jp/bookreview

祥伝社文庫

TACネーム アリス 地の果てから来た怪物（下）

令和 2 年11月10日　初版第 1 刷発行

著　者　夏見正隆
発行者　辻　浩明
発行所　祥伝社
東京都千代田区神田神保町 3-3
〒101-8701
電話　03（3265）2081（販売部）
電話　03（3265）2080（編集部）
電話　03（3265）3622（業務部）
www.shodensha.co.jp

印刷所　堀内印刷
製本所　ナショナル製本
カバーフォーマットデザイン　芥 陽子

Printed in Japan ©2020, Masataka Natsumi　ISBN978-4-396-34672-0 C0193

祥伝社文庫の好評既刊

夏見正隆 チェイサー91

日本が原発ゼロ宣言、そしてF15イーグルが消えた！ 航空自衛隊の女性整備士が、国際社会に蠢く闇に立ち向かう!!

夏見正隆 TAC（タック）ネーム アリス

闇夜の尖閣（せんかく）諸島上空。〈対領空侵犯措置〉に当たる空自のF15J。国籍不明の民間機が警告を無視、さらに!!

夏見正隆 TACネーム アリス 尖閣（せんかく）上空10vs1

尖閣諸島の実効支配を狙う中国。さらに政府専用機がジャックされた！ 乗員のひかるは姉に助けを求めるが……。

恩田 陸 不安な童話

「あなたは母の生まれ変わり」——変死した天才画家の遺子から告げられた万由子。直後、彼女に奇妙な事件が。

恩田 陸 puzzle〈パズル〉

無機質な廃墟の島で見つかった、奇妙な遺体！ 事故？ 殺人？ 二人の検事が謎に挑む驚愕のミステリー。

恩田 陸 象と耳鳴り

上品な婦人が唐突に語り始めた、象による殺人事件。彼女が少女時代に英国で遭遇したという奇怪な話の真相は？

祥伝社文庫の好評既刊

恩田　陸　**訪問者**

顔のない男、映画の謎、昔語りの秘密――。一風変わった人物が集まった嵐の山荘に死の影が忍び寄る……。

江波戸哲夫　**集団左遷**

無能の烙印を押された背水の陣の男たちが、生き残りを懸け大逆転の勝負に挑む！　経済小説の金字塔。

江波戸哲夫　**退職勧告**

社内失業者と化していた男の許に、突然届いた解雇通知。男は「日本管理職組合」に復職を訴えるが……。

安東能明　**限界捜査**

人の砂漠と化した巨大団地で消息を絶った少女。赤羽中央署生活安全課の疋田務は懸命な捜査を続けるが……。

安東能明　**侵食捜査**

入水自殺と思われた女子短大生の遺体。彼女の胸には謎の文様が刻まれていた。疋田は美容整形外科の暗部に迫る――。

安東能明　**ソウル行最終便**

日本企業が開発した次世代8Kテレビの技術を巡り、赤羽中央署の疋田らが韓国産業スパイとの激烈な戦いに挑む！

祥伝社文庫の好評既刊

祥伝社文庫の好評既刊

宮本昌孝
風魔外伝
化け物か、異形の神か——戦国の猛将たちに恐れられた伝説の忍び——風魔の小太郎、ふたたび参上！

宮本昌孝
紅蓮の狼
風雅で堅牢な水城、武州忍城を守るは絶世の美姫。秀吉と強く美しき女たちの戦を描く表題作他。

宮本昌孝
ふたり道三（上）
戦国時代の定説に気高く挑んだ傑作誕生！　国盗りにすべてを懸けた、ふたりの斎藤道三。壮大稀有な大河巨編。

宮本昌孝
ふたり道三（中）
乱世の梟雄と呼ばれる誇り——止むことのない戦の世こそが己の勝機。いかに欺き、踏みつぶすかが漢の器量！

宮本昌孝
ふたり道三（下）
下剋上の末に美濃の覇者が摑んだ夢とは？　信長を、光秀を見出した男が見た未来や如何に——。堂々完結！

山本一力
大川わたり
「二十両をけえし終わるまでは、大川を渡るんじゃねえ……」——博徒親分と約束した銀次。ところが……。